Si seguía pregunta  moriría. Vivir con mi padre raras consecuencias, como llulista como vecino.

Estaba siendo amable, pero a la vez muy testarudo. No quería hablar con él, deseaba que Ethan desapareciera. Cerré los ojos y, cansada de tener los labios cerrados, respondí:

—Solo contemplaba la noche.

Ethan volvió a reír.

—Estabas vigilándome. —Me lo imaginé con una sonrisa traviesa—. ¿Te gusta lo que has visto?

—¡¿Qué?! —grité alterada.

—Digo... ¿Si te gusta lo que has vist...

Lo había entendido perfectamente.

—Por supuesto que no —gruñí—. ¿Qué pregunta tan estúpida es esa?

—Una cualquiera. —Jugó con el pomo de la puerta—. Así que te gusta observar a los hombres cuando están desnudos.

—¡No! —¿Estaba loco o a qué estaba jugando?

Él solo sabía reír descaradamente, burlándose de mí.

—¡Márchate o llamaré a la policía!

—Pensé que nos llevaríamos bien. —Estaba como un cencerro—. ¿Crees que nos volveremos a ver?

Negué con la cabeza incluso cuando Ethan no podía verme.

—¿Es que eres sordo? ¡Vete!

—Lo haré, pero prométeme algo... —Seguía con un juego en el que yo no entraba—. La próxima vez que me observes cuando esté desnudo... no te sonrojes. El calor que desprende tu cuerpo sería capaz de encender un bosque entero.

Y con su maldita risa salió del pasillo.

«¡Estúpido Ethan!» Se había dado cuenta de que mis ojos lo observaron durante un largo rato.

¿Qué pasaría después? Ni siquiera estaba preparada para encontrármelo por el edificio. No quería salir y solo quedaban unas horas para que mi padre me enseñara los alrededores. ¿Volvería a verlo?

3

—¡Freya! —escuché cómo mi padre gritaba una vez más mi nombre.

Después de una noche inquieta no tenía ganas de levantarme de la cama. Mi padre siguió insistiendo y yo, de vez en cuando, asomaba la cabeza por entre las sábanas y me negaba por completo a pisar el suelo de la cocina para desayunar algo.

Pasé demasiado calor ya que, tras el susto de conocer a Ethan, cerré las ventanas en pleno verano. Sí, porque estábamos casi en julio, cuando el calor era más insoportable. Me negué a abrirlas por miedo a volver a verlo... desnudo. «Desnudo.» Esa era una palabra que le sentaba muy bien a aquel chico...

Pesadamente me giré hacia un lado y me quedé muy cerca de la ventana. Estaba muriéndome deshidratada y pensé que beber me salvaría la vida.

—¡Papá! ¿Me puedes traer un vaso de agua?

Él no respondió.

—¿Papá? —soné más calmada.

Moví las piernas y, cuando conseguí salir de la cama, me calcé con unas zapatillas de estar por casa algo llamativas. El corto pijama se amoldó a mi cuerpo y mi alocado cabello seguía alborotado, pero no le di demasiada importancia.

La puerta de la habitación estaba abierta, así que sin pensarlo dos veces asomé la cabeza en busca de mi padre, que me había despertado un par de veces a las ocho de la mañana de un domingo y que parecía haber desaparecido sin dar señales de vida.

Sobre la barra americana había unos cuantos muffins recién comprados. Me serví un poco de café en mi taza favorita, con un poco de leche templada.

Por el sonido del baño deduje que alguien estaba dentro. Reí, mi padre era un maniático de la higiene, solía ducharse dos o tres veces después del trabajo.

—Acaba ya —dije con la boca llena— o me terminaré yo sola el desayuno.

Él siguió sin responder.

Por suerte mi teléfono móvil sonó.

Atendí la llamada.

—¿Hola? —contesté adormilada.

—¡Freya! —gritó Ginger—. ¿Es cierto que estarás con tu padre todo el verano?

—Sí, desde el divorcio de mis padres no he podido pasar un tiempo con él. Además, solo quedan unos meses para terminar el instituto. —Le di un mordisco más a mi desayuno—. Cuando empiece la universidad ya no viviré con ninguno de los dos.

—Tienes razón —convino mi amiga.

—Tengo ganas de verte... —le dije.

—¿Crees que podríamos quedar?

—Por supuesto —reí—. Tengo que contarte muchas cosas.

—¿Como cuáles? —curioseó.

—Tengo un vecino muy extrañooo —alargué la última vocal—. Va desnudo por su apartamento. Es sexy, pero se nota que es un imbécil de los pies a la cabeza.

Ambas reímos.

—¿Cuántos años crees que tiene?

—Veinteañero —afirmé—. El problema es que me ha descubierto mirándolo. ¡Te prometo que fue un accidente! Lo vi desnudo.

—¡¿Qué?! ¿Entonces es muy sexy?

—Sí. —Agaché la cabeza avergonzada—. Después de eso, vino corriendo a presentarse. Y descaradamente me dijo que podía hacerlo en más de una ocasión.

—¿El qué?

Ella estaba más nerviosa que yo.

—Verle desnudo.

—¿Está loco? —rio.

—Imagino que sí. —Lamí mis dedos, que estaban cubiertos de chocolate.

El sonido del agua fue disminuyendo. Parecía que mi padre se había dado cuenta de que estaba charlando por teléfono y también de que hablaba de nuestro vecino.

En voz baja la cité para que viniera a rescatarme de la aburrida tarde que tenía por delante.

—¡Espera! —gritó exageradamente, tal como era ella.

—¿Qué, Ginger?

—¿Por qué no quedas con él?

—Ni loca —me carcajeé—. Bueno he de dejarte, luego te llamo.

Al finalizar la llamada noté que unas gotas de agua cayeron en mis mejillas.

Lentamente alcé la cabeza, en busca de los ojos de mi padre. Y me encontré con unos ojos azules, llamativos, grandes, que estaban muy abiertos observando mis movimientos y no eran los de mi padre.

Su oscuro cabello estaba húmedo por la ducha que se tomó en mi casa. Allí estaba mi vecino, únicamente con una toalla alrededor de su cintura y, una vez más, desnudo.

Pero ¿es que aquel estúpido no sabía que existía la ropa?

—Hola —saludó Ethan.

Yo no hice lo mismo.

—¡Ah!

No, no saludé, solo grité asustada.

Primero me lo encontraba sin ropa en su apartamento, aunque yo fui la culpable. Segundo, era sospechoso que viniera a presentarse a mi propio hogar al darse cuenta de que lo había visto con sus partes al aire y sin nada que lo cubriera.

Tercero, aquel idiota por segunda vez estaba desnudo y en el apartamento de mi padre.

Teoría; estaba loco, así que solo me quedaba gritar.

—¡Socorro! ¡Socorro! —Tenía la esperanza de que mi padre saliera de su habitación.

No lo hizo.

Él enarcó una ceja, confuso, esperando a que mi mano estrechara la suya o mi mejilla lo tocara para darle un beso. Mis gritos aumentaron.

—¿Qué te pasa?

Confirmado, era idiota.

Nadie se colaba en una casa y preguntaba «¿Qué te pasa?».

—No te acerques a mí —le amenacé.

—Deja que te lo explique. —Intentó sonreír dulcemente, pero para mí solo era un pervertido.

Cuando lo tuve más cerca de mi cuerpo, mis dedos se aferraron a lo primero que encontré. Tiré y salí corriendo por todo el comedor dando vueltas alrededor del sofá.

Ethan me seguía desnudo, así que grité más fuerte.

—¡Papá! ¡Socorro!

El chico seguía detrás de mí, corriendo más rápido.

—¡Papá!

Dios mío, mi padre no aparecía.

—Pero ¿por qué corres? —No era lógica esa pregunta y menos cuando me seguía sin nada que cubriera su vara masculina... en otras palabras, su pene.

—¡Déjame en paz, pervertido!

—Dame la toalla y dejaré de correr detrás de ti.

Y Ethan fue más rápido que yo. Me cogió del brazo y cuando sentí sus dedos tocando mi piel, me moví bruscamente provocando que me cayera encima.

Estaba encima de mí, sin nada, desnudo y mojado por el agua.

Hice algo más.

Gritar desesperadamente mientras su mirada me observaba sin pestañear.

4

—Cariño, ya estoy aquí. He bajado un momento a por el periódico.

La voz de mi padre alertó a Ethan, ya que el chico giró sobre su cuerpo pegado al suelo y, con un tirón rápido me quitó la toalla que tenía entre mis dedos. Cuando pasaron unos segundos me di cuenta de lo estúpida que había sido. La culpable de que él no llevara nada era yo.

Se levantó del suelo con la misma sonrisa con la que se presentó y avanzó tranquilamente como si aquel fuera su apartamento. Mi padre cada vez estaba más cerca; sus pasos eran fuertes y continuos. Yo seguí tumbada en el suelo. Estaba en estado de shock.

—Veo que vosotros dos ya os habéis conocido —dijo con tranquilidad.

Otro padre normal habría golpeado al intruso que había asustado a su pequeña. El mío... el mío era así de simpático, amable y cariñoso. Le estrechó la mano a Ethan y con un movimiento de cabeza lo invitó a que nos acompañara en el desayuno.

Pero él rechazó la invitación.

—Gracias, señor Harrison, no quiero molestar. —Me miró por encima del hombro.

¿Solo yo estaba deseando ver cómo desaparecía de nuestro comedor?

—No molestas, Ethan. —Le dio unas palmadas en la espalda. Al parecer yo era la única demente que lo veía con una toalla cubriéndole poco—. Vamos, cariño, levántate del suelo. —Volvió a mirar al joven—. Estas adolescentes... hacen cosas muy raras.

Entre risas se sentaron alrededor de la barra americana.

Lentamente me puse de pie con el ceño fruncido. No era posible, mi padre parecía que admiraba a aquel extraño chico y que a mí me ignoraba por completo. Con los brazos cruzados me quedé detrás de él, queriendo llamar su atención.

—Así que tú eres Freya. —Maldita sonrisa—. Tu padre me ha hablado mucho de ti.

—¿En serio?

Le saqué la lengua en un descuido, burlándome de él.

—Sí, conocí a Ethan hace un par de semanas. Me ayudó bastante con la mudanza.

—Ha sido un placer, señor.

—No me llames «señor». —Cada vez lo veía más como a un hijo—. John. Llámame John.

Ambos me miraron a mí.

—No me lo puedo creer. —Estaba alucinando.

Sacudí la cabeza con la esperanza de que se tratara de un sueño. Quería despertar.

—Este chico estaba desnudo en nuestro apartamento... ¿y tú lo invitas a desayunar?

Intenté quitarle mi taza favorita, pero sus carnosos labios la tocaron.

Me reprendí yo misma por pensar que era sexy.

—Tú me has quitado la toalla —se defendió—. Además, ha sido tu padre quien me ha invitado a que me dé un baño, ya que en mi apartamento están de reformas.

—Cierto —lo apoyó él.

—¿A qué te dedicas, Ethan? —le pregunté.

La curiosidad me mataba.

Lo miré tan fijamente que él terminó por ponerse nervioso.

—Lo digo porque veo que te gusta mostrar demasiado tu cu... —Callé al ver la mirada que me lanzó mi padre. No le gustaba que atacara a los «invitados» con preguntas incómodas.

—Soy estudiante. Estoy en segundo año de carrera en Ciencias de la Actividad Física y el Deporte. —Seguía devorando mi desayuno—. Y por las tardes trabajo en una cafetería.

Estaba segura de que mentía.

—¿Sabes una cosa, pequeña? —Gruñí al oír que me llamaba «pequeña»—. Cuando tenía cinco años tuve un perro llamado Fleya —soltó entre risas—. Tu nombre es más bonito.

Mi padre lo acompañó con más carcajadas.

—La verdad es que ese nombre lo eligió su madre. Por la diosa Freya. —Qué forma tan rara tenía de defenderme—. Pero es cierto; he oído que hay animales que se llaman...

—¡Papá! —grité.

—Lo siento, hija.

Mi padre se levantó de la mesa y fue en busca del periódico que había comprado, dejándonos a los dos a solas. Su mirada me ponía nerviosa, pero por una parte me daba fuerzas para enfrentarme a él.

—¿Te crees divertido?

—¿Tú te crees inteligente?

—Más que tú —me di por vencida.

Ethan se levantó de la mesa y, al ver que mi padre estaba sentado en el sofá leyendo el periódico, se quitó la toalla para lanzarla sobre mi cabello limpio. Aguanté las ganas de gritar una vez más y, malhumorada, me moví del taburete hasta quedar delante de la puerta. Allí estaba él, otra vez sin nada.

—¿Quieres saber dónde trabajo?

No me interesaba su vida, ¿no?

—A las nueve en Poom's. —Me guiñó un ojo—. Te estaré esperando, enana.

—¡Imbécil!

Y con aquella risa tan peculiar, salió de mi apartamento mostrando su fuerte cuerpo. Lo peor de todo es que estaba convencida de que terminaría asistiendo a ese lugar con mi mejor amiga.

«No eres esa clase de chico, Ethan. Tú escondes algo.»

5

—¿Estás preparada?

Miré una vez más a mi amiga. Ambas nos encontrábamos bajando las escaleras del edificio donde pasaría las vacaciones de verano. Con un vestido poco llamativo y el cabello recogido para resaltar el suave maquillaje, descendí aceleradamente con los tacones bajos que había elegido para esa noche.

Ni siquiera sabíamos dónde tomaríamos algo. Ese día ella cumplía dieciocho años, pero yo seguía siendo menor de edad. Así que nada de copas.

Mientras paseábamos por la calle, entre la multitud de gente recordé la invitación de Ethan y me di cuenta de que estábamos cada vez más cerca del lugar que había nombrado. No le conté nada a Ginger. De momento era un pequeño secreto; incómodo, pero seguía siendo un secreto.

Ese chico era extraño. Sabía cómo ganarse la atención de las personas, e incluso el respeto, ya que con mi padre lo había conseguido.

Entorné los ojos ante la luz fuerte y llamativa de un enorme cartel. Junto al nombre del club sobresalía una pierna que se movía de un lado a otro. Estábamos delante del local donde trabajaba mi vecino.

Tragué saliva, algo asustada. Era una reacción estúpida, porque él no me iba a ver y mucho menos si seguía afuera escondiéndome.

—Mejor sigamos un poco más. —Intenté tirar del brazo de mi amiga, pero ella se detuvo y se cruzó de brazos.

—Pareces asustada.

—¡¿Yo?! —Reí nerviosamente—. Tonterías.

Seguí mirando a un lado, no quería posar mis ojos ante la enorme puerta que te invitaba a pasar a un lugar donde los camareros terminaban desnudándose.

Un joven atractivo salió con unos folletos entre sus manos. Cantando una canción se acercó hasta nosotras, dejándonos ver su enorme sonrisa y el encanto que lo acompañaba.

—Hola, chicas. —Nos guiñó un ojo—. ¿Queréis tomar algo? Tenemos dos por uno en copas para todas las chicas guapas.

Me reí ante su técnica de marketing.

—No, gracias —dije.

—¡Vale! —Ginger se perdió en los ojos negros del «camarero»—. ¿Has visto qué guapo es?

Asentí y ante un descuido cerré la puerta que había abierto el chico.

—No quiero entrar. Vámonos.

—¿Por qué?

—Porque no me gusta el lugar. —Me mordí el labio—. Por favor.

—¡Oh, vamos! Te lo suplico, Freya, es mi cumpleaños.

Una voz me sorprendió.

—Sí, tu amiga tiene razón. —Era el chico que había conseguido convencer a Ginger—. En Poom's os cuidaremos muy bien.

Volvió a guiñar el ojo y llegué a pensar que tenía un tic nervioso.

Al sentirme obligada a hacer algo que no quería, entré con los labios apretados y los brazos cruzados en el famoso club donde Ethan, mi encantador vecino, trabajaba para supuestamente pagarse la carrera universitaria.

Me adentré casi con la cabeza baja, dejando que el poco flequillo que tenía ocultara parte de mi rostro.

Otro camarero se acercó a nosotras y, con la misma simpatía que todos, nos guio hasta una mesa donde podríamos tomar unas cuantas copas por un precio bajo. Nerviosa, escondí mi carnet de identificación.

—Ahora que me acuerdo —Ginger tuvo el impulso de alzar el brazo, pero se detuvo—, ibas a hablarme de tu vecino, ¿no?

—¿V-vecino? —Ella asintió—. ¡Qué va!

—Estás muy rara, Freya.

—No lo estoy. —Cogí el folleto y me cubrí con él.

De repente las luces del lugar se apagaron, dejando un foco que iluminaba solo una parte del escenario. Podía sentir cómo las piernas me temblaban y, como si fuera una cría de cinco años reviviendo momentos felices, pensé en Ethan.

Apreté los dientes esperando que la imagen se esfumara de mi cabeza, cuando de repente una voz que conocía a la perfección resonó en mis oídos.

—Buenas noches. —Ethan estaba delante de mí. Se inclinó de tal manera que su traje se apretó en sus fuertes brazos—. Veo que has venido —susurró en mi oído.

—No estoy aquí por ti. —Por suerte, Ginger estaba mirando al escenario, atónita ante los bailes de los camareros que se habían subido a él.

—¿Crees que soy estúpido? —Su risa volvió a sonar de nuevo—. Está bien, mocosa. —Lo miré—. No te importará que saque a tu amiga ahí arriba, ¿verdad?

—¡¿Qué?!

Llamé la atención de ella.

Ethan caminó peligrosamente por detrás de mi asiento y, con su seguridad de siempre, usó la misma técnica que le llevó a ganarse el respeto de mi padre. Cogió la mano de mi mejor amiga y, con su estúpida sonrisa, la levantó del asiento para llevársela con él.

En ningún momento rompió el contacto visual. Los enormes ojos de Ethan se clavaron en los míos, y me miró por encima de su hombro, consciente de que eso me enfurecería.

¿Pensaba que estaba celosa?

Cogió a Ginger por la cintura y la subió al escenario. A ella la trataba como a una princesa mientras que a mí me sacaba de mis casillas.

La música empezó a sonar y el espectáculo dio comienzo.

Sus labios se movieron y leí en ellos lo que dijo: «¿Podré besarla después del baile?».

Mi vecino se giró y sus dedos volaron hasta los blancos botones de su camisa. Iba a volver a verlo sin nada, pero en esa ocasión estaba muy lejos de mí.

6

Nadie dio importancia al ritmo de la música, solo se centraron en lo sexy que podía llegar a ser el bailarín.

Las luces siguieron apagándose y encendiéndose cada vez que Ethan movía su cuerpo. Bailó alrededor de una pequeña silla, donde Ginger se lo estaba pasando realmente bien el día de su cumpleaños. Un grupo de mujeres —que eran más o menos de la edad de mi madre— se alzaron de sus asientos para aplaudir más fuerte y gritar un par de cosas.

—¡Quítatelo todo!

No solo gritaban las que estaban cerca del escenario, también las que se hallaban al fondo del local, justo donde yo estaba.

Mis dedos golpearon una y otra vez la mesa. No me estaba divirtiendo, ni siquiera sonreía, y mucho menos disfruté del baile. Solo seguí mirándolo a los ojos, al igual que él, que siguió en cada momento buscándome con sus azulados ojos.

Algo me molestó. No podía moverme, necesitaba salir del lugar sin llamar la atención de Ginger. Pero aquella acción me etiquetaría como la peor amiga del año.

El camarero que repartía los folletos en la calle se acercó sonriente y alegre por haber captado la atención de dos futuras clientas.

—¿Qué quieres tomar?

Su pajarita era llamativa.

—Nada —respondí.

Seguí mirando el número.

—A la primera copa invita la casa. —No se dio cuenta de que no quería hablar con él—. ¿Algo con vodka? ¿Quizá algo más dulce?

—Te he dicho que no quiero nada. —Apreté los labios para finalizar la conversación.

El chico silbó y con una risa abandonó la mesa.

Los gritos siguieron aumentando, y todo porque Ethan se había quedado en ropa interior.

«Que novedad... —pensé—. Yo vi más.»

Ginger siguió sentada en la silla, con una mano a cada lado de la cintura del bailarín, y de repente pasó. Él hizo lo que me había advertido.

Sus labios sostuvieron una fresa, se inclinó hacia delante y se la pasó con un beso a la chica del cumpleaños. Mi amiga lentamente la saboreó junto a él, besándose sin darse cuenta de que las mujeres que estaban de pie reclamando un poco de la atención de mi vecino la odiarían por tener aquel privilegio.

Ginger bajó con una estúpida sonrisa y se limpió los labios con el dedo.

—¡Oh, Dios mío! —gritó cuando se sentó a mi lado—. Nunca lo había pasado tan bien.

Nerviosa cogí el único vaso de agua que había en la mesa.

—Genial. —Cogí algo de aire—. ¿Nos podemos ir?

—¿Ahora?

—Sí —respondí. Era lógico.

No estaba cómoda en aquel «club».

—¿Por qué no me has dicho que es tu vecino?

—¡¿Qué?! —Alcé un poco más la voz cuando la música retumbó en mis oídos—. No te he escuchado.

—¿Por qué no me has dicho que es tu vecino? —Silencio—. Él me acaba de decir: «Cuida de mi vecina, es un poco tímida».

—¿Ha dicho eso? —Era estúpido.

Ginger rio.

—Quiere que te cuide.

—¡Que le den! —dije buscándolo con la mirada.

—Tengo la sensación de que te gusta.

—No me gusta —gruñí.

La cumpleañera alzó el brazo, chasqueó los dedos y en unos segundos de nada un sexy camarero con un pantalón negro ceñido a sus piernas se acercó para atenderla.

—¿Qué te sirvo?

—Un sex on the beach, con mucho vodka.

Quedé anonadada.

—Este lugar te está cambiando. —Empujé su brazo para llamar su atención.

—Eres tú, que estás muy nerviosa. —Intentó ser graciosa, pero no lo consiguió—. Entiendo que es por ese chico. —Lo buscó pero no lo encontró—. Bebemos algo y nos marchamos, ¿vale?

Asentí con la cabeza.

No era por Ethan, o quizá sí. Me acababa de dar cuenta de que habíamos comenzado una guerra donde ninguno de los dos ganaría. Primero había conseguido a mi padre y después a mi mejor amiga.

La dejé tomándose su cóctel y, con el abrigo en la mano, me levanté para dirigirme al baño de mujeres. Los bailes no finalizaron.

Al principio pensé que serían escandalosos, pero todos los chicos terminaban quedándose en ropa interior, no iban más allá.

—Llevas más de dos horas aquí —se carcajeó—, pensé que durarías menos.

Asomó la cabeza de un camerino.

El cuarto de baño estaba cerca, pero me quedé quieta para escuchar su voz.

—Es por Ginger, se lo está pasando muy bien.

—¿Cuántos años tenéis? —preguntó curioso, ya que en realidad no nos conocíamos bien.

—Ella dieciocho, yo uno menos.

Ethan abrió sus ojos asustado.

—Eres menor de edad. —Apretó sus dedos alrededor de mi muñeca y me atrajo hacia él—. ¿Cómo has entrado aquí?

—El chico que estaba en la entrada... como Ginger le ha dicho que cumplía dieciocho años, habrá pensado que yo también era mayor de edad.

La puerta del camerino se cerró detrás de mí una vez entré en él.

—Me visto y te llevo a casa.

Llevaba puesto un albornoz.

—No puedo dejarla sola aquí. —Quise abrir la puerta.

Ethan me lo impidió.

—¡Y yo no puedo permitir que tú estés aquí! ¡Tu padre me matará!

Reí mentalmente. Mi padre lo admiraba.

—Que no me voy a ningún sitio contigo, ¿entendido?

Levantó la cabeza cuando empezó a ponerse unos vaqueros rotos a la altura de las rodillas. Caminó en silencio, con su enorme sonrisa que dejaba ver sus perfectos dientes blancos. Retrocedí al tenerlo tan cerca, hasta que choqué con la puerta donde estaba mi libertad.

El descubierto pecho de mi vecino pronto buscó el mío para acomodarse sin darse cuenta de que podía volver a gritar. Pero no era una estúpida, era lo suficientemente mayor para defenderme verbalmente y sin gritar como una niña pequeña.

Y por una extraña razón sus labios cada vez estaban más cerca.

—Ni se te ocurra. —Intenté levantar el brazo, pero no lo conseguía.

Ethan no pestañeó.

—¿Crees que te voy a besar? —Es lo que había hecho con Ginger—. No quiero que me malinterpretes, Freya. Eres mi vecina, la que me observa a través de la ventana de su habitación. Eres graciosa, pero solo tienes diecisiete años, y yo veintidós. —No entendía nada—. Además —recogió uno de los mechones de mi cabello que ocultaban mi ojo derecho—, tengo novia.

La palabra «novia» se repitió en mi cabeza, una y otra vez.

7

En pocos minutos llegamos al apartamento de mi padre. Ginger estiró el brazo de una manera graciosa —aunque era más bien por todas las copas que se había tomado— y con una sonrisa paró a un taxi para que la llevara hasta su casa.

Le insistí en más de una ocasión en que podía quedarse en el pequeño apartamento de papá, pero ella se negó, acompañando su negativa con un «estoy muy cansada».

Me despedí de mi mejor amiga y, antes de adentrarme en el portal, escuché de fondo una canción:

—¡Cumpleaños feliz, cumpleaaaaaaños feliz... te deseamos todos... cumpleaaaaaaños feliz!

«Pobre taxista», pensé.

Riendo en voz baja subí los escalones lo más rápido posible. El teléfono se me escurría de entre los dedos, y al percatarme de que el reloj digital marcaba la una de la madrugada, me di cuenta de que tenía un problema.

Sin hacer demasiado ruido, abrí con mucho cuidado la puerta. La cerré con éxito e incluso llegué hasta mi habitación sin despertar a mi padre.

Sí, mi padre era de aquellos hombres que seguían protegiendo demasiado a sus hijas. Tanto que el toque de queda empezaba a las once de la noche, a pesar de que yo ya tenía diecisiete años. ¡Como para llegar a casa a aquella hora!

Pero no tenía remedio, no cuando seguía viviendo con mis padres, y me quedaban unos meses para ser mayor de edad.

Me quité el vestido y antes de ponerme el pijama asomé la cabeza por la ventana. Curiosa, busqué la ventana de una habitación, pero vi que las luces estaban apagadas.

Refunfuñé sin motivo. Él tenía novia y, además, no era la clase de chico que solía gustarme. Su trabajo ya debía de ser un problema para su novia, así que no quería ni imaginar los encontronazos que yo tendría con él en un futuro.

Reí. Estaba pensando en él demasiado.

Él... ¿Por qué «él» cuando su nombre era perfecto?

«¡Nooo!», grité mentalmente. No era sexy. Nadie en el siglo XXI se llamaba Ethan.

Aquello fue gracioso y con la sonrisa propia de una chica de mi edad me tumbé en la cama para dormir y caer en los brazos de Morfeo.

Al día siguiente todo parecía estar más calmado. Me removí entre las sábanas y, antes de levantarme, me arreglé el cabello sin ningún motivo. Extraño, y más cuando mis piernas me guiaron una vez más hasta la ventana.

¿Qué me estaba pasando?

Allí solo había hombres mayores y chicos que se desnudaban para llamar la atención.

Giré un poco el cuello hasta encontrarme con el pequeño espejo que mi padre había colgado cerca de la estantería de libros.

—Eres una pervertida —susurré.

—¡No! —me respondí yo sola.

—Claro que lo eres. —Me había vuelto loca—. Ethan tiene razón.

—No la tiene.

Si mi padre me hubiera encontrado hablando sola, habría terminado en un loquero como Leonardo DiCaprio en *Shutter Island*.

—Sí que la tiene, porque desde que has llegado, solo lo estás buscando.

Abrí la mano y, sin pensarlo, intenté abofetearme para quitarme todas esas ideas y, sobre todo, conseguir que el lado malo de Freya desapareciera. Pero mi padre golpeteó la puerta a tiempo.

—¿Estás bien?

¿Acaso lo estaba?

—Sí, papá. Ahora salgo a desayunar contigo, dame dos minutos.

—Vale. —Pero seguía en la puerta—. Pero ¿seguro que estás bien?

—Que sí. —Me había descubierto.

Dejé la locura a un lado y, con el pijama puesto, salí al comedor. De nuevo había bajado a comprar el desayuno. Unas semanas más con mi padre y terminaría engordando más de cinco kilos. Tenía dos opciones: caer ante la tentación de los muffins o aprender a preparar tostadas con mantequilla y un poco de mermelada. Seguramente no era difícil, pero me había acostumbrado a que mis padres me lo hicieran todo.

Me senté a su lado, y sin decir nada él saltó.

—¿A qué hora llegaste anoche?

Tragué el batido con dificultad.

—¿Q-q-qué? —Le quité importancia—. Pronto.

—¿Y qué hora es pronto?

Lo medité bien. Mi padre solía irse a dormir a las diez cuando no trabajaba, así que ahí tenía mi respuesta.

—A las once menos cuarto.

Se carcajeó de mí, al igual que cuando Ethan dijo que su perro de la infancia se llamaba igual que yo.

Enarcó una ceja y con la taza en sus labios movió la cabeza dándome a entender que estaba preguntando lo mismo de nuevo.

—Estaba despierto.

Mis ojos se abrieron más que los de la niña de *El exorcista*.

—Papá...

Intenté parecer inocente.

No lo conseguí.

—Castigada.

—¿Por qué? No he hecho nada malo.

—Hay normas, Freya, y las tienes que cumplir.

—Nunca he desobedecido, por una noche no pasa nada. —Crucé los brazos.

—Ni hablar, el castigo seguirá en pie, es lo que tu madre haría.

—Pero mamá...

Me interrumpió.

—Te lo volveré a decir por si no está claro. —Se levantó del asiento—. CASTIGADA.

Y cuando acabó de deletrear la palabra que más odiábamos los adolescentes, se marchó a su trabajo cerrando la única puerta de salida. Estaba encerrada en un apartamento donde no había diversión ni tampoco ADSL.

Si alguna vez dije que mi padre era enrollado, en ese instante lo retiré por mentirosa.

Recogí todo lo que había quedado en la barra y, cansada, volví a estirarme en el sofá.

Era un día perfecto para salir y tomar el sol, o para comprar cualquier modelito que me gustara. Pero no podía, estaba encerrada.

A las once de la mañana solo había noticias, así que apagué el televisor justo cuando la puerta se abrió.

Estaba segura de que había ablandado el corazón de mi «querido» padre.

—Lo siento... —Intenté poner cara de ángel, pero de repente me convertí en un demonio—. ¿Qué haces aquí?

—Gruñes como un perrito.

Golpeé a Ethan en el brazo.

—¿Quién te ha dado las llaves?

—Tu padre —dijo con normalidad pasando por mi lado y acomodándose en el sofá—. Estás castigada, te cuidaré un par de horas hasta que él llegue.

Cogió mi refresco y se lo bebió de un trago.

—¡Quita los pies del jarrón!

—¿Es un jarrón? —Ethan bajó las piernas—. Qué feo.

—Tan feo como tú. —Le señalé con el dedo.

—Quieres decir guapo, sexy, alto, fuerte, con los ojos azules, veinteañero... vamos, un tío cañón, ¿no? —Sonrió de aquella manera con la que se ganaba el cariño de todo el mundo menos el mío.

—Si fueras un cañón ya te hubiera lanzado. Quiero librarme de ti y no puedo.

Ethan golpeó el otro lado del sofá.

—Venga, enana, ven y siéntate aquí. —Me guiñó un ojo—. Es la hora de los dibujos animados.

—Yo no veo dibujos animados.

Él abrió los labios sorprendido.

—¿En serio?

—¡Sí!

No solo estaba castigada sin poder salir, también me iba a quedar con mi vecino, que en realidad era un stripper.

—¡Enana! —me llamó cuando dejé el mundo para aislarme en mis pensamientos.

Lo miré mal.

—Mi nombre es Freya.

—Lo sé. —Sonrió—. ¿Te molesta que venga mi novia?

¿Había dicho «novia» de nuevo?

8

Miré a Ethan una vez más antes de responder. Él seguía a mi lado, con una sonrisa que lo decía todo. Era un descarado, un chico que no quería tener en mi vida, pero allí estaba, de brazos cruzados, marcando sus músculos en la horrible camiseta que había elegido aquella mañana.

Mi silencio pareció incomodarle, ya que meneó la cabeza en más de una ocasión perdiéndose en mis ojos color avellana. No reaccioné, seguí pensando en su pregunta. Por supuesto que la respuesta era clara, pero no podía hablar, mis labios estaban sellados.

Quería gritar: «¡No, imbécil, esta es mi casa!».

Y, sin embargo, estaba callada, mirando su abdomen.

El contacto de los dedos de Ethan no me sobresaltó. Cuidadosamente los arrastró por mi cabello, capturando un largo mechón y colocándolo detrás de mi oreja a la vez que acariciaba mis mejillas.

Sorprendente. Extraño. El muy maldito era sexy. E incluso podía decir que era un imbécil al que le gustaba coquetear con todas.

Abrí exageradamente los ojos y me aferré a mi cabello castaño.

Desperté, el milagro sucedió. Lentamente entreabrí mis labios, aparté su mano de mi rostro y me dispuse a gritar cuando el timbre sonó y me interrumpió.

¡Ding, dong!

No esperaba a nadie y tampoco le había dado permiso a él para que invitara a su novia.

Él caminó con tranquilidad por el apartamento, como si se tratara del suyo. Lo seguí sin hacer demasiado ruido, dejando que mis zapatos pisaran sus pasos. Nos quedamos delante de la puerta, y Ethan abrió con una sonrisa amplia, perfecta y llamativa.

Una chica de cabello rubio y mechas californianas rosas asomó su pequeña cabeza al interior. Se asombró al encontrarse con él y gritó con tantas fuerzas que estuvo a punto de matarme. Empujó la puerta con la mano y, sin decir nada más (y ni siquiera saludar), saltó hasta cruzar las piernas alrededor de la cintura de su novio.

Temblé al decir la palabra «novio», pero lo eran. Él era su novio.

—¡Hola, amorcito!

Ethan le respondió.

—¡Hola, terroncito de azúcar! —La besó.

Era la cosa más cursi que había escuchado en mi vida.

Me toqué la frente, esperando que el dolor de cabeza no se manifestara, pero lo hizo. Apreté la mandíbula, e incluso mis uñas se clavaron en la palma de la mano estropeando el esmalte.

Ellos dos siguieron besándose sin darse cuenta de que yo estaba allí.

Pero ¿qué estaba haciendo? Yo vivía allí, mandaba allí.

—¿Os queréis ir a un maldito hotel? —Fastidié el «dulce» beso—. Me están dando ganas de tirarme por la ventana. Gracias.

Agradecí cuando Ethan la bajó de su cuerpo.

—Qué mal educado soy —«e imbécil»—, os voy a presentar.

Resoplé.

—Freya, te presento a Effie. —Intentó cogerme de la mano, pero me aparté—. Effie, ella es Freya, la pequeña que cuido.

¿Que cuida?

¿Había escuchado bien?

—Tú no me cuidas —gruñí una vez más.

—Claro que sí —intentó sonar convincente.

—¡No! —grité.

Él siguió alzando más la voz.

—¡Sí!

La discusión podía durar horas y Effie solo nos miraba con una sonrisa graciosa.

Pero, de pronto, lo entendí todo. Su novia no sabía que era stripper, así que se aferró a una mentira en la que me involucraba.

Vendetta para Ethan.

Cogió con fuerza mi mano, apretando sus dedos alrededor de ella.

Lo miré seriamente, estaba perdiendo y no se daba cuenta. Me atrajo hacia él, dejándome a un lado de su cuerpo, pasó el brazo por encima de mis hombros y, con la mano sobre mi cabeza, la movió enérgicamente alborotándome el cabello recogido.

Odiaba que fuera más alto que yo, no podía defenderme ante aquel ataque.

—Siéntate, nosotros venimos ahora. —Se inclinó para darle un beso.

Él intentó llevarme con él.

Yo, mientras tanto, solo miré a su novia.

—Si tardamos más de cinco minutos —la señalé con el dedo—, llama a la policía. Tu novio está loc...

Ethan saltó.

—Pero ¡qué graciosa es mi Freya! —Soltó una carcajada.

E hizo lo que nunca esperaría. Me cogió entre sus brazos y me alzó del suelo, desapareciendo conmigo delante de su novia.

La habitación más cercana era la mía, así que con un movimiento de codo abrió el pomo sin ningún problema y ambos entramos en ella.

La situación era muy extraña y mis cuerdas vocales estaban preparadas.

Cuando me dejó en el suelo me alejé todo lo posible de él, caminando hacia atrás y, apoyándome contra la ventana, lo miré de lejos, perdiendo el contacto físico.

—Tienes que hacerme un favor.

Levanté la mano y le saqué el dedo corazón.

—Freya... —insistió.

—Tú no eres mi amigo —espeté.

—Lo sé. —Puso los ojos en blanco—. Soy el chico que te gusta.

Mi corazón latió muy rápido.

—¡Serás creído! Hazme un favor y desaparece de mi habitación. —«Espera, no solo de la habitación»—. ¡De mi vida!

—Ayúdame.

Tenía cerca la mesilla de noche, así que alcancé el primer cajón y de ahí saqué unas cuantas monedas que le tiré al suelo.

—Quédate el cambio, no hace falta que bailes desnudo delante de mí.

—No quiero dinero. —Ethan estaba muy serio.

—Pues no te puedo ayudar en nada más.

—Sí que puedes.

Estaba muy convencido de ello.

—Effie no sabe cómo me pago la carrera. —Sus ojos azules brillaron con fuerza incluso cuando una nube ocultó el sol—. No puedo decirle que soy...

—¿Stripper? —pregunté casi riendo—. Y de los peores.

—De los mejores —me discutió—. Había pensado que tú podías ayudarme.

—Ni en broma.

Intenté pasar por su lado para huir, pero apoyó su mano sobre mi vientre para retenerme. Cada vez lo tenía más cerca, y no me gustaba.

Quería aire, mucho aire. Había olvidado respirar.

¡Maldición!

—Si me ayudas —bajó lentamente su rostro hasta el mío—, yo podría ayudarte a ti.

¡¿Qué?!

Y cuando me di cuenta de a qué se refería, sus labios se acercaron a los míos peligrosamente.

9

¿Por qué contra más sexis eran los chicos, más estúpidos conseguían ser?

Su oscuro cabello cayó con gracia hasta la azulada mirada que estaba fija en la mía. Parpadeé sin comprender lo que me estaba sucediendo. ¿Acaso había sucumbido ante el encanto de Ethan? No podía ser como los demás, y mucho menos como mi padre, que lo idolatraba por cuatro tontos favores que le había hecho.

Alargué mi mano, movimiento que agradecí, ya que ciertas partes de mi cuerpo se bloquearon al quedarme mirando esos enormes ojos. Necesitaba ladear la cabeza para romper el contacto visual, pero no lo conseguí.

Grité con todas las fuerzas que me quedaban, pero solo fue mentalmente.

Sonreí al tocar algo, y él pensó que estaba encantada de tenerlo tan cerca. Los dedos de la mano izquierda despertaron, dejándome un extraño hormigueo que erizó el vello de mi cuerpo.

—Apártate de mi lado... —amenacé con claridad.

Él solo siguió avanzando en un camino que empezó a arder.

—¿Por qué estás tan nerviosa, Freya? —preguntó con esa sonrisa que destacaba por encima de las demás—. No tienes que preocuparte por nada. Tú me haces un favor, y yo a ti otro.

La enorme mano de Ethan presionó con un poco más de fuerza sobre mi vientre, y entonces mi cuerpo se sacudió de una forma que llegó a preocuparme. Mis ojos se abrieron exageradamente, y di un salto al sentir la caricia de sus dedos en mi piel.

No era débil, él lo sabía, estaba conociéndome. Lentamente, pero ambos sabíamos cómo acabaría todo; en odio.

—He dicho —lo apunté con el arma que utilizaría para defenderme— que te apartes de mi lado. No eres sordo, Ethan, así que hazlo.

Puso su mano alrededor de la mía.

—¿Vas a atacarme?

Solo asentí con la cabeza.

Parecía que en cualquier momento me fallarían las fuerzas, pero no fue así. Cerré los ojos como si de alguna forma los suyos me debilitaran y lo apunté una vez más sin hacer caso del fuerte suspiro que salió de aquellos carnosos y rosados labios.

Durante unos segundos el pulso me tembló, y cuando la claridad del día abrió mis párpados, me vi con las pequeñas tijeras señalando su entrepierna.

Ethan tenía que estar asustado, pero no lo estaba. Su risa resonó en mis oídos, helando mi sangre y volviendo a ponerme nerviosa.

—Te la cortaré como no te alejes de mí.

—¿Vas a cortarme eso? —Él mismo tampoco lo dijo. Solo le echó el ojo a los estrechos pantalones que llevaba—. ¿Estás segura?

Dije que sí.

—No volverás a tener sexo con tu novia si vuelves a tocarme.

—¿Vuelves a pensar en mí desnudo? —La locura de mi vecino volvió—. ¿Imaginas situaciones ardientes para que tu cuerpo queme?

—¡Cállate! —grité.

—Eres tú quien ha hablado de sexo. Y, además, piensas en tocarme. —Bajó su mirada, lentamente, sin prisa—. Vamos, Freya, hazlo.

Apretó su mano alrededor de mi muñeca, intentando controlar cualquier movimiento que le hiriera. Sentí cómo sus cálidos dedos me acariciaban. Debería estar temblando, pero la única que temblaba era yo.

—¿Quieres que me baje los pantalones para facilitarte el trabajo?

—¡¿Qué?! —Había escuchado bien, pero necesitaba salir del estado de shock.

La otra mano libre de él intentó aferrarse a la metalizada cremallera de los pantalones. En cualquier momento era capaz de bajarla y quedarse desnudo como en ocasiones anteriores. El problema era que ahora estábamos solos. Bueno, en mi habitación, ya que su novia seguía en el comedor.

Aquella chica era estúpida. ¿Quién dejaba que su novio se encerrara en una habitación con otra chica? Solo ella, alguien tan rubia como ella.

Un sonido ahogó uno de mis gritos.

—Estoy ayudándote, enana —estaba bajándose la cremallera—, solo ayudándote.

¡Maldición! Otra vez desnudo, no, otra vez no.

—Detente.

Él sacudió la cabeza.

—Tú eres quien quiere cortar. —Se relamió los labios. ¿Por qué diablos se lamía los labios y se acercaba hasta mi boca mientras se bajaba los pantalones con la otra mano?—. Cortar. Un corte rápido en algo tan grande.

¡¿Grande?!

Ni siquiera había cumplido la mayoría de edad para morir tan joven de un infarto.

—¿Preparada para verla de nuevo?

Estaba jugando, en el fondo lo sabía. No era capaz de desnudarse delante de mí, no cuando aguantaba unas tijeras que podrían acabar con su enorme miembro.

¡No! No era enorme.

Me mordí el labio ante mis pensamientos. Él invadía mi cabeza.

Maldito. Al infierno con Ethan.

—No eres capaz —provoqué.

Así que, sorprendido, volvió a arrimarse hasta mi oído.

—¿Estás segura?

Tragué saliva.

—Muy segura. No te tengo miedo, no eres capaz de arriesgarte a que te corte lo que tienes entre las piernas. Lo necesitas, ¿recuerdas?

Un punto para Freya.

—Me da igual perderla. ¿Y sabes por qué? —Apartó la mano de mi muñeca y tocó mi mejilla dulcemente como si en algún momento fuera a romperme—. Porque eso significaría que me tocarías con tu propia mano.

Quería gritar y no podía.

O llorar, lo mejor era llorar. Comportarme como una pequeña niña asustada en busca de los brazos de su padre, de los que la salvarían de imbéciles como Ethan. Pero mi padre no estaba, y la habitación, la pequeña habitación, estaba cerrada.

Y la estúpida novia de él mirando la televisión. Estaba convencida de que si esa chica escuchaba gemidos, no sería capaz de levantarse y mirar qué estaba sucediendo.

¡Un momento! ¿Gemidos?

—¡No! —grité sofocada.

—¿Qué te pasa? —se preocupó de repente.

Mi corazón latía muy fuerte, me estaba quedando sin aire. Lo que estaba claro es que prefería morir antes de que él me hiciera el boca a boca. Pensar en su lengua moviéndose sobre mis labios me asqueaba. ¿Y desde cuándo en un boca a boca había lengua?

Él estaba sacando el lado más pervertido de una chica de diecisiete años.

—No voy a tocarte —repetí—, solo a cortar como no te marches de mi casa.

—Tócame.

Mis labios se abrieron exageradamente.

—Eres un cerdo.

—Oing, oing —dijo gracioso—. Tócame.

—Vete.

Una vez más su mano quedó alrededor de la mía, apretando para acercarla hasta su entrepierna.

—Freya, pequeña e inocente Freya —casi tarareó una nueva canción con mi nombre—. ¿No podemos ser amigos?

—Tengo cientos de amigos chicos —en realidad solo en el instituto— y ninguno se desnuda.

—Ninguno está tan bueno como yo —se apuntó como el mejor y no lo era—. ¿Por qué eres tan fría conmigo? —susurró en mi oído—.

Aunque en el fondo estás ardiendo. Mira tus ojos, cómo se cierran al oír mi voz.

Los abrí.

—Que te jodan, Ethan.

—De nuevo hablas de sexo. ¿Quieres sexo, Freya?

—¡Quiero que te marches!

¿Por qué era tan insistente?

Respiré todo el aire que él me permitía, necesitaba defenderme y atacarle incluso si se atrevía a hacer una barbaridad. Moví mis dedos para abrir las tijeras y, en ese momento, Ethan subió mi mano hasta sus labios, dejándola allí quieta, sintiendo su respiración entre mis dedos.

—¿Ibas a cortar de verdad, enana?

Asentí.

—No lo vas a hacer.

—Claro que sí —reí. Aparté la mano de su rostro, pero era demasiado tarde—. Suéltame.

—No. —En esa ocasión rio él—. ¿Crees que ibas a hacerme daño?

Solo necesitaba hacerle daño para apartar a un stripper de mi pequeña familia.

Entonces mi mundo se vino abajo cuando sacó la lengua y lamió el arma que debería de haberle hecho daño. La lamió como si se tratara de un caramelo sabroso. Y no solo chupó la cuchilla de las tijeras, también mis dedos.

—¡Asqueroso! —Eso solo le hizo reír.

—Míralas bien, Freya, son de plástico.

Miré las tijeras que tenía en la mano. Mierda, mierda y más mierda en el mundo. Tenía razón, eran las típicas tijeras que usaban los niños de cinco años.

Nunca le hubiera hecho daño.

—Esos son los pequeños detalles que tanto me gustan de ti. —Mi corazón latió con fuerza. Cuando intentó hablar de nuevo el sonido de su teléfono móvil lo calló—. Tengo que atender la llamada. Será un momento.

Giró sobre los talones dejándome sola.

En ese instante debí celebrarlo, pero no lo hice. ¿Por qué no salí corriendo?

Solo podía mirarlo a él, cómo hablaba por teléfono nervioso, moviéndose de un lado a otro y abriendo todos los cajones que se encontraba a su paso sin permiso.

Parecía que era su habitación en vez de la mía.

—Era del trabajo. Una despedida de solteras.

Me dio igual.

—¿Y a mí qué me cuentas?

—Cuida de Effie.

—No.

—Freya...

—¡No!

Y alcé más la voz cuando se entretuvo mirando mi ropa interior. Corrí sobre mis cómodas zapatillas y le golpeé en la palma de la mano cuando sostuvo entre sus dedos un pequeño sostén rosa.

Mis pechos eran pequeños comparados con los de su novia Barbie.

—¿Adónde vas? —pregunté cuando salió de la habitación.

Él solo se llevó las manos a ambos bolsillos de los pantalones. Buscó a su novia y se acercó a ella para darle un beso.

¿Por qué gruñí ante la imagen? Por mí podía dejarla sin respiración.

—Tengo que irme, cariño. Chad me ha llamado para que le ayude.

—Trabajas mucho, osito.

¿Osito? Menudos pastelosos estaban hechos. Era lo más cursi del mundo mundial.

Ni siquiera en Romeo y Julieta salían frases como aquellas.

—Lo sé. —Volvió a besarla—. Quédate con Freya, ella te acompañará esta tarde.

¡Odiaba a Ethan!

Era capaz de irse a trabajar y dejarme de niñera de su novia.

No, me negaba. Pero mis negaciones no servían de nada.

Él se acercó hasta mí y al tiempo que jugaba con mi cabello susurró:

—Solo serán unas horas, te lo recompensaré.

Luego lamió el lóbulo de mi oreja.

Yo le respondí con palabras.

—Le quemaré el pelo a tu novia, lo prometo.

Se carcajeó, le hacía gracia.

—Mientras pueda acostarme con ella, puedes hacerle lo que quieras.

Él fue quien habló de sexo.

Salió con una enorme sonrisa de oreja a oreja, dejándonos solas en el apartamento de mi padre.

Pero ¿que había hecho yo para tener tan mala suerte?

—¿Qué podemos hacer? —preguntó ella.

Era fácil. Destruir a Ethan y la única forma era que su novia lo dejara.

—Iremos a tomar algo —sonreí—, a un local llamado Poom's.

El único sitio donde trabajaba Ethan, y desnudo.

10

—¡Freya! Ya estoy en casa.

Cuando escuché la voz de mi padre me froté las manos maliciosa-
mente —parecía que había salido de una película de gánsteres, donde la
víctima era la novia de Ethan, y yo estaba a punto de deshacerme de
ella—. Di unos saltitos con una sonrisa de oreja a oreja, dejando que mi
cabello volara por encima de los hombros. Golpeé el suelo con las viejas
Converse que solía llevar y salté para darle un abrazo a mi supuesto
médico favorito. Mi padre.

—Hola, papá. —Le cogí el maletín—. ¡Qué pronto has llegado!

—No me gusta esa sonrisa. —Empujó delicadamente mi mejilla
con su dedo, pero el intento de ser gracioso le falló cuando se dio cuenta de que no estábamos solos—. Estabas castigada. Eso incluye nada de
amigas.

Ja. La novia de Ethan no era mi amiga, era el estorbo que habían
dejado en mi hogar.

—Es la novia de nuestro vecino. —Extendí el brazo hacia atrás para
llamar la atención de Effie—. Él es mi padre.

La chica jugueteó con su rubia-rosada melena y, con la amabilidad
que había mostrado junto al stripper, le tendió la mano para presentarse.

—Señor, soy Effie. —Le estrechó la mano—. No sabía que Freya
tuviera un padre tan joven.

Pestañeé por la estupidez que acababa de decir, e incluso bufé y dejé
que mi flequillo cayera en más de una ocasión en mis ojos.

Y entendí toda aquella amabilidad; era un clon de Ethan. Ambos
eran falsos.

Reí como una loca estúpida, rompiendo el momento tan agradable que estaban teniendo. Mi padre se pasó la mano por su oscuro —casi ya canoso— cabello corto, dejando a la luz que realmente se mantenía en forma cuando ya rondaba los cincuenta.

Primero había sido Ethan, y ahora parecía que Effie se iba a unir al grupo que tenía como objetivo destrozar el perfecto mundo de Freya.

—El novio de Effie ha tenido que salir a trabajar y me ha pedido que me quede con ella —golpeé el suelo de nuevo, haciéndome la víctima—, pero estoy castigada. —Puse morritos para dar pena—. No puedo hacer nada.

Mi padre pareció pensarlo mucho.

Levantarme el castigo o no.

—¿Estás castigada? —Algunos dirían que la voz de ella era dulce, para mí era el grito de una Barbie en el mismísimo infierno, ardiendo por su zorrería—. Si se te ve una chica muy buena.

¿Ahora era cuando decía «o sea»?

—O sea —¡Lo dijo!—. Creo.

—Y lo soy. —Fingí sonreír tal y como hacían las Bratz de los dibujos animados—. Papá, todos cometemos errores.

—Tu error fue grande, Freya. ¿Cuántas veces te he dicho lo que le puede pasar a una adolescente?

Era fácil, siempre decía lo mismo:

1. Me podía quedar embarazada.
2. Alguien se aprovecharía de mí si bebía demasiado.
3. Podían secuestrarme.
4. Una vez más el tema del embarazo.
5. En cualquier lugar donde la música sonaba fuerte, existía la posibilidad de salir sin un órgano.
6. Las drogas.

Y la siete y la ocho eran la misma: el embarazo.

Aparté bruscamente a Effie, quedándome delante de mi padre.

—Era el cumpleaños de Ginger, papá. Solo se nos pasó la hora, pero estoy bien.

—¿No hubo drogas? —Negué con la cabeza—. ¿Alcohol?

—Tampoco. Y mucho menos hay embarazo. —Reí cuando me alcé la camiseta dejando bien claro que mi vientre estaba plano.

—¿Adónde iréis?

Miré a Effie antes de responderle.

—Ella no conoce mucho este lugar. Tomaremos unos granizados en el parque y volveremos antes de las diez. —Me giré para buscar la aprobación de ella—. Solo si tú quieres.

—¡Estoy encantada! —gritó con euforia. E incluso aferró sus brazos alrededor de mi cuello—. Hace tiempo que no tengo una mejor amiga.

¿Una qué?

¿Había dicho «mejor amiga»?

Esa chica estaba muy equivocada. Yo era mala, ella iba a sufrir.

Básicamente no podíamos ser amigas.

Y entendía por qué llevaba tiempo sin tener una mejor amiga.

Dejé de burlarme de ella. Cogí el pequeño bolso que descansaba en la entrada y tiré de su brazo para salir lo más rápido posible antes de que mi padre hiciera más preguntas.

El sol se ocultó rápidamente. Había sido una pesadilla estar con Effie encerrada más de cuatro horas. Por mi mente pasó la idea de estar junto a ella en unos juegos del hambre 2014. La hubiera matado sin dudar.

Con una carcajada maliciosa, olvidé que no estaba sola. Alcé un poco la cabeza y encontré el gran cartel de Poom's, donde trabajaba Ethan.

«Prepárate, stripper.»

—¿No íbamos a tomar unos granizados?

—No. —Tiré de su brazo ya que parecía bloqueada, asustada. Yo estaba más asustada que ella el día que pisé el local—. Le mentí. Tomaremos unas copas sin alcohol y volveremos a casa.

Effie frenó mis pasos.

—Pero ahí hay chicos d-desnudos. —Su inteligencia progresaba adecuadamente—. Ethan pensará que lo estoy engañando.

—Él no tiene por qué enterarse.

Claro que se iba a enterar, porque él estaba dentro.

Un chico de cabello rojo teñido se apartó de la puerta. La sonrisa que me lanzó me extrañó más de lo normal, pero lo entendí. Me había reconocido, mientras que yo a él no.

Seguramente estaba el día que fui con Ginger.

Como de costumbre el local estaba lleno de gente. Chicas jóvenes, mayores... y hombres con corbatas y torsos desnudos: los strippers.

Encima del escenario había una mujer de más de treinta años bailando con un traje de policía. Al parecer era mixto por las tardes-noches.

—¿Estás segura de que quieres estar aquí?

Asentí con la cabeza.

Una tos masculina provocó que mirara por encima de mi hombro. El camarero sexy que nos había atendido la primera vez estaba a mis espaldas.

—Hola.

—Hola —le devolví el saludo.

—¿Y tu otra amiga?

Le gustaba Ginger.

—En casa. ¿Dónde está tu «amigo»?

No dije el nombre para que Effie no me descubriera. El camarero señaló un pasillo, donde se suponía que estaban las salas privadas.

Cogí a la novia de Ethan por el antebrazo y tiré de ella con las pocas fuerzas que me quedaban, ya que las otras estaban reservadas para reírme.

Doblamos el luminoso pasillo y llegamos delante de una puerta en la que había un cartel que ponía: SOLO CLIENTES.

Se suponíamos que nosotras éramos clientas y en el interior se escuchó la voz de Ethan, junto a su risueña y contagiosa risa.

—No podemos entrar.

—Sí que podemos —insistí—. Tienes que ver algo.

Empujé la puerta todo lo posible, dejándola casi abierta y dejando a la luz la imagen que las dos vimos.

El «sexy» —tenía que admitirlo— se sacó la camiseta de una forma que incluso a mí me quitó el aliento. Su espalda musculosa pedía a gritos ser tocada. Las chicas que había delante gritaban porque querían más y la que tenía al lado chillaba y lloraba al mismo tiempo.

—¡Ethan! —Sus ojos estaban llenos de lágrimas.

—¿E-Effie?

Recogió la camiseta del suelo torpemente. Su pecho se hinchó, casi no podía respirar por el susto.

Me alejé un poco de ellos, pero la acosadora mirada —aquella mirada dulce que se reflejaba en mis ojos— desapareció cuando se encontró con la mía, y vi odio en ella.

Temblé.

Nunca pensé que él me odiaría y que llegaría a afectarme.

—Te lo puedo explicar...

—¡No me toques! —Effie siguió derramando más lágrimas—. No no lo puedo c-c-creer.

Ella tartamudeaba, agitaba la cabeza y apartaba con sus dedos las gotas que salían de sus claros ojos.

La imagen estaba rompiéndome el corazón, dejándome ver lo mala persona que era.

Con cariño Ethan cogió las manos de su novia, las subió por su desnudo abdomen y las dejó sobre su corazón.

—Te quiero.

—¡Mientes! —gritó ella.

Estaba equivocada. Él estaba muy enamorado de la chica rubia con mechas californianas rosas.

¿Y eso me molestaba a mí?

No, pero me sentía mal.

—Effie —la llamé, pero al parecer no me escuchó—. ¡Effie!

Alcé un poco más la voz.

—Marchemos de aquí, Freya, no lo quiero ver.

Intentó acercarse hasta mí, pero los fuertes brazos de Ethan la abrigaron con su calor.

—¡Suéltame!

—Tienes que escucharme —dijo él.

—Es una broma —mentí—. Ethan y yo queríamos gastarte una broma.

—¿Qué? —De repente, las lágrimas se secaron.

—Sí. —Me rasqué la nuca—. Para reírnos todos juntos de esta estupidez de broma. ¿Cómo va a ser tu novio stripper?

Ella miró por encima de su hombro.

—¿Es cierto, osito?

—Es la verdad, Effie.

La chica se giró entre los brazos de Ethan y lo devoró con la boca olvidando que yo estaba delante. Parecía que todo se había solucionado, que volvían a ser más felices que antes. Así que me di cuenta de que sobraba.

Con los dedos aferrados a mi bolso, salí sin mirar atrás, ya que no quería encontrarme con la mirada de Ethan, el cual estaba besando a la chica con sus azules ojos bien abiertos.

—Qué pronto has llegado —dijo mi padre cuando me senté junto a él.

Estaba comiendo palomitas de un gran bol de plástico mientras veía una película de acción.

—Sí, quiero dormir para poder madrugar mañana y no levantarme tarde.

—Bien hecho. —Me dio un beso en la coronilla.

Abrí los dedos de la mano y estiré el brazo con la intención de coger una buena cantidad de palomitas para llevármelas hasta la boca, cuando de repente sonó el timbre.

—Ya voy yo.

Corrí hacia la puerta sin pensarlo.

Y al abrirla vi que no había nadie. Únicamente un *cupcake* con una enorme cereza y una nota.

Me incliné hacia delante y lo recogí sin dudarlo. Le di un mordisco —incluso con la posibilidad de que hubieran puesto dentro alguna droga que me mataría— porque necesitaba comer algo dulce, y leí la nota.

GRACIAS, ME HAS SALVADO EL CULO

Bufé, su trasero era perfecto.
¡No! No era un buen trasero. Brad Pitt tenía mejor trasero.

MAÑANA, TÚ Y YO, PARQUE DE ATRACCIONES. ¿QUÉ DICES?

¿Estaba loco?
Pero seguí leyendo.

TE RECOGERÉ A LAS 6.00 DE LA MAÑANA.
SUEÑA CONMIGO; YO LO HARÉ CONTIGO. ¿PUEDO PENSAR EN TI SIN ROPA?

¡Qué salido mental!

11

El sonido de unos nudillos golpeando contra la puerta de mi habitación no fue lo suficientemente convincente para levantarme de la cama. Abrí lentamente un ojo, y cuando me adapté a la oscuridad, abrí también el otro debido a la insistencia de quien llamaba. El cielo seguía oscuro y el reloj solo marcaba las seis de la mañana.

Mi padre se había vuelto loco, yo seguía sin ser persona a esas horas de la mañana. Me quedé sentada sobre el colchón, con los dedos enterrados en mi cabello, y bostezando sin importarme que alguien me viera.

Cuando el ruido cesó, volví a tumbarme dándole la espalda a la puerta. Oculté un brazo bajo la almohada y, con un gruñido, cerré los ojos con la intención de no abrirlos —o al menos no hasta las diez de la mañana.

Me perdí en el dulce sueño que estaba viviendo. Supuestamente dulce porque en ningún momento me incomodó sentir una mano recorriendo mi espalda. Parecía tan real que era como tener a alguien al otro lado de mi propia cama.

Volví a despertarme. Aunque en el fondo en ningún momento me quedé dormida.

Unos rápidos dedos empezaron a tirar de mi camiseta. Aquella camiseta que solía usar para dormir; grande, oscura, y que cubría parte de mis muslos.

Mi padre no era.

Lentamente giré el cuello medio asustada. Detrás de mí podía estar cualquiera. Además, recordaba las historias que me contaba mi abuela de pequeña sobre el hombre del saco, el pervertido hombre que secuestraba a los niños que no dormían. Con el paso del tiempo debí haberlo superado, pero en ese momento me di cuenta de que crecí asustada de algo que no existía.

Así que podía hacer dos cosas. Gritar a todo pulmón o defenderme con las cortas uñas que tenía.

Arrastré la mano que tenía bajo la almohada por las sedosas sábanas y, cuando estaba a punto de levantarla, otra mano que se refugiaba en la oscuridad se entrelazó con mis dedos.

Lo miré directamente a los ojos.

—Buenos días. —Allí estaba él. El pesado de mi vecino.

No era un buen día.

—¿Qué haces aquí? ¿Qué haces aquí? ¡¿Qué haces...

Cuando empecé a levantar la voz, Ethan pasó la mano libre sobre mis labios, presionando para que dejara de gritar.

—Tú. Yo. Parque de atracciones. ¿Recuerdas?

Me negué y me seguiría negando a ir con él.

—Por eso eres stripper —alargué la mano hasta encender la lamparita de noche, dando claridad a mi habitación—, por tu falta de inteligencia. No voy a ir contigo a ningún lado.

Él bufó.

—¿Por qué no? Se supone que yo soy quien tiene que estar enfadado contigo. Ayer casi rompes mi relación con Eff... —no siguió porque lo miré con el ceño fruncido.

—Estoy cansada de ti. Llevas aquí más de una semana. —Miré la pequeña ventana que estaba justo delante de la suya—. No te aguanto. Ni a ti ni tus bromas, y mucho menos a tu novia. Te juro que si alguien me hubiera advertido de que esto pasaría, no habría decidido pasar el verano con mi padre.

—Nos llevamos muy bien.

—No. —Negué con la cabeza.

—Sí —dijo acercándose un poco más. Derrumbándose casi en mi propia cama para poder estar más cerca de mis ojos. Solo cinco centímetros me separaban de todo lo que era ojos, nariz y labios—. Me gusta tenerte como amiga.

Amiga. Amiga. Amiga...

Yo no quería ser su amiga.

Seguramente su trabajo lo había alejado de sus amistades, y únicamente podía estar con el círculo de amigos que se había construido en el club o con su novia. Yo era lo más próximo a una amiga que tenía pero me negaba a aceptarlo.

Sacudí la cabeza.

—¿Y para qué quiero un amigo universitario?

—Son todo ventajas.

—¿Ah, sí? ¿Cuáles? —Mis manos volaron hasta su duro pecho, el cual empujé para alejarlo de mí y quedarme sentada con los brazos cruzados.

—Fiestas. Puedo comprar alcohol ya que soy mayor de edad. Mi trabajo te podría hacer disfrutar.

La sonrisa de Ethan se ensanchó peligrosamente y mis mejillas ardieron ante la pervertida imaginación que tenía últimamente.

Los ojos azules del stripper brillaron con mayor fuerza al ver que yo bajaba la cabeza. Quería refugiarme, dejar de escuchar su tono de voz, que me hacía temblar incluso cuando el calor aumentaba.

Pero no podía ser «la amiga» porque él tenía novia.

Volví a alzar la cabeza cuando sus largos dedos se aferraron a mi desnudo tobillo, jugueteando con mi piel y poniéndome el vello de punta.

—No quiero ser tu amiga.

—¿Y qué quieres ser?

Se mordió el labio. Era cruel, él sabía jugar con sus cartas, yo no.

—Freya —su mano siguió subiendo por mis piernas, casi rozando la enorme camiseta que llevaba para dormir—, ¿qué es lo que quieres?

E hice lo de siempre.

No pensé, dije lo primero que se me pasó por la cabeza.

—No puedo ir contigo porque tengo una cita —lo solté tan rápido que parecía que Ethan se había perdido en el «no»—. Lo siento.

—¿C-cita?

¿Acaso había tartamudeado?

—Te refieres —primero me señaló a mí con su dedo índice y luego lo posó sobre la blanca y ajustada camiseta que él llevaba— a la nuestra.

Negué con la cabeza.

Era la única forma de que se alejara de mí.

Ethan encontró diversión conmigo, y yo cada vez me estaba volviendo más loca. La venganza corría por mis venas, y no quería ver llorar una vez más a Effie.

—Hace poco conocí a un chico, así que acepté su invitación.

—¿Y adónde vais a ir?

«Piensa, Freya, piensa...»

—Al parque de atracciones.

«¡Estúpida! Allí era donde me iba a llevar él.»

Me mordí el interior de la mejilla como solía hacer siempre que mentía a alguien.

—Te llevaré.

—¡No! —Seguía siendo una amenaza—. Tú llama a tu novia, y pasa el día con ella.

—Ya le he dicho a tu padre que estarías conmigo.

Inmediatamente recogió uno de los rebeldes mechones que me caían sobre el rostro y lo dejó lentamente detrás de la oreja. Además, se atrevió a rozar mi mejilla con sus blancos nudillos.

—Si es verdad lo de tu cita —bajó un instante la cabeza—, me marcharé.

¿Y qué podía hacer?

12

—Bonito coche —aguanté las ganas de reír—, muy de los ochenta.

Ethan abrió la puerta del vehículo con una ceja alzada, me miró y por unos instantes se quedó pensativo, buscando la mejor forma de librarse del ataque de risa que yo estaba a punto de sufrir.

Sus largos dedos revolvieron su cabello, y con su típica sonrisa dijo:

—Prefiero ser guapo antes que rico, ya que a veces las dos cosas no pueden ser.

—Algunos prefieren tener dinero. El dinero lo es todo a veces.

El cinturón de seguridad pasó por encima de mi cuerpo. Él, casi preocupado, se aseguró de que estuviera bien ajustado. De alguna forma me cuidaba, y era comprensible; si me pasaba algo, mi padre lo mataría.

—Es una estupidez. —Fue Ethan quien rio en esa ocasión—. Gracias a esto —señaló sus pectorales antes de llevar las manos al volante— he conseguido muchas cosas. Así que ser guapo es lo mejor.

—Creído.

—¿Qué? —preguntó confuso.

Lo ignoré.

Ethan tenía un gran defecto; solo le importaba la belleza.

Y para mí eso era lo mejor, porque un chico al que solo le importaba el físico me apartaba inmediatamente de su lado.

Yo era una chica sencilla, simple, como cualquier otra adolescente. Podía ser coqueta, pero no por ello me habían dado una medalla a la chica más sexy del instituto. Y tener un estúpido título como la «chica más sexy» implicaba ir vestida como un verdadero zorrón: faldas cortas y sostén con relleno.

Ni hablar.

Me gustaba ser Freya. La loca Freya que reía y hablaba sola de vez en cuando.

Volví a mirar a Ethan. Silbaba a la vez que me iba echando miradas en cada semáforo en rojo. La gran pregunta era: ¿por qué yo?

La palabra «simple» estaba tatuada en mi frente; no literalmente, pero ahí estaba.

En el poco tiempo que hacía que nos conocíamos, aparte de imbécil, él había sido un chico dulce. Y lo peor de todo es que si Ethan me besaba, era capaz de cerrar los ojos para disfrutar de unos labios que me harían temblar.

—El chico... —intervino en mis pensamientos.

—¿Qué chico?

No lo entendí, hasta que alzó los hombros avisándome de la estupidez que estaba cometiendo. Era sencillo descubrirme, ya que casi nunca solía mentir (casi nunca).

—Tu cita. —Sus labios sonrieron.

Estaba dejándome como una estúpida.

—¡Oh! Sí, mi cita.

Jugueteé con mi cabello.

¿De dónde sacaría a un chico?

Era demasiado tarde, porque cada vez estábamos más cerca del parque de atracciones. Mis manos temblaron sobre mis piernas, mis ojos permanecieron cerrados esperando un gran milagro; me conformaba con una tormenta o varios rayos cayendo contra la tierra hasta formar un gran diluvio. Sería mi salvación, pero en pleno verano no llovía, y una catástrofe estilo Noé era mucho más complicado.

¿Por qué si yo había sido cruel el supuesto Dios que había arriba no me castigaba?

Claro que me castigaba. El diablo estaba sentado a mi lado en el coche.

Con su sonrisa perfecta. Cabello reluciente. Cuerpo fuerte como una roca. Ambicioso y seductor. Ese era Ethan. El perfecto Ethan.

—¿Qué quieres saber?

Empezó a aparcar.

—¿Dónde lo conociste?

—¿Puedo preguntar yo algo antes? —Él asintió con la cabeza, callando para reservarse unas cuantas preguntas más—. ¿A ti qué te importa?

Fui algo brusca.

—Quiero decir... —Era de lo más normal, ¿no?—. No nos conocemos de nada. Básicamente puedo enrollarme con ese desconocido sin contar con tu opinión.

Al soltar esas pocas palabras, mi cuerpo se movió bruscamente hacia delante. Por suerte el cinturón me protegió un poco, pero el terrible dolor que noté en mi cuello no me lo quitaría nadie.

Ethan frenó demasiado fuerte cuando echó hacia atrás para estacionar el coche. Sus manos apretaron con tanta fuerza el volante que los nudillos se le quedaron blancos.

—¿Qué acaba de pasar? —pregunté asustada.

Un hombre mayor se acercó hasta nosotros para hacer la misma pregunta él. Ethan bajó la ventanilla y, gruñendo, dijo que estábamos bien.

Él estaba bien; yo casi me parto el cuello.

Miré sus enormes ojos azules, pero no vi la misma claridad de siempre; estaban más bien oscuros.

—¿Acabas de decir... —su tono de voz bajo daba miedo— enrollarte con un desconocido?

¿Era por eso? ¿Casi me mata por haber dicho la palabra «enrollar»?

Y claro, enrollar llevaba a otra: sexo.

A Ethan le asustaba el sexo. No, en realidad me asustaba a mí.

—Te lo volveré a decir. ¿A ti qué te importa?

Ladeó la cabeza hasta encontrarse con mi mirada, la cual estaba brillando gracias al sol, y no por pensar en un desconocido que ni siquiera existía.

—Pues me importa, ¿de acuerdo? —Necesitaba que me gritara, porque aquellos susurros me bloqueaban—. Tu padre me mataría.

—Él no tiene por qué enterarse...

¿Un momento?

Le estaba siguiendo el juego. Verle nervioso con aquel tema me encantaba. La malvada Freya volvía de nuevo.

—¡No puedo ser cómplice de un tío que solo te quiere llevar a la cama! —El mal genio del stripper salió a la luz—. Así que quiero saber dónde has quedado con él, porque tengo que decirle cuatro cosas.

Mis labios se abrieron con exageración. Él no iba a decirle cuatro cosas, quería discutir con mi cita imaginaria.

¿Y qué derecho tenía él?

¡Ninguno!

Porque básicamente no existía.

Coloqué mi mano encima de su hombro.

—Oye, nene —qué asco me dio decir «nene»—, no eres mi hermano, y mucho menos un amigo-novio. Tengo diecisiete años, lo suficientemente mayor para saber si me acuesto con alguien. ¿Por qué no nos haces un favor a la humanidad y te pierdes de mi vista?

Yo no era así, pero él me obligaba.

Ethan apartó mi mano y sus dedos se aferraron a un trozo de tela de mi camiseta. Tiró de mi cuerpo, dejándome cerca de su rostro.

—No.

¿Solo no?

Balbuceé:

—¿N-no? —Mis mejillas ardían.

Podía sentir su fresco aliento chocar contra la negación que solté.

—Voy a ser tu sombra. Te guste o no. No es fácil librarse de mí. —Soltó mi camiseta, que se quedó arrugada por la fuerza de sus dedos. Me quité el cinturón de seguridad y abrí la puerta del copiloto. Cuando estaba a punto de salir, me retuvo con más palabras—. Estaré vigilándoos.

—Dijiste que desaparecerías.

—¿Cuándo he dicho eso? —Se rascó la barbilla.

—Antes... —No seguí, porque rompió la promesa que me hizo.

—¡Freya! —gritó cuando me vio salir corriendo hasta las taquillas—. Como te toque el culo, le corto la mano.

De la guantera sacó una pequeña navaja.

Tragué saliva.

Agité el bolso, casi pidiendo ayuda.

Ethan no solo era stripper, también era un matón.

13

Estar dentro del parque de atracciones tenía dos cosas malas:

1. Ethan me estaba siguiendo.
2. No había cita.

Así que estaba sola, pero a la vez acompañada por mi vecino, el cual me seguía sin llamar demasiado la atención. Pero sí que destacaba por encima de los demás; no mantenía mucho la distancia y ocultaba su rostro con un viejo periódico que estaba casi destrozado.

Aguanté las ganas de reír. Era gracioso ver a Ethan de reojo, asomando la cabeza y moviéndose lo más rápido posible para no perderme de vista.

La amenaza me sorprendió bastante, pero seguía mostrándose como el chico bueno que a veces era. Pocas veces, pero en ocasiones me había hecho temblar con tanta delicadeza...

Pasé por delante de la noria, con las manos en los bolsillos y mirando a todas las parejas que pasaban por mi lado sonriendo y besuqueándose sin darse cuenta de que me estaban haciendo daño.

Tenía que ser una bonita sensación ir con alguien; reír juntos y pasear cogidos de la mano.

Yo había conseguido tener una cita con Ethan y la había rechazado. ¿Por qué?

Porque él tenía novia, y de alguna forma se estaba riendo de mí. Incluso cuando a veces demostraba lo contrario.

Cansada de caminar sola y sin encontrar al chico que me había inventado, me senté en una especie de banco payaso siniestro. Acomodé la espalda en el respaldo y agité las piernas mientras rebuscaba en mi bolso. Unas cuantas monedas resonaron entre mis dedos y un chicle (más que derretido) se me enganchó en la mano.

Nerviosa por no poderme liberar de la masa verdosa que parecía que estaba a punto de tragarme, corrí en busca de alguna fuente para quitarme la goma de mascar.

—Esto es asqueroso. —Moví violentamente la mano.

Detrás de mí había unos cuantos niños con sus padres esperando a que me apartara de la pequeña fuente que estaba delante de la casa del terror.

—Toma —escuché una voz masculina—, con un pañuelo es mejor.

Sin mirarle a los ojos lo cogí.

Error, porque el pañuelo era de papel, y se me quedó entre los dedos junto al chicle.

Mis dedos estaban cada vez más sucios.

—No me has ayudado demasiado —volví a ser desagradable con otra persona, pero cuando lo miré a los ojos, me callé inmediatamente.

Él solo sonrió, y yo seguí embobada con sus enormes ojos oscuros.

—¿Por qué no me acompañas? —Retrocedí unos pasos, y él entendió mi huida—. Soy de mantenimiento. —Golpeó la chapita donde estaba su nombre—. Tenemos un cuarto de baño con jabón.

—Jabón —susurré—. Necesito un poco de jabón.

Byron, el chico de mantenimiento, señaló detrás de la montaña rusa. Puse la mano detrás de mi espalda y me decidí a seguir sus pasos.

El chico que estaba a punto de ayudarme era alto, delgado y con el cabello muy rubio; casi le rozaba el cuello. Era muy diferente a Ethan, ya que él no parecía preocuparse por su físico y por estar más fuerte que los demás.

El tono de su piel era muy blanco y por ello destacaban sus enrojecidas mejillas. Trabajar horas y horas bajo el sol no le estaba afectando. O quizá Byron se ponía demasiada protección solar.

—¿Siempre estás dispuesto a ayudar a una chica que tiene un lío con un chicle?

—¿A ti no te han dicho que los chicles unen a parejas? —respondió con otra pregunta. Giró el cuello y me dedicó una enorme sonrisa—. No sé, te he visto nerviosa y algo me ha impulsado a ayudarte. —Ambos miramos entre mis dedos el pañuelo de papel que me había dado—. Aunque no ha servido de mucho.

—Por naturaleza soy un desastre, no te preocupes.

—Me gustan los desastres. —Guiñó un ojo—. Yo a veces también soy muy torpe...

Y claro que lo era. Estaba tan concentrado en mirarme por encima del hombro que no vio el enorme cable que había en el suelo. El hombre que estaba haciendo algodón de azúcar rosa se carcajeó junto a una pareja y sus hijos. Byron acabó en el suelo, casi gimiendo de dolor.

Me incliné con la intención de ayudarle. Estiré la mano esperando a que la cogiera, pero estaba sucia, así que pensé que no lo haría.

¡Mec! Error, lo hizo.

Sus dedos quedaron tan pegajosos como los míos.

Byron se rio al sentir la masa verdosa en su piel.

—Quién me iba a decir que un chicle me uniría a una chica.

—Y literalmente —solté yo riendo.

Ambos nos levantamos, y no sé por qué, miré por encima del hombro en busca de Ethan. No estaba, lo había perdido.

¿O acaso el verme con un chico hizo que desapareciera?

Era un misterio que no estaba a punto de descubrir, porque no me importaba.

La pequeña habitación de mantenimiento no destacaba demasiado; acogedora, blanca, y con un par de sillones delante de una mesa empotrada de pared a pared.

Byron llegó con una toalla y un bote de jabón, y me lo tendió con la misma sonrisa con la que se levantó del suelo. Limpié mis manos librándome de la asquerosa goma verde de mascar y me fijé en la ensangrentada rodilla de él.

—Estás sangrando.

Él no dijo nada porque me vio arrodillada de repente. Mi cabeza casi podía rozar su abdomen. Alcé un poco la mirada y me encontré con las acaloradas mejillas del chico de mantenimiento.

—Necesito tiritas. Alcohol o algo para desinfectar.

Byron se llevó las manos a los bolsillos, parecía nervioso.

—¡Rápido! —grité—. Una vez mi padre me dijo que le tuvo que amputar una pierna a un chico por una herida como esta.

—¡¿Qué?! —se asustó.

—Solo bromeaba.

Le saqué la lengua como señal de que me estaba riendo un poco de él. Giró sobre las deportivas blancas y volvió al cuarto de baño que tenían en la sala de mantenimiento.

Dejé el bolso en el suelo y me acomodé una vez más en el sillón, moviendo de delante hacia atrás mis piernas mientras pensaba en Ethan.

¿Dónde estaría?

Minutos atrás no me importaba si había cambiado de idea, pero en ese momento necesitaba al menos saber que estaba bien y que optar por marcharse era la mejor decisión del día.

El chico que encontré en el parque volvió a estar delante de mí. En esa ocasión llevaba entre las manos una cajita de tiritas y un bote blanco de agua oxigenada. Se acercó nuevamente sin mirar el suelo, con la mala suerte de tropezar con la toalla que había traído antes.

Todo pasó tan rápido que ni siquiera vi la caída.

Sus rodillas impactaron contra el suelo. Las manos de Byron pasaron de estar en mis brazos a estar más abajo de mi cintura. Y su cabeza... su cabeza cayó entre mis piernas.

Solo la puerta de la sala me despertó de aquel mal susto que me llevé.

Ethan estaba delante de nosotros, con los labios apretados al igual que los puños. Su respiración agitada hinchaba su fuerte pecho y sus enormes ojos azules volaron desde las manos del chico que acababa de conocer hasta mi mirada, que estaba terriblemente asustada.

—¿T-te está t-tocando el culo? —Es lo que entendí antes de que lo alzara del suelo y lo estampara contra la pared.

14

Estaba bloqueada delante de los dos, observando la escena: Ethan apretaba el cuello de Byron, sin darse cuenta de que le estaba haciendo daño. Mis brazos cayeron a ambos lados de mi cuerpo, paralizada por el miedo. De repente, no aguanté más y casi me abalancé sobre él.

Golpeé el fuerte brazo de Ethan y con un grito le pedí que lo soltara.

Sus ojos se quedaron fijos en los míos. Por fin había reaccionado.

—¿Qué haces? —conseguí decir sin tartamudear.

Lentamente y con la cabeza bajada, liberó los dedos del cuello del chico de mantenimiento. Nervioso miró por encima del hombro, evitando centrar su mirada en los labios que lo estaban atacando.

—¡¿Te has vuelto loco?! —grité, ya que no me importaba que él se lo tomara mal—. Él no te ha hecho nada. —Tiré del débil cuerpo de Byron—. Cada día me sorprendes más, Ethan.

—Freya —gruñó entre dientes—. Te lo advertí. —Señaló al chico que tenía al lado con el dedo—. Nada de meterte mano, o yo mismo me encargaría...

Lo interrumpí.

—¿De qué te encargarías? ¡¿Eh?! Respóndeme.

No entendía por qué estaba furiosa con él. Tal vez básicamente estaba cansada de su comportamiento machista.

Ethan bajó la cabeza.

—No tienes ningún derecho a nada. No eres nadie para mí. —Volví a reencontrarme con sus ojos azules, que estaban apagados ante mis palabras de acusación—. Es mi cita.

—¿Cita? —preguntaron los dos a la vez.

—Sí, mi cita. —Cogí la mano de Byron, el cual temblaba de miedo. No solo porque un desconocido había estado a punto de dejarlo sin respiración, sino también porque la chica a la que había ayudado se había vuelto completamente loca—. Cumple con tu promesa.

Quería perderlo de vista.

—No voy a dejarte sola... —siguió insistiendo.

Caminé hacia delante, dejando a Byron detrás de mí pero con nuestros dedos unidos. Ladeé la cabeza y con una sonrisa le respondí:

—¿Es que acaso quieres mirar? —Alcé las cejas divertida—. ¿Te gustaría ver cómo lo beso?

Mi vecino tragó saliva. Apretó la mandíbula y volvió a mirar al chico con ira.

—Te he hecho una pregunta, Ethan.

—No —dijo con un tono agresivo.

—Entonces, vete. —Señalé la puerta—. No te necesito. Gracias por traerme.

Vi cómo toda la agresividad que recorría el cuerpo del stripper quedaba marcada en la palma de su mano. Sus cortas uñas se clavaron en su piel, dibujando en ella pequeñas rayas que tardarían en esfumarse.

—Te pasaré a recoger a las ocho.

POV ETHAN

Y antes de que ella se negara, cerré la puerta con todas mis fuerzas. Ni siquiera comprendía por qué mis orejas ardían. Estaba tan nervioso que yo mismo me habría encargado de que ese chico (tan desconocido para mí como para ella) no se hubiera acercado más a Freya.

Salí del estúpido parque infantil arrastrando las deportivas y busqué mi coche con desesperación. Últimamente mi pequeño mundo se había unido con el de la pequeña hija del médico y ahora no sabía cómo salir corriendo sin tenerla a ella al lado.

Con la puerta cerrada y el vehículo mal aparcado, arrastré los dedos por mi cabello.

¿En serio me había pedido que me marchara?

¿Quién diablos era ese tío?

Lo peor de todo es que la estaba tocando y Freya no parecía molesta. La sonrisa que le dedicó era la misma que me mostraba a mí cada vez que nos reíamos juntos.

Golpeé el volante sin saber lo que estaba haciendo.

Necesitaba ir al gimnasio y golpear un rato algún saco de boxeo.

Conduje lo más rápido posible y en menos de quince minutos llegué al lugar donde pasaba una gran parte del día.

Al ser verano había pocos socios en el club.

Guardé mis cosas en la taquilla correspondiente y con los dientes apretados me dirigí a la sala de boxeo.

—¡Ethan! —escuché a mis espaldas.

Paré de golpear unos segundos para encontrarme con uno de los compañeros de clase. Había estado tan liado con mi trabajo que terminé cambiando mis amistades de la universidad por compañeros de profesión.

—Jake, ¿qué haces aquí?

Él alzó las manos, preguntándome a mí lo mismo.

Detrás de él llegaron unos cuantos amigos más.

—Vamos a entrenar un rato —soltó Oliver—. ¿Quieres venirte luego a tomar algo?

Beber, ¡qué gran idea!

Era perfecto, necesitaba volcar una botella en mis labios y olvidar un poco el gran problema en el que me había visto metido.

Seguimos entrenando un poco; yo para mantenerme en forma para el club, y ellos para impresionar a las mujeres. Al cabo de dos horas salimos del gimnasio y, entre risas, llegamos a un pequeño bar donde servían las jarras de cervezas más grandes de la ciudad.

¿Es que acaso estaba celoso?

Era una buena pregunta porque Freya seguía en mi cabeza.

No, no eran celos.

La enana solo tenía diecisiete años. Pero había llegado a mi vida como un huracán, golpeando fuerte hasta abrirse paso hasta mi corazón.

Después de tres cervezas me di cuenta de la realidad, pero también de la tristeza que desprendía Alan.

—¿Y a ese qué le pasa? —le pregunté a Jake mientras bebía de la jarra.

Él solo rio.

—¿Que qué le pasa? —Asentí—. Que está locamente enamorado de tu novia.

¡Joder!

Effie.

Llevaba horas sin saber nada de ella. Había estado ocupado con Freya, intentando cuidarla incluso cuando no me necesitaba.

Bebí de un trago la cuarta cerveza.

Y claro que lo entendía. Todo estaba claro.

Effie era la reina de mi mundo, quien me hacía disfrutar y me llenaba sexualmente.

Y Freya, la pequeña Freya, llenaba la parte que Effie no podía llenar; la parte de amor y delicadeza. Necesitaba cuidarla.

Pero la cuestión era... ¿cómo?

¿Como a una hermana pequeña?

Sí, la veía como si fuera mi hermana pequeña.

Era lo más normal. Ella era preciosa, divertida, alegre. Quería cuidarla y, sobre todo, protegerla del imbécil de esa mañana que había estropeado nuestro día en el parque de atracciones.

Me reí con todas mis fuerzas, hasta notar una mano en el hombro.

—Tío, deja de beber.

«Freya estará en ese momento besándose con el rubio.»

Otra cerveza.

—No vas a poder conducir —dijo otro.

Ella seguramente estaría abrazada al imbécil que le tocaba el culo.

Otra cerveza.

Todo me daba vueltas.

—Ethan, colega, son las nueve de la noche.

«Las nueve?»

«¡Mierda!»

Me había olvidado de Freya.

POV FREYA

Miré el cielo. Estaba oscuro con un manto de estrellas que se reflejaban en el pequeño charco que estaba a nuestros pies. Byron agitó las largas piernas, golpeando una pequeña piedra que impactó en el cristal de un coche.

Nervioso, se le hizo un nudo en la garganta. El pobre era un patoso y tenía muy mala suerte. Reí sin parar.

—Después de esto... —empezó a decir.

—Me lo he pasado genial —confesé con un rubor en las mejillas—. Espero que tu jefe no te diga nada.

Byron movió la gorra por encima de su brillante cabello.

—No te preocupes. —Durante unos segundos acarició mi mano, y cuando lo miré a los ojos con una sonrisa, los apartó avergonzado—. Mi madre me consiguió el trabajo.

—¿En serio?

—Sí. Mi padre es el dueño.

Pestañeé sorprendida.

—¡Oh! Impresionante. —Estaba asombrada—. Debes de tener mucho dinero.

Él solo alzó los hombros.

—Yo no, mis padres —le quitó importancia.

—Esa es la típica frase que dice un rico.

Y ambos empezamos a reír sin parar.

El destino me había puesto un chico increíble en medio de un camino que no tenía fin. Al principio (y más con el divorcio de mis padres) pensé que había sido una mala idea irme con mi padre, pero con el paso de las semanas me di cuenta de que era lo mejor que podía haber hecho.

Mi padre me necesitaba. Mi madre también, pero no de la misma forma, ya que ella era muy independiente.

—El chico que casi me mata... —dudó, ya que no sabía su nombre.

—¿Ethan?

—Sí, Ethan. —Me miró con una sonrisa graciosa—. Parece que no va a venir.

Sentí miedo al escuchar sus palabras. Pero tenía razón. El reloj marcaba las nueve y media, y él no había venido a buscarme.

—Cogeré un taxi.

—Puedo llevarte a casa. —Se levantó del banco.

—No quiero molestarte.

Sacó una llave del bolsillo de sus blancos pantalones y apretó el mando, provocando que el sonido de un coche sonara.

Era impresionante; el vehículo era oscuro, pero brillaba incluso de noche. Enorme, y tan elegante como un coche de lujo.

—Ethan se moriría de envidia si viera tu coche —reí.

Pero pensándolo bien, él respondería con otra cosa para no sentirse atacado:

«¿Y qué? Yo soy guapo», diría con una carcajada.

«Imbécil», pensé.

Subí sin dudarlo y, por precaución (y por miedo, ya que Byron atraía a la mala suerte), me aseguré el cinturón de seguridad.

La noche nos arropó y ni siquiera me preocupé de que mi padre se enfureciera por llegar pasadas las diez. Dejé que el aire entrara por la ventana, helando mis mejillas y removiendo mi oscuro cabello.

El coche se paró en un semáforo, justo delante de un bar que estaba a punto de cerrar. Del interior salió un grupo de cuatro chicos, que empujaban a otro que no podía caminar.

Ethan.

Un Ethan que casi se arrastraba por el suelo.

Byron soltó el freno de mano, pero antes de que volviera a poner en marcha el coche lo detuve.

—¡Es Ethan! —grité incluso cuando lo tenía al lado.

Estaba asustada. Verlo en tan mal estado era señal de que mi vecino no estaba bien.

—Sí, es él —confirmó.

—Tengo que ir a buscarlo.

El corazón se me salía del pecho.

—Te espero aquí, no te preocupes.

Salí casi corriendo y cuando llegué delante de los chicos las palabras que memoricé en el corto trayecto se esfumaron. Ellos me miraron, pero yo solo me concentré en Ethan.

Tenía los ojos cerrados, los labios pálidos y no llevaba camiseta.

Lo peor de todo es que apestaba a alcohol.

—Ethan —susurré.

Él alzó la cabeza, sonriendo al escuchar mi voz.

—Freya, pequeña Freya. —Se apartó de los brazos de sus acompañantes y caminó de un lado a otro hasta rodearme con sus fuertes brazos—. Es mi vecina —me presentó—, mi preciosa vecina.

Oí su susurro.

—Vamos —tiré de él—, te llevaré a casa.

Ethan empezó a reír escandalosamente.

—Me he olvidado de ti —no había brillo en sus ojos, más bien pena—, lo siento.

Quería decirle que no pasaba nada, pero él siguió hablando.

—Eso no significa que no haya pensado en ti. Llevas toda la tarde en mi cabeza.

—Es normal —seguí tirando de su cuerpo—, hemos discutido.

—Lo siento.

Lo miré.

¿Me había pedido disculpas?

—¿Por qué? —quise saber.

—Por ser tan imbécil y querer protegerte de todos.

Estaba cansado. Me quedé callada para que él pudiera descansar. Byron me ayudó a subirlo a la parte trasera del coche, y cuando intenté salir para sentarme delante, junto al conductor, Ethan me rodeó la cintura con sus brazos, acomodó la cabeza en mi hombro y sus dedos se agarraron a mi camiseta.

Se había quedado dormido a mi lado.

Por suerte fue fácil despertar al stripper. Con los ojos casi cerrados, bajó del llamativo coche y caminó hasta el bloque de apartamentos donde ambos vivíamos.

—Gracias por traernos a casa —le di las gracias a Byron por los dos.

—De nada. —Byron miró a Ethan—. Gracias a ti por esta tarde increíble.

—No, no, no. —Sacudí la cabeza—. Gracias a ti por tu tiempo. Me lo he pasado genial.

Toqué su mano y, de nuevo, sus mejillas pálidas adquirieron un tono fuerte, sonrojado, sin poder hacer nada para evitarlo.

Esperé a que me pidiera el número de teléfono, pero estaba tan nervioso que no parecía dispuesto a hacerlo.

—¿Me das tu número de móvil? —pregunté en voz baja para que nadie me escuchara.

—S-sí. —Buscó un bolígrafo y un bloc de notas.

Se apoyó en el cristal y, de repente, se quejó.

No pude evitar reír al ver que el bolígrafo se le había petado en los dedos, cubriéndolo de un azul que no saldría en días.

—¡Qué mala suerte tengo!

Saqué de mi bolso un rotulador rojo y, con una sonrisa, le pinté en la frente mi número.

Al menos sabría que no lo olvidaría o lo perdería.

—Eres increíble, Byron Ross. —Le di un beso en la mejilla—. Llámame.

Después de guiñarle un ojo, salí en busca de Ethan.

Ethan rodeó mis hombros con su brazo y subimos las pocas escaleras que teníamos que subir. Una vez ante su puerta, le pedí que sacara las llaves.

—Creo que las he perdido.

—¡¿Qué?!

—Chist. —Puso su dedo sobre mis labios—. Los vecinos están durmiendo.

Resoplé. Tenía que pasar la noche conmigo porque él se había quedado en la calle.

Sin hacer ruido, nos adentramos en el apartamento de mi padre. La puerta de su habitación estaba abierta; se había quedado dormido con el televisor puesto, como de costumbre.

Nos colamos en mi habitación y tiré al borracho de Ethan en mi cama.

—Quédate aquí —dije en voz baja—, yo dormiré en el sofá.

—¡Freya! —gritó y, antes de que me marchara, tiró de mí y me atrajo hacia su cuerpo—. No me dejes solo, por favor.

—Te estás comportando como un niño pequeño.

Él solo guio mi cabeza hasta su pecho, a la vez que volvía a abrazarme.

—Si te siento más cerca de mí, es como si nunca hubiéramos discutido. —Se me heló la sangre—. He estado celoso de ese chico todo el día.

No sabía qué decirle.

—¿Por qué? —pregunté de manera estúpida.

—No lo sé.

—Tiene que haber un porqué... —Pero mis palabras se perdieron en sus labios.

Cuando reaccioné, me di cuenta de que Ethan, mi vecino, ese que era stripper, me estaba besando de una forma muy delicada, dulce y tierna.

Sentía el calor recorriendo todo mi cuerpo. Sentía cómo mis labios encajaban a la perfección con los suyos. Temblé, incluso cuando la ventana estaba cerrada. Un extraño hormigueo en el estómago me puso el vello de punta.

Ethan me estaba besando, y yo seguía inmóvil.

—Buenas noches, enana —susurró antes de cerrar los ojos.

Sin creerlo, cerré los míos y me aparté de su cuerpo.

Llevé mis piernas hasta mi pecho y las abracé con fuerza al mismo tiempo que lo miraba al otro lado de la cama. Cuando pensaba que estaba dormido debido a todo el alcohol que había bebido, se levantó con los ojos abiertos, mirándome sin pestañear.

—¿Ethan?

¿Qué iba a hacer?

15

Fue estúpido decir su nombre ya que nada más levantarse y abrir los ojos, volvió a caer cansado sobre mi cama. Se encogió (ya que él era demasiado alto) y se acomodó sin darse cuenta de que aquella habitación no era la suya.

Pasé las horas abrazada a mis piernas, alzando de vez en cuando la cabeza y concentrándome únicamente en él. Me había besado. Estando borracho había sido capaz de posar sus labios sobre los míos. Y después, estaba tan cansado que lo único que pudo hacer fue caer rendido.

¿Qué le impulsó a beber?

No tenía respuesta.

Me llevé los dedos a mis labios, recordando la delicada presión con que Ethan me había besado, y en el fondo me gustó.

Mis ojos siguieron abiertos. El reloj pequeño que estaba colgado en la pared marcó las siete de la mañana. Froté lentamente mis brazos, dándome cuenta de que mi cuerpo estaba aguantando más de lo normal.

—Ethan —susurré.

Los pasos de mi padre resonaron en el comedor.

—Ethan... —insistí una vez más.

Mi vecino solo se rascó la nuca, y con un bostezo fuerte, giró su enorme cuerpo para seguir cómodamente en la cama.

—¿Freya? ¿Estás despierta? —Golpeó los dedos contra la puerta. Mi padre me había escuchado—. Buenos días.

Saludó sin abrir aunque sabía que yo estaba despierta.

—Imbécil —dije sin pensar, esperando que Ethan se despertara. No funcionó—. Ethan —gruñí y, cansada de insistir, golpeé su espalda con mi pie descalzo consiguiendo que cayera al suelo.

Aturdido y confuso, miró la habitación con desesperación. Por suerte no gritó, pero todo su peso retumbó en el suelo, aumentando la preocupación de mi padre, que no recibió ni un mísero «buenos días, papá».

—¿Te has vuelto loca? —Le dolía la cabeza y estaba segura de que todo le daba vueltas—. Necesito dormir un poco más.

Alargó los brazos hacia arriba y, al oír la voz de mi padre insistiendo, se dio cuenta de que estaba en territorio peligroso.

—Tienes que irte de mi habitación.

Miré su cuerpo semidesnudo. Semidesnudo porque su torso estaba sin cubrir y mis ojos no dejaban de observarlo.

Maldición.

—¿Y qué propones? —preguntó en voz baja.

—Salta por la ventana.

—¿Estás loca?

Nuestra discusión era desesperante.

—¿Freya?

—Un momento, papá —hice ruido con las sábanas—, me estoy vistiendo.

Ethan me miró y se dio cuenta de que llevaba la ropa del día anterior incluso estando en mi propia habitación.

—¿Te daba vergüenza desnudarte delante de mí?

Le golpeé con un cojín.

—Cállate, pervertido —solté entre dientes.

Él se alzó con cuidado, procurando no tambalearse. Las copas de más de la noche anterior lo estaban torturando y él me torturaba a mí. Apoyó ambas manos a cada lado de mi cuerpo, acercándose hasta mis labios una vez más.

—¿Qué pasó anoche?

Quería saber lo que había pasado.

Yo no estuve con él, así que no había respuestas.

—N-no sé...

—En tu habitación, enana. ¿Qué ha pasado entre tú y yo?

Sus cejas se alzaron y bajaron de una forma muy extraña, insinuándome algo.

—¡Nada de sexo! —grité, llamando la atención de mi padre.

Ethan aguantó las ganas de reír.

¿Es que acaso no se acordaba de que me había besado?

—No recuerdo nada —respondió a mi pregunta mental—, estoy confuso.

—Pues quítate la confusión. —Quería golpearle por ser tan imbécil. Y yo, mientras tanto, guardaría ese pequeño secreto; el beso—. Métete debajo de la cama.

—Soy demasiado grande para esa cama.

—Me da igual tu estatura. —Lo empujé—. Debajo de la cama.

Mantuvimos la mirada por unos segundos, hasta que reaccionó. Bajó lentamente hasta el suelo y con un giro se ocultó debajo de la cama.

Confieso que estaba de los nervios; era la primera vez que había un chico (y encima, tenía que admitirlo, guapo) en mi habitación. Lo más fuerte que pasó fue un simple beso que pareció una caricia que estremeció mi cuerpo.

Me había gustado demasiado.

—Llevo un rato esperándote —dijo mi padre asomando la cabeza.

Solté una risa cuando el cabello de Ethan le cayó encima de los ojos. Su cuerpo estaba inclinado de una forma muy extraña en el rincón donde consiguió ocultarse de mi padre.

—¡Papá! —Busqué toda su atención—. Tengo hambre.

—¿Tortitas?

—Sí, por favor.

—De acuerdo —sonrió dulcemente—. ¿Freya?

—¿Sí?

—¿Anoche Ethan pasó por aquí?

¡Mierda!

—No... ¿por qué?

Terminé mordiéndome las uñas por los nervios.

—Me pareció escuchar su voz.

Perfecto, Ethan habló demasiado.

—Tú lo has dicho, papá —bajé la cabeza temblando—, te pareció.

Salió cerrando la puerta, dejándome una vez más a solas con mi vecino. Cuando yo me levanté de la cama, él salió de debajo, con esa estúpida sonrisa que te hacía temblar sin darte cuenta de que podías derretirte por él.

Vi mi rostro reflejado en el espejo; estaba pálida, con los ojos casi cerrados. Y, de pronto, apareció él por encima de mi cabeza.

—Estás guapa. —Enarqué una ceja—. No más guapa que yo, pero guapa.

—¿Alguna vez te han dicho... —me interrumpió.

—¿Lo sexy que soy al despertar?

—... que tu aliento apesta. —Le corté el rollo.

Ethan se puso la mano delante de los labios, comprobándolo.

—Sí, necesito algo de pasta de dientes. Las cervezas no me sentaron muy bien. —Giró sobre los descalzos pies, pero buscó mi mirada—. Aun así, te mueres por besarme.

¡Ja!

No.

¿O sí?

El problema es que ya lo había besado. No me había molestado ese sabor tan peculiar del alcohol porque me había quedado en shock. Mi cuerpo no reaccionaba.

—Freya. —De repente, se puso serio—. ¿Puedo serte sincero?

Oh, oh... había llegado el momento de hablar del beso.

Y tenía las de ganar. Él me besó.

—S-sí.

—No confíes en ese chico.

—¿Qué chico?

¿Hablaba de Byron?

—El torpe. —Aguantó las ganas de reír—. Conozco a esa clase de tíos. Fingen ser buenos contigo solo para llevarte a la cama.

—Cállate. —El primer aviso llegó.

Las uñas se me clavaron en la palma de la mano, haciéndome daño. Estaba furiosa.

—Es la verdad. Ese chico tiene dinero, llama la atención, y parece perfecto.

—¿Estás diciendo que soy poca cosa para él?

Ethan sacudió la cabeza.

— ¡No! Solo te estoy diciendo que no es para ti.

—¡¿Y quién es para mí?! ¿Eh? —Su azulada mirada me derrumbó. Él sentía pena por mí—. No puedo creer que me estés diciendo todo esto...

—Lo hago para no verte llorar.

Lentamente caminó hasta quedar delante de mí.

Era demasiado tarde. Mis ojos se llenaron de lágrimas que no tardaron en salir.

Mi vecino, al cual había estado cuidando toda la noche, me humillaba haciéndome ver que era poca cosa para todos.

¿Por qué era tan cruel conmigo?

¿Le molestaba que Byron me gustara?

—No te haré caso. —Quería estar calmada, pero no podía.

—Tú sabrás. —Pasó por mi lado—. Pero ya te lo he dicho, ese chico no es para ti. Además, nunca seréis como Effie y yo, no lo olvides.

Alcé el brazo con el puño cerrado para golpearle, cuando de repente salió de mi habitación cerrando la puerta con todas sus fuerzas. El dolor de cabeza desapareció y no le importó que mi padre lo descubriera saliendo.

Yo me quedé en el suelo, pensando en sus agresivas palabras.

Aquel cambio de actitud me asustó.

¿Y si yo no le gustaba a Byron?

¿Significaba que no le gustaría a nadie?

Ethan sintió un agradable placer al verme llorar, estaba segura.

16

—Cariño —oí de lejos—. Cielo.

Papá colocó su mano sobre la mía para llamar mi atención ya que estaba perdida en mis pensamientos. Nos encontrábamos los dos solos desayunando, callados y mirando nuestros platos llenos de tortitas con chocolate. Cuando mis padres estaban juntos, era nuestro desayuno favorito (cada domingo estaba preparado sobre la mesa). Y aunque ellos ya no siguieran juntos, manteníamos la tradición familiar.

Solté el tenedor que sujetaba y con una sonrisa forzada lo miré a los ojos. Sus dedos arrastraron su cabello oscuro con unas cuantas canas, movió la cabeza a un lado, buscando la respuesta que no encontraba. En mis ojos había tristeza. Por suerte las lágrimas no se notaron, porque no tenía ganas de contarle lo sucedido con Ethan.

Ethan. Su nombre me provocaba escalofríos. Había salido de mi habitación dando un portazo, desapareciendo de mi vista.

Y era lo que más deseaba. No quería verlo nunca más.

—¿Querías algo, papá?

—Me gustaría saber por qué mi hija no está comiendo uno de sus dulces favoritos. ¿Ha pasado algo?

Negué con la cabeza.

—¿Segura? —Él me conocía tan bien que era imposible ocultarle la verdad—. Es por un chico.

Agaché la cabeza inmediatamente, confirmando su teoría.

Siguió hablando, algo nervioso.

—Este tema me incomoda... pero es la hora.

—Papá... —Sacudí la cabeza.

Mientras tanto apartó el café que había en medio de la mesa, preparándose para soltar una de sus charlas que darían dolor de cabeza.

—Si hay un chico tienes que saber...

—Por favor —supliqué—, no quiero la charla de las consecuencias que tiene el sexo.

Bajó los hombros relajados, notando el miedo en mi voz ante la palabra «sexo».

—Estupendo —respiró—. De momento quedará a un lado. ¡Solo de momento! —Alzó el dedo como un profesor regañando a su alumno por cometer una travesura—. ¿Quién es ese chico? ¿De tu instituto?

Lo peor es que había dos chicos. Y ambos desconocidos. Aunque Ethan ya llevaba varias semanas en mi vida, y con Byron había conectado tan bien que, a pesar de haberlo conocido el día antes, parecía que hacía un año que éramos amigos.

Suspiré como una enamorada cuando pensé en el día anterior; el parque de atracciones.

—No. Es de aquí.

Lo que significaba que estaba cerca del barrio donde vivía mi padre. Podía sospechar del vecino, pero no lo hizo.

—¿En serio?

—Sí, papá. Hay y no hay un chico. —Recogí mi alborotado cabello. No me había dado tiempo a cepillarlo—. Pero no quiero hablar de eso contigo. Esperaré a que mamá me llame.

Papá se rascó el cuello.

Pasaba algo.

—¿Algo que decirme?

—Nada importante. —Estaba raro.

—Papá...

Aparté el plato del desayuno chantajeándolo. La información a cambio de alimentarme bien y ser una chica saludable.

—Tu madre se va de viaje. Por trabajo.

¿Otra vez?

Aquel era uno de los motivos por los que me había ido con mi padre a pasar el verano antes de comenzar las clases. Mi madre trabajaba para una revista especializada en naturaleza. Fotógrafa, divorciada y con una hija adolescente... motivos suficientes para coger el trabajo más complicado y salir corriendo. Le fascinaba fotografiar a animales, algo que nosotros nunca comprendimos.

—¿Cuánto tiempo?

Era una pregunta lógica, ya que a veces ella se perdía hasta meses.

—Medio año.

—¡¿Medio año?! —No podía ser—. ¿Dónde?

—A África. Irá detrás de unas cuantas jirafas para seguirles el paso y fotografiarlas para un reportaje. —Él no le dijo nada, ya no podía involucrarse en su vida—. El problema es...

—¿Yo?

Lo normal. Como siempre yo.

—No, cariño, tú no. El instituto. —Odiaba los cambios. Y ser la chica nueva no encajaba con Freya Harrison—. He pensado que lo mejor es un cambio...

—¡No! —Dejé la mano delante de él—. Por favor, papá, quiero acabar las clases con mis amigos. Ser la nueva implicaría bullying. ¡No quiero que me hagan bullying, papá!

—¿Y quién te iba a hacer bullying?

También era cierto, pero mi sitio era mi antiguo instituto.

—Puedo coger el autobús o el metro. No habrá ningún problema de traslado.

—O puedo decirle a Ethan que te lleve, ya que entra más tarde que tú a la universidad.

Ethan. Ethan. Ethan.

Su nombre retumbó en mi cabeza haciéndome daño. Sentí una punzada en mi corazón y las pocas mariposas que tenía en el vientre desaparecieron.

—Él no es mi amigo. No necesito que esté a mi lado porque tú se lo hayas pedido. Hace más de tres semanas que no me deja en paz. —Respiré ya que hablaba tan rápido que me ahogaba.

—Solo le pedí en un par de ocasiones que te cuidara.

¿Un par?

Pero Ethan estaba obsesionado por cuidarme, tanto que pensé que mi padre le pagaba para estar a mis espaldas.

—Es un buen chico. —¡Qué equivocado estaba, seguía diciéndolo una y otra vez!—. Me gusta que te cuide.

—Ya... pues a mí no. —Apreté la taza del batido de chocolate—. Me agobia.

Nuestra conversación finalizó ahí.

Tiré la silla hacia atrás y, con su permiso, volví a encerrarme en mi habitación. La cama seguía deshecha. Me tumbé para mirar el techo y el aroma que acompañaba a Ethan —desde un olor refrescante hasta el olor de cerveza— confundió mis sentidos. Era él. Mi cama había sido profanada por él.

Desesperada, inmediatamente me levanté dando un salto. Arrastré las sábanas con mis dedos y las saqué del colchón. Abrí la puerta de la habitación, localicé a mi padre y, con la sonrisa invertida, grité:

—¡Quémalas!

Mi padre me miró confuso y se mantuvo callado ante la revolución de su hija adolescente.

El sonido del teléfono bajó mis humos, di pequeños saltitos hasta coger con ilusión el móvil. Tenía la esperanza de que fuera mi madre, necesitaba una charla madre e hija.

—¿Sí? —sonreí.

—H-hola, Freya —balbuceó un chico, estaba nervioso—. Soy By...

—Hola, Byron. —La puerta del cuarto de baño se cerró detrás de mí. Mi rostro cambió de repente, al recordar las palabras de Ethan. Posiblemente aquel chico se iba a reír de mí—. ¿Quieres algo?

Se quedó en silencio. Seguramente por la manera como le hablaba.

—Después de lo de ayer... pensé —dudó por unos instantes—. Quería verte de nuevo.

¿Acaso ahí empezaba el juego de burlarse de Freya?

Y si era el caso... ¿Qué haría yo?

—Está bien. ¿Dónde quedamos?

Nadie se reía de mí, y menos un chico el cual evitaba mirarme a los ojos más de cinco segundos.

Ethan no me hundió, Byron tampoco.

—¿Qué te parece en el parque central? ¿A las cinco?

—Perfecto. —Aparté el teléfono de mi oído.

—Tengo muchas ganas de...

Corté la llamada antes de que siguiera.

Tiré el teléfono móvil contra la cama y me metí en el cuarto de baño para darme una buena ducha. Necesitaba relajarme, olvidar la discusión con Ethan, y culparme yo misma por caer ante la adorable sonrisa de Byron.

Cuando terminé en el baño pasé las horas pensando, junto a mi querido iPod. Los pocos chicos que entraban en mi vida eran para destrozarme el corazón. Y la vida era corta, demasiado corta para vivirla entre lágrimas.

Era increíble lo rápido que pasaba el tiempo.

Ni siquiera comí, estaba de los nervios.

Cuando se acercaba la hora rebusqué en mi armario qué ponerme. Era verano, así que descarté por completo los vaqueros junto a otra clase de pantalones. Lo mejor era un vestido; uno veraniego y de tonos claros que no destacaran demasiado el tono de mi piel.

Junto al vestido elegí unas sandalias blancas y, con toda la vestimenta y accesorios, con un poco de maquillaje en las mejillas, ojos y labios, salí de casa sin dar mis exagerados saltitos. No estaba de humor, así que no había sonrisa de por medio.

—Volveré en un rato —me despedí de mi padre, que no dijo nada.

El autobús pasó por el parque central y bajé en busca de mi supuesta cita. Y allí estaba él.

Con las manos en los bolsillos de sus oscuros vaqueros, mirando cómo su camiseta blanca se movía con el fuerte aire que se levantó.

Al darse cuenta de que estaba allí, ensanchó los labios mostrándome su llamativa sonrisa. Era gracioso ver cómo sus imperfectos dientes eran más blancos que su amplia camiseta dos tallas más grande que él.

Lo miré. No quería pensar que era como Ethan; él parecía diferente.

—Hola. —Movió los zapatos.

—Hola. —Di un paso adelante y me quedé más cerca de él—. Bueno... ¿querías algo?

—Verte. —Parecía obvio, pero para mí no—. ¿Ha sido muy precipitado? Nos conocemos hace pocas horas y bueno... no sé... ni siquiera...

No dejaba de hablar.

Su cabello rubio rozó el desnudo cuello que dejaba a la vista la camiseta.

—Lo mejor es que seas sincero.

Estaba siendo antipática. Byron volvió a protegerse en la timidez.

—Quieres reírte de mí, ¿verdad? —Sacudió la cabeza—. Claro que sí. Lo perfecto no existe. Y tú —le señalé con el dedo—, solo quieres pasarlo bien riéndote de mí.

—¿Por q-qué haría algo así?

Las palabras de Ethan vinieron a mi cabeza.

«Para llevarte a la cama.»

Me mordí el interior de la mejilla.

—Pensaba que eras diferente. —No lo dejaba hablar—. Y lo peor de todo es que me gustas. Me gustas mucho. —Bajé la cabeza en busca de refugio—. Pero eres como todos los demás.

Y enrabiada con una persona que apenas había abierto la boca, lo abofeteé para sentirme un poco mejor. Me defendía ante un ataque que no había sucedido. En realidad, fueron las palabras de mi vecino resonando en la cabeza las que me enloquecieron.

Le di la espalda para marcharme, cuando de repente la voz de Byron me detuvo.

Por fin habló.

—Eres la única chica que no ha huido de mi lado por mi torpeza. Te quedaste hasta el final a mi lado. —Sonó triste—. Y, como te dije, ¡bendito chicle que te puso en mi vida!

Miré por encima del hombro y vi que Byron llevaba una enorme bolsa repleta de gomas de mascar de todos los colores. Mis mejillas ardieron ante lo mal que me había portado con él.

—No sé qué he hecho mal contigo... pero solo quería conocerte.

Lo miré a los ojos y me acerqué lentamente hasta él.

Temí que se apartara de mi lado. Y habría comprendido perfectamente que huyera de mi lado. Lo había abofeteado con mi propia mano, encendiendo su mejilla.

—¿No quieres llevarme a la cama?

Él bajó la cabeza avergonzado.

—N-no...

—¿Ni le contarás a tus amigos todo lo que hagamos?

—Nadie se creería que pudiera estar con una chica tan guapa como tú.

Byron tenía su lado coqueto incluso cuando las palabras se ahogaban en su garganta.

—Soy una estúpida.

Ese chico me odiaría. Seguramente pensaba que estaba loca.

—Lo siento mucho.

Toqué su mejilla. Ardía por el impacto.

—No sé en qué estaba pensando. —Ethan era el culpable—. Ni siquiera sé qué puedo hacer para que me perdones.

—Si sonríes es suficiente para mí.

Desde el momento en que quedé con él, la seriedad había estado todo el rato en mi rostro.

—Haré algo mejor —dije acercándome lentamente a sus labios, recordando mi lema: «Vive el día a día antes de pensar en un mañana que posiblemente no vivas»—. Pensarás que estoy loca, pero...

Y callé porque posé inmediatamente mis labios sobre los suyos. Si antes Ethan me había besado, lo olvidé por completo cuando la calidez de Byron me hizo cerrar los ojos. Era tan tímido que no se atrevió a profundizar el beso, y yo tampoco.

Sentí sus manos sobre mis brazos, acariciándome ante la ráfaga de aire que se levantó. Cuando nos separamos, nos miramos a los ojos durante unos segundos antes de romper el bonito momento con palabras.

Él miró por encima de mi hombro y, extrañado, susurró un nombre.

—¿No te ha gustado? —pregunté.

¿Tan mal besaba?

—Es que me ha parecido ver a Ethan.

Ethan...

¿Me había seguido?

Lo raro es que no hubiera salido del escondite para amenazar a Byron.

—Tengo que hacer una cosa. —Volví a besarlo. Me había vuelto loca, pero sus labios eran adictivos—. Vuelvo enseguida.

Asintió con la cabeza, y lo dejé atrás mientras rebuscaba en mi bolso el teléfono móvil.

Un pitido...

Dos pitidos...

Y al tercero descolgaron la llamada.

—Freya... —empezó él—, necesito hablar contigo.

—Creo que no.

—Sí. Lo siento, he sido un imbécil, nunca pensé eso...

—Aléjate de mi familia. —Él era nuestro problema—. No quiero verte, Ethan. No quiero que seas amigo de mi padre. Solo necesito que desaparezcas de nuestras vidas para volver a ser la familia que éramos. Y desde que llegaste tú ni siquiera reconozco a mi padre. ¡Es mío! No te quiero ver con él.

—Freya —gruñó—, te he dicho que lo siento.

—Y yo te estoy diciendo que te apartes de nuestro lado. Las mentiras no son bienvenidas. Mi padre cree que eres una buena persona, y no lo eres. —De repente vi cómo su coche quedó a unos metros de donde yo me encontraba. Me había seguido—. Adiós, Ethan. Sé que harás lo mejor para todos.

Y, por muy doloroso que pareciera, era lo mejor.

No podía enamorarme de él. Y ni siquiera éramos amigos.

Hice bien en apartarlo de nuestras vidas.

«Es lo mejor», me repetí mentalmente.

17

—Me gusta tu habitación —soltó de repente para romper el silencio que se había formado.

Lo miré por encima del hombro antes de girarme y saber por qué le gustaba mi cuarto. Con una sonrisa, Byron se dispuso a hablar. Se dejó caer contra la cama, acomodándose. En el tiempo que llevábamos juntos, casi (porque habían sido pocas ocasiones) había dejado la timidez a un lado.

Dos semanas. El tiempo pasaba tan rápido que las clases estaban a punto de empezar.

—¿Y puedo saber por qué? —Me crucé de brazos esperándole una vez más.

Miró el iluminado techo.

—Es... —no encontraba la palabra adecuada—. Es...

—¿Pequeña?

Le di un empujón.

—No. Acogedora.

Siempre intentaba ser tan correcto que prefería quedar en cualquier sitio que no fuera mi propio hogar por miedo a que mi padre pensara que nos precipitábamos con nuestra relación.

Lo importante era que nos gustábamos, que estábamos a gusto juntos, y nos añorábamos cuando ni siquiera podíamos vernos.

Doblé las piernas para caer en la cama y hundí el colchón con las rodillas. Con una sonrisa que hizo temblar al mismísimo Byron, caí un poco más hacia delante, en busca de sus labios.

Y lo besé.

Me había acostumbrado tanto a besarlo que cuando se separaba de mí solo pensaba en el siguiente beso.

Los dedos de mi chico (¡qué bien sonaba!) apartaron mi cabello dejándolo detrás de mi oreja. Ladeó la cabeza, siguiendo con el beso antes de romperlo.

Lo raro es que no pasábamos de las caricias. Era como decir que ni siquiera había sentido su lengua en el interior de mi boca (y lo sabía porque en las películas daban demasiados detalles).

Todo eran besos demasiados vírgenes.

Suspiré contra su boca.

—¿Te gusto?

—¿Es una pregunta trampa? —Enarqué una ceja cuando me respondió con otra pregunta—. Me encantas, chica chicle.

Siguió con esa sonrisa incluso cuando volvió a besarme.

Habían pasado catorce días. Catorce días en los que no vi a Ethan, y ni siquiera se tomó la molestia de cruzarse con mi padre.

Realmente todo había cambiado. Era extraño no verle a primera hora de la mañana robándome el desayuno. Despertándome con una caricia y esa carcajada que me ponía el vello de punta.

Ethan desapareció de mi vida en un abrir y cerrar de ojos como yo le pedí. Pero el lado bueno de las cosas es que llegó Byron, el cual seguía en el anonimato para todos.

Novios, pero ocultos.

Me levanté con cuidado de su cuerpo. El sol dejó de entrar en mi habitación, así que era una buena hora para abrir las cursis cortinas que nos había regalado mi abuela las Navidades pasadas. Me acerqué a la ventana y de un tirón las abrí.

No evité mirar la habitación de mi vecino. Estaba a oscuras (como de costumbre). Era como si Ethan no volviera después del trabajo. Ninguna noche la luz de su hogar estaba encendida, y era extraño.

Sacudí la cabeza, no podía pensar en él, no cuando Byron estaba en mi corazón.

Unos brazos rodearon mi cintura, y más tarde sentí algo de peso sobre mi hombro. La mejilla de Byron rozaba la mía.

—He investigado un poco a ese chico.

—¿Por qué? —Temí lo peor.

—Quizá temor —¿estaba asustado?—. La primera vez que me vio, quería matarme. Así que me aseguré que no fuera ningún matón ni nada por el estilo.

—¿Y qué encontraste?

—Universitario. Familia humilde. Dentro de lo que cabe Ethan Evans es alguien normal. —Respiré tranquila cuando no descubrió su tapadera nocturna—. Pero —¿pero?— trabaja en un club nocturno.

Si Ethan se enteraba lo mataría de verdad. Era su secreto (nuestro secreto, ya que a mí no me lo ocultó).

—Es imposible. —Quería que dejara el tema.

Mi cuerpo tembló, pero él no se dio cuenta.

Byron se puso cariñoso delante de la ventana. Besó despacio mi cuello y yo no podía reaccionar.

—Es algo así como un gigoló. No —corrigió—, stripper. Sí, es stripper. Quién lo diría, ¿verdad?

Él no lo conocía bien. Ethan trabajaba en el club para pagar los estudios, el apartamento y ayudar a su madre.

—¿Crees que cobra por acostarse con esas mujeres?

Algo me encendió, y era ira.

—¡No! —Me aparté inmediatamente de su lado—. Claro que no.

Me calmé. No quería que sospechara de mí, porque mi reacción dejaba a la luz los celos... o mejor dicho, que lo añoraba.

Echaba de menos sus estupideces. Y él, él había obedecido mi orden de irse de nuestras vidas.

—Lo siento. —Bajó la cabeza intimidado—. Es tu amigo, y yo estoy hablando mal de él.

—Ethan no es mi amigo. Solo quiero que entiendas que cada uno tiene su vida, sus secretos y sus problemas. —Entrelacé mi mano con la de mi novio—. Así que no se lo digas a nadie, porque es lo suficientemente mayor como para saber qué hacer con su vida.

Byron tiró de mí para abrazarme. Lo hizo con tanta fuerza que no controló mi cuerpo, que se acercó con rapidez contra el suyo.

Intentamos no caernos, pero la cama fue nuestra salvación ante el desastre que éramos.

Ser tan sumamente torpes nos unía.

Él lo era más que yo, pero mi maldad no salía a la luz cuando estaba con Byron.

Mi espalda se acomodó, y el pecho de Byron cayó sobre el mío. Gemí por el impacto, y él no podía dejar de reír.

El sonido de unas llaves lo asustaron. Una reacción normal porque no le había dicho a mi padre que tenía novio y que lo llevaba a casa.

Conociéndolo pensaría que el chico se estaría aprovechando de mí, cuando no era cierto. Byron no había sido capaz de tocarme el trasero en las dos semanas que llevábamos juntos.

Si me miraba el pequeño escote que llevaba, sus mejillas se sonrojaban y balbuceaba palabras sin sentido.

La cuestión es que era una virgen (me respetaba como a la típica virgen).

—Acaba de llegar mi padre —le recordé cuando vi que no se movía. Seguía tumbado sobre mi cuerpo.

Se nos pasó la hora.

—Lo s-sé —dijo moviéndose inquieto.

—¿Te pasa algo?

Estaba muy nervioso.

—Hay un pequeño problema.

Oh, oh. Chico. Joven. Sobre una chica. Hormonas revolucionadas.

—¡¿Estás erecto?!

—N-no...n-no —Casi cae muerto sobre mí cuando le pregunté sobre su miembro viril—. Mi cremallera se ha quedado enganchada en tu ca-camiseta.

Ese problema era igual que una erección.

Tiré de mi camiseta, pero estaba bien enganchada.

—Me la quitaré.

—Freya —no me miró—, lo siento.

—¿Por qué?

—T-tu padre...

Y tenía razón, en cualquier momento abriría la puerta para saludarme y darme la tabarra.

—No pasa nada —lo tranquilicé—. Voy a desvestirme.

Byron miró la ventana.

—¿Qué haces? —pregunté.

—No mirarte.

—¿No mirarme? —Eso era sorprendente.

—Es algo íntimo, Freya.

—Eres mi novio —apreté mis dedos sobre sus mejillas—, ¡tienes que mirarme!

Él asintió con la cabeza.

Posó sus oscuros ojos sobre mi pecho.

—¿Qué haces? —volví a preguntar.

—M-mirarte...

—Pero no tan directamente. —Vale, lo estaba volviendo loco. Primero quería que me mirara y luego que no lo hiciera. Pero él era más novato que yo—. Al menos, disimula.

Llevé mis manos al dobladillo de la camiseta, cuando los nudillos de mi padre resonaron en la puerta.

—Es hora de cenar.

Mi padre siempre llegaba en el peor momento. Siempre aparecía en las situaciones más incómodas.

Padres...

Vi a cámara lenta cómo la puerta se abría lentamente. Al momento mi pierna se encogió, posé la rodilla sobre el abdomen de Byron y empujé con todas mis fuerzas hasta tirarlo fuera de la cama contra el armario.

Me había convertido en una ninja en cuestión de segundos.

Mi camiseta abandonó mi cuerpo, y me cubrí con un enorme peluche que decoraba la cama.

—Hola —saludé nerviosa.

No había hecho nada malo... salvo mentir, y esconder un chico en nuestro apartamento.

—Noche de sofá. —Estiró el brazo para que le cogiera la mano—. Vamos, o se enfriará la cena.

—Dame un par de minutos.

Sonreí, y él no me devolvió la sonrisa.

Salió sin decir nada de la habitación y volvió a dejarme con Byron. Ni siquiera lo había visto; se encontraba mirando mi camiseta, avergonzado por tener delante a una chica con poca ropa.

—¿Me la devuelves? —Se plantó delante de mí sin mirarme. El peluche ya no me cubría la piel—. Llevo sostén, puedes mirarme.

—Es muy bonito.

—Byron —lo nombré—, dame un beso antes de irte.

Reí cuando sus dedos tocaron las tiras del sostén. Temblaba y me pedía disculpas por lo bajo. Me besó y le indiqué cómo tendría que salir para que mi padre no lo viera.

Me senté junto a mi padre delante del televisor, y hablé alzando el volumen hasta que mi novio cerrara la puerta de casa.

—Fútbol —susurré cuando cambió de canal.

Estiré mi brazo para coger un trozo de pizza.

Viernes noche. Pizza y fútbol.

Era el día perfecto para mi padre, pero no estaba feliz.

—¿Te pasa algo, papá?

Nos miramos.

—Es por Ethan. —Bajé la cabeza como la culpable que era.

Mi padre se había acostumbrado a pasar los viernes con Ethan, ya que a los dos les encantaba el fútbol y las pizzas con cerveza fría.

Realmente lo veía como a un hijo.

—¿El vecino? —Claro que era el vecino.

—¿Crees que le ha pasado algo?

Y en el fondo tenía razón por preocuparse por él. No se le veía por su apartamento, no respondía a las llamadas... Ethan estaba desaparecido.

No sabía qué hacer, salvo desesperarme.

—N-no creo, papá.

—Es muy extraño. —Ni siquiera miraba la pantalla—. Solo lo conozco desde hace unos meses, pero ese chico no es así. No desaparece sin avisar.

La culpable y única era yo.

Recogí uno de los platos que había en la mesa auxiliar, le di un beso en la mejilla a mi padre y, sin decir nada más, acabé en la cocina en busca de un plan.

Era una estupidez llamar a Ethan, porque él no me cogería la llamada. Lo mejor, y lo más sensato, aunque sin sentido, era presentarme en Poom's, el local donde trabajaba por la noche haciendo disfrutar a alguna que otra mujer con sus sensuales bailes.

Al terminar el partido de fútbol americano, mi padre bostezó y se marchó a su habitación para descansar. Cuando los ronquidos llegaron hasta la sala de estar, me abrigué con una fina chaqueta y salí del apartamento sin hacer ruido.

Todo estaba tranquilo; no había casi gente por la tranquila ciudad. Un taxi paró delante de mí y subí inmediatamente para que el transporte no fuera un obstáculo por mi falta de tiempo.

Llegamos en un tiempo récord, le pagué y bajé con un nudo en la garganta. No había pensado qué decirle ni cómo saludarle después del modo en que lo había tratado.

«—Hola —se reiría—, ¿qué tal todo?

»Y entonces sus ojos se quedarían fijos en los míos.

«—Freya. —Era tan estremecedor escuchar mi nombre saliendo de sus labios, con esa voz tan masculina que tenía.»

Pero solo era un pensamiento. La realidad sería mucho peor.

Un chico que repartía flyers me paró.

No era el de siempre.

—Buenas noches. —Miré mis sandalias.

—Identificación —me pidió de repente.

El problema es que yo era menor y la entrada para mí estaba prohibida. Era demasiado tarde para llamar a Ginger, ya que por suerte ella conseguiría entrar sin ningún problema.

—Busco a Ethan. —Era lo mejor, preguntar directamente por la persona que buscaba.

—Identificación y verás a Ethan.

No, no, no.

—Es que necesito verlo...

Por suerte mi insistencia llegó a oídos del chico que siempre se quedaba a un lado sin pedir el documento que revelaba nuestra verdadera edad.

—Eres la vecina de Ethan.

—¡Sí! —grité con entusiasmo—. Necesito verle. ¿Puedes decirle que venga?

No imaginé que sonreiría, pero lo hice.

—Bueno... —miró al chico rubio que tenía a su lado, que estaba tan atento como yo a la conversación—, me ha dicho que no quiere ver a nadie.

Mi silencio le hizo hablar un poco más.

—Lo siento, pequeña. —Odiaba que me llamaran pequeña, porque en el fondo quería ser tratada como un adulto—. Ethan está aislado del mundo, para todos.

Solo asentí y di media vuelta evitando mirar a los ojos al chico que llevaba un mensaje de parte de mi vecino. No quería verme, quería esquivarme incluso en su trabajo.

Me sentó muy mal... la necesidad iba a acabar conmigo.

Doblé la calle, caminando por la acera más oscura ya que había poca luz en las farolas.

—Tú —escuché a mis espaldas. No me giré—. ¡Eh! Tú.

Detrás de mí había un hombre con una gabardina negra destrozada. Seguramente llevaba horas bebiendo y quería algo de dinero para pagarse un taxi.

—Dame todo lo que llevas.

¿No se conformaba con unas monedas?

Lo raro fue mi reacción.

—Estás bromeando, ¿verdad? —Seguí mi camino, pero sus gritos volvieron a pararme—. ¿Qué? ¿Vas a robarme? —reí—. Pareces recién salido de una película cutre de acción. Lárgate, no te voy a dar nada.

Pagaba mi rabia con un desconocido que posiblemente estaba loco.

—¡Oye, cría! Dame el dinero. —Su brazo alcanzó pronto el mío, tirando para acercarme a él—. Quiero el teléfono móvil y todo lo que lleves.

—¿O qué vas a hacerme?

¿Acaso iba a pegarme con la botella vacía que llevaba?

Claro que no. La tiró, y de su bolsillo sacó una enorme navaja suiza.

¡Oh, mierda! Tenía que aprender a callarme.

Ese hombre estaba loco y yo lo había provocado.

—¿Ahora qué? —Clavó sus uñas en mi piel.

18

—No lo volveré a decir. —Cada vez estaba más nervioso. Podía ver cómo su mirada desprendía ira y, sobre todo, una necesidad que no llegué a comprender—. Tienes que darme todo lo que llevas encima.

Él ni siquiera estaría satisfecho con lo poco que llevaba. Cometí el error de tentarle, así que no pararía hasta sacarme una gran cantidad de dinero.

El hombre bebido con ropa de mendigo siguió clavando sus sucias uñas en mi antebrazo. No tenía tiempo para asquearme, el miedo me paralizó, algo raro en mí.

La potente voz con la que le grité minutos anteriores desapareció dejando paso al llanto. Sí, estaba llorando. Podía sentir la afilada hoja de metal contra mi cuello, robándome el aire.

Solo pensé en la ira de mi padre cuando se enterara de que había salido de casa sin permiso. Pero estaba muy equivocada. Mi muerte lo derrumbaría por completo.

Forcejeé con su cuerpo, intentando liberarme de los brazos que me sujetaban y me hacían mucho más débil de lo que era. Estar bajo una farola que no alumbraba no era de gran ayuda, ya que nadie nos podía ver. Éramos sombras en una noche que poco a poco empezó a ser fría.

—¡Socorro! —grité.

El hombre, con los ojos inyectados en sangre, al oírme gritar me empujó para tirarme contra el suelo y poder tener un acceso más directo a mis bolsillos o a mi cuello.

¿Iba a morir?

—¡Eh! —Unos acelerados pasos resonaron en la solitaria calle.

No miré al chico que se acercaba hasta nosotros, solo me quedé mirando mi rodilla. El imbécil consiguió que al caer me diera contra la botella de alcohol que él mismo había arrojado.

Los cristales quedaron ocultos bajo la piel de mi rodilla. La sangre cubrió mis manos, y parte de la acera.

—Llamaré a la policía.

Aquellos no fueron los únicos gritos, después de él llegó otro chico que encaró al mendigo.

Alcé la cabeza lentamente y me encontré con uno de mis héroes de la noche. Era Daniel, el chico que nos dejaba entrar en Poom's sin identificación.

Le sonreí, olvidándome del terrible dolor.

—¿Estás bien? —preguntó levantándome del suelo.

Asentí con la cabeza.

—Sí. —Los gruñidos del fondo me callaron—. ¿Y tu amigo?

Esperaba que su amigo, el que fue detrás de él, estuviera bien.

—Ethan se las apañará.

¿Había dicho Ethan?

Daniel siguió caminando conmigo en brazos y aproveché para mirar por encima de su hombro. Pude ver cómo Ethan golpeaba al hombre que había intentado robarme lo poco que llevaba.

El mendigo se encontraba en el suelo, arrodillado y con las manos tapando una hemorragia nasal. No solo había sangre mía, también de él, pero ese hombre no era un inocente.

—Gracias —susurré con la vista fija en Ethan.

Él dejó de golpear al hombre y se miró los puños. Estaba vestido con un blanco albornoz, como si hubiera dejado a medias un espectáculo y hubiera salido corriendo solo para ayudarme a mí. Imaginé que Daniel le había avisado de que fui a verle y después mis gritos los alertaron.

Me encontré con su mirada y temblé; no por el dolor en las rodillas, sino por su mirada, que seguía poniéndome nerviosa.

La música del club resonó en mis oídos. Las mujeres seguían gritando a los atractivos bailarines que había sobre el escenario. El chico que me sujetaba caminó por un pasillo, hasta detenerse delante de una puerta con el número seis.

Me ayudó a sentarme en una pequeña silla delante de un camerino muy masculino en el que todas las prendas de ropa estaban desordenadas.

—Ahora vendrá Ben. Es enfermero por las mañanas.

Era increíble... en Poom's todos eran chicos interesantes.

¿Por qué un enfermero trabajaba por la noche?

Era todo un misterio.

Un misterio que no quería conocer. Ya que todos teníamos un secreto que guardar.

—¿Y Ethan? —pregunté mordiéndome el interior de la mejilla por el dolor.

Seguramente mi padre ya hubiera acabado con esos terribles pinchazos que sentía en la rodilla.

—Enseñando a ese vagabundo borracho que no vuelva más por aquí. Es cierto que unas clientas denunciaron un robo, pero no sabíamos que volvería a hacerlo.

—¿Ya ha pasado en más de una ocasión?

—Sí. Si te das cuenta este negocio atrae a mujeres adineradas —y tenía razón. A un lado del asiento que estaba ocupando, había una enorme bota de cowboy llena de billetes—, así que es más fácil para ellos venir aquí y atracar a cualquiera con un bonito vestido o un llamativo abrigo.

Pero mi vestimenta era sencilla.

Lo más seguro fue la provocación. El plantarle cara.

Alguien golpeó la puerta.

—Qué herida más horrible. —El hombre entró casi desnudo—. Estira la pierna, déjame ver.

Hice lo que me pidió. Al tener las piernas al aire, las heridas se veían más graves. Limpió la herida y con unas pinzas que le dio una mujer mayor que pasó (y parecía la propietaria del lugar) sacó todos los cristales.

—Cuánta sangre —dije esperando que parara esa fuente rojiza que me llegó a asustar.

No podía llegar de esa forma a casa.

Ben rio.

—Dame unos minutos para que te ponga unos puntos de papel.

Estaba tan absorta en sus manos, que no me di cuenta de que Ethan estaba delante de nosotros, dándonos la espalda y mirando a través del enorme espejo que allí había.

No quería mirarme.

Me odiaba.

Quien se dio cuenta fue el enfermero.

—A Ethan le da miedo la sangre.

—¡Cállate! —gruñó enfurecido—. Tienes que ser más rápido, tengo que llevarla a casa.

El corazón brincó dentro de mi pecho. Iba a llevarme a casa.

Tardó unos minutos más en ocultar los cortes con unas vendas, y alborotó mi cabello cuando le agradecí todo lo que había hecho por mí.

Al salir por la puerta me di cuenta de que su trasero estaba al aire, y que solo había una fina tira en medio de cada cachete.

Ethan llamó mi atención chasqueando unos dedos.

—¿Eso era... —No me salía decir «tanga».

—Es el uniforme de este negocio.

Él empezó a vestirse, mientras que yo me quedé sorprendida.

—Pensaba que solo las mujeres lo usaban.

—Pues ya ves que no. —Era frío.

Normal.

—Puedo coger un taxi. Tú tienes que seguir trabajando.

Cuando se puso los pantalones busqué ese «uniforme», pero mi vecino llevaba un bóxer ajustado.

—Ni siquiera sé qué haces aquí.

Agradecí que me recordara mi visita sorpresa al lugar donde trabajaba.

Bajé la cabeza avergonzada.

—Mi padre te echa de menos. Para él eres como un hijo... —suspiré—, y yo cometí el error de decir esas palabras horrendas.

—Freya —se arrodilló delante de mí, sujetándome el tobillo con sus largos dedos—, era lo mejor.

—Pero está preocupado por ti.

Sentí cómo su cabello rozó mi muslo. Más tarde, una presión sobre la herida me hizo gemir por el constante dolor que seguía sintiendo desde la cabeza hasta los dedos del pie. Ethan había besado las gasas sin decir nada.

—Necesitaba salir del apartamento.

Volvió a levantarse.

—¿Puedo preguntar dónde vives?

Aunque no tenía ese derecho.

—Con Effie.

Hubiera preferido no saberlo.

Estaba arrepentida. Y no podía hacer nada, salvo mirar una vez más sus enormes ojos azules, que se encontraban apagados, casi sin vida.

—Te llevaré a casa.

Coloqué ambas manos sobre una mesa pequeña e intenté levantarme sin pedir ayuda. Parecía que el tobillo estaba fracturado, ya que solté un grito cuando apoyé la pierna en el suelo.

Él se rascó la nuca, arrodillándose delante de mí para moverme el tobillo. Antes sus dedos no me habían hecho daño, pero al girarlo veía las estrellas.

—Parece un esguince.

—No puedo ir al hospital —confesé—, mi padre no sabe que estoy fuera de casa.

—Deja de romper las normas, Freya —dijo como si fuera una completa desconocida para él—. Tienes diecisiete años, respeta a tus adultos.

Quería quejarme, decirle que él no tenía ningún derecho a regañarme por mis actos. Pero Ethan me levantó del suelo, colocando los brazos por detrás de mis rodillas, cargándome en peso como lo había hecho anteriormente Daniel.

Temí dejar mi brazo por encima de sus hombros. Al no llevar camiseta, su piel ardía contra la mía. No podía respirar, estaba perdida en las mejillas de Ethan.

Introdujo mi cuerpo en el interior del coche que él conducía y seguimos un camino en silencio, sintiendo cómo el odio era más denso y mi arrepentimiento estaba a punto de salir.

—Lo sie... —quise decir, pero él me detuvo.

—No. No digas nada. —Frenó. Bajó del coche y lo rodeó para llegar hasta mí—. Agradecería tu silencio.

Su tono de voz no me gustaba.

Me obligó a pasar un brazo por sus hombros y levantó mi cuerpo sin ningún problema. Fue rápido subiendo las escaleras, y cuando estuve delante de la puerta de mi apartamento, lo frené por el pantalón.

—No lo entiendes, Ethan...

—No lo entiendes tú, Freya. —Se inclinó un poco hacia delante, casi podía sentir su aliento contra mi nariz. Cerré los ojos, esperando aquel beso que solía dejar sobre mi frente. No me besó—. Buenas noches.

Lo vi marcharse sin mirar atrás.

POV ETHAN

Me quedé sentado en la cama sin hacer ruido. Apoyé los codos en las piernas y me tapé los ojos con la palma de las manos. No sabía qué me pasaba, pero ver a Freya volvió a cambiarme por completo. Llevaba dos semanas irritado con todo aquel que se me acercara y, al verla... al verla era como si nada hubiera cambiado.

Pero fui frío, porque era lo mejor para ambos.

Sentí un brazo sobre mi desnudo pecho. Unos labios recorrieron mi espalda y se detuvieron en mi cuello.

—Cariño —se arrastró por nuestra cama—, te estaba esperando.

—Effie. —Apreté los dedos cuando noté que estaba desnuda.

—Quiero que me hagas el amor.

No era una buena noche, no cuando una menor estaba en mi cabeza.

Y sentía ira, algo que no combinaba con hacer el amor.

Lamió el lóbulo de mi oreja, lo que me despertó por completo.

La luz de la noche me ayudó a verla en la oscuridad de la habitación.

—Estás preciosa —dije.

Gateó por la cama y se lanzó para besarme como una gata salvaje. Acomodó su pecho contra el mío y pasó ambos brazos alrededor de mi cuello. La obligué a que me abrazara con sus piernas y posé mi mano sobre su trasero.

Lentamente fuimos cayendo contra la cama. Su espalda chocó contra el colchón, e interrumpí el beso.

—¿Qué pasa?

Ella me miró con las mejillas enrojecidas.

—Túmbate tú. —Nuestra postura cambió.

Me tumbó de espaldas en la cama y siguió con el dulce beso. No apartó en ningún momento sus pequeñas manos de mi pecho, y yo seguía aferrado a su trasero... suave y cómodo culo que enloquecía mis sentidos.

Se colocó encima de mí, bailando sobre mi entrepierna mientras que reía. Estaba calentándome como de costumbre, quería volverme loco hasta suplicar.

Fue capaz de mordisquear mis labios y yo, deseoso de ese beso que no tenía intención de llegar, gemí por quererla más cerca de mi boca.

—Estás volviéndome loco.

—¿En serio? —Parecía una niña inocente.

—¡Sí! —grité girándola hasta derrumbarla contra la cama y quedando sobre ella—. Tienes los pezones duros, Effie, sabes que me encanta morderte.

Y era cierto, estaban duros como piedras. Mi pulgar pasó sobre ellos, deleitándome con el gemido entrecortado que soltó avergonzada por el miedo de que sus amigas la escucharan.

Me incliné para morder, a la vez que mis dedos bajaron por su vientre notando la humedad de su sexo ardiente.

Apreté la palma de mi mano contra su hinchado clítoris y seguí moviendo dos dedos muy dentro de ella.

—Bésame —bajó el tono de voz—. Ethan.

Ese «bésame» no se refería a los labios.

Mis labios tocaron lentamente su ombligo, y saqué la lengua para lamer cada parte de su piel. Poco a poco caí contra su monte de Venus, el cual estaba preparado para mí.

—Siempre sabes tan bien... —Saboreé su esencia.

Golpeé su carne con mi lengua, notando en mi mano cómo su cuerpo no dejaba de moverse queriendo que la penetrara. Mi nombre gemido por su voz motivó a mi cuerpo a que no me detuviera.

Estaba a punto de llegar al orgasmo y Effie necesitaba que enterrara mi miembro hasta hacerla gritar.

Pero no podía.

Ella gritó complacida por el sexo oral, y yo seguía sin reaccionar.

El sexo era genial; me gustaba follar con ella. Y estaba bloqueado. Lamer su sexo mientras que la embestía con mis dedos no empalmó mi pene.

—¿Ethan?

Se sentó a mi lado.

No podía decirle que no podía seguir.

Effie lo entendió.

Sonrió y entrelazó mis manos con la suya. Tirando de mi enorme cuerpo hasta dejarlo sobre el suyo. Sentí sus pechos contra mi mejilla y labios, y sus dedos tocando mi cabello para que me durmiera.

—Necesito que me hagas un favor.

—Lo que quieras —seguía con la voz entrecortada.

La miré, sabiendo que ella estaría para mí siempre que quisiera.

POV FREYA

Eran las seis de la mañana. El sol estaba a punto de salir y ni siquiera había dormido. Las horas habían pasado tan rápidas que solo me dio tiempo a pensar en Ethan.

¿Qué estaría haciendo?

¿Estaría pensando en cuánto me odiaba?

¿O para él era sencillo olvidar?

Me senté en la cama, mirando el oscuro esmalte de mis uñas. De repente, giré un poco el cuello al notar un reflejo de luz saliendo de la ventana de mi vecino.

¡Ethan había vuelto!

Necesitaba hablar con él, pedirle perdón por todas las estupideces que le había soltado sin pensar.

Desde que había llegado a la vida de mi padre, este ni siquiera había pensado en el divorcio con mi madre. Estaba feliz por tener al hijo mayor que nunca tuvo.

Casi a rastras por el dolor en la pierna, salí de casa evitando hacer cualquier ruido y procurando no llorar. Me moría de dolor, pero aguantaría hasta estar delante de él.

La puerta estaba abierta.

—¿Ethan? —dije sin gritar.

Alguien se acercaba.

Estaba tan nerviosa que no sabía cómo actuaría.

Pero cuando los pasos llegaron hasta mí, mi sonrisa se esfumó. Un pequeño cuerpo saltó sobre el mío, abrazándome con fuerza y soltando una risa que llegaba a ponerte de los nervios.

—¡Freeeeeeya! —No se había dado cuenta de que los vecinos podían despertarse—. Cuánto tiempo.

Sí... había olvidado que en el mundo de Effie yo era una de sus mejores amigas.

¡Ufff! Qué desastre de chica.

¿Cómo podía estar Ethan con ella?

Normal, seguramente sus pechos eran operados y eso fue en lo primero que se fijó.

—¿Q-qué haces aquí?

Miré el interior del apartamento, esperando a que Ethan saliera.

—Le estoy haciendo un favor a mi novio.

—¿Qué favor? —Era todo tan extraño...

—Recoger sus cosas, deja el apartamento.

Primer golpe a mi corazón.

—¿Por unas semanas? —Necesitaba saber el tiempo.

Effie cerró la puerta y pegó un cartel que decía SE ALQUILA.

Debajo había un número de teléfono.

—Para siempre.

Segundo golpe.

Cada vez me costaba más respirar.

No podía mirarla a los ojos, quería evitar que me viera llorar.

—¿Estás bien? —se preocupó por mí.

Antes de que dejara su mano sobre mi hombro, me aparté de ella diciéndole que estaba bien. Seguí arrastrando mi pierna, porque necesitaba refugiarme en casa.

Cerré la puerta haciendo el mayor ruido posible.

Dejé de respirar y me derrumbé contra el suelo llorando y pidiendo ayuda.

—¡Papá!

Sentía dolor en mi corazón.

—¡Papá! —insistí más veces.

Él, asustado, llegó hasta mí y me cogió en sus brazos porque no podía dejar de temblar.

—Cielo, ¿qué te pasa?

La palidez llegó a mis mejillas y labios.

—N-no puedo respirar.

Algo me oprimía el pecho.

—¡No puedo respirar! —lloré contra su pecho.

—Tienes que calmarte, hija, estás teniendo un ataque de nervios.

No podía mirarlo.

—Se ha ido. Al parecer no volverá.

19

Podía sentir el cálido pecho de Byron bajo mi mejilla, sus dedos tocando mi cabello en un intento de tranquilizarme. Cuando mi padre se marchó al trabajo, me refugié en la cama con los ojos llenos de lágrimas y con la esperanza de que todo acabara pronto (el dolor de pecho que tenía no me dejaba respirar con normalidad).

Sacudí lentamente la cabeza, pensando que mi novio se movería debido a mis ajetreados movimientos, pero no lo hizo, se quedó quieto esperando a que encontrara un mejor lugar donde apoyar mi cabeza.

No le hizo falta saber que estaba mal. Cuando vio que no respondía a sus mensajes, inmediatamente cogió el coche y vino en mi busca para saber cómo me encontraba. Con dificultad abrí la puerta y salté en busca de sus brazos.

—¿Estás mejor? —volvió a preguntar.

Toqué la desnuda piel que dejaba ver su camisa con unos cuantos botones abiertos. Estaba bronceado por las largas horas que trabajaba en el parque de atracciones. A diferencia de mí, que siempre terminaba oculta del sol, incluso en la playa.

¿Qué podía responderle?

Una parte de mí quería mentirle, y otra no.

—No —fui sincera—, no sé qué me pasa.

Necesitaba que alguien me lo dijera.

—Es duro perder a un amigo, Freya. —El sol brillaba con fuerza, pero no me importaba. Mi mundo estaba oscuro, y a consecuencia de ello arrastraba al de Byron a caer en la tristeza—. Hiciste todo lo posible.

Acabé contándole a Byron las crueles palabras que le había dicho a Ethan para apartarlo del lado de mi padre.

—Él fue el único que estuvo junto a mi padre en los peores momentos de su vida. Es cierto que se conocían solo de unos cuantos meses, pero... no fui justa con ninguno de los dos. —Él apartó las lágrimas que volvieron a humedecer parte de su pecho—. Tenía que haberle pedido perdón.

Byron sacudió la cabeza y lo miré por primera vez ese día a los ojos.

—Por una parte, no estoy de acuerdo con lo que hiciste ayer. Ese hombre te podría haber hecho daño —gruñó, y nunca lo había visto tan serio—. Y por otra —volvió a sonreír con la misma naturalidad de siempre, hasta con las mejillas sonrojadas—, admiro tu locura porque querías la felicidad de ciertas personas. Eres tan alocada —sus labios cada vez estaban más cerca de los míos, pero no daba el paso de besarme— que me encantas.

No esperé más y borré el poco espacio que quedaba entre nosotros. Cuando besaba a Byron hacía el esfuerzo de olvidar cada momento que pasé con Ethan. No fue fácil, porque mencionarlo mentalmente me hizo recordar que nos abandonó por las cuatro tonterías que le solté cuando estaba furiosa con él.

Ethan no era alguien que obedecía. Más bien, solía reírse de todo aquel que intentara hundirle.

¿Qué le pasaba conmigo?

Al apartarme de sus labios, me quedé con el cuerpo un poco más alzado, apoyando mis manos sobre Byron y dándome cuenta de que los nervios recorrían mi cuerpo.

—Esto no es justo.

Temblé.

—Lo que no es justo es que pienses como otra persona.

No lo entendí, ¿a qué se refería?

—No tengo delante a la Freya de siempre. La alegría que desprendes se ha esfumado, junto a la sonrisa y los gestos graciosos de este bello rostro. —Tocó mis mejillas—. ¿Qué haría la alocada Freya? Dímelo.

No lo pensé mucho.

Solo recordé mi forma de ser.

—Ir en su busca.

Menuda estupidez, él no quería verme. Prefirió irse sin decir nada y mandar a su novia.

—Pues vamos —dijo levantándonos a los dos de la cama. Era la primera vez que lo veía tan ágil—. No me mires de esa forma —es que no lo comprendía—, lo que pasa es que no te quiero ver triste. Y ese stripper que tienes como amigo te hace feliz.

Me llevé las manos a la cabeza.

Me sentía muy culpable.

Byron era mi novio, y con la discusión con Ethan ni siquiera podía hacer feliz al único chico que quería lo mejor para mí.

¿Tanto me importaba mi vecino?

¿Realmente nuestra relación era algo más que dos desconocidos que compartían casi a un padre?

—Byron...

Intenté seguir, pero me interrumpió con un beso.

—Lo sé. Ambos queremos estar a tu lado, aunque él lo niegue. No voy a competir con él —vi algo de tristeza en sus ojos— porque los dos tenemos derecho a estar en tu vida.

Me había dejado sin palabras.

Entrelazó nuestros dedos y con euforia salimos del edificio. Ni siquiera pensé qué le diría cuando lo tuviera enfrente ni cómo lo interpretaría Effie al verme allí. Al menos ella me había dado la dirección del piso de estudiantes cerca de su universidad donde vivían.

Mis dientes devoraban las pocas uñas que me quedaban y Byron no dejaba de sonreír.

No merecía un chico tan dulce como él, al que solo le importaba mi felicidad.

¿Estaba siendo egoísta?

—Ya hemos llegado. —Odié esas tres palabras. Era como decir «¡fin del trayecto, bienvenida al infierno!»—. Te esperaré aquí.

— ¿No vas a venir conmigo?

Él negó con la cabeza.

—Necesito...

—No me necesitas. —Acarició mi mejilla con su pulgar—. Yo no le caigo bien. Así que lo mejor es que estéis a solas para arreglar esta confusión.

—Ethan me odia.

—Eso no es cierto, Freya.

Estiró el brazo hasta dejar la puerta del coche abierta. Cabizbaja, bajé mirando cada dos por tres por encima de mi hombro. Me alejaba del coche y mis piernas no dejaban de temblar.

Byron tenía razón.

¿Quién era yo en ese momento?

Freya nunca llegaría a ponerse nerviosa.

¿Tanto me afectaba que Ethan no pudiera ni verme?

Respiré hondo antes de llamar a la puerta correcta. Unos pasos me sobresaltaron, pero me tranquilicé al ver a la persona que abrió.

Una chica de cabello corto y negro, con los ojos casi cerrados, asomó la cabeza.

—Hola, ¿quién eres?

Salté la presentación.

—Busco a Ethan.

Era lo mejor, ir directa.

Incluso me olvidé de Effie, que cabía la posibilidad de que estuviera en el piso de estudiantes.

—Está dentro, pasa —me invitó.

Al cerrar la puerta siguió caminando por un largo pasillo lleno de habitaciones. Arrastró unas llamativas zapatillas rosas y desapareció con un enorme bostezo.

Me quedé sola en un comedor.

Los minutos pasaban y nadie salía para recibirme. Era tan incómodo que me sentía estúpida y marginada.

Crucé las piernas sin parar. Había bebido tanta agua que iba a morir si no iba al baño.

Cerca de la cocina abierta se encontraba una puerta con un patito pegado. Aquello se suponía que era el cuarto de baño, y corrí sin preguntar.

Se notaba que la mayoría de los estudiantes eran chicas, porque solo había cosméticos de belleza, secadores y, al menos, quince rizadores de cabello.

—Lo siento —pedí disculpas cuando el agua de la bañera empezó a sonar.

No sabía que había alguien.

—¿Freya? —preguntó alguien.

Era él.

—E-Ethan.

Retiró la azulada cortina de plástico y salió de la ducha desnudo. Reaccioné algo tarde. Mis ojos se concentraron en todo su mojado cuerpo, así que cogí lo primero que encontré a mano y lo presioné sobre mis ojos.

—¿Qué haces aquí?

La tela me cubría lo suficiente.

—Quería hablar contigo.

Adiós nervios. Hola vergüenza.

—Freya...

Empezó él, pero le interrumpí.

—¡No! —alcé la voz—, tienes que escucharme. Y me da igual todo lo que dije en el pasado, porque lo retiro.

—Freya...—insistió.

Se estaba poniendo pesado.

—Se supone que tú eres ya todo un adulto. ¿Por qué diablos me hiciste caso? —¿Es que era tan infantil como yo?—. ¿No te das cuenta de que nadie me hace caso? ¿Por qué nos abandonaste?

Tenía que haber dicho: «le abandonaste». Pero me uní yo misma.

—¡Freya!

Gritó.

—¿Qué? —Bajé un poco lo que sostenía en mis manos.

—Estoy desnudo —eso lo sabía—, ¿crees que podrías dejarme unos minutos para que me vista?

Asentí con la cabeza y le di la espalda.

—¿Está bien así?

El vapor era horrible. Sentía cómo mi cabello se humedecía por el calor.

—Estaré bien si me das el bóxer que tienes en la cara.

¿Había dicho cara?

Bajé la tela lentamente de mis ojos, dándome cuenta de que tenía razón. La ropa interior de Ethan había estado cubriendo mi rostro.

—¡Qué asco! —Lo tiré hacia atrás.

—De asco nada, que lo tienes desde hace tres minutos.

Al menos no lo noté tan arisco como la noche anterior.

Escuché cómo se cubría con ellos y empezó a secarse el cabello con sus propios dedos.

—¿Quieres saber algo?

Estaba claro que escucharía todo lo que él estuviera dispuesto a contarme.

—Cuando John llegó al edificio, nunca pensé que lo vería como a un padre. Él estaba destrozado, hasta pensó que perdería a su hija. —Recordé el dolor de mi padre—. Yo solo intenté ser como un hijo para él y lo hice bien, ¿sabes? Siempre me hablaba de ti. —Quería mirarlo a los ojos, pero no podía, estaba paralizada ante su voz—. Y cuando te vi por primera vez, era como si te conociera de siempre. Por eso me encantaba estar contigo, porque me sentía en deuda con tu padre y tenía que protegerte.

Él no le reclamaba nada.

Haría cualquier cosa por Ethan.

—¿Qué quieres decirme con todo esto?

Estaba diciendo adiós, estaba segura.

—Que ya he saldado esa deuda. —¡No, no!—. Tienes que aprender que las personas vienen y van de tu vida. Yo entré sin dudarlo y ahora salgo porque te dejo en buenas manos.

¿Hablaba de Byron?

No podía hablar, el maldito nudo en la garganta silenciaba mis palabras.

—Freya. —Tocó mi hombro.

—¡No! —conseguí decir—. No lo acepto. Se supone que lo ves como a un padre... ¿y lo dejas?

—Ya te dije que es lo mejor.

—¡Lo mejor para ti! —Abrí la puerta del baño—. Había olvidado que en tu vida solo había sitio para Effie y para tu ego. Siento haber pensado que te necesitábamos.

Una vez más escuché mi nombre salir de sus labios. Cojeando y con lágrimas en los ojos, salí sin mirar atrás, esperando que todo acabara rápido.

Él llegó a nuestras vidas. Nos hizo felices durante un tiempo y terminó derrumbando el muro de la amistad.

Ethan solo vivía por él y su novia.

Lloriqueé sola en el coche. Byron seguramente había salido a estirar las piernas. Cuando llegó, condujo hasta mi casa en silencio. Antes de subir al apartamento, le di un beso en los labios en silencio.

Estuve horas en el sofá esperando a que llegara mi padre. Al menos me hacía compañía.

—¿Puedes tirar la basura? —me pidió.

El esguince no era un problema.

Además, nos turnábamos a la hora de deshacernos de la bolsa negra.

La cogí y, con las llaves en la otra mano, salí del apartamento. Caminé por el pasillo mirándome los zapatos hasta que una puerta abriéndose captó mi atención.

—Hola.

¿Era un sueño?

—¿Qué haces aquí? —Tiré la bolsa.

Él la miró, y con una sonrisa me respondió:

—Byron es muy convincente. Torpe, pero convincente.

¿Byron había hablado con Ethan?

—¡Ethan! —Mi padre llegó detrás de mí—. Pensaba que habías abandonado el apartamento.

Se rascó la nuca avergonzado por no haberse despedido de él.

—No, era solo por unas semanas. —Su azulada mirada se clavó en la mía—. Además, tengo entradas para ver a los Ravensy y qué mejor que ir contigo.

Era el equipo favorito de los dos.

—Me parece una gran idea. —Mi padre me revolvió el cabello—. Tira la basura, Freya. Tenemos que pedir unas pizzas, Ethan pasará la noche con nosotros.

Estaba tan feliz como él.

—¿Y por qué no llamas a tu novio? —Ethan posó su dedo en mi frente—. Así lo conocemos.

Era una de las consecuencias de tener a Ethan de nuevo en mi vida. Que era el mismo idiota de siempre, con una chispa de venganza.

El combinado perfecto.

—¿Freya? —El tono de papá me asustó.

Sonaba a... ¿castigo?

Vi cómo mi vecino me sacaba la lengua en tono de burla.

Lo que me faltaba, que mi padre me alejara de Byron.

20

—¿Puedo hablar contigo a solas? —Ethan nos miró gracioso cuando se acomodó en el sofá—. A solas, papá.

Él dejó de mirarnos, concentrándose en el televisor, que estaba apagado. Sus piernas se acomodaron en la mesa auxiliar y siguió bebiendo del botellín de cerveza que le dio mi padre. Mi vecino stripper había vuelto, era como si entre nosotros dos nada hubiera pasado. Todo volvía a la normalidad, incluyendo sus juegos para enfurecerme que tanto le divertían.

Mi padre, ante la enorme noticia que había recibido en el pasillo, parecía confuso y sorprendido, o más bien alarmado. Un chico en la vida de su hija podía ser malo.

No conocía a Byron; era un amor, cariñoso, protector... y la persona más dulce que había conocido.

—¿Novio? —preguntó cuando cerré la puerta de mi habitación.

—Te recuerdo que ya habíamos hablado de esto —intenté recordárselo por si lo había olvidado—. Creo que soy lo suficientemente mayor como para tener un novio a mi edad. Además, sé que mamá y tú fuisteis novios desde el instituto. —Era un punto a mi favor—. Te haré la pregunta: ¿quieres conocerlo?

Lo pensó por un largo tiempo. El timbre del apartamento sonó. Pensé que seguramente era el repartidor de pizzas y así lo confirmó Ethan, cuando dijo gritando que él mismo pagaría la cena.

—Sí, quiero conocerlo.

—Está bien.

Saqué el teléfono móvil y tecleé un corto mensaje. Era una invitación y Byron aceptó enseguida.

—Tardará quince minutos en llegar.

Cerró los ojos, se rascó la nuca y dejó caer sus brazos cuando salió de mi pequeño refugio. Estaba de acuerdo, era un gran paso para aceptar mi relación con el chico de mis sueños.

Sí, porque Byron era perfecto para mí.

Fui a la cocina y me senté en uno de los taburetes, sin dejar de mover las piernas por los nervios. En el mensaje no había sido muy clara, solo envié «Te espero para cenar» junto a un enorme corazón.

Lo más probable es que él pensara que estaríamos los dos solos cuando en realidad no iba a ser así.

—Espero no haber metido la pata.

Se sentó al otro lado.

Ethan zarandeó mi cuerpo con el suyo.

—La verdad es que no entiendo por qué lo has hecho.

—Es nuestra forma de divertirnos. —Sonrió como de costumbre—. Te he echado de menos. No vuelvas a... —corté su frase para acabarla yo.

—No haré ninguna estupidez más —tenía toda su atención—, salvo si te metes con Byron.

Se carcajeó con tanta fuerza que parecía que en cualquier momento caería al suelo y me arrastraría junto a él.

—Lo digo en serio, Freya. —Me sorprendí cuando tocó lentamente mi mejilla con su dedo pulgar, como si intentara borrar algo que no había para tener una excusa y tocar mi piel—. Me gusta Byron para ti. Pero no se lo pondré fácil.

—¿Tiene que pasar algún examen o algo así?

Pobre Byron... No solo estaba mi padre de por medio, Ethan también.

—Sobre todo vigilaré sus manos —aquello significaba que seguía acordándose del día del parque de atracciones—, las quiero donde yo pueda verlas.

—No eres mi padre, Ethan. Estoy cansada de ser... —callé, era demasiado fuerte hablar de aquel tema con un chico—. ¿De qué son las pizzas?

—¿Qué ibas a decir?

—Nada.

Enarcó una ceja.

—¡Papá! ¿Qué hora es? —pregunté bajándome del asiento y alejándome de él. Pero una intrusa mano me frenó justo a tiempo—. Por favor...

Supliqué.

—Vamos, enana, solo lo conoces desde hace unas semanas. —Él no
era el más indicado para hablar de una relación seria—. Esas cosas pa-
san cuando dos realmente se quieren.

Crucé los brazos a la altura del pecho. Estaba sorprendida. ¿Ethan
hablando de amor? No, era imposible.

Me reí por la estupidez que estaba soltando. Lo más raro de todo es
que no me atacaba con estupideces, era más bien que me quería despertar del bonito sueño que estaba viviendo.

—¿Hola? —Golpeé su cabeza con mi dedo—. Unas semanas lejos
de aquí y te han cambiado por completo. ¿Qué ha pasado con el Ethan
sexy, morboso... que siempre se burlaba de mí por temas como estos?

—Ese Ethan saldrá a la luz cuando tú seas consciente de lo rápido
que estás yendo con ese chico. ¿Estás segura de querer perder la virginidad con él?

No, no podía hablar con Ethan de esas cosas sin que mis mejillas se
enrojecieran.

Una cosa estaba clara. No quería volver al instituto virgen.

—Sí.

Bajó la cabeza y miró su mano sobre mi muslo, reteniéndome por
si volvía a huir de su lado.

—¿Por qué me parece a mí que ya has pensando cuándo y dónde?
Y el muy maldito me conocía.

—Deja de meterte en mi cabeza —dije entre dientes.

—Es en el único sitio donde me puedo meter. —Seguía riéndose.

—¿Cuánto tiempo tardaste tú en llevar a Effie a la cama?

—Eso es diferente.

—No —insistí—. Responde.

Ethan se tensó, no quería hablar de su novia.

—Días.

—¡¿Días?! —Asintió con la cabeza—. Oh... no sé qué decir.

—Por eso quiero que tú lo pienses. —Apretó más fuerte sus dedos, descargando una rabia que no entendía sobre mis pantalones—. Ni siquiera sabes besar.

Palidecí en ese momento.

—¿Qué has dicho? ¡No! Mejor dime cómo sabes eso. —El silencio fue su respuesta—. Recuerdas nuestro beso.

No era una pregunta, lo afirmé.

—No... —quería cambiar de tema.

—Por favor, dime que estabas borracho.

Mi corazón empezó a latir muy rápido.

Él había sido consciente todo ese tiempo. Me besó y no dijo nada. Buscó una discusión seguramente arrepentido por posar sus labios sobre los míos.

—Bebí mucho, pero sí, fui consciente de que te besé.

Ahora era yo quien no quería apartarse de su lado.

—¿Por qué? —Calló—. Necesito saber por qué.

—No lo sé.

No me miraba a los ojos, buscaba cualquier otra cosa para evitarme.

—No lo sé, Freya, no lo sé —se repitió una y otra vez. Estábamos los dos nerviosos—. Besas como una novata.

Rompió el silencio con una broma mientras cogía mi cabello con la punta de los dedos para subirlo por encima de la cabeza.

Yo seguía en shock, recordando esa noche. Él me besó a propósito. No era un sueño ni se confundió de chica. No, Ethan era consciente y sabía a quién besaba.

Y eso significaba que a lo mejor tenía razón.

Besaba como una novata.

—Byron —susurré.

—¿Qué pasa? —Soltó mi cabello—. ¿Le has contado lo del...?

—¡No! —Respiró tranquilo—. Creo que no le gusto.

Él alzó mi rostro por la barbilla cuando miré mis nerviosas manos.

—A ese chico le encantas. —No era creíble, su voz tembló como cuando mentía.

—Tienes que enseñarme a besar. He visto lo nerviosa que se pone Effie cuando la besas. —Posé mis manos sobre las suyas—. Por favor, Ethan, me lo debes.

—¿Te has vuelto loca? —Se levantó casi llevándose con él el taburete—. No.

—¿Por qué?

—¡¿Por qué?! ¿Has dicho «por qué»? —Eso había dicho—. Volveré a negarme, ¿vale? Pero si lo vuelves a decir... no sé qué pasará.

Me dio la espalda. Casi podía sentir lo tenso que estaba, buscando a mi padre con la mirada. Toqué su hombro y en un susurro volví a pedírselo.

Quería gustarle a Byron (sobre todo, conquistarlo con un beso que lo dejara sin palabras).

Ethan se giró, con una sonrisa que congeló mi sangre.

Movió mi cuerpo con el suyo, dejándome arrinconada entre un muro que separaba la cocina de las habitaciones y su movedizo cuerpo.

Sus dedos tocaron mis labios, y fue acercándose lentamente para responderme. Nerviosa, tragué saliva. Él seguía poniéndome nerviosa, incluso con un simple susurro.

—¿Estás segura? —Asentí, ya que estaba tan cerca de mí. Su nariz acarició la mía y su aliento golpeó mis labios—. Llevo tiempo esperando esto... —eso no podía ser, estaba delirando, seguro— con una condición.

—¿Qué condición?

—Te enseñaré en mi habitación, Freya. —El timbre sonó, Byron había llegado—. En mi habitación.

Su habitación. Su apartamento. Y, lo más importante, estaríamos los dos solos.

21

—¡Toc, toc! —dije cuando llamé a la puerta con los nudillos.

Realmente ni siquiera sabía por qué estaba haciendo eso. ¿No era más fácil confesarle a Byron que mis besos no eran tan excitantes como los de otras personas? Pero una parte de mí (aquella que todos teníamos) quería ser mucho más experimentada, hacer enloquecer a mi novio.

Sentía los latidos de mi corazón hasta en los dedos de los pies. Mis manos golpeteaban mis muslos y cada dos por tres se me levantaba el vestido al tirar de él sin darme cuenta.

Antes de salir de mi habitación me miré en el espejo. Fui estúpida por ponerme un maldito vestido de verano cuando ni siquiera hacía calor. Estábamos en agosto, pero ese día había bajado la temperatura.

Miré las negras sandalias mientras esperaba a que mi vecino abriera la puerta. Con el brazo estirado lo intenté una vez más. Golpeé la puerta y lo llamé con tanta fuerza que el grito me rasgó la garganta.

Se había quedado dormido, estaba segura.

—Buenos días, vecina. —Se apartó del medio para dejarme entrar. Antes de hacerlo, ambos nos quedamos mirando durante unos largos segundos, en los que el tiempo se quedó congelado por completo—. Estás muy guapa.

Estuve más de media hora delante del armario eligiendo una prenda.

—¿Esto? —Moví la falda del vestido—. Es lo primero que he cogido.

Reí nerviosa. ¡Dios mío! Estaba demasiado nerviosa para una clase de besos. Besos con Ethan. Besos con un stripper que tenía que besar más que bien.

«Infiel. Infiel. Infiel. Infieeeeeeeeeeeel.»

«¡Cállate, cerebro!»

Ethan parecía que había salido del baño. Su torso desnudo (como de costumbre) estaba húmedo, con unas cuantas gotas que lo recorrían desde sus pectorales hasta la llamativa tableta de chocolate que había marcada en su abdomen.

Lo dejé con la palabra en los labios y me adentré sin decir nada, solo observando el apartamento de un chico que vivía solo.

Era increíble, no había desorden por ningún sitio. La cocina era cerrada, tenía un gran comedor, un pasillo con tres puertas y una enorme terraza que daba al otro lado del edificio.

—No parece un apartamento de... —Me mordí la lengua.

La mano de Ethan tocó mi brazo lentamente hasta aferrar con sus dedos mi muñeca.

—¿De un tío stripper?

No dije nada, pero eso era lo que pensaba. Él soltó una risa que hirvió mi sangre. El calor aumentaba por minutos.

—¿Y qué pensabas? ¿Que tendría montada una orgía?

Avergonzada y humillada, bajé la cabeza, no podía mirarlo a los ojos.

—Solo pensaba en desorden.

Apretó un poco los dedos y luego sentí cómo se inclinaba hacia delante, sobre mi cuerpo. Y eso es lo que hizo, su pecho se acomodó sobre mi espalda para acercar sus labios a mi mejilla. Dejó un beso y después me susurró.

—¿Estás preparada para ir a la práctica?

Por supuesto.

Era lógico que no había ido a aprender la teoría. Es algo que me ahorraría por completo.

—S-sí.

Mi cabello, que estaba suelto, quedó de repente recogido por las manos de Ethan. Cepilló cada mechón con los dedos y luego lo dejó sobre mi espalda.

—¿Segura?

«¡Que sí, joder!»

Pero eso solo lo pensé.

—¿A qué vienen tantas preguntas? —Cerré los ojos cuando sentí una presión sobre el cuello.

—Te siento tensa. ¿Es porque estamos aquí?

No me daba miedo su habitación.

—No —fui muy breve.

—Entonces vamos —sus dedos se colaron entre los míos—, mejor cambiemos de escenario. A mi habitación.

¡Nooooooooo!

Pues sí, sí que tenía miedo de quedarme a solas con él.

—¿Qué tiene de malo esto?

—¿Estarás toda la mañana preguntándome cosas? —Ethan buscó mis ojos.

—Solo era una pregunta. —Estaba haciendo el ridículo—. Creo que es lo mismo que una habitación. Pero en vez de una cama, un sofá.

—Me gusta más la cama —dijo lentamente y con la voz entrecortada en mi oído—. ¿Todo bien, Freya?

—Sí. Muy bien. —Reí histérica—. ¿Y tú qué tal?

¿Era demasiado tarde para irme?

Él se carcajeó.

—Enana, ¿después de esto me vas a preguntar sobre el tiempo?

—Hace sol, ¿no? —Qué estúpida era.

Apretó la mano con fuerza y, sin decir una sola palabra (ni responder a mi pregunta de si hacía sol o no), me arrastró casi involuntariamente hasta la primera puerta que había en el blanco pasillo.

Una vez dentro me quedé quieta sin moverme, solo observando lo sencilla que era su habitación: una cama más grande que la mía, la famosa ventana donde lo vi por primera vez, unos cuantos muebles y otra puerta, aparte de la de salida, que llevaría hasta el cuarto de baño individual.

—Ponte cómoda —me pidió cuando él se sentó—. No voy a preguntarte si quieres algo de beber porque, si no, no habrá práctica en ningún momento.

Traidor. Se me había secado la garganta. Quería agua y él pensaba que lo haría para alargar el momento tan «esperado».

Respiré todo lo posible antes de dejarme caer sobre la cama. Tapé mis rodillas con la falda del vestido y lo miré casi por encima del hombro antes de arrimarme a él y decirle:

—Enséñame a besar.

—Es a lo que íbamos. —Arropó mis mejillas con su mano—. Lo haré, voy a enseñarte.

La cuestión era... ¿por qué quería posar sus labios sobre los míos? Estaba a punto de besarme.

—¡No! —grité.

Ethan pestañeó asustado por el grito.

—¿Y ahora qué pasa?

—¿Ibas a besarme en la boca? —Me mordí como de costumbre el interior de la mejilla.

Al parecer no me expliqué mucho, como de costumbre.

Sí, quería que me enseñara a besar, pero no de la forma que él pensaba.

—Freya, cariño...Tú me has dicho que te enseñe a...

Le corté.

—Pero no que me beses a mí. —Mi vecino se apartó—. Si nos besamos, será como engañar a Byron. Y yo no quiero hacer eso. —Cogí la mano de Ethan y la levanté para dejarla delante de su rostro, totalmente inexpresivo—. Besa tu mano.

—¡¿Qué?! —Se levantó de la cama y se revolvió el cabello con la misma mano que yo había tocado—. Esto es una broma, ¿verdad?

—No. Necesito encender la llama del amor con un maldito beso. —Porque era lo que se hacía, ¿no?—. Quiero dejar sin palabras a Byron. Besarle hasta quitarle el aliento. Gemir contra su boca...

—¡Basta! —gritó frenando todo lo que estaba a punto de decir—. Y yo pensando toda la maldita noche en esto.

—Yo también —confesé—. Esto no son cuernos, ¿verdad? Soy una primeriza en este tema.

El mal genio se borró de su rostro y, de repente, sonrió. No sabía si era bueno o malo, solo sé que Ethan cambió de opinión muy rápido. Se arrodilló delante de mí y volvió a arropar mis mejillas con sus enormes manos.

—Eres tan inocente...

—¿Eso es bueno o malo? —Enarqué una ceja.

Se oyó una risa como respuesta.

—No lo sé, pero a mí me encanta.

Cambiamos de tema por completo.

Tosí.

—Entonces... ¿lo harás?

Otra risa.

—Lo haré. —Ladeó la cabeza—. La cuestión es ¿cómo?

Parecía difícil, pero él lo controlaría, estaba segura.

Volvió a colocarse sobre la cama en la misma posición que antes. Con las piernas fuera y los brazos sobre mis piernas, se quedó mirándome en busca de una idea. Al tenerla revoleteando en su cabeza, pasó a la acción.

Cruzó mis piernas (como un indio) sobre la cama y colocó mis brazos sobre su pecho mientras lo miraba a los ojos. No sabía qué iba a hacer, pero al menos no me besaría en la boca.

—Un beso nunca es simple. Siempre tiene algo de especial. —Guio mi mano derecha por su pecho, subiendo hasta su cuello—. Pueden ser tímidos, sensuales o muy húmedos, pero un beso siempre tiene la llama de la pasión. Esa chispa que puede llegar a encender nuestros cuerpos.

De repente mis dedos estaban sobre sus labios. Tocándolos y sintiendo lo suaves y carnosos que eran.

—Un beso lento puede llegar a excitar mucho más que uno rápido. La cuestión es que hay que probar a la persona, sin prisa. —Mi boca se abrió cuando la lengua de Ethan lamió mis dedos—. La lengua ayuda mucho en estos casos. Cuando los labios están hambrientos, es hora de dar paso a algo mucho más húmedo que haga enloquecer a la otra persona.

Y así hizo; primero besó mi dedo corazón y luego lo lamió con cada palabra que decía. Giré la cabeza cuando él lo hizo. Seguía con la boca abierta, seca por la impresión.

—No existe el buen besador. Todos besamos de una forma u otra, pero siempre queda perfecto. El morbo es morder —temblé ante el contacto de sus dientes—, lentamente, con cuidado, y provocando hasta oír un gemido de aprobación.

Seguramente eso fue lo que yo hice y por eso lo comentó.

—Tus labios son preciosos, Freya. —Los tocó con la mano libre, mientras que mis dedos seguían sintiendo sus palabras saliendo de su boca—. Carnosos, rosados y llamativos. Será fácil para ti.

En ningún momento había cerrado la boca.

Vi la sonrisa de Ethan, incluso cuando mis dedos intentaban ocultarla.

—¿Crees que besaría bien?

—Sí.

—Pero tú ayer dijiste...

Dijo que era una novata.

—Mentí. —Me estremecí cuando recogió un mechón de mi cabello y lo puso detrás de mi oreja—. Fue lo más dulce que he probado después de aquel día.

Bum, bum... Mi corazón estaba acelerado.

Pestañeé repetidas veces cuando el aliento de Ethan acarició mis labios. Eso solo significaba una cosa: se estaba acercando a mí.

—¡Cariño! —Un grito nos apartó a ambos—. ¿Dónde estás?

—Effie —susurramos los dos.

¡Oh, oh!

Me levanté inmediatamente de la cama, estaba muy nerviosa.

Pero ¿por qué?

No había hecho nada malo.

Salvo estar con su novio y encerrados en la habitación de él.

—Quédate aquí, voy a hablar con ella.

No tenía palabras. Así que no dije nada.

Él salió de su habitación, tan nervioso como lo estaba yo.

Yo tenía motivos... pero ¿él? Él no.

La puerta quedó medio abierta y no dudé en acercarme para escuchar todo lo que se tenían que decir. Mis ojos contemplaron la escena;

Ethan no la besó como la mayoría de las veces. Fue rápido y se apartó inmediatamente de ella.

Effie lo devoró con los ojos y tocó con delicadeza sus descubiertos hombros deleitándose con el contacto de su piel. De puntillas frente a Ethan, buscó desesperadamente sus labios.

—Odio que hayas cambiado de idea.

¿De qué hablaban?

—Sabes que me gusta vivir contigo —lo entendí todo—, pero no rodeado de tus compañeras de universidad. Además... fue precipitado.

—Pero echo de menos tu cuerpo. —Apretó las manos en el trasero de él—. Te quiero, osito.

Ethan no le devolvió el «te quiero».

—Y yo —dijo seco.

Quería dejar de mirarlos. Necesitaba que mi cuerpo reaccionara, pero no lo hizo. Estaba plantada en la habitación de Ethan, mirando cómo una pareja se besaba.

Effie soltó una risa cuando su novio la besó por el cuello. Jugó con los cortos pantalones de él, y se apartó para hacer algo que no me esperaba.

Se quitó el vestido, entonces sí me aparté de la puerta.

—¿Qué haces?

Ella rio.

—Desnudarme.

Qué directa. Solo había ido para acostarse con él.

—No es un buen momento —respondió Ethan.

—Cariño —parecía cansada—, llevamos...

Effie no siguió con sus palabras porque mi vecino empezó a besarla con desesperación.

¿Qué le pasaba?

¿Es que acaso se iba a acostar con ella sabiendo que yo estaba allí?

—Vamos a tu habitación —le pidió.

«Mierda y más mierda.»

Tenía que detenerla.

Y no lo hacía.

«¡Ethan!»

Iba a morir. Sí, eso me pasaría.

Corrí de un lado a otro. La habitación de repente se me hizo pequeña. Un lugar donde no podría esconderme. Quería que todo se acabara,
pero una vez más ella insistió.

—Tengamos sexo en tu cuarto.

22

Ni siquiera me quedaban uñas para morderme. Sentía cómo todo daba vueltas por los malditos nervios que estaba sufriendo. La cama no era un buen lugar para esconderse, porque quedarme allí implicaba ver lo que esos dos harían (y no precisamente iban a jugar al ajedrez).

Escuché los besos, cómo sus labios se unían.

Con los ojos cerrados me apoyé en la puerta, esperando a que él la detuviera y le respondiera con un «no», pero no lo hizo. Por el suelo solo se movieron un par de zapatos y eran los de Ethan.

La había cogido entre sus brazos, pasando cada una de las piernas de Effie por su cintura.

Y yo seguía allí, atrapada.

—Te he echado tanto de menos... —confesó con la voz entrecortada.

Su novia se quedó callada ante las palabras de él, seguramente seguía besándolo.

La puerta se abrió por completo, y me quedé delante de Ethan, ya que ni siquiera me moví cuando nuestros ojos se reencontraron.

Effie estaba de espaldas a mí, con los brazos alrededor del cuello del stripper, besándolo por debajo de la barbilla.

Él se quedó quieto, mirándome sin pestañear.

Yo seguía sin moverme, porque en el fondo esperaba que se tratara de un maldito sueño.

Los labios de Ethan se movieron y entendí lo que decían:

—Sal ahora.

Me estaba echando.

Y era lo más normal del mundo. Necesitaba intimidad con su novia y yo era un estorbo en su habitación.

Me moví al mismo tiempo que él, justo cuando dio la vuelta para que su novia no me viera.

La llevó a la cama y se quedó encima de Effie.

Salí corriendo sin mirar atrás, para refugiarme en mi habitación.

Tirada en la cama el teléfono móvil sonó. En la enorme pantalla salió el nombre de Ginger. Alargué el brazo y descolgué la llamada.

—¡¿Sigues viva?! —preguntó riéndose.

Ella había estado de vacaciones, sin ni siquiera dar una señal de vida... ¿y me preguntaba si yo lo estaba?

Al menos hablar con mi mejor amiga me quitaba de la cabeza el mal momento que acababa de vivir en la habitación de Ethan.

—Lo estoy, Ginger —me hizo reír—, lo estoy.

—Tenemos que vernos. ¡Han pasado tantas cosas...!

—Sí, la verdad que demasiadas —confesé—. Podrías venirte cualquier día.

Un ruido me sobresaltó.

—¡¿Has hecho algo con tu vecino?! —Negué con la cabeza, pero ella no podía verme—. ¡Dios mío, Freya! Él besa tan bien. Baila... taaan bien. Es tan sexy.

Era una exagerada.

Me levanté de la cama y me quedé de pie delante de la ventana. La de Ethan estaba oculta por unas oscuras sábanas.

Volví a morderme el interior de la mejilla y apreté fuerte el teléfono.

—Tengo novio.

Byron era perfecto.

—¡¿Estás con él?!

—No. Con otro.

Silencio.

—¿Otro stripper?

—¡No! —grité—. Un chico normal, encantador...

—¿Has perdido la virginidad con él?

Y esa era la encantadora de Ginger. Que conocía tan bien mi vida personal que terminaba atacándome con ello.

—No. —Me senté en el suelo, con la ventana encima de la cabeza—. Solo llevamos unas semanas.

—Reto, Freya, reto.

Estaba completamente loca.

Un reto con ella era sí o sí perderlo. Nunca ganaba.

—Tengo que dejarte...

—Espera un momento, zorrita. —No dejaba de reír—. Quedan unas semanas para volver al instituto. Así que tú... tienes que perder la virginidad.

—¿Por qué todos los malditos retos giran alrededor de mí? ¿Por qué?

—Porque tu vida es más divertida que la mía.

Y porque seguramente ella ya no era virgen.

—¿Qué pasa si pierdo?

¿Estaba aceptando?

—Le confiesas a tu vecino que estás loca por él.

No... no... no.

Eso era una estupidez.

—Ginger...

—Chist. Y si ganas —lo pensó bien—, me rapo mi preciosa melena hasta parecer una bola de billar.

En ese momento me reí yo al imaginármela sin cabello, llegando al instituto sonrojada por la vergüenza.

—¡Acepto!

Con las piernas relajadas sobre la mesita auxiliar, seguí pasando unas cuantas páginas más del libro que estaba leyendo. Era la única forma de olvidar lo que había pasado esa mañana. Fue todo tan extraño que la imagen de Effie y Ethan en mi cabeza no se esfumaba.

La puerta de la habitación de mi padre se abrió. Papá salió con un elegante traje, que no solía ponerse a menudo. Tiré el enorme libro de medicina que había cogido de la estantería y me puse de pie para mirarlo mejor.

—No sabía que teníamos que ir a algún lado.

Ya que yo, a diferencia de él, que iba de etiqueta, seguía con ropa de estar por casa.

—Hay algo que tengo que decirte. —Sonrió. Hacía tanto tiempo que no sonreía de esa forma que me alegró la noche.

Pasó una mano por encima de mi hombro, apartando mi alborotado cabello. Estaba a punto de contarme algo, pero el timbre de la puerta sonó.

—¿Esperas a alguien? —le pregunté cuando me acerqué hasta la puerta para abrir.

—No —dijo de fondo—. ¿Quién es?

Abrí y me llevé una gran sorpresa.

Las ocho de la tarde y Ethan aparecía con su perfecta sonrisa que decía «soy un niño bueno, nunca he roto un plato». Y eso era imposible.

—Hola —saludó.

Intenté cerrarle la puerta, pero su pie me lo impidió.

—¿Qué quieres? ¿No vas a trabajar hoy? O la pregunta del millón —seguí empujando sin importarme hacerle daño—, ¿qué tiene mi apartamento que siempre estás aquí?

Ethan se rascó la nuca.

—¿Quieres que te responda?

—Pero no con una pregunta —gruñí.

Oí a mi padre gritar desde el fondo:

—¡Si es Ethan, déjalo pasar!

Una orden era una orden, así que me aparté a un lado dejando que míster stripper entrara en mi casa como si fuera la suya. Y me daba tanta rabia que me quedé en el umbral de la puerta mirándolo. Pero Ethan hizo lo mismo y, antes de reunirse con mi padre en el comedor, se giró para guiñarme el ojo.

Odiaba tanto que se llevaran tan bien ellos dos...

Allí estaban; saludándose con energía con un apretón de manos junto a un abrazo.

Realmente mi padre siempre había deseado tener un hijo, y allí lo tenía, Ethan.

El día que se enterara a qué se dedicaba realmente, lo odiaría de por vida.

—¿Iréis a un restaurante? —preguntó el vecino dejándose caer en el sofá.

Él sabía algo.

—¿De qué habla, papá?

Mi padre terminó de arreglarse la corbata.

Las palabras no salían de sus labios, solo me miraba como... ¿preocupado?... o ¿asustado por mi reacción?

Pero alguien le ayudó.

—Tiene una cita. —Alargó el brazo y le dio unas cuantas palmaditas en la espalda—. Con una mujer preciosa que trabaja...

Le corté.

—¡¿Qué?! —No estaba enfadada porque mi padre tenía una cita. No, claro que no. Además, él estaba divorciado, y mi madre en cualquier momento también conocería a alguien. Lo que me molestaba era que Ethan sabía más cosas que yo—. ¿Por qué sabes que mi padre tiene una cita? ¿Papá?

Me estaban dejando a un lado.

Maldita sea.

Yo era su hija, no él.

—Freya. —Iba a salir con el tema del divorcio—. Sé que el divorcio de tu madre ha sido muy reciente, un año, pero lo mejor para olvidarla es...

¿Por qué me sentaba tan mal?

—Papá, lo sé. Pero él —lo señalé con el dedo—, él... —no me salían las palabras—. ¡Yo soy tu hija!

Primero lo odiaba por pensar que tal vez me gustaba un poco más que Byron. Y segundo lo odiaba por quitarme a mi padre.

—Cariño, nadie ha dicho lo contrario —quería calmarme—. Pero con él puedo hablar de cosas de hombres.

Cruzé los brazos a la altura del pecho.

—¿Qué cosas de hombres?

Mala pregunta, ya que se miraron entre ellos y se formó un silencio muy incómodo, hasta que Ethan se rio con todas sus fuerzas al tiempo que se levantaba del sofá.

—Diviértete —le dijo colocándose detrás de mí—, yo me llevaré a Freya a cenar fuera.

—Que te jodan. —Aparté la mano de detrás de mi espalda.

Mi padre odiaba las palabras malsonantes.

—Freya —me regañó.

—Pero, papá...

—No. Eso es otro castigo.

Estaba de broma, ¿verdad?

—Yo solo quería decir —él me intimidó con su mirada—, que quiero ir contigo.

Ethan se giró ante la disputa entre padre e hija.

—Cariño...

—Papá, con la mala suerte que tengo, seguro que me toca la peor madrastra del mundo.

—Freya —me interrumpió.

—¿Y si un día me mata? —Levanté la cabeza—. ¡No, mucho peor! ¿Y si me encierra en la habitación para siempre? ¿Qué haré, papá? ¡¿Morirme de hambre?!

—¡Freya! —Alzó la voz despertándome—. Solo vamos a cenar, no pienso casarme con ella.

—Sí, claro. —Me reí nerviosa—. A Cenicienta le dijeron lo mismo y le faltó muy poco para suicidarse.

Ethan siguió con su risa.

Y entonces me di cuenta de que lo que más me molestaba era perderlo.

Se inclinó hacia delante y me dio un cariñoso beso en la mejilla.

—Sé buena.

—Siempre soy buena. —O, al menos, lo intentaba.

Salió por la puerta con la elegancia que él desprendía. Me había quedado a solas con Ethan.

—¿Nos vamos? —preguntó.

Llevaba las manos metidas en los bolsillos de sus oscuros vaqueros. Caminó lentamente hasta mí, sin borrar su sonrisa.

—No sé...

Tocó mi barbilla, alzándome el rostro para que lo mirara a los ojos.

—Antes me has preguntado qué hay aquí que no tengo en mi apartamento, ¿verdad? —Asentí—. Tú, Freya. Tú eres lo que no tengo allí.

Tras oír esas palabras pude sentir cómo mis mejillas ardían y cómo me quedaba una vez más quieta, callada.

El dedo pulgar de Ethan acarició mi piel.

—¿Qué? ¿Nos vamos?

23

Ethan permaneció quieto en el umbral de la puerta esperando a que saliera junto a él. Sus claros ojos no dejaban de concentrarse en la puerta de su apartamento, así que entendí que no estaríamos solos. Effie llegaría en cualquier momento. Aunque, en realidad, ella no había abandonado el hogar de él. Había estado toda el día al lado de su novio.

¿Qué se pensaba? ¿Que yo era tan estúpida como para sucumbir a su encanto?

Las dulces palabras solo ablandaron mi corazón unos instantes, y luego, luego fui yo. Con el teléfono en la mano, tecleé el número de Byron. Ethan se apartó de la puerta cuando se dio cuenta de que estaba hablando con mi novio. Con grandes pasos, se colocó delante de mí con el ceño fruncido, demasiado alterado para tratarse de una simple conversación.

—Byron. —Sonreí dulcemente, con la esperanza de que él me estuviera imaginando aferrada al móvil y sonriendo para un chico encantador—. ¿Te gustaría venir...

Lo último que escuché fue su risa nerviosa, ya que el grandullón que tenía delante me arrebató el teléfono y colgó la llamada. Apreté mis labios con la intención de callarme y no decirle algo grosero, pero...

¿Por qué callar si yo era así de naturaleza?

—¡¿Qué haces, imbécil?!

Tiró mi móvil contra el suelo. Su mirada se oscureció y la expresión de su rostro se volvió tan dura y seria que realmente llegaba a asustar. Él no podía intimidarme, no cuando era capaz de llevar a su novia a todos los lados donde yo también estaría.

Ring, ring.

El teléfono de casa estaba sonando. Era Byron, preocupado por el extraño corte de la llamada. Ethan intentó ponerse en medio, pero se lo impedí dándole un empujón. Con las manos apoyadas en su duro pecho, empujé todo lo que pude para quitármelo de encima. Conseguí apartarlo lo suficiente y di unos saltos hasta dejarme caer en el sofá.

Sentía la acusadora mirada del chico que iba a pasar la noche junto a mí. Esa maldita forma de cuidarme (si es que él pensaba que era cuidarme) se estaba convirtiendo en una obsesión que me alejaba incluso de Byron.

—Siento haber cortado la llamada. —Lo entendió—. Quería invitarte a cenar. Sé que es un poco tarde para llamarte, pero me apetecía verte. Ethan y Effie están aquí, así que será un placer. Cena para cuatro.

—¿Estás segura de que ellos quieren que vaya?

Mi respiración se aceleró.

Effie seguramente estaría encantada.

Ethan ya no tanto.

Volví a mirarlo.

Apretaba sus fuertes brazos cruzados bajo el pecho y me estaba echando una mirada intimidante que no me logró callarme en ningún momento. Moví mi cabello, dejando que cayera hasta tapar mi rostro para no verlo más (o al menos hasta que terminara de hablar).

—Es Ethan quien me ha dicho que te invite.

Un gruñido dijo todo lo contrario.

—Estaré en menos de veinte minutos, chica chicle.

Ese chico era más que dulce. Era un cielo, atento, y que complementaba muy bien conmigo. Durante el poco tiempo que hacía que nos conocíamos, sentí un amor que nunca antes había experimentado. Podía ser tan bonito el amor... que era sorprendente.

—¿Qué has hecho? —preguntó alterado—. Te he invitado a ti.

—Y a tu novia. Porque sé que estás nervioso porque Effie nos está esperando en el apartamento. —Reí por no llorar—. ¿Qué quieres? ¿Que me pase toda la noche en el cuarto de baño vomitando porque tú

132

no eres capaz de dejarla de besar? Ni hablar, Ethan. ¿Y sabes una cosa? Antes de que saltes con que si estoy celosa, te responderé yo. ¡Posiblemente! Pero más bien me incomoda.

—Freya.

Intentó acercarse, pero retrocedí.

—Es injusto que vengas a mí con buenas palabras solo para tenerme entre tus manos. Pues algún día caeré y dejarás de estar ahí. —Pasé por su lado, ignorando su cambio de actitud—. Tú no me ves como a una hermana, y los dos lo sabemos.

Caminé por el pasillo del edificio y llamé con los nudillos a la puerta correspondiente, donde se encontraba su novia esperando.

Antes de que ella asomara la cabeza, miré por encima del hombro. Ethan parecía arrepentido o molesto por mis palabras. Los latidos de mi corazón se aceleraron, llegándome a poner muy nerviosa.

¿Realmente le había dicho que entre nosotros dos no había un vínculo familiar?

Mis mejillas se sonrojaron.

Le dejé claro que entre nosotros dos solo había una tensión que ni siquiera él podía controlar.

¡Joder!

—¡Freya! —gritó saltando para abrazarme con la misma alegría de siempre.

Reí. Effie a veces podía ser un poco pesada, pero era una gran chica que intentaba conseguir mi amistad.

—Espero que no te moleste que vaya con vosotros a cenar. —Dejé un mechón de pelo detrás de mi oreja, viendo cómo Ethan se acercaba hasta nosotras—. Pero mi padre tiene una cita —hice una mueca—, así que seguramente se lo ha pedido a Ethan.

Ella siguió apretando sus brazos alrededor de mi cuello.

—Para nada, es un placer tenerte a nuestro lado.

Apartó su cuerpo del mío y buscó la mano de Ethan para entrelazar sus dedos con los de él. Lo miró a los ojos, pero él seguía mirándome a mí, que preferí mirar al suelo. sentí sus penetrantes ojos sobre la coronilla de mi cabeza.

Una mano intrusa cogió la mía, levanté la cabeza, y vi que Effie sonreía tiernamente.

—¿Nos vamos? —preguntó mirándonos a ambos.

—Tiene que esperar a su novio —respondió a regañadientes.

Le fulminé con la mirada.

—¡¿Novio?! Tienes que contármelo todo —soltó pasando su brazo alrededor del mío mientras se apartaba de Ethan y tiraba de mí para tener una charla de chicas.

Sonreí cuando la vi tan emocionada ante un tema de conversación solo para chicas. Dejamos a Ethan detrás, siguiéndonos como un guardaespaldas, protegiéndonos de cualquier imbécil. No parecía molesto al verme con ella, lo que más le irritaba es que lo ignorara.

—¿Qué queréis de la carta?

Byron y yo miramos el precioso (e íntimo) restaurante que Ethan había propuesto. Como el cielo estaba oscuro, las pequeñas velas que adornaban la mesa le daban un toque muy romántico.

Cogimos una mesa de cuatro; Effie estaba enfrente de mí y las dos teníamos a nuestros chicos a nuestro lado.

No me sentía incómoda, salvo por la acusadora mirada de Ethan a Byron y su terrorífico silencio.

—¡Este lugar es precioso! —exclamé emocionada olvidando que el camarero seguía esperando para tomar nota.

Una mano apretó la mía. Byron fue delicado, y me dedicó una deslumbrante sonrisa. Pero él no fue el único que me cogió la mano.

Los dedos de Ethan tocaron los míos, y cuando lo miré (y parecía muy extraño) estaba sonriendo como siempre.

—¿Te gusta? —preguntó con tranquilidad.

—Me encanta.

No aparté la mano.

Effie fue la primera en pedir algo de la carta, justo cuando me liberé del suave contacto de los dedos de mi vecino. Miré nerviosa a Byron y después a la novia de Ethan. Nadie se había dado cuenta; nadie, salvo el camarero, que estaba detrás de mí y pudo ver que los dos chicos atraparon mi mano con cariño.

«Mataré al camarero como diga algo.»

«¡No puedes matarlo!»

«Pues que deje de mirarme, joder.»

«Cálmate, Freya.»

Dejé de hablar sola mentalmente. Últimamente se me había ido la cabeza.

Mis ojos quedaron fijos en la carta del menú.

Todos pedimos un plato de carne, excepto Byron, que eligió algo de pescado junto a una ensalada que tenía muy buena pinta. Aquella acción despertó la carcajada de Ethan, que no tardó en atacarlo y humillarlo delante de los que le rodeaban.

—¿Tu torpeza te impide cortar un trozo de carne con un cuchillo? —Siguió con la risa.

Estaba siendo cruel.

Las mejillas de mi novio se sonrojaron y bajó la cabeza.

Effie regañó a Ethan golpeándolo con delicadeza en el brazo.

Yo cerré el puño y le golpeé bien fuerte en el costado. Y al parecer conseguí hacerle daño, ya que gimió y me miró sorprendido.

—Pescado está bien —dije antes de que el camarero se marchara con la estúpida sonrisa que le había sacado el stripper.

—Puedo pedir carne también...

¿Había cambiado de opinión por el estúpido de Ethan?

—No. —Sacudí la cabeza—. Has elegido más que bien.

El otro controló las ganas de reír, ya que le amenacé seriamente con la mirada junto al cuchillo que había en la cubertería de plata.

En menos de diez minutos tuvimos la cena en la mesa.

Pero el humor de Ethan no se esfumaba.

—¡Espere! ¿Podría traer cuchillos de plástico? —soltó riendo—. Es que el chico es un poco...

Calló cuando solté un:

—¡Cállate!

Byron levantó la cabeza de su plato, estaba muerto de vergüenza.

—Vamos, Freya —no dejaba de sonreír—, pero míralo —lo señaló—, está usando el maldito cuchillo de la mantequilla para no cortarse.

Estaba enfureciéndome.

—Ese no es tu problema.

Ethan miró al camarero y ambos empezaron a reír.

Cogí el cubierto que más cortaba y me levanté de la mesa para cortar un trozo de pescado delante de la cara del idiota de mi vecino.

—¿Lo ves? —dije—. Todos podemos partir un maldito trozo de pescado.

Él se levantó inmediatamente. Alterado.

Me había puesto tan nerviosa que apretaba con fuerza el cuchillo entre mis dedos. Ethan intentó quitármelo de la mano para evitar que cometiera una barbaridad, pero al no conseguirlo forcejeó conmigo para detenerme.

—¡Suelta el cuchillo! —gritó.

—¡Suéltame tú la muñeca! —grité yo más alto.

Apretó sus dedos con más fuerza.

Byron se levantó de la silla asustado.

—Chicos —era Effie—, nos están mirando todos.

Tiré del oscuro cabello de Ethan.

—¡Suéltame!

—No. —Estaba muy convencido de que no me soltaría.

—¡Deja de tratarme como a una niña!

—¡Cuando tú dejes de defender al imbécil que tienes como novio!

—¡Es mejor novio que tú! —ataqué, algo que tuvo consecuencias.

Soltó bruscamente mi muñeca, sin darme cuenta de que mi brazo fue hacia atrás con violencia. Escuché gritos de fondo (el dolor de una persona gimiendo). Había atravesado algo con el maldito cuchillo.

No miré atrás, miré a Ethan, el cual se giró para no ver a la persona herida.

Effie corrió con una servilleta en la mano y entonces me percaté de que tenía que mirar atrás.

Chillé con todas mis fuerzas cuando vi que Byron estaba tirado en el suelo con la pierna ensangrentada gritando:

—¡Tengo un cuchillo en la pierna!

Yo seguí gritando.

Ethan evitaba mirar la sangre.

—Ayudadme —nos pidió Effie—. ¡Que alguien llame a una ambulancia!

Era la peor novia del mundo.

Nadie acuchillaba a su pareja con un maldito cubierto de dientes afilados.

Salvo Freya. Sí, Freya era la única.

Me tapé la boca con las manos, ya que no podía dejar de llorar al ver toda la sangre que cubrió el suelo.

—S-se va a m-m-morir —tartamudeé.

—No digas tonterías —soltó el otro de espaldas a mí, sintiendo los pliegues de su camiseta rozando la mía—. No es un corte profundo.

—¿Y tú qué sabes? —Mis labios se humedecieron—. ¡Ni siquiera lo estás mirando!

Bajó su tono de voz.

—Sabes que no puedo ver la sangre. —Era como un secreto que no podía decirlo a voces—. Effie, trae el coche.

Sacó las llaves de su bolsillo y se las dio a su novio. Con los ojos casi cerrados pasó por mi lado para levantar al pobre Byron.

—¡Vamos, Freya! —me llamó—. Tenemos que ir al hospital.

No dije nada, solo seguí a Ethan, el cual corrió hasta su vehículo que estaba aparcado en la entrada.

Quedé sorprendida con lo rápido que habíamos llegado a urgencias. Ethan se saltó todos los semáforos en rojo, arriesgándose a ser multado, para que Byron dejara de sufrir. El pobre seguía con el cuchillo clavado en la pierna. Sus enormes ojos cerrados llenos de lágrimas me dejaron sin respiración.

Un hombre con una camilla salió y se llevó a mi novio (pero muy pronto exnovio) junto a dos médicos de guardia más.

Effie los acompañó, ya que era mayor de edad, y yo me quedé con Ethan en la sala de espera; muerta de los nervios y llorando sin cesar.

—Tengo las manos llenas de sangre —dijo frotándoselas desesperadamente en el pantalón.

No le dije nada.

—¿Quieres que te traiga algo? —Señaló a la cafetería—. Freya...

—¡Déjame! —Me oculté detrás del cabello—. Tú no lo entiendes.

—¿Entender qué?

—Que quiero dejar de ser un desastre. Byron me odiará de por vida.

Miré el hospital.

Dios mío, ahí trabajaba mi padre.

—No eres un desastre —quería tranquilizarme.

—Claro que sí. Ojalá fuera como tú. —Yo lo veía perfecto, salvo por sus secretos—. Ethan, a diferencia de mí, tú nunca tienes problemas.

—¿Eso es lo que crees?

Río con la cabeza baja, tapándose las manos.

—Ni siquiera soy capaz de acostarme con mi novia —confesó. ¿Eso significaba que cuando me echó no estuvo con ella desnudo?—. Y todo desde que has llegado a mi vida.

¿Y encima me echaba la culpa?

—Así que más te vale no cambiar. Porque a mí me gustas con ese defecto que te hace perfecta, Freya. Eres mi desastre y punto. Deja de llorar, por favor.

Y de repente sentí sus dedos apartando las lágrimas de mis ojos. Empujó mi cuerpo y me abrazó con fuerza, cuidándome de cualquier daño que me destrozara por completo (sobre todo, del miedo que había nacido dentro de mí).

Escondí mi rostro en su cuello y cerré los ojos, sintiéndome en paz al oír los latidos de su corazón contra la palma de mi mano.

Cuando, de repente, escuché mi nombre.

—¿F-Freya?

Y me aparté de Ethan.

24

—¡Papá!

Me aparté de Ethan y fui directa a sus brazos. Los brazos de mi vecino eran cálidos, pero los de mi padre lo eran aún más. Estaba preocupado y asustado, y sentí sus dedos apretando el abrigo que cubría mi cuerpo del frío de la noche.

Había estropeado su cita sin querer (aunque no fui yo quien le avisó). Seguramente alguno de sus compañeros me vio en la sala de espera de urgencias y, preocupado, lo llamó inmediatamente. Lo abracé tan fuerte como lo hacía él y solté unas cuantas lágrimas en su hombro.

Él no parecía enfadado conmigo, algo que realmente me tranquilizaba. Acarició lentamente mi espalda y susurró un «gracias». Quizá esa palabra iba dedicada a Ethan, o a cualquier dios de alguna religión. No lo sabía, pero no me importaba. Estaba conmigo, había dejado a su cita en el precioso restaurante donde habían quedado.

Pero al levantar la cabeza me di cuenta de que estaba equivocada. Detrás de él había una mujer no muy alta, de cabello corto y claro. Aferraba con sus dedos un llamativo bolso de noche. Nos miraba preocupada y manteniéndose al margen de nuestro abrazo.

Me crucé con su mirada; ojos oscuros y llenos de miedo. Parecía que estaba asustada de mí.

Aparté mi cuerpo del de mi padre y lo miré a los ojos. En ningún momento buscó el apoyo de su cita, no. Solo existía yo en ese momento.

—Lo siento —me disculpé antes de que me gritara—, no lo he hecho a propósito, te lo prometo.

Ethan pasó su brazo por encima de mi hombro, arrimándome contra su tenso cuerpo delante de mi padre.

—John —lo nombró tranquilamente, con la confianza de siempre—, tu hija tiene razón. Ha sido un accidente.

Papá me cogió las manos con las suyas, acariciándolas.

—¿Te ha hecho algo ese chico?

Reí mentalmente.

Él no me había gritado porque pensaba que me había defendido de Byron; lo más probable es que su cabeza estuviera ocupada por la imagen de mi novio toqueteándome y yo negándome a tener algo con él.

Y no. La única culpable fui yo.

—Byron no me ha hecho nada.

Recordé el dolor en su rostro y los angustiosos gritos que me obligaron a taparme los oídos con la palma de la mano.

Ethan volvió a interrumpir la conversación.

—El culpable soy yo. —¿Se estaba echando toda la culpa él?—. Freya estaba enseñándome un cuchillo, así que intenté quitárselo con la mala suerte de que cuando lo solté, fue a parar a la pierna del chico.

Había aguantado las ganas de llamarlo «el chico torpe».

—¿Eres consciente de que su madre seguramente te denunciará?

Mi padre tenía razón. La madre de Byron nos podía denunciar, ya que ante todo un cuchillo era un arma blanca.

—Sí. —Bajó la cabeza, evitando mantener la mirada a mi padre. Estaba avergonzado, era la primera vez que lo defraudaba—. Iré a hablar con Byron.

Cuando se apartó de mi lado, lo paré inmediatamente.

Estábamos solos, ya que mi padre había dado media vuelta para hablar con la mujer que lo estaba esperando con un precioso traje negro.

—Quien le clavó el cuchillo... —Me calló con su dedo.

—Yo empecé esa maldita discusión. No tú.

Me fijé en cada palabra que salía de sus carnosos labios. Estaba defendiéndome, lo sabía. Pero Ethan no siempre me protegería de mis meteduras de pata.

Los rosados tacones de Effie nos despertaron de ese momento tan tranquilo (ninguno de los dos apartó los ojos del otro hasta que llegó ella). La miré y esperé a que me explicara cómo estaba Byron.

—¿Cómo está?

El corazón se me saldría en cualquier momento.

—Su madre está a punto de llegar. —Cada vez estaba más asustada. Quería que ella me diera buenas noticias, y de momento todas eran malas—. Tu padre se ocupará de él. —Eso era bueno—. Y tienes que saber que no era profundo el corte, solo dos centímetros. La sangre nos alteró a todos —le dijo a Ethan—. Será mejor que me vaya a casa.

Miramos el reloj.

La una de la madrugada.

Ethan caminó hasta ella, pasando sus dedos por el claro cabello de su novia hasta recogerlo de su desnudo hombro.

—¿Puedes quedarte unos minutos con Freya? Tengo que ir a hablar con el chico.

Effie asintió y él desapareció de la sala de espera.

POV ETHAN

Los pocos médicos de guardia que pasaban por delante de mí se giraban sorprendidos al ver a alguien por los blancos pasillos donde solo ellos podían estar.

Tener un pase como el que colgaba de mi cuello era una gran ventaja. No fue fácil conseguirlo, pero tener un amigo como el padre de Freya me había abierto las puertas en el hospital.

Golpeé con los nudillos la puerta donde se suponía que estaba Byron descansando.

Una débil voz me invitó a pasar y no lo dudé.

—Hola —saludé con una enorme sonrisa.

El olor a hospital me revolvía el estómago, hasta el punto de marearme al imaginar a todos los pacientes sangrando sin cesar.

El chico de cabello rubio que salía con mi vecina abrió los ojos y se sentó inmediatamente en la camilla cuando me vio aparecer. Estaba tan pálido que aguanté las ganas de reír.

—Tío, pareces un muerto viviente. —La broma me salió sola—. Menos mal que no tengo que matarte.

Le di un empujón para hacerle reír.

Pero no lo hizo. Frunció el ceño y se cruzó de brazos haciéndose el ofendido.

Así que silencié mis carcajadas.

—Me apuesto lo que quieras a que no eres capaz de matar a un zombi. —Apoyé ambas manos en el colchón blanco, dejando caer mi cuerpo un poco más hacia delante para mirarlo más de cerca. Y algo lo asustó—. Q-quiero d-d-decir... —empezó a tartamudear—, como te da mi-miedo la sangre.

Había tocado uno de mis temores, una de las cosas que más odiaba.

—Y yo soy tu peor miedo, ¿verdad?

Estaba tan asustado que en cualquier momento saldría corriendo.

—Respóndeme algo.

—Espera —avancé un poco más—, no me cambies de tema.

—Solo una pregunta —resopló dejando su flequillo a un lado de sus ojos—. ¿En un ataque zombi defenderías a Freya incluso si tuvieras que cubrirte de sangre?

¿Ese chico estaba bien?

Alguien tenía que decirle que los muertos vivientes solo estaban en las películas de miedo y los videojuegos.

—¿No tienes una pregunta menos friki?

No quería reírme de él, pero me lo estaba poniendo muy fácil.

Y pensar que en el instituto me reía de chicos como él.

Ahora competía contra uno.

—No. Respóndeme —insistió.

—Está bien. —Imaginé a la enana en peligro—. Si Freya estuviera en peligro —rodé los ojos— con zombis o sin zombis, sí. Haría cualquier cosa por ella.

—Eso es lo que quería oír.

142

Se destapó la pierna donde lo habíamos herido y, torpemente (como de costumbre), se levantó para acercarse a la ventana.

Su risa me llamó la atención.

¿Se había vuelto loco?

¿O demasiada morfina recorría su cuerpo?

—¿Qué pasa? —pregunté acercándome a él.

Byron no me miraba.

—Ella te gusta —soltó en un susurro.

Ni siquiera sabía de quién hablaba.

—¿De quién hablas?

—La chica chicle. —Me quedé igual de confundido—. Freya. —Cuando la nombró una corriente eléctrica recorrió mi cuerpo.

—¿Qué pasa con Freya?

Otra vez su risa.

Me estaba poniendo de los nervios.

—Estás totalmente pillado. —El reflejo del cristal era la única forma de mirarlo—. Te gusta demasiado.

Era el momento de reírme. ¿Por qué no lo hacía?

—No me gusta —intenté negarme mentalmente.

Y callé.

—Ethan —era extraño escuchar mi nombre—, no solo mientes a los demás —iba a golpearlo como siguiera—, también te mientes a ti mismo. ¿Qué tiene de malo enamorarse de Freya? ¡Nada!

Ese era mi problema, no el suyo.

—Me voy —me giré para dejar de escuchar estupideces—, le diré que venga a verte.

—¡Espera!

Su grito me detuvo justo antes de salir.

—No voy a responder a nada más.

—Solo quiero pedirte un favor. —Él no era mi amigo—. No le digas nada a Freya, por favor. No manifiestes tus sentimientos por un tiempo. No me apartes de ella, al menos de momento.

—¿Y por qué haría algo así?

—Porque ella me hace feliz, igual que a ti.

Temblé cuando terminó su frase.

¿Es que acaso me estaba pidiendo que no volviera a verla?

¿Qué era lo mejor para nosotros dos?

«Freya —pensé—, ¿acaso tú quieres que me aleje de tu lado?»

25

Miré la puerta de la habitación de Byron. No era capaz de entrar y gritar con todas mis fuerzas lo feliz que me sentía por estar ahí junto a él. Después de una semana refugiada en mi habitación, la actitud que estaba teniendo era de cobardes.

Sí, yo le clavé el cuchillo.

Y sí, también lo evité durante días.

Pero él no fue el único al que no vi. Cada mañana a las nueve de la mañana la misma voz preguntaba si podía entrar en mi habitación.

Ethan se quedaba allí durante media hora y, al no escuchar mi voz, se marchaba preocupado evitando las preguntas de mi padre.

¿Por qué dejé de verlo a él?

Solo mi corazón sabía la respuesta.

—¿Byron? —pregunté cuando llamé dos veces.

El sonido de la cama me sobresaltó, pero fue verlo a él asomar la cabeza y todo se esfumó. Ya podía sonreír de nuevo.

—¡Chica chicle! —soltó abrazándome muy fuerte.

Tiró al suelo la muleta con la que se sostenía y rodeó mi cuello con sus cálidos brazos. No me quedé quieta y se lo devolví con la misma energía. Estuvimos un tiempo parados, sintiendo los latidos del corazón del otro chocar contra nuestro propio pecho.

Mis ojos observaron su enorme habitación, aunque realmente me había quedado boquiabierta cuando llegué a la mansión donde vivía con sus padres. Estaba alejada de la ciudad; a más de una hora en autobús; el viaje más largo que había hecho desde que decidí irme a vivir con mi padre.

Byron cerró la puerta y, con un movimiento gracioso de cabeza, me invitó a que me sentara en la amplia cama; tenía tres veces el tamaño de la mía.

—Aquí pueden dormir hasta cuatro personas.

Él no dijo nada, bajó la cabeza y miró su pantalón corto.

No estaba enfadado, pero evitaba hablar sobre «camas».

—¿Sucede algo? —Toqué su rubio cabello—. ¿Es por la cama?

Pasó lentamente por mi lado hasta dejarse caer. Concentró sus ojos en los míos y, con un rubor en las mejillas que me hizo sonreír, dijo:

—Solo he dormido yo en esta cama. Así que no sé si caben cuatro o cinco personas más.

Realmente le molestó el tema.

—Nunca has hecho...

Mi novio me cortó.

—Soy virgen —dijo mirando a la ventana.

Crucé mis brazos sobre el pecho y me acerqué hasta él para terminar la verdadera pregunta que le quería hacer.

—Me refería a una fiesta con amigos.

Pero el dato que acababa de soltar no era sorprendente.

Yo era virgen.

Él era virgen.

El hámster que había en la jaula sobre la estantería de libros de química de Byron era virgen.

Había un gran número de personas y animales vírgenes en esa habitación.

Quería reír, pero aguanté las ganas de hacerlo delante de él.

Y luego estaba Ethan; que seguramente antes de entrar en la universidad ya había llevado a la práctica todo el *Kamasutra*.

—¿Te molesta que lo sea...?

—¡No! —Le di unos golpecitos—. Mira el lado bueno —me senté a su lado, rozando mi brazo con el suyo, que era tan delgado como el mío—; si algún día una tribu africana nos secuestra, te sacrificarán a ti primero y yo tendré tiempo para huir.

Le guiñé un ojo y empecé a reír como lo hacía antes del accidente del cuchillo.

Byron me dio un golpecito en el brazo, dejándome ver que no tenía gracia.

Me levanté dando saltitos.

—¡Matar al virgen, matar al virgen! —Empecé a bailar con las manos sobre la cabeza y mirando el blanco techo.

—¡Freya! —Tiró de mí hasta derrumbarme contra su cuerpo.

Los dos tumbados sobre la cama después de mi danza de la matanza del virgen... fue un momento muy incómodo.

No podía dejar de mirarlo, estaba encima de él con sus manos a cada lado de mi trasero. Parecía que estaba a punto de comenzar el reto que me había propuesto Ginger, pero cuando me fue a besar, me aparté inmediatamente.

Jugueteé con mi cabello y, sin mirarlo, me quedé en silencio.

—Lo siento. —Y él no era el culpable.

—No. Yo soy quien se ha apartado. No sé qué me ha pasado, Byron...

—¿Has visto a Ethan últimamente? —Negué con la cabeza—. ¿Por qué?

—De la misma manera que no he podido venir a verte a ti, tampoco he querido verle a él. Así que preferí encerrarme en mi habitación.

Sentí sus dedos tocando mi hombro descubierto.

Estaba serio, sin darse cuenta de que ni siquiera me miraba.

—Él tiene algo importante que decirte.

Si realmente hubiera sido importante, Ethan habría sido capaz de hacer cualquier cosa, y la primera, sin duda, derrumbar la puerta de mi habitación.

Cuando fui a responderle, la puerta se volvió a abrir.

Una mujer de la edad de mi padre me miró con el ceño fruncido y después miró a su hijo.

—¿Quién eres? —Estaba más preocupada de arreglarse su claro cabello que de saber quién era yo.

—Es Freya, mamá. Te he hablado de ella.

—Sí... sí. —Movió la mano—. Por hoy se han acabado las visitas.

Vaya, era la primera vez que me echaban de algún lado.

La vergüenza de Byron era notable, me miró con pena y entendí que las normas de su casa eran muy diferentes a las de mi hogar.

Intenté darle un beso en la mejilla, pero una mano me levantó violentamente de la cama. Empezó a tirar de mi cuerpo, obligándome a bajar las escaleras de dos en dos.

Su madre estaba loca.

—Señora, me hace daño.

No le importaba.

—Mira, niñita. —¿Niñita?—. Sé que tú eres la culpable de que mi hijo Byron esté herido. No voy a dejar que lo alejes de mí, ¿entendido?

No estaba loca, estaba muy chiflada.

Ella no tenía derecho a apartarme de la vida de su hijo.

Levanté el dedo para defenderme, cuando la muy descarada me cerró la puerta.

—¡Bruja! —Golpeé los puños contra la puerta.

Sentía cómo la ira se había acumulado en mis mejillas.

—Desaparece de mi jardín antes de que suelte a los perros.

—¿Qué perros? —Me reí—. Señora, usted está muy mal de la cabeza...

Los ladridos de unos perros me hicieron correr tan deprisa que me dejé el bolso en la entrada de la mansión. Corrí y corrí hasta salir del horrible jardín de la señora con nariz de patata.

Doblé las piernas buscando estabilidad. Ni siquiera podía respirar.

Pero ¿qué le pasaba a esa bruja?

—¿Qué haces aquí? —preguntó una voz desde un coche.

—Ethan.

—Sube, enana.

Rodeé el coche y acepté la invitación. Estaba muy cansada para volver a hacer otro viaje en autobús.

—¿Me has seguido?

Él no lo negó.

Mi vecino bajó el volumen de la radio.

—Llevas una semana sin abrirme la puerta de tu habitación —dijo, y más tarde susurró—: se suponía que era yo quien se tenía que alejar.

—¿Qué?

—Nada.

Ethan me dio a entender que ese día no iría a trabajar, así que tenía todo el tiempo del mundo para confesarle lo que me estaba torturando por dentro (y destrozaba mi corazón).

—Me gustas. —Él me miró y luego volvió a mirar la carretera—. No sé cómo ha pasado, pero tú me gustas más que Byron. Tú eras el culpable de que mi corazón se acelerara. ¡Estoy enamorada de ti!

Fue la declaración más extraña del mundo, ya que Ethan, mi vecino stripper, subió el volumen de la radio ignorándome por completo.

—¿No vas a decirme nada? —Silencio—. ¡Ethan! Al menos ríete de lo que he dicho.

Nada.

No me miró.

Cuando llegamos al bloque de apartamentos, bajamos los dos con el silencio pisándonos los talones. Me mordí la mejilla, sintiéndome la chica más estúpida de la historia.

Se detuvo delante de su puerta e introdujo la llave en la cerradura. No era capaz de despedirse de mí.

«Capullo», pensé.

—Vale, gracias por el viaje.

Arrastré las sandalias por el suelo.

Y de repente habló:

—¡Freya!

No solo su voz me detuvo, su mano se aferró a mi muñeca y tiró de ella. Lo tenía delante de mis ojos, con el cuerpo inclinado para estar más cerca de mí.

E hizo lo que nunca pensé que haría.

Unió nuestros labios para besarme. No fue un beso rápido, no.

Apartó mi cabello, acarició mis mejillas con sus enormes manos y siguió besándome lentamente, provocándome un escalofrío por todo el cuerpo.

—Solo pienso en ti. Todo gira alrededor de tu mundo. Respiro sabiendo que estás bien. —Otro beso—. Estoy loco por ti, Freya. Soy el estúpido que no se ha dado cuenta de que se ha enamorado de la vecina de enfrente.

Mi corazón se detuvo.

Otra presión sobre mis labios me hizo cerrar los ojos.

—¿Te gusto?

¡Bum! Pregunta estúpida.

—Es más que eso, enana. —Sus ojos azules brillaban—. Nunca me había importado tanto una persona. Soy capaz de hacer cualquier cosa por ti.

No dejábamos de besarnos.

Pero era la hora de irse.

—Ethan —lo llamé cuando se alejó de su puerta—, tú vives aquí.

Otro beso.

—Es cierto. Buenas noches.

Otro más.

—Vuélveme a besar.

Sentí cómo su lengua acarició la mía.

Llegó a un límite que no podíamos respirar.

Estaba temblando.

¿Era un sueño?

—Tienes que descansar, Freya.

Asentí embobada sobre su boca.

—No quiero irme —confesé.

—Y yo no quiero que te vayas.

Acomodó su frente contra la mía.

—¿Esto está mal?

Y qué más daba, solo lo necesitaba a él.

—No lo sé. —Tenía los ojos cerrados—. ¿Freya?

—¿Sí?

—¿Quieres pasar a mi apartamento? —preguntó y coló sus manos en el interior de mi camiseta.

¡Oh, oh!

—¿Para qué?

Él soltó una risa.

—Descúbrelo por ti misma —dijo dejando la puerta abierta.

26

Entré con timidez en el apartamento de Ethan. Mis pasos avanzaron por el comedor y el sonido de la puerta de la entrada al cerrarse sobresaltó todo mi cuerpo. Por suerte no grité. Me limité a mirar por encima del hombro esperando encontrar a mi vecino con la luz apagada.

La única claridad que podía ver era la débil luz que salía de su habitación. Lentamente seguí avanzando, susurrando su nombre por si no estaba allí y se encontraba en otro rincón de la casa. Pero su risa fue su respuesta.

Lo vi sentado en la cama, con un par de velas encendidas en las mesillas de noche que allí había. Cogí su mano cuando me la tendió y, con un rubor en las mejillas, me dejé caer a su lado.

Mi cuerpo lentamente se acostumbró a la tranquilidad; mis ojos se quedaron fijos en los azulados ojos de él; mis labios, por una extraña razón que ya conocía, deseaban estar de nuevo sobre los de Ethan.

Latía tan fuerte mi corazón que estaba segura que si él terminaba susurrándome algo no llegaría a entenderle.

—Túmbate —rompió el silencio.

Antes de hacerlo tragué saliva.

Volvía a estar nerviosa.

Estiré mi cuerpo sobre su cama y mi cabeza descansó en su regazo, sintiendo sus ojos recorriendo todo mi cuerpo, pasando por mis labios, y deteniéndose en mi propia y confusa mirada.

—Esto no será fácil, ¿verdad?

Él era el único que me comprendía.

Jugueteó con mi cabello. Apartándome cada mechón que se quedaba pegado en mis mejillas. Podía sentir sus dedos recorriendo mis brazos, acariciándome lentamente; aquella era la mayor tortura.

Cerré los ojos cuando escuché su voz.

—Hemos dado el gran paso, Freya. El problema es que podemos herir a terceras personas. —Por primera vez noté el miedo, la angustia en el tono de su voz—. Byron es un buen chico.

Rio, pero estaba siendo sincero.

—¿Sabes qué me dijo en el hospital? Que antes de confesarte lo que podía sentir por ti, me alejara solo un par de días para dejarte a su lado —no apartó la mirada en ningún momento—, y estoy seguro de que él ha sido quien te ha dicho que tienes que dar el paso.

Byron me había dicho que Ethan tenía que hablar conmigo.

—Sí —confesé—, por eso te dije... Bueno. —Intenté levantarme, me sentía incómoda tumbada mientras él estaba sentado con mi cabeza en sus piernas, pero no me dejó. Con una sonrisa apretó su dedo pulgar sobre mis labios—. Me estaba volviendo loca. Al principio no sabía por qué te detestaba y a la vez quería verte cada día.

No soltó uno de sus chistes.

—Conozco esa sensación de vacío cuando no te veo. Intenté decirme una y otra vez que solo te quería a mi lado para protegerte, como si de alguna forma le estuviera devolviendo el favor a tu padre. Luego lo vi una estupidez —una de las velas del fondo se apagó—, porque llegué al límite de desear tus labios... —escuché su risa— y eso no es de buen hermano. ¡Joder! Yo no soy tu hermano. Yo te deseo. ¿Que si está bien? —se preguntó a sí mismo—. No lo sé. Pero tengo miedo de hacer daño a...

Terminé por él lo que le costaba decir.

—Effie.

Asintió con la cabeza.

—Tú mejor que nadie sabes que lo nuestro no es amor. Ni siquiera estoy enamorado de ella. Era la chica perfecta que tenía en la cama cada vez que quería echar un polvo —lo último lo dijo en voz baja. Temiendo mi reacción, sonrió—. Pero con el tiempo coges cariño a las personas. Y temo romperle el corazón y pensar que es ella la única que se ha tomado en serio esta relación.

Dejó de tocar mi cabello para hundir sus dedos en el suyo. Estaba nervioso, ya que siempre que lo estaba, se toqueteaba su corto pelo oscuro para tranquilizarse.

—Ethan. —Toqué su mejilla.

—Esto no será fácil, enana.

—Lo sé. —Le devolví la sonrisa—. Esperaré.

El momento bonito se esfumó.

—Yo no puedo estar más tiempo alejado de ti. —Pero antes necesitaba estar seguro con ese gran paso, al igual que yo. Así que lo comprendía—. ¿Cómo tengo que actuar ahora? ¿Como si nunca te hubiera besado? ¿Seguir engañando a Effie? ¿O burlarme todos los días que sean necesarios de Byron para tranquilizar mis celos?

No tenía respuestas para sus preguntas.

Levanté mi cuerpo. Acaricié sus mejillas con mis manos y mi rostro quedó muy cerca del suyo, rozando mi nariz contra la suya.

Ethan cerró los ojos, y yo lo miré sin importarme que no podía ver la claridad que tanto había aprendido a amar.

—Solo prométeme que no te apartarás de mi lado.

—Eso nunca, Freya. No voy a salir corriendo nunca más.

Y con esa promesa podía estar tranquila, incluso sabiendo que una relación con mi vecino podía darse en un futuro muy lejano.

—¿Puedo bes... —No acabé la pregunta.

Él volvió a besarme con la misma fuerza que lo había hecho en el rellano. La misma ternura con la que me trataba. Con la lentitud que provocaba que mi cuerpo temblara. Tenía la necesidad de cogerle por miedo a que se alejara de mí.

Sus besos me enloquecían y me calmaban como nadie antes había hecho. Era adicta a Ethan y no podía estar con él.

Cuando el beso terminó, salí de su apartamento sin mirar atrás, ya que no quería que me viera llorar.

Estaba enamorándome de un chico que me correspondía, y no estábamos juntos por no hacer daño a terceras personas.

El mundo era cruel. O éramos nosotros los que poníamos barreras por miedo a que lo nuestro no funcionara.

Parecía que nunca existiría un Ethan & Freya.

Que solo diría su nombre porque éramos amigos/vecinos/hermanos fingidos y nada más.

Eso me dolía. Me destrozaba. Y solo me quedaba el llanto, recordando que mi vecino me había besado, confesándome que correspondía a ese amor que había surgido de la nada (y era más hermoso que un romance buscado).

Ginger se quedó cruzada de brazos a los pies de la cama. Seguí con el pijama por perezosa y porque no quería salir de mi habitación. Ella tiró de la sábana, golpeándome el trasero para que me levantara de una vez.

—¡Freya! —Zarandeó bruscamente mi cuerpo—. No te puedes quedar aquí para siempre. Sí, has roto la relación con ese chico incluso cuando él no lo sabe. Sí, has besado al vecino que tiene novia. También has roto nuestro juego y, aparte, estás haciendo el ridículo aquí, encerrada en estas cuatro paredes.

—¿Y qué quieres que haga?

—Que vuelvas a besarlo. Dile que no quieres un tiempo para saber si lo vuestro va a funcionar o no. —Señaló la ventana—. Ese stripper es tuyo, y no de la rubia.

—Effie es una gran chica. Nos hemos hechos amigas...

—¡Freya! —Casi me golpea con la mano—. No puedes hacerte amiga de la novia del chico que te gusta.

—Tú no lo entiendes.

Se rascó el cabello.

—La chica es un cielo —comprendió—, pero ¡está con tu chico!

—Ethan no es mi chico.

Consiguió sacarme de la cama y, tras darme un buen golpe en el trasero, la miré a sus enormes ojos, que empezaron a darme miedo.

—¿Quieres perderlo de nuevo?

—¡No! —grité.

—Entonces —se acercó—, ve a buscarlo.

¿Era una buena idea?

Pero había quedado con Ethan en esperar el momento.

¿Ese era el momento?

No habían pasado ni veinticuatro horas desde nuestro último beso.

La necesidad de un beso más me daba fuerzas.

Y cuando lo tuviera delante... ¿qué le diría?

—Tienes razón.

Le sonreí a Ginger y me levanté del suelo con energía. Parecía que todos los Red Bull que mi amiga se había tomado esa mañana para venir a verme me habían hecho efecto a mí.

Abrí la puerta y la imagen de un chico me paró.

—Byron —susurré.

Estaba apoyado con una especie de muleta decorada con miles de piedrecitas brillantes. Seguramente su madre se encargó de decorarla para que su único hijo pareciera un poco más rico.

—Lo sé todo. —Y al soltarlo, me abrazó—. Ese tío —casi gruñó gracioso— es quien tiene que estar a tu lado, y no yo. Ábrele los ojos de una vez.

—Pero...

—Tienes que ir, chica chicle.

¿Por qué era tan jodidamente perfecto?

Lo abracé con miedo de soltarlo y perder la amistad que teníamos.

Byron soltó una risa.

—¿Por qué tu amiga me está sacando la lengua de una forma rara? —susurró en mi oído.

Respondí:

—Le has gustado.

Tragó saliva sabiendo que se iba a quedar con ella a solas en mi habitación.

—¡Cuídalo, Ginger! —grité saliendo del apartamento de mi padre.

Pobre Byron, Ginger lo destrozaría de una forma que terminaría con su inocencia.

Conté hasta tres.

Y después hasta veinte.

—Noventa y ocho. Noventa y nueve... —Era el momento de llamar a su puerta.

Cerré el puño y...

—¿Freya?

Miré a la chica que salía del ascensor.

—Effie —saludé.

—Tenemos que hablar —no estaba tan eufórica como de costumbre—, a solas.

Eso era malo.

Muy malo.

27

No dije nada, solo me limité a seguir sus pasos en silencio. Miré mis nerviosas manos, que se habían aferrado a la tela del pijama, y con la cabeza agachada me mantuve detrás de Effie. La puerta del ascensor se cerró. Podía sentir cómo mi nerviosismo me jugaba malas pasadas. Yo no había buscado sentir algo por Ethan, pero al parecer su novia nos había descubierto.

Ante la confesión de mi vecino, me había admitido a mí misma que quería tener una relación con él. Porque mi corazón no había reaccionado de esa forma con otro chico, solo con Ethan.

Effie movió sus rosadas puntas que estaban rizadas, y pasó el bolso que llevaba de un brazo al otro. Abrió la puerta, y con un movimiento de cabeza me invitó a que pasara yo antes que ella. Lo hice.

—¿Estás segura de que quieres ir en pijama? —preguntó antes de salir.

—Solo será un momento, ¿no? —respondí con otra pregunta—. Hay una cafetería cerca de aquí donde me conocen. No pasará nada. Estoy acostumbrada a que me miren de forma diferente. Dicen que soy una chica muy rara —solté riéndome.

Effie no lo hizo, y se me hacía extraño.

Quería saber qué estaba pensando porque ese silencio estaba empezando a ponerme de los nervios. Ella estaría deseando abofetearme o insultarme por haberla separado de su perfecto novio. Cada vez me hundía más y mi corazón me decía que estaba siendo cruel al entrometerme en medio de una pareja que hubiera durado más sin mí.

Nos sentamos en una pequeña mesa, alejadas de los clientes, y cogí el servilletero con el menú para no mirarla a los ojos.

El camarero que nos atendió lo anotó todo en la pequeña libreta que llevaba junto a él. Cuando tuvimos nuestro desayuno, esperé un poco más a que ella se lanzara... pero lo único que hizo fue llevarse la taza de café recién hecho hasta sus labios. Aquella situación estaba acabando conmigo.

¿Y dónde estaría Ethan?

¿En el trabajo?

—Effie... —empecé, pero un nudo me lo impidió.

Sus enormes ojos me observaron. Dejó la taza sobre la mesa y con las manos unidas soltó:

—Lo sé todo.

—¿Todo?

¿Por qué los problemas llegaban a mí uno detrás de otro?

Pero ¿qué había hecho yo en una de mis vidas anteriores para que en esta todo fueran desgracias?

Ni siquiera ser budista me ayudaba mucho. Y pasarme al cristianismo me condenaría sí o sí a ir al infierno.

—Te gusta Ethan. —No sonó a pregunta.

Intenté negarlo inmediatamente, pero su mano quedó alzada muy cerca de mi rostro. Mis ojos se cerraron ante la velocidad con que se movió y esperé a que me golpeara porque se suponía que realmente estaba al tanto de que entre Ethan y yo había algo.

Pero ese algo era muy inocente.

La palma de su mano no impactó en mi mejilla.

Así que abrí un ojo y contemplé la recién manicura que se había hecho. Con la otra mano siguió levantando la taza para beber lentamente de su café.

—Bueno... yo... no sé... —balbuceé.

Ella siguió por mí.

—¿Creéis que soy estúpida? —Me daba más miedo verla tranquila que si hubiera estado alterada y enloquecida. Quería escucharla gritar para sentirme un poco más culpable de lo que era—. Él nunca deja de hablar de ti. Soñaba contigo incluso cuando dormía al otro lado de mi cama. Solo sabía decir tu nombre una y otra vez... así que es normal que esté al tanto de que mi novio se haya enamorado de otra persona.

Ahora es cuando me golpeaba, ¿no?

Uno...

Dos...

Tres...

No. Ella seguía hablando con normalidad. Una calma demasiado extraña para alguien a la que la habían «engañado». Y lo ponía entre comillas porque solo nos habíamos besado.

Soplé.

Me había quedado sin palabras.

Solo podía pensar.

«La cucaracha, la cucaracha, ya no puede caminar... porque no tiene, porque le falta...»

«¡Joder, Freya! deja de cantar esa canción.»

Estaba muy nerviosa.

—¿No vas a decir nada?

¡Es que no sabía qué decir en esa maldita situación!

—De momento no me he acostado con él —dije rápidamente.

Y cometí el mayor error de mi vida.

Nunca le digas a la novia del chico que te gusta que tienes intención de acostarte con su pareja.

Bajé la cabeza e incluso me mordí más fuerte el interior de las mejillas para callarme de una vez.

—Lo siento.

Effie soltó una risa.

—Sé que no lo has dicho para ponerme celosa. Ahora que las cosas entre Ethan y yo no están muy bien... tienes camino libre para estar con él.

¡Un momento!

—¿Así de fácil?

Seguro que era una trampa.

—¿Acaso prefieres que siga con él e ignore lo que acaba de pasar? —Sacudí la cabeza. Ella me estaba diciendo que se alejaba de mi vecino—. Solo que no os libraréis tan fácilmente de mí.

Arrastró la silla hacia atrás, pagó la cuenta de lo que habíamos bebido y, con rápidos movimientos, se dirigió hasta la puerta para marcharse.

—No lo entiendo. —Ella no miró atrás—. ¿Qué significa «no os libraréis tan fácilmente de mí»?

—Ya lo verás. —Me guiñó un ojo, paró un taxi y desapareció de mi vista.

¿Había sido una amenaza?

En ese momento la verdad no me importó.

Tenía mejores planes como para preocuparme de Effie. Volví a subir a mi apartamento, me vestí con un precioso vestido rosado que había preparado y salí en busca de Ethan.

Lo raro de todo es que cuando llegué al apartamento, Byron y Ginger no estaban.

El autobús me dejó cerca de Poom's y me alegré de ver a Daniel en la puerta con su espectacular sonrisa.

Le saludé inmediatamente.

—Llegas muy pronto para el espectáculo.

Ambos reímos.

—Busco a Ethan, ¿está aquí?

Asintió con la cabeza.

—Lo acabo de ver en el camerino. Ha sido raro verlo llegar tres horas antes de la función.

Me dejó entrar. Por suerte recordaba el recorrido hasta el pasillo repleto de puertas donde los bailarines stripper se cambiaban para sus números. Con una sonrisa en los labios me quedé delante de la puerta, pero antes de llamar con la mano escuché una voz femenina.

La puerta no estaba cerrada, así que pude ver quién había en el interior.

Estaba Ethan y, delante de él, una mujer de cabello rubio que tocaba sus fuertes brazos.

Yo había llegado para declararme...

—¡Ethan! —grité.

No pude contenerme cuando vi que la mujer se había lanzado a su boca para besarlo con desesperación. Mi vecino no parecía muy disgustado... hasta que la apartó de su lado y descubrió que yo estaba allí y lo había visto todo.

—¡Freya! —Salió detrás de mí—. ¡Espera!

Corrí todo lo que pude para alejarme de él. No quería mirarlo, no con lágrimas en los ojos.

Pero ¿qué diablos le pasaba?

¿A cuántas chicas tenía en su vida?

Preferí coger un taxi antes que el autobús y acomodé la cabeza en el cristal.

«Me has fallado, Ethan...»

Cuando cerré la puerta de mi habitación noté que la cama estaba movida. Siempre solía estar pegada a la pared y cerca de la ventana, y en ese momento estaba separada por unos centímetros. Las sábanas estaban arrugadas y la camiseta de Ginger, en el suelo.

—¿Ginger? —pregunté con la esperanza de que siguiera allí.

—¿F-Freya?

La tartamudez era de Byron.

Salió de debajo de la cama, con los labios apretados y casi temblando. Mi mano se estiró para tocarlo, pero se apartó de mi lado bruscamente, casi tropezándose con su propia muleta.

—Pero... pero ¿qué te ha pasado?

Sostenía un enorme cojín.

Él siguió callado.

—¡Oh, Dios mío! ¿Te ha violado?

Ginger no estaba tan loca... ¿o sí?

Byron, con las mejillas enrojecidas, lo negó con la cabeza.

Sus ojos estaban rojos, parecía que había llorado.

—No, no es eso.

Me estaba preocupando.

—¿Qué ha pasado?

Se sentó a mi lado y lo miré a sus enormes ojos. Seguía pálido, con las manos temblorosas y los dedos apretados en el cojín.

—Y-yo te he d-dejado m-marchar —Mi mano cubrió la suya para que dejara de tartamudear— y de repente empecé a llorar. No podía respirar. Me sentía solo de nuevo.

Bajé la cabeza avergonzada.

—Pero entonces Ginger me ha abrazado. Me ha dicho que puedo conseguir a chicas con más pecho que tú. —¡Será zorra!—. Yo, por supuesto, me he negado a aceptarlo, porque es imposible tener a alguien tan maravillosa como mi chica chicle al lado que te haga sonreír como tú lo consigues.

—¡Oh! Byron...

—Me ha besado, Freya. Tu amiga me ha besado.

Estaba claro que Ginger iba a atacar.

—Lo siento mucho. Siento haberte dejado a solas con ell...

Él me señaló el cojín.

—Y me ha pasado lo peor.

—¡¿El qué?!

Byron levantó las cejas, dándome a entender lo que era más obvio. Estaba entre sus piernas, ocultando algo.

—¡¿Tienes una erección?!

—Chist. —Se movió inquieto—. Nunca me había pasado.

Quería excusarse, mientras que yo estaba enfurecida.

—Conmigo nunca te ha pasado.

—Freya...

—¿Sabes lo que significa eso? —Quizá había exagerado un poco con mi actitud—. ¡Que nunca te he gustado!

—Por supuesto que sí.

—¡No! —grité.

Le arrebaté el cojín de las manos y lo lancé bien lejos. Sus manos ocultaron la parte abultada y yo le señalé con el dedo.

—¡Que Ginger te caliente más que yo me fastidia... y mucho!

La boca de Byron se abrió exageradamente. Señaló la puerta con la cabeza, y yo miré por encima de mi hombro.

Ethan.

El que faltaba.

—¿Qué le acabas de decir? —preguntó entre dientes.

Sus azulados ojos se volvieron más oscuros. Se acercó a mí apretando su mandíbula.

¿Eso eran celos?

«Pues jódete.»

Yo había visto cómo estaba besando a otra que no éramos ni Effie ni yo.

28

—¿Sirve de algo que pregunte qué está pasando aquí? —planteó sin poder ocultar su mal humor.

Mis ojos siguieron observando los de Byron, mientras que él seguía buscando apoyo en mi cojín. Ethan tocó mi hombro e inmediatamente me aparté de su lado. Noté cómo le costaba respirar, cómo aguantaba las ganas de gritar sin importarle el resto de los vecinos que teníamos.

Antes de que Byron se excusara (el cual quería salir corriendo), empujé su cuerpo hasta dejarlo una vez más en la cama.

—¿Ya te has cansado de besar a la otra? ¿O es ella quien ha pasado de tu culo de bailarín?

—¡Freya! —levantó el tono de voz. Me estaba advirtiendo de que no hablara de su vida, cuando Byron lo sabía todo—. Ven conmigo, tenemos que hablar a solas.

—¡No!

Solo miré un momento por encima de mi hombro. Luego me mantuve quieta, con los brazos cruzados.

—Chicos... —dijo el otro—, ¿pelea de enamorados?

¿Cómo podía bromear Byron en ese momento?

—¡No somos novios! —gritamos los dos.

Ethan me obligó a mirarlo, girando lentamente mi cuerpo y con cuidado por si yo reaccionaba mal. Se tocó el puente de la nariz y bajó la cabeza para estar un poco más a mi altura. Odiaba que fuera más alto que yo, me sentía pequeña a su lado.

—Lo que has visto... —Tragó saliva—. Salgamos de aquí y vayamos a otro lado.

Reí.

—¿Sabes por qué no podemos ser novios tú y yo? —Y me daba igual mencionar aquel tema delante de un ex—. Porque siempre habrá otra. Yo lo he sido.

—Tú nunca serás la otra.

—¿Y Effie qué era? ¡¿Qué era?!

Relajó sus alzados hombros.

Nos habíamos olvidado de Byron.

—Eso es muy diferente, y lo sabes. Por favor, Freya, déjame explicarte lo que has visto a solas. —Señaló la puerta invitando a Byron, que se refugiaba con un cojín, a salir de la habitación—. ¡Que te marches!

El chico tímido rebotó en la cama. Hubiera salido corriendo, pero no le dejé.

—Él se queda aquí.

Ethan enarcó una ceja.

—Y-yo no tengo ningún problema en irme...

Sonó de lejos.

—A mí me culpas de besar a una mujer... pero tú estabas aquí a solas con este. —Lo señaló—. ¿Qué hacíais?

—¿Desde cuándo te importa lo que hago? —le provoqué un poco más.

Ni siquiera sabía a qué estábamos jugando.

Salvo que realmente me había destrozado el corazón con la imagen que se había quedado grabada en mi cabeza.

Sí, era cierto que coquetear con las clientas era parte de su trabajo, pero eso no significaba que yo fuera a soportarlo, y por ello él se lo ocultaba a sus parejas.

Porque los celos siempre estarían de por medio.

—Me importa y lo sabes. Voy a decirte una última cosa antes de salir por esa puerta. —Me plantó un beso en la mejilla—: Te voy a tratar como a una mujer adulta... así que si quieres hablar conmigo antes de discutir como una mocosa, vente.

¡¿Mocosa?!

Salió por la puerta, dejándome allí cruzada de brazos junto a Byron, el cual se frotaba las manos muy nervioso.

¿Lo seguía o me quedaba en mi habitación?

Algo me tocó la espalda. La sonrisa de Byron me abrió los ojos; ambos habíamos dejado a nuestros supuestos amores por otra persona. Y yo lo estaba dejando escapar sin escuchar antes su explicación.

—¿Qué habéis hecho en mi cama?

Él soltó una risa.

—Nada —el sonrojo volvió a sus mejillas—, te lo prometo.

—Así que el amor a primera vista existe, ¿eh?

Y él lo había sufrido.

—N-no lo sé.

Yo no era egoísta. Era lo más normal que en cualquier momento llegara alguien a su vida. Y me alegraba que hubiese llegado tan rápido.

Besé su mejilla y salí corriendo al único sitio donde estaría Ethan esperándome.

La cafetería.

Primero había estado allí con Effie y ahora él me esperaba en una mesa con las manos cruzadas y apoyando en ellas su barbilla. Levantó la cabeza al verme entrar y débilmente dejó escapar una sonrisa.

Pero que estuviera allí no significaba que el enfado se hubiera esfumado.

—¿Qué vais a tomar?

Cogí la carta que me tendió el camarero.

Quien pagaba era Ethan, así que había barra libre.

Paseé el dedo por las cosas que más me gustaron.

—Quiero un pastelito de fresa. Un batido de chocolate con nata por encima —seguí leyendo—. Una hamburguesa de pollo, patatas fritas con mucho kétchup... y un dónut.

Los dos se quedaron sorprendidos, pensando cómo podía ser que una chica tan pequeña comiera tanto.

La verdad es que no tenía hambre.

—Enana —lo miré—, te recuerdo que yo soy el pobre.

Alcé los hombros.

—¡Y también quiero probar todos los *cupcakes* que tengáis!

Con una sonrisa le devolví la carta al camarero, que miró a Ethan.

—El agua es gratis, ¿no? —El camarero le respondió con un asentimiento de cabeza—. Entonces un vaso, por favor.

Nos dejó a solas y aguanté las ganas de reír ante la sorpresa del stripper.

—Te escucho —dije.

—No la he besado.

—Pero yo os he visto.

—Freya —arropó mis manos con las suyas—, pequeña... yo no me he lanzado a besarla. Ha sido ella. Es una clienta que insiste demasiado en... en... —se cortó.

—¿En qué?

—Ya sabes. —Alzó las cejas.

Odiaba que no terminaran las frases.

—No, no lo sé.

—¡En que me acueste con ella! —gritó tanto que todos nos miraron—. Mi trabajo es bailar, no acostarme con las clientas por dinero. Y esta aparece cada noche solo para verme a mí.

Incluso con la mano de Ethan sobre la mía, no pude evitar hacerme daño al clavarme las uñas en la palma.

Sentía muchos celos.

¿Tenía acosadoras?

—Vayamos a Poom's.

—No es una buena idea. —Se enderezó en el asiento—. Prefiero saber que estarás mejor en casa que en un lugar como Poom's.

—Quiero ir a ese lugar y decirle a esa mujer que eres mío...

Y después de aquello venían los insultos, pero Ethan levantó su cuerpo y acercó mi rostro al suyo para besarme. La calidez de su beso provocaba que me olvidara de todo. Hasta el punto de querer (necesitar) mucho más que un lento y placentero beso.

Abrí los ojos y le supliqué.

—Por favor. Mi padre no llegará hasta las dos de la madrugada.

—¿Acaso no prefieres hablar de lo que tenemos pendiente?

Eso podía esperar.

Lo levanté del asiento y salimos corriendo de la cafetería sin pagar. Aunque tampoco llegamos a comer nada.

Daniel soltó una risa al verme saltando por la sala del club.

—¿Sucede algo?

—¿Dónde está?

Él miró a Ethan.

—¿A quién buscas?

Ellos siguieron hablando.

—A la lunática.

Esa mujer tenía un apodo.

—Está allí —dijo Ethan pasando una mano por mi cintura y con la otra señaló a la mujer—, ahora te llevaré a casa.

Mis labios se abrieron exageradamente.

—¡No! —Intenté avanzar, pero unos brazos me lo impidieron—. La conozco.

29

¿Que si la conocía?

¡La conocía más que bien!

Era la loca que me apartó del lado de su hijo; la misma bruja que cerró la puerta de su enorme hogar en mis narices. Y allí estaba. Con un vestido corto de noche que llamaba demasiado la atención, apoyada en la barra con una copa.

Y estaba esperando a Ethan. Lo esperaba a él para ver uno de sus números de la noche.

Intenté acercarme a ella sin decir nada, dándome cuenta de que mis propios pies no avanzaban ni un metro. El brazo de Ethan permaneció alrededor de mi cintura, impidiéndome que hiciera una locura.

Tenía ganas de gritarle; de decirle que era una mala madre y una bruja que no dejaba libertad a su encantador hijo.

—¿Quién es, Freya? —preguntó con curiosidad.

—La madre de Byron —gruñí, y mis uñas se clavaron en la palma de mi mano—. ¡Esa mujer está más que loca!

Mi voz se elevó tanto que la mano de Ethan tuvo que presionar sobre mis labios para callarme. Y yo quería salir corriendo, señalarla con el dedo y humillarla como ella había hecho conmigo.

—Suéltame —le pedí.

—No. —¿Se había vuelto loco?—. Es una clienta. Si te dejo que vayas, pueden despedirme. Y tú sabes que necesito el dinero.

Aquello lo cambiaba todo.

—¿Vas a permitir...

—Le he dejado las cosas claras. No quiero nada con ella, ni por una gran suma de dinero. —Miró a Daniel, que asintió con la cabeza—. Esto no es solo por mí, ¿verdad?

Estaba desviando el tema.

—No te entiendo.

—Es por Byron. De alguna forma lo quieres proteger de su madre, y ¡qué mejor que atacarla en un lugar como este! —Cruzó los brazos sobre su pecho y los apretó con fuerza—. Sé que hay cariño de por medio...

—El tema ex nunca se supera —dijo Daniel con una sonrisa que no me gustó nada. Parecía que Ethan y él se lo contaban todo.

Aun así yo los ignoré.

—Tengo que contárselo a Byron.

—No. No es problema tuyo, podría perder mi trabajo.

Al oír las palabras de Ethan me di cuenta de que no le importaba Byron, pero a mí sí.

Hundí el tenedor en la ensalada.

—¿No tienes hambre? —me preguntó mi padre.

Alcé la cabeza, fijándome en sus enormes ojos, que reflejaban preocupación. Forzosamente sonreí y cambié de tema.

—¿Qué tal tu cita? Han pasado varios días y no has sacado el tema.

Era bueno responder una pregunta con otra, para olvidar alguna incómoda charla de conversación. Mi padre soltó el cubierto y, con los brazos tendidos sobre la mesa, sujetó mis manos.

—No nos hemos vuelto a ver.

—¿Por qué? —Era la primera vez que no había hecho nada malo (y me refería a interponerme en esa relación) y le había salido mal—. ¿Esa mujer ha huido porque tienes una hija?

Con una carcajada dijo:

—No. Solo es que no estaba preparado para dar otro paso.

—Papá, no te entiendo. Eras tú quien quería olvidar el tema de mamá...

—Sí —se puso bien las gafas de lectura—, el problema es que esa mujer también tiene una familia. Es divorciada y tiene un hijo de tu edad. No estoy preparado para formar de nuevo una familia.

Entonces yo tampoco estaba preparada para tener una nueva madrastra y menos si venía con un hijo de otro matrimonio.

Pero no quería que él se deprimiera.

—Aparecerá otra mujer... —Intenté animarlo.

Y él ya lo estaba.

—He conocido a otra.

Solté una risa.

—Los hombres vais muy rápidos.

—No es ir rápido, Freya. Lo que pasa es que quiero una mujer madura, que tenga claro que quiero un futuro junto a ella y que acepte que soy padre de una maravillosa hija —me halagó—. Así que quiero conocerla un poco más antes de presentártela.

Mi padre era muy estricto; lo más normal era esperar a que su relación se convirtiera en algo más serio antes de dar el gran paso.

Por lo poco que soltó de esa mujer, intuí que era alguien tan maravillosa como mi madre. Porque desde el divorcio, él había seguido pensando en ella, bloqueando cualquier sentimiento hacia otra persona. Y eso estaba mal, ya que ambos merecían hacer sus vidas por separado.

Terminó de recoger la mesa mientras que yo me quedé tendida en el sofá con el teléfono móvil, cuando un mensaje corto me levantó inmediatamente:

Ethan: ¿No vas a decirme nada?

Freya: ¿Nada?

Al cabo de unos segundos respondió:

Ethan: Acércate a la ventana.

Freya: No puedo.

Ethan: ¿Por qué?
No me creo que no estés en casa.

Freya: Tengo cosas más importantes que hacer que estar delante de una simple ventana.

Aunque en realidad no estaba haciendo nada.

Ethan: A lo que tú llamas simpleza, para mí es la mejor vista que tengo. Por favor, Freya, al menos hablemos.

Freya: Lo pensaré.

Ethan: Puedo esperar... siempre puedo esperar por ti.

Aguardé a que mi padre terminara de servirse el café en su enorme taza, y al verlo sentado y con un periódico entre las manos, salí casi corriendo en dirección a mi habitación.

Y como él había dicho, estaba allí. Sentado en el alféizar de la ventana, de brazos cruzados y con una sonrisa.

Abrí la ventana.

—Hola —saludó.

—¿Qué quieres?

—No puedes seguir enfadada conmigo por lo de ayer. Vamos, enana, tienes que comprender...

—Que es tu trabajo —le corté mirando mis manos—. Pero esa mujer ha cambiado las reglas. Es la madre de Byron, y tú no me dejas contárselo. Tiene derecho a saberlo, ¿no crees?

Ethan apartó sus claros ojos de los míos, mirando el interior de su habitación.

—Podrían despedirme.

—Puedes encontrar otra cosa. —Aunque sonaba estúpido lo que había dicho, en el fondo era cierto—. Mi padre...

—No es tan fácil. —Se vio obligado a mirarme—. He trabajado

173

como barman, dependiente, limpiador de piscinas, gerente, administrador en una pequeña tienda... ¿Y sabes, Freya? En ninguna me han pagado tan bien como lo hacen en Poom's. Te lo dije en su momento y te lo diré de nuevo: mis estudios, el apartamento, hasta mi familia... todo depende de ese sueldo.

Nunca me hablaba de su familia.

—Ethan...

Tenía miedo de seguir.

—¿Por qué no vienes? —Señaló el interior de su habitación con un movimiento de cabeza—. Quiero estar un rato contigo.

No hacía falta responderle.

Cerré la ventana y salí sin pensarlo dos veces. Mi padre seguía concentrado en el periódico y no se percató de que estaba a punto de salir del apartamento.

O al menos eso creía yo, ya que me detuvo.

—¿Adónde vas?

—He quedado.

—¿Con quién? —Él y sus preguntas.

Aunque era lo típico.

—Con Ginger.

—Es temprano. Llámala y queda más tarde con ella.

—Papá... —resoplé—, me está esperando.

Era difícil convencerle.

—Te quiero a las siete aquí, ¿entendido?

Diez minutos antes de que él saliera a trabajar.

—Sí —solté cuando cerré la puerta.

Animada y vigilando que nadie me viera tocando el timbre de mi vecino, presioné el dedo y cuando la puerta se abrió, me metí dentro sin decir nada.

Era una aventura peligrosa, porque si mi padre se enteraba, lo mataría.

—El día que nos descubra... cambiaremos la historia de Shakespeare. —Le guiñé un ojo—. Será mi padre quien acabe con nuestras vidas.

Ethan rio.

—Más bien me cortará los... —Posé un dedo sobre sus labios.

Y al sentir cómo sonreía sobre mi piel, me alcé de puntillas para besarlo.

—Que te bese no significa que te haya perdonado.

—Recuérdame por qué estás enfadada.

Me alzó del suelo obligándome a rodear su cintura con mis piernas. Una de sus manos sujetó mi espalda y la otra apartó mi cabello.

—Ahora no puedo pensar con claridad —dije besando su cuello.

—Freya —gruñó—, si sigues así no podré parar. Y si no paro... si no me detengo acabaremos en la cama.

Dejé de besar la curva de su cuello y lo miré a los ojos.

Una parte de mí podía estar preparada y perder la virginidad con él. Pero otra parte me torturaba y quería que me detuviera a tiempo, ya que la necesidad de salir corriendo e ir a contarle a Byron lo de su madre era mucho más fuerte que desnudar al chico que tanto me gustaba.

Sentir la presión de sus labios contra los míos de aquella forma tan delicada para no asustarme me confundía. Y cuando quise darme cuenta, ambos ya estábamos tumbados sobre la cama.

Miré a Ethan. Miré esos llamativos ojos que me quitaban la respiración, esa sonrisa que me incitaba a mucho más y que provocaba un revuelo de mariposas en mi vientre. Temblé ante su caricia cuando sus dedos se introdujeron en el interior de mi camiseta rosa.

—Dímelo, pequeña, solo tienes que decírmelo —suplicó— y pararé.

¿Parar?

¿Quería que se detuviera?

30

Me senté rápidamente sobre el colchón. Crucé las piernas bajo la atenta mirada de Ethan y susurré la respuesta que él esperaba. Estaba tan nerviosa que ni siquiera podía alzar la cabeza. El momento que estaba a punto de vivir con el chico que me gustaba me aterrorizaba.

La primera vez; aquella que quedaría en mis recuerdos para siempre. Y en el fondo solo estaba preparada para él, únicamente era para Ethan.

Temblé cuando sus dedos colocaron mi cabello alborotado, parecía que nunca estaba bien arreglado o era él quien se entretenía en jugar con cada mechón. Lentamente lo miré a los ojos, contemplando su azulada mirada (era igual que perderse en el mar). Pero no era la forma en la que me miraba, era su sonrisa la que aceleraba mi corazón y provocaba que mi cuerpo desobedeciera las órdenes directas de mi cabeza.

Y hubo un momento en el que no me reconocí. Mis dedos se entrelazaron detrás de la nuca de Ethan y me acomodé entre las fuertes y esculturales piernas de mi vecino, envolviéndole la cintura con las mías.

Lo besé; besé los labios que necesitaba.

—¿Te he dicho alguna vez que eres mi dulce favorito?

Sabía que mis mejillas estaban enrojecidas.

No respondí a su pregunta, seguí besándolo, e incluso jadeé contra su boca al notar sus enormes manos tocando mi piel desnuda. Era tan rápido, y yo tan despistada, que se había librado de mi camiseta.

«¿Ahora qué hago? —pensé—. ¿Le arrancó la suya?»

Así que lo hice. Empecé a tirar desesperadamente de la prenda de ropa que cubría su sensual torso.

—Q-quiero... —tartamudeé— quiero...

«¡Quiero quitarte la ropa!»

No había palabras.

Gemí una vez más al notar los carnosos labios de él recorriendo mi cuello. Los bajó hasta mis pechos, donde se detuvo para mordisquear el borde del sostén.

Ni siquiera podía pensar con claridad.

Solo dejé que mis dedos empujaran su cabeza al sentir la húmeda lengua que recorrió mi piel hasta mojarla de una forma que me hizo temblar.

¿Miedo?

¡No!

Placer.

—Ethan —susurré con los ojos cerrados.

Él apartó un poco su cuerpo del mío, se quitó la camiseta y volvió a pegar sus blandos labios sobre el sujetador.

Sus manos bajaron lentamente a mis pantalones a la vez que volvía a acomodar mi cuerpo en la cama, alejándome de su piel. Quedé rígida mirándolo a los ojos, y él cogió mi mano hasta dejarla sobre su hombro.

Mientras que la suya se deslizó por el interior de mi muslo hasta la entrepierna, rozando sus dedos contra la fina tela del culotte. El contacto me hizo tragar con dificultad.

—Abre el cajón —pidió.

Detuvo el dedo, y por una parte lo agradecí, pero por otra no.

Estiré el brazo hasta empujar hacia fuera el tercer cajón de la mesilla de noche y busqué lo que tanto quería.

¡Condones!

Y no encontré la típica cajita que vendían en las farmacias. Se podía decir que toqué demasiados condones. Docenas de condones estaban muy cerca de mí.

El miedo agrandó mis ojos, y solo un fugaz beso me tranquilizó.

No quería parar, necesitaba seguir hasta el final.

Ethan era mi primer amor, ¿no?

Al notar una húmeda caricia bajé el rostro y un rozamiento de cabello me hizo reír. La oscura melena del stripper tocaba mi barbilla, ya que su lengua chupó descaradamente mis liberados pechos.

Yo solo respiraba jadeante, mirando cómo su boca recorría la curva de mis pechos.

—T-tengo el...

—Ese no, pequeña. —Me lo quitó de las manos—. Es fluorescente, y aún es de día.

¡Condones fluorescentes!

Solo había una persona a la que le encantarían: a Byron.

—¿Como una espada láser?

Ethan rio contra mi boca.

—Como una espada láser —afirmó con una sonrisa. Seguramente estaba pensando lo inocente que era—. No quiero sentirte tensa.

—¿Yo? ¿Tensa?

Ambos miramos mis uñas, clavadas en las sedosas sábanas de la cama.

Él tocó mi mejilla.

—¿Son mis besos los que te ponen nerviosa?

Más bien era su lengua, ya que nunca imaginé que mi primera vez iba a ser tan intensa.

Pero era tan extremadamente cariñoso conmigo que ni siquiera el tono travieso de su voz me detuvo. Alargué la mano y empecé a tocar su abultado bóxer, donde su miembro se endurecía; Ethan, a su vez, cerraba los ojos.

Estaba tan excitado como yo.

Si yo le tocaba a él, Ethan me tocaba a mí.

El inquieto dedo que sentí sobre mi ropa interior volvió a rozarme una vez más hasta quitarme la tela.

—¿Tienes frío?

La ventana estaba cerrada, ni siquiera entraba la luz del sol en la habitación.

—N-no —respondí deteniendo mi mano.

—Estás temblando. —Su aliento bajó de nuevo hasta mi pecho.

—Es la primera vez que me t-tocan de esa forma. Y-yo no sé cómo actuar... y...

—Estás preciosa. Me gusta cómo te sonrojas, cómo humedeces tus labios antes de hablar. Freya —gemí al tener más cerca su cuerpo—, me excita hasta la forma en la que me miras. Estoy loco por ti, loco de amor.

Quería dejar de estar tumbada.

—Tengo miedo de hacerlo mal.

—Chist. —Intentó besar mis labios cuando me aparté un poco de su lado—. Eres perfecta. Y quiero que recuerdes nuestra historia incluso si algún día todo acaba.

Vi de reojo cómo su bóxer se deslizó por sus largas piernas.

Endulzó mis oídos con bonitas palabras, las cuales recordaría para siempre. Guio su excitación hasta mi sexo, presionándolo hasta adentrarse muy lentamente.

—D-duele...

Aquel dolor no podía ser glorioso. Era incómodo y seguía atravesando mi interior. Ethan, a diferencia de mí, parecía sentir el placer, el éxtasis del sexo que yo no estaba experimentando. Movió sus caderas, moviéndose dentro de mí, penetrándome con mucho cuidado.

Grité su nombre sin importarme que llegara a oídos de alguien que podría matarnos. Mis uñas se clavaron en su espalda, marcándola. Mordí el interior de mi mejilla, deseando que esa incomodidad dejara de molestarme en mi interior.

Y pasó. Jadeé ante el cosquilleo que nació en mi vientre. Mis uñas dejaron de arañar a Ethan, para acariciarlo mientras que le susurraba que no se detuviera.

Mi corazón estaba a punto de estallar. El sexo era maravilloso.

Excitante, y dulce con los besos de él.

La mano de Ethan se entrelazó con la mía, mientras que su miembro se adentraba y salía de mi húmedo sexo.

Cuanto más gritaba, más placer azotaba mi cuerpo. Su lengua trazó un corazón sobre mi pecho, y lo abracé cuando yo misma empecé a moverme desesperadamente en su cama.

Y lo hice porque llegué al orgasmo, al igual que él. Me abrazó con fuerza, apartándome el cabello del rostro.

Cerré los ojos, pero sentía la mirada de Ethan.

—Podría estar horas observándote, enana. Eres preciosa.

—Deberíamos repetir.

Soltó una risa ante mi comentario.

—Oh, pequeña, tengo tantas cosas que enseñarte...

Acurruqué mi cuerpo contra el suyo, con la mano cerca de su acelerado corazón. Y deseé seguir escuchando la voz del chico que me había quitado la virginidad.

Antes de dormirse, Ethan limpió mi cuerpo con una toalla humedecida. Cuando volvió al baño, mi teléfono móvil sonó. Era un nuevo mensaje de Byron:

¡Freya, te necesito!

¡Byron!

Pero si me marchaba, Ethan se enfadaría conmigo...

31

POV ETHAN

Al salir de la ducha mi brazo agarró bien fuerte la toalla que colgaba del pomo de la puerta y me cubrí para no salir desnudo. Sentí cómo las gotas de agua resbalaban desde mi cabello hasta bajar rápidamente por la espalda. Con una sonrisa asomé la cabeza en la habitación donde estaba Freya, pero sobre la cama no había nadie.

—¿Enana? —Silencio—. ¿Freya?

No respondió.

—¿Freya?

Pregunté una vez más, y al final me di cuenta de que me había quedado solo en mi propia habitación. Era la primera vez que una mujer salía corriendo de mi lado.

POV FREYA

Respiré, ya que desde que había bajado del autobús no había dejado de correr y se me había olvidado llenar mis pulmones de aire fresco. Decidida golpeé la enorme puerta donde vivía Byron, el cual me necesitaba desesperadamente.

Lo primero que pasó por mi mente fue que su madre le había hecho algo.

Las brujas solían comerse a los niños. Byron ya no era un niño, pero era tan inocente y dulce como uno.

Decidida, insistí unas cuantas veces más, hasta que alguien abrió. Era él, con su cabello rubio revuelto y las mejillas sonrojadas. Sus imperfectos dientes quedaron a la luz del día, mostrando una sonrisa.

—Has venido —dijo aliviado.

Me lancé a su cuello.

—Claro que sí, tonto. Estaba muy preocupada. —Lo miré buscando algún arañazo, pero estaba bien—. ¿Y la loca de tu madre?

Byron agrandó los ojos.

Estaba mal que la llamara «loca» delante de él, pero estaba loca.

Bajó la cabeza y en silencio me susurró:

—Vamos a mi habitación.

No dije que no, solo seguí sus pasos por la silenciosa casa. La decoración era digna de una familia pija; lujos por todos los lados y un enorme jardín donde celebrarían eventos importantes.

Subí las escaleras mirando la larga espalda de Byron, intentando notarle tenso. Ese chico estaba igual que siempre, hasta tropezó cuando llegó a los primeros escalones.

Lo sujeté para que no cayéramos rodando y la risa que me dejó oír también dibujó una sonrisa en mis labios.

—Aquí no nos podrán oír —se puso misterioso.

Caminó hasta la jaula donde descansaba el horrendo hámster que tenía y lo cogió con delicadeza por temor a hacerle daño.

—¿De qué tenemos que hablar?

—Tienes que hacerme un favor. —Levantó un dedo—. ¡Un gran favor!

—Tú dirás.

Solo esperaba que fuera importante, ya que había dejado a Ethan solo en su apartamento después de lo que había pasado.

De repente mis mejillas ardieron.

—¿Te estás sonrojando? —Byron preguntó tocándome.

—¡No!

—Claro que sí. —Rio.

Aparté graciosa su mano y crucé los brazos olvidando un poco el tímido momento que viví.

—¿Qué quieres?

—Tenemos que seguir siendo novios.

Pobre... ¿Cómo le decía que ya no estábamos juntos?

—B-Byron —no continué.

—Lo sé. Entre tú y yo ya no hay nada —se plantó detrás de mí, con el bicho entre las manos—, pero solo tienes que fingir serlo delante de mi padre.

Padre.

—¿Tus padres están juntos?

Él asintió con la cabeza.

¿Y qué hacía su madre visitando un club nocturno y acosando a Ethan?

Recordé que el padre de Byron siempre estaba viajando por negocios, pero los ricos esas cosas las asumen.

O eso pensaba yo.

—¿Y tu madre? ¿Estará en la cena?

—Sí.

—¡Me odia! —alcé la voz.

—Pero a mi padre le encantarás. —Lo miré a los ojos—. Por favor. Por favor, Freya.

Era capaz de ponerse de rodillas, y yo no quería ver esa imagen. Byron se merecía ese favor y muchos más.

—Dame tu teléfono móvil —dudó un momento—. Tengo que enviarle un mensaje a mi padre y decirle que me quedaré a cenar en casa de Ginger.

—Ginger —disfrutó susurrando aquel nombre.

—¿Qué pasa? —Byron se apartó de mi lado, con la excusa del hámste—. ¡Te gusta!

—N-no...

—Claro que sí —Apreté los dedos en cada moflete—. ¡Te gusta, Ginger! ¡Te gusta, Ginger! —canturreé—. Quién se está sonrojando ahora, ¿eh?, ¿quién?

Miró el suelo, los nervios eran su perdición.

—Un poco.

Reí.

—Tenéis que tener una cita.

—B-bueno... no s-sé...

De repente el timbre sonó.

Al parecer su padre no había llegado, la única que estaba en la casa era la horripilante madre de Byron. Bajamos alegremente las escaleras, hablando de cosas que en aquel momento no tenían sentido.

La risa de la bruja resonó en mis oídos y no comprendí su felicidad hasta que lo vi a él.

Estaba parado, con el cabello húmedo y la tela de los hombros mojada. Sus manos estaban metidas en los bolsillos de sus pantalones y sus enormes ojos azules se quedaron fijos en los míos.

—Ethan —dije en voz alta.

Pasó por el lado de la mujer.

—Hola. —La seriedad en su voz me asustó.

Miró mi mano apretando la de Byron, y por mucho que yo quisiera soltarme, el otro no me dejaba.

—¿Qué haces aquí?

Ethan sacó el teléfono móvil.

—Te lo has dejado en casa. —Se inclinó hacia delante—. Tenía la esperanza de encontrarte desnuda y lo primero que he visto ha sido la cama vacía. Me ha dolido, enana.

Tragué saliva.

¿Cómo le explicaba que quería ayudar a mi amigo?

—Perdona. —La loca tocó el hombro del stripper—. ¿Os conocéis de algo?

Mi vecino la miró, sonriente como de costumbre. Hasta yo estaba nerviosa por la respuesta que le daría, ya que ni siquiera éramos oficialmente novios.

SOLO VECINOS.

Balbuceó algo, pero Byron fue más rápido.

—Es su hermano.

¡Oh, oh!

Todos miramos al «bueno» de Byron.

184

Ethan saltó antes.

—¿Hermano? —había gruñido.

—Sí —afirmé—, es mi hermano mayor.

Seguí el rollo; Ethan lo entendería todo.

¿No?

—Pero ¡qué alegría! —La bruja lo cogió por el brazo—. Entonces quédate a cenar, lo pasaremos genial.

Byron y yo negamos con la cabeza.

Si se quedaba, la guerra explotaría.

—Sí, claro. —Bajó el escalón que había subido para hablar conmigo y tocó la mano de la rubia—. Te lo agradezco mucho. Además, a mi hermanita no le importará —me miró—, ¿verdad?

¡Estaba tonteando con esa mujer!

Por supuesto que me molestaba.

Me mordí el interior de la mejilla. ¡Vaya cena me esperaba!

32

Mis uñas resonaron en la enorme mesa donde quedamos los cuatro sentados esperando al padre de Byron. Estaba tan alejada de Ethan que temía perderlo de vista. Él, mientras tanto, se removía inquieto en la silla, esquivando la escurridiza mano de la madre de mi supuesto novio.

En ningún momento sonreí; los dos éramos culpables por mucho que no lo aceptáramos; Ethan por jugar al ridículo juego de los celos; y yo por no avisarle de que iba a ayudar a mi amigo. Y era eso lo que estaba haciendo. El poco tiempo que Byron estuvo a mi lado, solo lo dedicó a ayudarme y hacerme un poco más feliz.

Sentí el apretón de su mano, la cual estaba muerta de miedo por la acusadora mirada del stripper. Pero más miedo daba su madre, que me mataba lentamente en cada cerrar de ojos. ¿Si tanto me odiaba... por qué no me echaba una vez más? Y era tan simple que solo había que mirar a mi supuesto hermano.

Estaba loca por él. Era igual que una adolescente enamorada de un guapo actor con reluciente dentadura. Gruñí al pensar que la mano de la bruja estaba tocando la de mi vecino por debajo de la mesa, coqueteando con un hombre atractivo.

Y estaba casada, porque además estábamos esperando al señor Ross.

—¿Y tu padre, Byron?

Primer ataque.

En vez de responderme él, lo hizo su madre.

—Está muy ocupado. Tiene bastantes negocios por todo el país... —Su sonrisa desapareció cuando la interrumpí.

—Sí, su hijo me habló del parque de atracciones y de cómo una parte de las ganancias van a asociaciones para niños con cáncer.

—Exacto —dijo, asombrada ante mi educación.

Silencio.

Miré a Ethan, el cual apartó la mirada.

—¿No es mejor que cenemos? Papá llegará tarde de nuevo, y él preferiría que empezáramos nosotros. —Byron quitó la mano y, con una dulce sonrisa, intentó levantarse—. Iré a avisar...

—¡No! —alzó la voz—. Quédate aquí, ya iré yo.

La bruja movió su dorada melena llamando la atención de Ethan. La miró, y por vergüenza al no tener expresión en el rostro, sonrió de la manera más sexy.

—Oh, qué mala suerte.

—¿Sucede algo, señora? —preguntó Ethan levantándose preocupado.

—El servicio tiene descanso. —Me miró de reojo y aguanté las ganas de sacarle la lengua y enseñarle mi precioso dedo corazón—. ¿Crees que podrías acompañarme?

—Por supuest...

—¡No! —Arrastré la silla hacia atrás llamando la atención de todos.

—¿Por qué no? —¡Maldito Ethan! No podía preguntarme eso, no cuando estaba claro que no quería que estuvieran a solas—. ¿Sucede algo, *hermanita*?

No me gustó su tono.

—Sí. Claro que sí, *hermanito*. —Pasé por detrás de Byron para acercarme hasta ellos dos—. ¿No recuerdas que no te encontrabas bien? Ya sabes... solo has venido hasta aquí para comprobar que estaba bien. Deberías volver a CASA.

—¿Tienes que marcharte? —preguntó apenada.

—No. —Si volvía a sonreír le iba a borrar la sonrisa con una patada en la entrepierna.

«¡Calma los celos, Freya!»

«¡Pues que deje de coquetear con ella!»

«Tú has empezado.»

«Tengo mis motivos...»

Dejé de ser una loca durante tres minutos.

—Sí, Ethan, sí. —Solo me faltó guiñarle el ojo—. Como papá está trabajando en el hospital, tú has aprovechado para tener una cita con una chica.

La rubia enrojeció, parecía que la base de maquillaje había desaparecido, junto al bronceado de la máquina de rayos uva.

Vi cómo Byron tragó saliva, sabiendo que en cualquier momento alguno de los dos confesaría que no éramos hermanos.

—Hermanita, hermanita, hermanita... ¿Cuántas veces te tengo que decir que no te metas en mi vida? Ya soy mayorcito —canturreó y posó un brazo por encima de mis hombros—. Y la chica de la que me hablas, lamentablemente me ha roto el corazón.

—Hay mucha zorra suelta —dijo por lo bajini la madre de Byron.

Pensaba que no lo habíamos escuchado, pero yo lo oí a la perfección.

—Seguramente no lo ha hecho a propósito. —Mis párpados bajaron por la tristeza—. Ella te iba a avisar.

—No lo creo. —Me dio un beso en la mejilla—. Vuelvo enseguida, *mon amour*.

¡Estaba tan sexy hablando en francés...! Hasta le hubiera besado si no se supusiera que estábamos peleados.

El silencio volvió al brillante comedor donde me encontraba. Byron apoyó la barbilla sobre mi cabeza, sabiendo que alguna que otra lágrima recorría mis mejillas.

—Lo siento mucho, chica chicle.

Moví la mano quitándole importancia.

—Él sabe que tú eres mi amigo y que yo estoy enamorada de él.

—No te preocupes, yo se lo explicaré más tarde...

Giré sobre mis talones.

—¿Puedo preguntarte algo? —Asintió—. ¿Y serás sincero?

Byron sonrió de esa forma que esfumaba los problemas, con su imperfecta sonrisa que alegraba un día soleado.

—Cualquier cosa por la única persona que descubrió que existía.

Maldita y hermosa dulzura de él.

—¿Tu madre alguna vez le fue infiel a tu padre?

Apartó sus ojos de los míos.

—Freya, ¿por qué crees que él no vive aquí?

Y ahí conseguí mi respuesta.

Esa maldita bruja de rostro de Barbie vieja quería atacar a mi chico.

«¿Piensas que te voy a dejar tocarlo? No conoces a Freya, loca.»

—¿Adónde vas? —Escuché de fondo.

—A convertirla en la gemela de Chucky.

Solo esperaba ver a Ethan a una gran distancia de ella, y no besándola o tocándola, ya que eso me destrozaría el corazón.

33

—¿Freya?

—¿Sí?

—¿Estás bien? —preguntó preocupado Byron—. No quiero molestarte, pero llevas más de diez minutos encerrada en mi cuarto de baño. Estaba seguro de que ibas a ir a la cocina, y voy y te encuentro aquí, en mi habitación.

Contemplé mi imagen en el espejo. Mantenía el cabello bien recogido, sin mechones de pelo rebeldes que me molestaran en las mejillas. Los ojos estaban abiertos, buscando algo que me faltaba. Mis labios estaban entreabiertos, y todo por la sorpresa.

Ethan había sido capaz de abandonar el comedor con esa mujer.

Yo quería cometer una estupidez, los celos se manifestaron en mí como un demonio aferrado a una dulce niña solo para provocar a un exorcista. Lo malo era que mi cabeza no daba vueltas, y solo era capaz de llorar y patalear para conseguir el caramelo que me habían robado.

Él era mi caramelo.

—Estoy más que bien —dije mientras arreglaba la chaqueta que me había dejado mi amigo, ya que sentí frío—. Solo quiero contar hasta cien, y saldré de aquí, lo prometo.

—¿Segura?

Subí mi mano hasta el pecho, el corazón estaba a punto de estallar.

Lo gracioso es que la otra mano correteó hasta coger unas pequeñas tijeras que había al lado de un peine. Byron horas atrás había cortado parte de su dorada melena, arreglándose las puntas.

Aquella arma me llamaba y a las brujas se las castigaba.

—¿Cómo es de grande el horno de tu casa, Byron?

—¿Qué? N-normal...

Normal no servía para nada. En Hansel y Gretel era enorme.

Sacudí la cabeza, porque heriría a esa loca con palabras y no físicamente. Era muy joven para acabar en la cárcel, lo mío no era ser una chica mala.

Lentamente moví el pomo de la puerta y, con una sonrisa, intenté borrar la preocupación del rostro de aquel chico que llevaba minutos esperándome.

—¿Tu madre aún no ha sacado la cena de la cocina? —Negó con la cabeza—. Está tardando mucho, y está con Ethan.

Eso le tendría que preocupar a él también.

—¿Por qué tengo la sensación de que mi madre conoce a tu vecino?

¡Ups!

¿Era hora de contárselo?

Y con lo brusca que era, seguro que le rompía el corazón.

—¿Eres adoptado?

Deseé golpearme la cabeza en ese mismo instante. Menudas preguntas las mías.

—No. —Normal, tenía hasta el mismo color de ojos que su madre—. ¿Por qué todas estas preguntas, Freya? ¿Pasa algo? ¿Tengo que preocuparme?

Era el momento.

Merecía saber la verdad.

—Tu madre... —Aparte de bruja, loca, pirada, acosadora...—. Tu madre...

—...Te está esperando abajo —interrumpió Ethan. Estaba allí, de brazos cruzados y apoyado en el umbral de la puerta.

Byron primero lo miró a él y luego a mí esperando a que siguiera.

—Ve —le guiñé el ojo—, ahora bajo yo.

Metió las manos en los bolsillos de sus pantalones y con la cabeza bien alta (algo extraño en él) siguió su camino por delante de Ethan sin decirle nada, ni tan siquiera un saludo o un gruñido agresivo.

Yo me quedé quieta, mirando la pequeña jaula del hámster. Di media vuelta bajo la atenta mirada de mi vecino y, nerviosa, toqueteé las metalizadas barras que protegían al animal.

Odiaba a esos bichos. Eran como ratas pero con más pelo.

—¿Es una cobaya? —Estaba muy cerca de mí.

Y aquella era la conversación más romántica del mundo.

Cerré los ojos.

—No lo sé.

—Freya...

—¿La has besado? —Directa al grano—. Si lo has hecho, solo dímelo —ahora quería ser alguien duro, sin sentimientos—, no soy celosa.

¡Soy muy celosa!

—¿Acaso me estás dando permiso para que bese a otras?

—¡No! —grité mirándolo—. Quiero decir... sí. —Tampoco—. O no sé... haz lo que quieras con tu vida.

—Pensaba que ahora los dos estábamos haciendo una sola vida. Ya sabes, tú y yo. —Tocó lentamente mi cabello, apartándolo de mi cuello—. ¿Es que acaso me vas a quitar lo que más deseo?

—¿Y eso qué es?

Él rio.

—Tú, enana.

El suave contacto de sus dedos pulgares trazando círculos en mis mejillas era lo más agradable del mundo. Cerré por unos instantes los ojos, disfrutando de las lentas caricias.

—¿No estás enfadado conmigo?

—No.

—¿Ni un poquito?

—¿Quieres que me enfade contigo? ¿Que te castigue sin sexo?

—¡No! —Me mordí la lengua—. ¡No me chantajees con sexo!

Otra carcajada de su parte y el mundo se acabaría para mí.

Besó mis labios. Lentamente, sin prisa, saboreando la frescura de un caramelo de menta que había probado antes de salir de su apartamento.

—Eso es lo que me enamoró de ti, pequeña. Que haces que las cosas más simples sean más especiales para los dos. Tus pequeñas tonterías son las que me sacan una sonrisa y tu obsesión por ayudar a los demás es lo que me quita el aliento. —Rozó su nariz con la mía—. Y lo único que me quita el sueño es no verte feliz. Tus amigos te hacen feliz. Byron te hace feliz y quiero que sigas siendo su amiga. Así que no, no estoy enfadado por lo que has hecho. —Ethan bajó la cabeza—. Aunque...

—¡Lo siento! —Toqué sus labios—. No debí irme sin avisar.

—Nunca me había asustado tanto, Freya.

—¿Qué puedo hacer para que me perdones?

Ethan se hizo el interesante. Moviendo la cabeza de un lado a otro.

—Con que me beses, será suficiente.

—¿Solo un beso? —pregunté coqueta.

—Después de un beso quiero otro, y luego otro... —Lo callé con ese beso que tanto esperaba de mí. Apretando y encajando mis labios contra los suyos—. Aprendes rápido.

—Tengo un profesor estupendo.

Me alcé de puntillas para seguir con el apasionado beso, cuando alguien abrió la puerta de la habitación de Byron bruscamente. Un hombre vestido de uniforme entró alterado, buscando a alguien con la mirada.

Nosotros dos nos apartamos, esperando una explicación.

El hombre se puso detrás de Ethan, y con un rápido movimiento, le colocó los brazos detrás de la espalda, aprisionándole las muñecas.

—Queda detenido...

—¡¿Qué?! —grité.

El policía me miró.

—... tiene derecho a un abogado; si no puede pagarlo, el Estado le proporcionará uno de oficio —terminé de escuchar.

Ethan estaba tan sorprendido como yo.

—¿De qué se le acusa? —pregunté cuando salieron por la puerta.

—De robo.

No podía ser. Él no era un ladrón.

—¡¿Ethan?! —Corrí detrás de él.

—Quédate ahí, Freya. Hazme caso por una vez.

¡Joder!

34

No podía quedarme quieta viendo cómo alejaban a Ethan de mi lado con el rostro humillado. Seguí en esa habitación con los ojos bien abiertos y casi torturándome ante la imagen de ver al chico que me gustaba esposado, siendo empujado por dos policías que a su lado parecían pequeños.

Por supuesto que Ethan no era un ladrón. Ya no iba a dudar de él, o eso esperaba.

Corrí hasta cerrar la puerta a mis espaldas y asomé medio cuerpo por la barandilla de las escaleras. Los dos policías se detuvieron delante de un hombre que vestía un traje azulado y se ajustaba nervioso la corbata. La mujer que se aferraba a su brazo sonreía perversamente y miraba con los ojos bien abiertos al stripper.

—Yo no he robado nada —dejó bien claro Ethan.

De repente le dieron un empujón, acercándolo más a los padres de Byron.

—Señora, ¿podría decirme exactamente lo que le han robado?

Ambos ignoramos la respuesta, ya que Ethan miró hacia arriba, encontrándose con la preocupación en mis ojos. Él no había hecho nada malo, salvo besarme y confesar que sentía algo por mí.

Byron apareció del comedor principal y, sorprendido, se calló. Su melena rubia ocultó parte de sus anchas cejas. Su padre le pasó el brazo por los hombros y le susurró algo en el oído.

—Me ha desaparecido un collar que mi marido me regaló para nuestro aniversario. Es carísimo, solo quiero recuperarlo. —Se alzó de puntillas para besar la mejilla de su «marido»—. Retiraremos la denuncia cuando nos lo devuelva.

La mujer hablaba en plural porque seguramente su marido estaba de acuerdo.

—¡Yo no he robado nada! —gritó Ethan—. No soy un ladrón —dijo una vez más.

Le golpearon tan fuerte detrás de las rodillas que quedó arrodillado delante de las personas que lo acusaban de ladrón. El policía empezó a recorrer su cuerpo con la porra y se detuvo en los bolsillos de los vaqueros para buscar más a fondo.

Y, de repente, sacó lo que menos esperábamos: un collar brillante que lucía de una forma espectacular.

—Ese es mi collar. —Sonrió la madre de Byron cogiéndolo entre sus dedos—. No pensé que fueras así, Ethan.

Ethan gruñó.

—Señora Ross, lo mejor es que no retire la denuncia —dijo el policía.

El padre de Byron apartó a la mujer y, con los brazos cruzados, lo miró.

—¿Quién eres, joven? Nunca te había visto por aquí.

Fue el momento de bajar las escaleras para detener todo lo que estaba pasando y sacar a la luz que esa loca lo había traicionado de una forma espectacular, digna de película. Pensaba que iba a llegar al último escalón sin escuchar la voz de Byron, pero me equivoqué.

Él, como hombre joven que era, plantó cara.

—Es un amigo, mamá. Y estoy seguro de que no ha cogido tu collar. —Miró a su alrededor—. ¿Verdad que tiene una explicación, Ethan?

Esperé a que él respondiera.

—Por supuesto que sí. —Estaba alterado y lentamente se levantó del suelo. Ni siquiera fueron capaces de ayudarle—. No he robado nada porque estaba en tu habitación con Freya.

—¿Y qué hacías con tu hermana en la habitación de mi hijo?

Esa mujer era terrible.

¿Por qué no llovía en ese momento y caía un rayo sobre ella?

Porque con la mala suerte que tenía seguro que lloverían caramelos antes que rayos que destruyeran el exagerado y operado cuerpo de Mami Malibú.

«No respondas, Ethan, no lo hagas», pensé.

—Lo que yo haga con mi hermana no es asunto tuy... —calló.

—Solo hablaban, mamá. Por favor, no sigas con esto.

—Byron, a lo mejor no has elegido unos buenos amigos. —Su padre intervino una vez más—. Si es tan amable, señor agente, lléveselo de aquí.

Con la misma brusquedad de antes presionaron sus muñecas y utilizaron idéntica fuerza para sacarlo del interior de la casa. Solo dos personas sabíamos que era inocente, y con ello no conseguiríamos nada.

Los últimos escalones los bajé corriendo, gritando desesperada bajo la atenta mirada de la familia Ross. Concentré tanto mi vista en la ancha espalda de Ethan que no vi una pierna intrusa parando mi camino.

No sé qué pasó. Cuando abrí los ojos mis labios estaban pegados al suelo y sentía cómo algo húmedo salía de mi boca.

—¡Freya! —Alguien me cogió del brazo.

Estaba confundida, el dolor dormía mi cuerpo.

Oí otra voz de fondo:

—¿Estás bien? Será mejor que la llevemos al hospital.

Quería hablar, pero no podía. Cuando me sentaron sobre lo que deduje que era una silla, mis dedos tocaron lentamente mis labios. Y al mirar mis manos, solo encontré sangre.

¡Santa mierda del mundo! Que me he quedado sin dientes.

La madre de Byron miraba cómo limpiaban la sangre de la entrada y cómo retiraban la moqueta.

—¿Q-q-qué... —Parecía una loca drogada, no me salían las palabras—. ¿D-d-dientes?

Vi a Byron.

—Solo te has partido un trozo del incisivo derecho y el frenillo —intentaba tranquilizarme.

¿Solo? Pues menos mal que solo era eso.

«Byron, imbécil.»

Cogí un par de algodones de colores que me tendieron y los metí con cuidado en el interior de la boca para salir de esa maldita casa.

Avancé con la odiosa risa de la loca, sabiendo que ella era la culpable de mi desgracia bucal.

—¡Espera! —Miré sus enormes ojos—. Tu padre está a punto de llegar.

¡No!

—T-t-teeengo... —No había manera—. E-E-Ethaaan...

—Lo sé, lo sé. Confío en él, ¿vale? Estoy seguro de que no ha sido capaz de quitarle el maldito collar a mi madre —bajó el tono de voz—. Pero es su palabra contra la mía, Freya. Mi padre confía en su mujer, más que en su hijo.

Al principio pensé que las lágrimas que recorrían mis mejillas eran de dolor, pero luego me di cuenta de que eso era estúpido, ya que cuando aterricé en el duro suelo, el golpe se encargó de anestesiarme la zona.

Lloraba porque Ethan estaba lejos. Porque mi padre volvería a castigarme y las clases estaban a punto de comenzar. Y porque posiblemente mi amistad con Byron se acabaría por culpa de su familia.

¿Y con todos esos problemas tendría tiempo de preocuparme de si estaba guapa o no?

No me miré en el espejo porque tendría que estar peor que Betty, la fea.

—Buenas noches, soy el padre de... —Cuando mi padre llegó miró por encima del hombro del señor Ross y pasó por su lado olvidando las formalidades—. ¿Cariño?

Asentí con la cabeza.

¿Tanto había cambiado?

Byron solo me había dicho que me había roto parte de un diente, no que hubiera quedado deforme.

—Sssí.

—Pero ¿qué te ha pasado?

—Buenas noches, señor. —La zorra sacó sus garras.

Ah no, con mi padre no.

Estornudé exageradamente solo para ensuciar su caro vestido con la sangre que ella me había provocado.

¿Qué loca hacía daño a una menor?

—Tenemos que ir al hospital. Presiona el labio, no dejes de hacerlo. —Salimos por la puerta sin decir adiós. Nuestro viejo coche estaba aparcado en medio del jardín—. Me has mentido.

Cuando me acomodé en el asiento del coche, con la mano que no presionaba mi labio saqué algo puntiagudo que noté en el trasero.

Un pendiente.

No era mío.

—¿N-nnno t-t-trrrabajabas?

—¡No cambies de tema, Freya!

Había estado con su cita.

—P-p-papá. —No podía discutir con él, la lengua me dolía—. E-E-Ethaan... eeestá preso.

Ya podía morir de una hemorragia, pero primero teníamos que sacar a Ethan de la cárcel.

Él se carcajeó.

—¿Estabas con él? —Silencio—. ¿Qué hacías con él? Se supone que te tenía que cuidar... no meterte en líos. ¿Y preso? Me he equivocado con ese chico. Se acabó. Mañana llamaré a tu madre y, si hace falta, yo mismo pagaré tu viaje a África y te irás con ella.

«¡No!»

Pero solo grité mentalmente, ya que cada vez me costaba más decirle que no a mi padre, cuando en el fondo una parte de lo que decía era cierta. La culpa era mía, por mentirle.

35

Doce horas sin Ethan

Por muy ridículo que sonara, a mis diecisiete años seguía conservando una hucha de cerdito llena de dinero —que supuestamente había ahorrado durante años y años—. Parecía que el momento había llegado y tenía que romper esa cosa contra el suelo de mi habitación.

Levanté lo más alto posible los brazos y, con toda la motivación del mundo, la tiré hasta hacerla añicos. Trozos de barro horneado salpicaron la alfombra y cayeron sobre mi cama. La gran sorpresa fue...

—¡No! —grité una y otra vez—. Tiene que ser una broma. No puede ser.

Los acelerados pasos de mi padre llegaron al mismo lugar donde me había quedado arrodillada. Él parecía el mismo de siempre, salvo que en ese momento odiaba con todas sus fuerzas a Ethan.

—¿Qué haces, cariño?

«Buena pregunta, papá», pensé.

No respondí. Seguía furiosa con él.

Aunque mi padre sí estaba charlatán.

—Ginger está ahí afuera. ¿Quieres que entre? Puedo decirle que lo mejor es que pase más tarde por casa... —Calló al verme levantada.

—No, dile que entre. La estaba esperando.

Me apreté los ojos esperando a que alguna lágrima saliera de ellos para ablandar su duro corazón. Él enarcó una ceja, dándose cuenta de que intentaba llamar su atención.

Me ignoró.

—¡Gracias, papá! Conseguirás que me traumatice de por vida.

La puerta se cerró y volví una vez más a acomodarme en el suelo. Tenía unas cuantas monedas en la palma de mi mano, y solo una risa me obligó a alzar la cabeza.

—¿Se supone que con eso vas a pagar a un abogado para que defienda al stripper? —Ginger empezó a reír—. Ahí no hay ni diez dólares.

—Lo sé. Lo sé. —El maldito cerdo ya había sido destrozado anteriormente y no me acordaba. Seguramente gasté el dinero en esas malditas habichuelas que me vendieron en la feria, y caí al igual que Jack. De ahí no creció nada. Maldito lado infantil—. ¿Qué hago? Ni siquiera puedo estar encerrada en el armario llorando.

—¿Sigues con ese trauma? —Asentí con la cabeza—. ¡Maldita sea, Freya! Narnia no existe.

—No lo sabemos. ¿El hecho de que cuatro niños desaparecieron en el fondo de un armario no es para estar asustada? Yo lo estaría.

—El príncipe Caspian estaba muy bueno. —Rio—. Tanta magia para nada, porque en ningún momento salió sin camiseta.

—¿Dejamos de hablar de Narnia, por favor? Ethan está en la cárcel.

Se cruzó de brazos.

—Por culpa de esa loca.

Sí. La madre de Byron estaba chiflada.

Destrozó mis bonitos dientes y ahora tendría que llevar fundas.

—Si al menos pudiera pagar a un sicario para matarla... la cosa cambiaría. —Era la mejor idea que había pasado por mi cabeza—. Pero son muy caros.

—A lo mejor si le enseñas una teta, te hace un descuento. —Ginger me golpeó en la espalda—. ¡Un momento! Que aún no han crecido.

No era el momento de risas.

—Qué graciosa. —Toqué mis pechos. Porque no estaba acomplejada... ¿no?—. Llévame con él. Necesito verle.

Asintió con la cabeza y las dos nos dirigimos al comedor, donde mi padre leía plácidamente el periódico del día.

—¿Adónde vas? Estás castigada.

¡Mierda! Lo había olvidado.

—Necesito vivir, papá. Lo necesito.

—Vuelve a tu habitación —insistió.

Cogí algo y reuní valor para amenazarlo con quitarme la vida.

—Tienes que dejarme salir o si no... —me miró— me suicidaré.

Estaba seria.

Pero Ginger rio.

Hasta a mi padre se le escapó la risa.

—¿En serio, cariño? ¿Con el mando del televisor?

Santa mierda mundial. Lo que presionaba en mi muñeca era el mando a distancia.

Mis mejillas empezaron a coger color y un terrible calor humillante me dejó sin respiración.

—Una hora.

Nunca había saltado tanto.

Le lancé un beso a distancia y corrimos para aprovechar el poco tiempo que tenía.

Estaba claro que no le dije a mi padre que iba a ver a Ethan. Cuando llegué a comisaria ni siquiera me digné a saludar. Solté su nombre con desesperación, moría por verle.

—Ahí detrás —dijo el guardia.

Ese lugar no era como en las películas. El olor era espantoso. Solo podía ver barrotes, tras los que se escondían los presos en la oscuridad.

Ginger se quedó atrás, dejándome algo de intimidad.

—¿Ethan? —pregunté con miedo—. ¿Estás ahí?

Silencio.

Seguramente estaba enfurecido conmigo por no haber evitado todo lo que pasó.

—Lo siento mucho. Siento todo lo que te está pasando. Esa mujer pagará por esto, te lo prometo. —Aferré mis dedos en los barrotes. Quería mirar más allá de la negra nube y reflejarme en los azulados ojos de mi ¿novio?—. Te quiero.

Un cálido aliento tocó mis dedos.

Cada vez estaba más cerca, podía sentir sus labios en mi piel.

Pero también había barba. Y Ethan no tenía barba.

—Hola, guapa —soltó un borracho—. Yo también te quiero. ¿Me das un besito?

Crucé mis ojos.

—¡No! —Inmediatamente me aparté de su lado.

—¡Freya! —Esa sí que era su voz—. Estoy aquí. Y tú, apártate de ella si quieres ver la luz del día. Hola —saludó tristemente—. ¿Tu padre sabe que estás aquí?

No le mentí.

—Haré todo lo posible para sacarte de este sitio.

—No quiero que te preocupes por mí. —A veces era tan dulce...

De fondo habló Ginger:

—No te preocupes, está tan arruinada como tú.

—Ni caso. —Toqué su mejilla—. ¿Puedo hacer algo por ti, Ethan? Llamar a tu madre, por ejemplo.

Sacudió la cabeza.

—Con que sonrías yo estaré mejor.

Pero no podía, y menos cuando él estaba al otro lado.

El policía que lo detuvo se acercó.

—Alguien ha pagado la fianza.

Abrió la puerta y lo dejó salir sin más.

Al parecer el karma era eficaz.

Ethan me llevó hasta su fuerte pecho, tocando mi cabello con la barbilla acomodada en la coronilla. Cuando noté que estaba a punto de besarme, preguntó algo cuya respuesta no iba a gustarme oír.

—¿Quién? —Sentía curiosidad.

—Ella. —Señaló a una mujer.

«¡Bruja!»

—Hola, cariño. —Era la madre de Byron.

36

Maldije en voz baja cuando Ginger se marchó, dejándonos a solas con la bruja (más bien conocida como la madre de Byron). Se arregló su cabello dorado y, con una sonrisa torcida, se bebió el café que le sirvieron en la cafetería. Nos encontrábamos los tres sentados en una mesa. Ethan y yo delante de esa loca.

No dejaba de mirarlo a él, de intentar coquetear con sus largas pestañas. Le guiñó el ojo, pensando que yo no lo vería. Gran error. Estiré el brazo por la mesa para coger el azucarero, y cuando estaba a punto de arrojárselo, Ethan me lo impidió.

Lo miré.

—¿Qué quieres? Tú me encierras y ahora me sacas... ¿Qué tengo que pensar de todo esto? —Ethan en ningún momento apartó sus dedos de los míos. Me seguía reteniendo para que no cometiera una locura.

Apartó la taza de sus labios, dejando una marca de carmín en el borde blanco marfil.

—Cometí un error —confesó. Aunque la muy loca no fue capaz de disculparse conmigo—. Cariño —gruñí cuando lo llamaba así. Estaba segura de que ladraría y me tiraría sobre la mesa para morderla—, pensé que le ibas a decir a mi esposo que yo frecuento...

—¡Vieja desesperada! —grité cortándola. Ethan movió la cabeza, quería que me callara. No, era mi turno—. Estás loca, Cruella de Vil. Primero Ethan y luego yo. —Apreté los labios—. El pobre de Byron no merece una madre como tú.

—Freya —dijo entre dientes—, lo mejor es ignorarla.

—¿Hasta cuándo? No ves que ella siempre estará detrás de ti. Esa obsesión no es nada bueno. —Crucé los brazos y, cuando el stripper no miraba, le saqué la lengua burlándome de ella—. Podría decirle a su marido todo lo que está haciendo.

Ella tranquilamente volvió a beber de su café.

—Si eso sucediera, el sexy volvería a la cárcel.

Los dos nos tensamos.

Nos estaba chantajeando.

—¿Mi silencio por mi libertad? —preguntó Ethan.

—Sí. Solo procura tener a la cría callada. —¿A quién llamaba cría?—. El tema del collar ya está solucionado. Me alegra haberte visto de nuevo.

Movió en su cuello el supuesto collar que Ethan había robado y sacudió la mano en el aire invitándonos a que abandonáramos la mesa de la cafetería.

Él se movió, pero yo esperé a decirle algo.

—No te tengo miedo.

Rio.

—Yo tampoco, niña fea.

—Fea tú —contraataqué.

—Al menos tengo los dientes en su sitio. —Pero le quedaba poco para que los sustituyera por una dentadura postiza.

—Yo no tengo arrugas. —El camarero nos miró.

—A mí no me dejará ese stripper. —Señaló a Ethan—. ¡Oh, vamos! Ese bombón te dejará en cualquier momento. Por una de su edad. Más guapa, alta, y con más pechos que tú.

¡¿Qué tenía el mundo en contra de mis pechos?!

Mi boca se abrió ante la sorpresa de sus palabras.

Y mi cabeza empezó a pensar más allá de todos los insultos que había reunido.

¿Ethan me dejaría?

—No es cierto.

Del bolso sacó un cigarrillo.

—Por supuesto que sí. —Dejó que todo el humo saliera—. Más bien, Ethan se alegrará al saber que te vas de aquí.

—¿Cómo lo sabes?

—Lo sé todo, conejita.

—Bruja. —Golpeé la mesa—. Deseo que una manada de unicornios se resbale del arcoíris para que te aplaste contra el asfalto.

—Infantil.

Lo era.

—Anticuada.

—¡Freya! —Ethan paró de fondo la ridícula discusión que estábamos teniendo—. Nos marchamos. ¡Ahora!

Di media vuelta, pensando que quizá había ganado esa batalla contra ella, pero no, en realidad la había perdido. No conseguí ayudar a Ethan y en unos días me marcharía con mi madre.

La bruja tenía razón, él podía dejarme en cualquier momento por otra.

Si estaba conmigo era porque me veía graciosa.

Y eso... ¡¿me convertía en la amiga fea?!

¿Por qué Ethan estaba conmigo entonces?

Esas dudas eran culpa de la madre de Byron. Estaba tan feliz con el stripper que ahora solo podía pensar que él realmente me veía de otra forma.

Cuando llegamos al edificio, apoyé la espalda en la puerta del apartamento donde vivía. Ethan miró sus zapatos, con las manos metidas en los bolsillos de los pantalones. El camino fue silencioso, incómodo.

—Tengo que decirte algo. —Era el momento.

—Mejor lo dejamos para otro día, enana. —Bostezó—. Tengo sueño, necesito descansar un par de horas.

—Es importante.

Y lo era.

—Seguro —ladeó la cabeza—, pero en otro momento mejor.

Sentí sus labios cerca de los míos, pero me llevé una sorpresa cuando él besó mi mejilla.

¿Qué había pasado?

En menos de una hora nos habíamos distanciado.

Abrí la puerta y me encontré cara a cara con mi padre. Se estaba arreglando para salir. Buscaba desesperadamente el maletín, así que tuve que saltar y señalar cerca de la mesita auxiliar.

Me dejé caer en el sofá y acomodé mi mejilla en la palma de la mano mientras veía las noticias de la televisión.

—¿Trabajas?

—Sí, tengo el turno de noche. —Besó mi cabeza—. He dejado algo de dinero, por si te apetece comer una pizza.

No tenía hambre.

—Gracias.

Se despidió.

Ni siquiera el sol se había ocultado y ya parecía que pronto me refugiaría en la cama. Alboroté mi cabello con los dedos y miré por encima de un cojín cuando alguien tocó el timbre.

Detestaba que se olvidara las llaves de casa.

Mis pies se arrastraron hasta la entrada.

—¿Qué haces aquí?

—¿Te vas? —Otro que lo sabía—. N-no puedes irte. No cuando todo iba perfecto.

¿Hablaba de nuestra relación?

—Mi padre está arrepentido de tener la custodia compartida. Dentro de poco es mi cumpleaños y él me regala un viaje sin vuelta con mi madre. —Lo miré—. ¿Es cierto que estarás mejor sin mí?

—No. ¿Por qué piensas eso?

—Ella me dijo...

Ethan me interrumpió:

—No voy a dejar que te vayas. Tú y yo tenemos una historia —replicó débilmente—, se supone que no puede terminar de esta forma.

Mis dedos tocaron la camiseta que usaba para dormir.

—Me debes un beso —le recordé.

—Te debo más que eso, pequeña.

Y Ethan cerró la puerta tras él. Cubrió mis mejillas con sus enormes manos, y esperé ansiosa el beso de esos labios que llegaban a ponerme tan nerviosa.

37

Llegamos hasta mi habitación.

Ethan se quitó lentamente la camiseta, sin prisa, torturándome como el chico sexy que era. Su forma de torcer la sonrisa podía dejarme sin aliento y más cuando en una de sus mejillas asomó un gracioso hoyuelo. Nunca me había dado cuenta, pero ahí estaba.

Era una tentación no tocar su duro torso, ese que trabajaba a diario para tener un buen cuerpo delante de todas aquellas mujeres que visitaban Poom's. Mis dedos recorrieron las líneas que se marcaban y bajaron hasta detenerse por encima de su ombligo. Un poco más abajo había una fina raya de vello que se escondía en el interior de su ropa interior.

Parecía que la habitación olía a sexo.

Ethan llegó hasta mí. Sus brazos quedaron a cada lado de mi cuerpo, pero en ningún momento su cálido pecho tocó el mío. Solo nos mirábamos, esperando a que alguno diera el paso. Me alcé un poco y pasé la misma mano que acababa de tocar su piel por detrás de su nuca. Ese corto cabello llegaba a causar un hormigueo entre mis dedos.

Y, de repente, lo hizo. Besó a un lado de mi cuello, justo detrás de mi oreja. Fue inevitable no cerrar los ojos y dejarme llevar por ese placer que nos estaba envolviendo.

Mi cuerpo lo buscaba desesperadamente, y me estremecí cuando un húmedo beso golpeó contra mis solitarios labios. Ahora sentía su boca encima de la mía, batallando por abrirse paso. Salvajemente empujó su lengua al mismo tiempo que con la mano me acercaba mucho más a él.

—Ethan —gemí cuando mis muslos empezaron a aferrarse a su estrecha cintura.

Él apartó el cabello que me cayó sobre la frente, y con esa sonrisa respondió.

—Chist. —Ni siquiera me había dado cuenta de que me había bajado la cremallera de los pantalones. Alzó mi trasero con su enorme mano, y en un abrir y cerrar de ojos mis piernas estaban desnudas—. Es nuestro momento, Freya. Necesito tanto de ti como tú de mí.

Estaba tan ensimismada en mis pensamientos que terminé por perderme lo mejor: verlo a él quitándose los pantalones. De un momento a otro se encontró a los pies de la cama, sujetando mi tobillo y tirando de él para tenerme más cerca. Los dos en ropa interior. En medio de todo esto solo sabíamos mirarnos. Respirábamos con dificultad y me moría por besarlo de nuevo.

Sus fuertes brazos marcaron unos músculos espectaculares. Me quedé embobada ante la bola que llegaba a sacar con un simple gesto. Pasó mis manos por detrás de mi cabeza, paralizándome de alguna forma.

Él sabía que estaba tan asustada como la primera vez... pero no se quedaba atrás. Observaba en silencio. Me tocaba con cuidado por miedo a hacer algo mal. Besaba mi piel sin prisa, disfrutando del momento. Él más que nadie temía que eso se detuviera.

Lo peor de todo es que yo no podía parar.

Gemí cuando abrió mis muslos. Esos ojos observando mi ropa interior sonrojaron mis mejillas. Temía esa azulada mirada, esa forma profunda de mirar mi sexo.

Aparté el rostro, concentrándome únicamente en la lámpara de noche que había sobre la mesilla. Sus besos siguieron descendiendo por mis nerviosas piernas y di un brinco cuando uno de sus dedos tocó la fina tela que me cubría.

Estaba a punto de pasar.

Ambos sentíamos lo húmeda que llegué a ponerme con un simple roce. Y cuando parecía que todo se iba a quedar en una caricia, me equivoqué. Ni siquiera comprendí por qué su lengua empezó a golpear mi clítoris y sus manos me sujetaban los tobillos para que no me moviera.

Y claro que me moví salvajemente.

Esa sensación llegó hasta mi vientre. Mis labios no podían estar cerrados. Mi lengua salía de vez en cuando para humedecer la sequedad de mis hinchados labios.

Él me estaba poniendo de los nervios, y lo único que hice fue agarrar con fuerza su cabello y apretar mis muslos contra su cabeza para moverme mucho mejor sobre su boca.

Grité de placer.

Ethan movió mis piernas para salir de la prisión que había creado con ellas.

—Los vecinos de al lado nos escucharán, enana. —No era el momento para un comentario gracioso—. Tu gemido significa que no quieres que pare.

Mi cuerpo temblaba. Sus labios volvieron a encontrar los míos, y a diferencia de mí, él estaba caliente; su piel ardía y mis manos estaban heladas.

Vaya combinación.

Cuando su boca abandonó la mía, gemí por esa gran pérdida. Ethan quería estar entretenido con otra cosa antes que con mi boca. Jugueteó con la tira del sostén, rozando los nudillos contra mis pechos.

—Ethan —volví a susurrar su nombre.

Él gruñó y movió sus caderas para presionar su dura erección contra mi vientre. Esa forma de moverse... no tenía descripción alguna, se notaba que era un perfecto bailarín. Solo dejé que su lengua volviera a acariciar mi cuerpo.

En esa ocasión lo recorrió desde la clavícula hasta mi pecho, donde se detuvo. Sacó la lengua como de costumbre y trabajó con ella sobre mi pecho. Sin aliento, me arqueé mientras me aferraba a sus hombros, quería más de ese contacto húmedo, me dejaba llevar por su lengua endureciendo uno de mis pezones.

Jadeó contra mi pecho, y lo obligué a que me besara una vez más.

Mis ojos se cerraron cuando escuché un sonido que me dejó sin aliento; su mano trabajaba en su larga longitud. Se masturbaba para estar preparado y adentrarse en mi interior. Con la otra mano levantó mi trasero, alzándome de la cama y arrimándome más contra él.

Estaba a punto de pasar. Lo iba a sentir muy dentro de mí.

—Eh. —Tocó mis hinchados labios. Con cada beso que nos dábamos perdíamos el control—. ¿Todo bien? —preguntó entre jadeos. Estaba tan excitado como yo—. La primera vez fue en mi cama y ahora en la tuya. Pero esto es perfecto, Freya. Te ves hermosa con las mejillas sonrojadas, dando bocanadas de aire por lo excitada que estás.

Miré hacia la ventana evitando sus preciosos ojos.

Mis manos se apoyaron en su pecho, y entre jadeos lo aparté de mi lado, quería decirle algo.

—Cada vez que te veo, tengo la necesidad de estar junto a ti —dije avergonzada.

Acercó mi rostro hasta el suyo con sus enormes manos, las cuales dieron calor a mis mejillas.

Lo besé hasta pasar mis piernas alrededor de su cintura, sintiendo que estaba completamente desnudo, desnudo y con el miembro erecto, duro y cálido, preparado para darme el placer que necesitaba.

No podía respirar, los nervios estaban acabando conmigo lentamente. Su lengua se paseaba entre mis labios hasta abrirlos y adentrarse en mi boca, dejándome desconcertada. Extasiada de amor, rodeé su espalda con mis manos, tocando toda la carne que podía alcanzar, parando en su duro trasero y clavando mis uñas al sentir cómo contoneaba la cintura hasta hacerme gemir.

Mis pechos quedaron entre sus manos, tocándolos al mismo ritmo que con su lengua, que se movía en círculos haciendo que mis ojos se abrieran y suplicaran que no se detuviera.

Levantó mi trasero, acomodando mis rodillas sobre el colchón, y me bajó lentamente. Su hinchada y vibrante polla se abrió paso en mi intimidad. Y sentí lo que más necesitaba desde hacía ya un rato: penetró mi interior con fuerza, haciéndome gritar.

Se adentró hacia lo más profundo empujando a un ritmo lento, levantándose con la ayuda de sus pies, y sosteniéndome con fuerza. Me moví de delante hacia atrás, apoyando mis manos en su pecho y recostándome de vez en cuando para dar paso a nuestros labios.

Cerré los ojos dejando caer mis brazos a cada lado de mi cuerpo, sintiendo cómo el placer inundaba todo mi ser. El calor desaparecía para dar paso al frío. Me dejé caer hacia atrás apartándome las gotas de sudor de la frente.

—Te quiero —dije mirándolo a los ojos.

Ethan se levantó bruscamente de la cama.

¿Me había precipitado al decirle aquellas dos palabras que tanto sentía?

38

Oculté mi cuerpo con la sábana que él mismo arrastró. Por suerte la cogí a tiempo. Esa frialdad con la que se había levantado de la cama me hundió por completo, intimidándome.

—¿Qué has dicho? —Rompió el silencio.

Antes de responder, bajé la cabeza para mirar mis nerviosas manos.

Ya no era tan sencillo decirlo con el corazón, solo tenía que repetir algo que Ethan había escuchado a la perfección. Apreté los dedos en mis muslos y dejé de mover las piernas.

—Te... te quiero.

No fue capaz de mirar por encima de su hombro. Terminó de cubrirse la espalda con la camiseta que llevaba y se dejó caer a los pies de la cama. Ethan enterró sus dedos en su alborotado cabello.

Quería que al menos me mirara a los ojos antes de que hablara. Pero pasó lo contrario.

—Freya —bajó el tono de voz. Nunca había estado tan nervioso; ni siquiera cuando estuvo en la cárcel—. Llevamos poco tiempo juntos.

Y lo peor de todo es que no podía irme de esa habitación, porque ya estaba en mi casa.

—¿Qué quieres decir? ¿Que no me quieres?

Él se tomaba su tiempo a la hora de responder. Mis dedos no tenían esa paciencia y seguían apretando.

Me dolían más sus palabras que el dolor físico que yo misma me provocaba.

—Tienes que entenderme.

«Entender ¿qué?»

—Con Effie todo era diferente. Es cierto que soltaba palabras cursis, pero al menos, después de la cama... —Movió la cabeza de un lado a otro—. Freya, ni siquiera sabes si estás enamorada de mí. Puede ser una simple atracción.

¿Atracción?

Ethan dudaba de mi amor.

Dejé a Byron por él. Lo defendí ante mi padre.

Y él solo era capaz de decir que a lo mejor ninguno de los dos estaba enamorado del otro.

Algo muy retorcido salió a la luz.

Mi propia locura.

Y mi locura le hubiera clavado un cuchillo de mantequilla en el ojo. Pero yo no era una osada. Y tampoco estaba en el libro de *Divergente* para matarlo de esa forma. Era la realidad, el mundo donde rompían tu corazón sin miramientos y tú no te podías defender.

«Tengo que dejar de leer.»

Suspiré.

—¿Crees que estoy enamorada de ti porque eres guapo?

Ethan negó rápidamente con la cabeza.

—No, enana. —Intentó cogerme la mano, pero la aparté justo a tiempo—. Quiero decir que deberíamos esperar un poco más...

Lo corté yo.

—¿Y qué pensabas, Ethan? ¿Que antes de darme cuenta de que me gustabas leí el manual de la virgen? ¿Un estúpido libro donde pone cuándo y dónde tienes que decir «te quiero»? —Aguanté las ganas de abofetearlo—. Me guie por mi corazón. Te echaba de menos cuando no estabas a mi lado. Moría por besarte incluso cuando parecía imposible. Y tú me dices... que tengo que esperar. ¿Te tengo que esperar, Ethan?

—No. No estoy rompiendo nada.

—Sí. Lo has hecho —dije. Aguanté las ganas de llorar delante de él—. En mi mundo adolescente, si te acuestas con alguien es porque lo quieres. Pero en el tuyo, chico veinteañero, veo que solo he sido un polvo más.

—Freya, no voy a dejar que pienses...

—¡Vete! —Se me hizo un nudo en la garganta. Odiaba ser tan estúpida y que todos se rieran de mí. Incluso el chico del que me enamoré—. Márchate de mi habitación. No quiero verte, Ethan Evans.

—No te he utilizado.

—Tampoco me estás demostrando que me quieres. Ni siquiera somos —cerré los ojos, sintiendo cómo una lágrima bajaba por mis mejillas— n-novios. Pero por ti. Porque por mí ya estaría paseando de tu mano. ¡Estúpido sueño!

No me importaba estallar. Mi llanto aumentó, pero Ethan solo me observó, porque sabía que si me tocaba gritaría con todas mis fuerzas.

Se levantó de la cama cabizbajo y, antes de que cerrara la puerta, lo detuve.

—Llévate ese estúpido condón que has dejado en la papelera. Puede que te haya dado mi virginidad. E incluso mi corazón —tomé aire antes de seguir—, pero nunca más lloraré por ti. Aunque duela, Ethan, no quiero volver a verte nunca más. ¡Qué bien me viene el viaje a África!

Mi cuerpo quedó tumbado sobre la cama. Me cubrí con la sábana hasta la cabeza y hundí mi rostro en la almohada para deshacerme de las lágrimas que derramaba por él.

Viví mi primer amor y terminé con él en poco tiempo.

Lo peor de todo es que en las revistas del corazón siempre dicen que el primer amor nunca se olvida.

¿Por qué la vida no me daba un golpe de buena suerte?

39

Había dormido horas desde que Ethan salió de mi habitación. Seguía acurrucada en el suelo, con una de las mantas que me regaló mi abuela cuando era algo más pequeña. Sentir ese calor sobre mi mejilla evitaba que las lágrimas que salían de mis ojos humedecieran mi piel. Y es que cuando papá llegó a casa, me limité a no hacer ruido para que no me oyera llorar.

En unos días cogería un avión con destino a África. Eso significaba que no terminaría el curso con mis amigos y que estaría lejos de mi padre. Pero lo peor, aunque lo único que sanaría mi corazón, es que dejaría de verlo a él.

Él era mi primer amor. O, al menos, eso pensé yo.

Ethan parecía no quererme, cuando días atrás fue capaz de enamorarme con dulces palabras que sonaron realmente bien en mis oídos. Sus caricias eran mi debilidad y sus carnosos labios llegaban a enloquecerme. Nunca olvidaría la forma en que tocaba mi piel desnuda. O cómo me abrazaba cuando mi cuerpo temblaba inocentemente.

Mis uñas se clavaron en el suelo, apreté con fuerza, sabiendo que ese dolor no era nada comparado con el de mi corazón. Así que me limité a gritar. A quedarme sin voz, esperando a que él se asomara por la ventana y se arrepintiera de lo que acababa de hacer.

Pero el único que se dio cuenta de que estaba llorando, ahogándome con mis propias lágrimas, fue mi padre, que no tardó en abrir la puerta.

—Pequeña... —susurró.

Alcé mis brazos como cuando era pequeña.

—¡Papá! ¡Papá! —Mi padre, por muy furioso que estuviera conmigo, era el único hombre que no rompería mi corazón. Depositó un par de besos en mi coronilla y arropó con fuerza el débil cuerpo de su hija.

Limpié esas lágrimas que seguían saliendo con la manga del pijama.

—¿Qué pasa, cielo? ¿Es por el viaje? —Él deseaba de corazón que se tratara del viaje. Pero sabía que era algo más—. El chico —susurró. Hasta le oí gruñir de rabia—. El chico ese te ha hecho algo.

Él pensaba que se trataba de Byron, cuando en realidad era Ethan el único culpable.

Y mi padre lo veía como a un hijo. Si se enteraba de lo que me había hecho, lo odiaría mucho más.

«Byron —pensé en él cuando ya lo había perdido—. Es demasiado tarde.»

Dejé escapar a un gran chico.

Tan solo me dejé llevar por el deseo, olvidando realmente lo que era mejor para mí.

Él me hacía sonreír; podía meter la mano en el fuego y decir sin dudar que era mi media naranja. Mi torpeza a su lado no era nada. Podía ser yo, sin fingir ser otra persona.

Por suerte Byron merecía a alguien mejor.

Los chicos como él... eran jodidamente perfectos.

—No vas a ir a África. —Alzó mi rostro. De alguna forma quería tranquilizarme—. No voy a dejar que te vayas tan lejos. Freya, siento todo lo que te dije. Pero quiero que entiendas que eres mi única hija y que temo perderte.

Mis planes cambiaron.

Dicen que el primer amor, ese que más duele, podía ser olvidado con otro.

¡Y qué mejor que irme un tiempo lejos de ese edificio, donde mi propio vecino aceleraba mi corazón!

—Quiero ir —susurré.

—¡¿Qué?! —No podía creerlo.

—Papá. —Supliqué con la mirada—. Por mi corazón. Por mamá. Por ti... necesito irme un tiempo. Eso no quiere decir que no sea feliz aquí. —Miré a mi alrededor. Él había trabajado muy duro para que viviera bien, incluso cuando mamá no estaba—. Solo necesito...

No acabé.

—Yo solo quiero lo mejor para mi pequeña. —Besó mi frente, haciendo que soltara un par de lágrimas más. Quería dejar de llorar, pero era inevitable—. Mañana puedes coger un vuelo a primera hora, si es lo que quieres.

Precipitadamente lo necesitaba.

Asentí con la cabeza.

—Descansa —me dejó sobre la cama—, tienes que dormir algo. Te esperan más de diez horas de vuelo.

—¡Papá! —Lo paré a tiempo—. Te quiero. Y cuando vuelva, te prometo que seré mejor persona.

—Cariño, tú ya eres una gran persona. —Sonrió—. Te quiero. Buenas noches.

Cerró la puerta, dejando la pequeña habitación sin iluminación. Me moví por la cama y tiré de las cortinas para que se filtrara algo de luz de las farolas de la calle.

Y vi lo que se suponía que tenía que evitar.

Ethan estaba de brazos cruzados enfrente de la ventana, esperando algo... o mejor dicho, a alguien.

Sonrió al verme y apoyó la mano, queriendo estar más cerca de mí.

Cogí uno de los rotuladores que había sobre la mesilla de noche y escribí algo.

¡Adiós!

Volví a ocultarme de la luz, cerrando las cortinas para no verlo más. Pero un ruido me sobresaltó. Ethan había golpeado el cristal de la ventana con su puño, haciéndolo añicos. No me hizo falta verlo, me bastó con escuchar sus gritos.

—Adiós, Ethan. —Hundí el rostro en la almohada.

Aunque volví a levantarme.

—Espero que cuando vuelva, seas capaz de darte cuenta de que

cometiste un error al fijarte en mí. —El teléfono móvil sonó. Era él—.
Te quiero. Pero es hora de que nos separemos.

De repente llegó un mensaje de texto.

Y en vez de leerlo, lo borré.

«Nos veremos pronto... o quién sabe.»

Mi nombre es Freya Harrison. Me enamoré de un stripper y tengo
que decir que no pienso arrepentirme nunca. Estoy, y estaré, locamente
enamorada de Ethan Evans.

Cinco meses después

40

—Pareces nerviosa, cariño. —Mamá cogió aire antes de llamar a la puerta. Por mucho que intentara fingir que todo estaba bien, a ella le costaba estar delante de mi padre cuando los dos solo se habían limitado a hablar por teléfono después del divorcio.

De mis labios salió una risa divertida.

—Podría decir lo mismo de ti. —Las piernas me temblaban. No quería mirar por encima del hombro y encontrarme con la puerta equivocada—. Nunca me dijisteis la verdadera razón por la cual os separasteis. Tengo una edad y hace tiempo acepté que vosotros dos no estáis juntos.

Torpemente se arregló la larga trenza que le caía sobre el hombro. Su cabello rubio se oscureció cuando entramos en el edificio. Esos ojos verdes enmarcados en unas largas pestañas parecían más tristes de lo normal.

—A veces la llama del amor se apaga. —Tocó mi mejilla—. Tienes tantas cosas que aprender, Freya... Nunca tienes que temer a enamorarte. El amor es magnífico. Podrías gritarlo con una estúpida sonrisa en los labios y nunca lo dejarías de lado.

Quería preguntarle si estaba preparada para conocer a otro hombre y enamorarse de nuevo, pero su dedo fue más rápido que mis palabras y presionó el timbre de la puerta.

Unos acelerados pasos corrieron por el pequeño comedor del apartamento y un hombre, con el cabello oscuro y unas cuantas canas en los laterales, nos dio la bienvenida con una enorme sonrisa. Papá ni siquiera había terminado de vestirse; llevaba la camisa abierta, el cabello sin peinar y solo un zapato cubría uno de sus pies.

—P-pero ¿qué hacéis aquí? Estaba a punto de ir a buscaros al aeropuerto. —Miró a mamá, casi con la misma ilusión como cuando estaban juntos—. ¿Ninguna de las dos tuvo tiempo de llamarme?

Si seguía alzando tanto la voz, mi corazón explotaría.

Presioné mi pequeña mano en su pecho, y con un rápido empujón, nos colamos los tres en el interior del hogar. La casa seguía teniendo la misma decoración de siempre y estaba todo ordenado. El médico de familia no tenía mucho tiempo para encargarse del apartamento, pero sí cuidaba los mínimos detalles que revelaban que era un hombre meticuloso.

Solté cada una de las maletas que llevaba en las manos y aceleré los pasos delante del sofá. Me dejé caer en él mientras un bostezo salía de mis labios. Había dejado a mis padres solos, sin darme cuenta.

—Me alegro de verte. Tienes el cabello más largo. —Estaba tan concentrado en halagar a mi madre que no se dio cuenta de que mis zapatos descansaron sobre su cojín favorito—. Y estás más morena.

—Tú también estás muy bien. —¿Eso era un matrimonio roto? Nadie se lo creía—. Tenía que haberte llamado antes de venir aquí. El vuelo se adelantó, y Freya...

Di unas palmadas.

—¡Error mío! Lo siento —alcé la voz.

Ambos rieron.

—Eres bienvenida, Lindsey.

Eso era un gran paso.

Al parecer, la supuesta llama del amor seguía muy encendida.

Me quedé de rodillas sobre el sofá, mirándolos directamente casi sin disimular. No dejaban de mirarse sonrientes. Ni siquiera pestañeaban. Se notaba que se alegraban de verse.

—De aquí ya he acabado. —Una voz salió de mi habitación. Lo peor de todo es que la conocía—. Peter no está dispuesto a venir en Navidad. ¡Oh! Hola.

Antes de que sus azulados ojos detectaran que estaba allí, salté del sofá para esconderme. Él solo había visto a mi madre. No dudó en presentarse con educación.

—Hola. —Mi madre parecía nerviosa—. ¿Y tú eres...?

—Soy Ethan. —No me gustó ese tono. Pero al ser stripper parecía que la profesión la llevaba en el corazón. Seducir. Conquistar. Y enamorar—. Usted deber de ser... —Calló por miedo—. Debe de ser...

—La madre de Freya.

Como un gato asustado, miré sin ser descubierta.

El rostro de Ethan cambió. La sonrisa se esfumó y sus ojos casi se cerraron por unos segundos.

De repente, empezó a mirar a todos los lados.

Mis padres se habían olvidado de mí, pero él parecía estar buscándome.

—Bueno —pasó por delante de ellos—, tengo que irme. En unas horas tengo que salir a trabajar. Un placer —se despidió de mi madre.

—Igualmente, Ethan.

Cerré los ojos sabiendo que no me reencontraría con él. Hasta mi corazón se relajó al sentirlo algo lejos. Me quedé sentada en el sofá y, al intentar levantarme, su voz estalló en mis oídos.

—Hola, enana. —Estaba delante de mí—. ¿Me has echado de menos?

«Por todos los dioses del mundo... ¡sí!», pensé.

41

—E-Ethan... —tartamudeé.

Quedó a mi altura, sin darme cuenta de que sus rasgos faciales seguían tan atractivos como siempre. En África soñé muchas veces con él, soñé que era capaz de decirme «te quiero» sin dudar. ¡Maldición! Ese recuerdo me hizo revivir el momento que más odié: cuando Ethan evitó confesar si realmente sentía algo por mí.

Pero en vez de reclamarle, mis dedos se aferraron al abrigo que llevaba y mis ojos se posaron en los suyos. Eran tan azules que no se podía añorar ver el mar al mirarlo a él.

Con una sonrisa graciosa, empujó mi frente con su dedo.

—No has sido capaz de llamarme una sola vez —bajó el tono de voz. Agradecía que mis padres siguieran hablando—. Te he enviado cientos de mensajes durante estos cinco meses. Y la pequeña y torpe Freya no ha sido capaz de responder a ninguno.

—Estaba ocupada —mentí, por no decir que me deshice del teléfono móvil. No quería tartamudear, pero Ethan seguía poniéndome muy nerviosa—. Muy ocupada.

Su carcajada fue melodía celestial en mis oídos.

—¿En Kenia no había strippers?

¿Estaba jugando?

—¿Por qué no te vas?

¿Fui capaz de decirlo en voz alta?

—¿Tanto me odias?

No podía odiarlo. Incluso cuando ni siquiera oí un «te quiero» saliendo de sus carnosos labios.

En África me mentalicé de que lo mejor para mí era enamorarme de un chico de mi edad, y como mínimo, que tuviéramos cosas en común.

—Deja de responderme con preguntas, Ethan —dije su nombre, sin ningún nudo en la garganta de por medio—. Soy capaz de gritar y decir que estás intentando tocarme un pecho.

Él enarcó una ceja.

Y en un rápido movimiento, hizo lo que dije.

Su mano cubrió uno de mis pechos por encima de toda la ropa que llevaba.

—Grita. He echado tanto de menos tu voz. —Apreté los dedos. Estaba claro que intentaba jugar conmigo—. Nunca me habías dicho que tenías una madre tan guapa. Como tú no me haces caso...

—Ni se te ocurra... —Le señalé con el dedo.

Rio una vez más.

—Estúpida —soltó divertido—. Te digo que te he echado de menos y tú te limitas a pensar en mil formas de matarme.

—Mil y una formas —corregí.

—Yo solo pienso en una cosa —rozó su nariz con la mía— y es cómo conquistar tu corazón. Esta noche, en Poom's.

«No. No.»

—No acepto un «no» por respuesta. —Me leyó la mente—. La Navidad en Poom's es una gran aventura. Arriésgate y sé valiente, pequeña Freya.

—Ya no soy pequeña —repliqué entre dientes—. Tengo dieciocho años.

Ethan tocó delicadamente mi mejilla antes de levantarse del suelo.

—Ahora nadie me detendrá para estar contigo. —Me guiñó un ojo.

¿Qué significaba eso?

¿Que alguien le impedía estar conmigo?

¿O era su forma de decirme que no fue capaz de decirme «te quiero» porque yo tenía diecisiete años?

42

A la mañana siguiente amanecí con los ojos aún abiertos; no dormí en ningún momento. Rodé varias veces por la cama y con el dedo apuntando a la ventana (casi como lo hacía E.T.) maldije una y otra vez a Ethan. Él era el culpable de todo; de que lo odiara y de que siguiera enamorada a la vez.

Si pensaba que perdería el tiempo en ir a verlo a Poom's es que no me conocía muy bien. Era hora de que él se arrastrara un poco, y más cuando se suponía que yo le gustaba.

Perezosamente estiré las piernas, y cuando mis calcetines no infantiles tocaron la alfombra, bostecé tranquilamente. Hasta que la puerta de mi habitación se abrió.

—Cierra la boca o te entrarán moscas. —Ella siempre tan amable y cariñosa conmigo.

Tiró el bolso a un lado.

—Ginger, yo también me alegro de verte —solté entre dientes.

Con una enorme sonrisa, saltó para tirarse a mis brazos y abrazarme con esa poca fuerza que se tenía por la mañana. Aunque ella... parecía que guardaba energía para todo.

—No puedo respirar...

—¡Eres una gran puta! —Reía—. Llevas meses sin aparecer por clase. No me puedo meter con nadie si tú no estás ahí para regañarme. ¡Vuelve!

Tiré de su cabeza hacia atrás y la miré a los ojos.

—Está bien, está bien. —Le devolví la sonrisa—. No pienso irme a ningún sitio más. Terminaré el instituto y después las dos iremos a una gran universidad.

—¿Siempre juntas? —preguntó, mostrándome el meñique.

Apreté el mío con el suyo.

—Siempre amigas. —No debí decir eso, porque de nuevo sus brazos presionaron en mi cuello—. Oye, ¿por qué tienes el pelo más largo que yo? No sé... pero teníamos una apuesta.

Ginger se llevó las manos a la cabeza. No por la sorpresa, sino vacilando de su preciosa melena recién ondulada.

—¿Te has tirado a Ethan?

Cogí aire.

Ese era un gran momento.

—Dos veces —dije, enarcando una ceja y enseñándole dos dedos. A ver, los chicos presumían de con quién se acostaban... ¿por qué nosotras no?

—¡Jodeeeeeeeeer! —No me acostumbraba a sus gritos.

Tapé los labios de Ginger con la palma de la mano, evitando por el bien de la humanidad que siguiera gritando. Los pasos de mi padre se oyeron por delante de mi habitación, hasta se detuvo para comprobar qué estaba pasando.

Al sentir la lengua de mi amiga chupando mi piel, bajé el brazo.

—Qué asco. —Me limpié en su camiseta—. ¿Qué haces aquí tan temprano? Estamos en vacaciones de Navidad. Pensaba que te marcharías con tus padres a México.

Cruzó las piernas, acomodándose en la cama.

—Han pasado. Prefieren ir en verano. —Sacó el teléfono móvil—. Dicen que ahora es mejor tomar ponche de huevo antes que hincharse a tequilas. Además, así puedo pasar más tiempo con mi novio.

¿Había dicho «novio»?

Cuando yo me marché a África, ella no tenía novio.

—¿Qué...?

De repente el teléfono móvil descansó en mi mano. En la pantalla, estaba la imagen de su supuesto novio; un chico de cabello rubio sonreía con los ojos bien abiertos. Sus ojos claros eran hermosos, azules como el mar, y sus dientes imperfectos no eran molestos, más bien graciosos con el aparato dental de colores.

No grité, porque seguramente se trataba de una broma.

—¿B-Byron?

Ginger asintió con la cabeza.

—¿A que es guapo? —¿Por qué hablaba de él como si no lo conociera?—. Llevamos cuatro meses juntos.

—Es mi exnovio. —Las amigas no salían con los ex. Era una norma fundamental—. Byron Ross. ¡Mi exnovio!

—Sí. —Seguía mirando la foto—. Ahora es mío. Y espera que no te quite a Ethan.

Le lancé una mirada asesina.

—Estaba gastándote una broma. Pero con Byron sí que estoy.

Pensándolo bien, era cierto que él sintió algo por Ginger. Era un gran chico y ella una cabeza loca, así que se complementarían perfectamente. El único inconveniente era la bruja. Con esa mujer tendrían grandes problemas.

Me relajé. Todo estaba bien.

—¿Qué haremos por Navidad? —preguntó jugando con las trenzas que llevaba para dormir—. Aún no tenemos planes.

—En realidad sí —crucé los brazos bajo el pecho—, las pasaré con mis padres. Ellos no lo saben, porque es una sorpresa.

Lucharía hasta el final. Quería ver a mis padres juntos de nuevo. Ellos me habían lanzado señales sin darse cuenta.

—¿Vas a dejarme sola esta noche? —Apretó los labios—. Pero no me puedes hacer esto. ¡Freeeeeeya!

En Kenia los animales gritaban menos que ella.

Y pensando en la Navidad, Ethan me había invitado a Poom's.

Era una mala idea decírselo a Ginger.

—¿Puedes decirme cómo has convencido a mi padre? —Quería huir del lugar. Era increíble que lleváramos horas esperando en esa larga cola para entrar al interior.

Por primera vez iba a utilizar mi carnet de identidad; era mayor de edad, así que no hacía falta colarme o fingir que ya había estado dentro anteriormente. Recordé el primer día que pisé el local. Con la estupidez de celebrar un cumpleaños, Ginger disfrutó toda la noche rodeada de strippers, mientras que yo me mantuve al margen odiando a uno de ellos.

Cuatro mujeres que gritaban de alegría se quitaron el grueso abrigo que las cubría al entrar. Estábamos a unos pasos de la puerta, en nada nosotras seríamos las siguientes. Miré a Ginger, que no dejaba de enviarle mensajes de texto a Byron, y cuando el hombre nos pidió el carnet, se lo mostré con una enorme sonrisa.

—Las mujeres entran gratis —dijo el portero quedándose a un lado.

Qué injusto para los hombres, ellos también merecían entrar gratis. Ya que esa noche solo pasearían traseros de chicos casi desnudos.

—¡Ya estamos de... —Pellizqué su brazo para que no gritara.

—El trato era no llamar la atención, ¿de acuerdo? —No quería que Ethan me viera allí—. Tomamos una copa y nos volvemos a casa. Creo que estoy teniendo un *déjà vu*.

Las luces de Poom's cambiaron. Los tonos claros, amarillentos, fueron sustituidos por colores rojos y verdes. Sobre el escenario había una enorme silla de Santa Claus, con un gran árbol decorado.

Los strippers cambiaron sus pajaritas y tirantes por gorros de Navidad que ocultaban sus «cositas». Y como pensé, sus traseros estaban casi al aire; tenían los culos más duros del planeta Tierra.

—Freya —parecía una niña en una tienda de golosinas—, te dije que teníamos que creer en Santa Claus.

Cerré los ojos ante esa estupidez.

Podía creer en muchas cosas, pero en Santa no.

Delante de nosotras había un hombre alto, con el cabello recogido, mirándonos a la vez que movía su cintura agitando ese gorro rojo delante de nuestras narices.

—Mejor vamos atrás.

—¡No! —se negó—. ¿Cómo harán para rellenar todo eso?

Estiró el brazo para tocarlo, pero se lo impedí a tiempo. Tiré de ella, alejándonos de todos esos bailarines que lamían de una forma muy sexy bastoncitos de caramelos.

En vez de babear por los chicos, me abrieron el apetito con los dulces.

Comencé a observar a otra gente. Había mesas reservadas, los asientos estaban ocupados y cerca del escenario ya se encontraban algunas mujeres de pie esperando ver a los chicos. Algunas no se avergonzaban por gritar barbaridades. Era como estar en un concierto de Justin Bieber o de One Direction; la diferencia... que estas podían tirar sujetadores porque sus padres no estaban presentes.

—Así que has venido —susurró muy cerca de mi oído—. Me alegro de verte, Ginger.

Ella me apartó.

—¿Crees que nos podrías conseguir un sitio más cercano al escenario? —Estaba entusiasmada—. ¿O puedo subir arriba?

Ethan se rio.

Miré por encima de mi hombro para ver su traje. Ropa interior marrón, tirantes oscuros y una bola roja presionaba su nariz.

«Es el reno más guapo de todo Poom's.»

—Primero quiero preguntarle a Freya si me dejará subirla a ella. —Los dedos de Ethan tocaron mi cabello, y me aparté de inmediato—. ¿Eso es un «no»?

Para mí era un «lo pensaré».

—No he venido por ti. —Quería mirarlo a los ojos, pero no podía.

La risa de Ginger nos llamó la atención.

—Di que sí, Freya. Con tanto tío bueno por aquí, ¿para qué vendrías solo a ver a Ethan? —No dejaba de babear. ¿En serio estaba con Byron?

Él se quitó los graciosos cuernos de la cabeza, y sin esa peculiar sonrisa suya, se inclinó para depositar un beso en mi mejilla.

—Estás preciosa. —Miré el vestido rojo que llevaba. Hasta me recogí el cabello para lucir el bonito maquillaje que me prestó Ginger—. Pienso conseguir mis cinco minutos a solas contigo.

¿Y quién le había dicho que iba a estar tanto tiempo?

Las luces se apagaron de repente, todas excepto las del escenario y las de la barra del bar. Ginger se subió en la mesa, soltándose la melena y aplaudiendo torpemente al quitarse el recogido.

El primer stripper se sentó sobre el sillón de Santa Claus, moviendo los brazos, llamando la atención de todas. Mi mejor amiga me miró, avisándome de que lo conocíamos.

Ethan empezó a bailar. Con unos solos movimientos la sala se convirtió en una jungla. Era una de esas pocas veces que iba a ver su espectáculo, pero alguien se ocupó de que no lo hiciera.

Tiraron de mí, alejándome de la multitud. Pasamos por un largo pasillo, donde los chicos tenían sus camerinos para cambiarse. Y delante de mí, cuando dejó de caminar, me encontré a quien menos me esperaba.

—¿Daniel? ¡Daniel!

Lo abracé.

—No esperaba verte por aquí, y menos cuando pensaba que Ethan y tú ya no estabais juntos.

Él siguió con el abrazo.

—No aprietes demasiado, Dan —jadeé de dolor, al sentir que se me estaba clavando algo en el pecho.

—¿Por qué no? Me alegro mucho de vert... —Se calló al escuchar un golpe.

De debajo de mi vestido, rodó un pequeño objeto.

Podía sentir cómo mis mejillas ardían.

—No es lo que parece.

—¿Freya?

—¿Sí?

—¿Has superado la ruptura? —Asentí con la cabeza. Superé por completo que Ethan no me quisiera—. Entonces ¿por qué llevas mandarinas dentro del sujetador?

—¿Por si me entra hambre? —No era muy creíble—. ¡Está bien! Quiero ver a ese imbécil sufrir. Me ha hecho mucho daño. Pensé que teniendo un par de tallas más...

Él seguía como siempre, mientras que yo lloraba por su culpa.

La mano de Daniel se posó sobre mi hombro, como si de alguna forma me entendiera.

—Celos.

¿Celos?

—Los celos no son una gran solución. Y no tengo a nadie que me ayude. —Byron y yo ya no estábamos juntos. Tampoco hubiera funcionado—. Así que buscaré otros medios.

—¿Y yo?

—¿Tú? —Dos strippers en mi vida no sería muy buena idea—. Pero tú eres gay, ¿no?

Los mofletes de Daniel se hincharon.

—¡No soy gay! —gritó—. ¿Por qué todos pensáis que soy gay?

Cuando fui a abrir la boca, me calló.

—¿Quieres mi ayuda o no?

Era una locura. Pero una locura buena.

¿Ethan nos creería?

—¡Bien! ¿Qué tene....

Silencio.

La boca de Daniel sobre la mía me dificultó soltar la pregunta.

—F-Freya... —El beso no duró mucho, sobre todo cuando escuchamos la voz de Ethan.

43

Empezó a incomodarme la mirada de Ethan; primero miraba a Daniel y luego enarcaba una ceja cuando su profunda mirada se posaba en la mía. E hizo lo inimaginable; estalló en risas. Delante de nosotros, de dos personas que se acababan de besar. Se llevó la mano a su desnudo torso y cerró los ojos debido al ataque de risa que estaba sufriendo.

Bajé la cabeza, concentrándome en las manos, y luego miré de reojo a Daniel. Él estaba como yo; en shock. No entendía nada y mucho menos esa actitud viniendo de alguien que se suponía que tenía que estar celoso.

Todo salió mal.

Como de costumbre.

—¿Puedo saber qué estáis haciendo? —preguntó, algo más calmado—. Es lógico que el ridículo. ¡Ja! ¿A quién queréis engañar?

—Pero...

No me dejó acabar.

—Que es gay —susurró en mi oído.

El pobre chico estaba siendo etiquetado como homosexual.

—¡Que no lo soy! —Daniel pasó el brazo por encima de mis hombros, arrimándome a su desnuda piel—. ¿Cómo te quedas? Te acabo de levantar a una de tus novias.

Había dicho... ¿«novias»?

Lo apartó bruscamente de mi lado, dejándolo a un par de metros de nosotros.

—Tú y yo —apretó el dedo en mi frente— tenemos que hablar.

—Estoy con Ginger.

—Él la llevará a casa. —Ethan miró a Daniel.

Y sin esperar respuesta alguna, me sacó de Poom's. Se cambió por el camino y en su rostro pude ver esa sonrisa que marcaba de vencedor.

Con él era tan difícil que siempre ganaba en todo.

Me quedé de brazos cruzados esperando a que buscara las llaves de su apartamento. La verdad es que tenía que aprender a no acceder a sus invitaciones o, si no, acabaría mal. Miré mis zapatos y un portazo me sobresaltó, casi consiguiendo que apartara la espalda de la pared.

Vi a Ethan algo nervioso, aferrándose al pomo de la puerta. Caminé hasta él, con el ceño fruncido esperando saber qué estaba pasando ahí dentro.

—¿Pasa algo?

Él sacudió la cabeza.

—Mejor hablamos en la azotea.

—¿Qué tiene de malo tu apartamento? Te recuerdo que eres tú quien ha insistido en hablar conmigo. Yo puedo sobrevivir sin ti —agité la mano— una larga temporada.

Pero la curiosidad podía conmigo. Necesitaba saber qué estaba pasando dentro de su apartamento.

Sí, Daniel era su nuevo compañero de piso. Y sí, todo el mundo tenía su intimidad. La pregunta era: ¿qué estaba escondiendo?

—Freya —cogió mi mano—, confía en mí.

Tiró de mí, pasando por delante de la puerta de mi apartamento y buscando la escalera antes de coger el ascensor. El mismo sonido se repitió a nuestras espaldas, pero en esa ocasión sí que consiguió salir.

Me solté de su agarre, evitando que me mantuviera junto a él con más fuerza. Asomé la cabeza, quedándome parada al verla a ella allí.

Ahora entendía lo que dijo Daniel.

Novias.

—¿Freya? —Era extraño no verla gritar—. ¡Oh, Dios mío! ¡Freeeeee-ya!

Era su forma de vivir la vida.

Gritar con una enorme sonrisa, mientras que un aire algo misterioso acariciaba su melena rubia.

En un abrir y cerrar de ojos, sus brazos envolvieron mi cuello, dándome la bienvenida de una forma asfixiante.

—No es lo que parece —dijo Ethan.

Lo odiaba.

—Hola, Effie. —Podía matarlos a los dos en ese momento, pero en el bolso solo llevaba un pintalabios derretido—. Yo también me alegro de verte.

«¡Noooooooooooo!»

—Te he echado mucho de menos. —Movió nuestros cuerpos, casi bailando con la melodía que sonaba en su cabeza. Effie me había incluido en el top 10 de sus mejores amigas—. Ya que has vuelto, ¡podemos ir de compras juntas!

Estaba bromeando, ¿cierto?

Con cuidado, aparté sus brazos de mí. Apreté los labios enfurecida, y le mostré el dedo corazón a Ethan antes de sacar las llaves.

En esos cincos meses se había refugiado entre las piernas de Effie. Y ella estaba tan feliz, incluso sabiendo que nosotros también habíamos tenido algo.

—No es lo que parece —repitió una vez más.

No le di un manotazo porque no me veía con las fuerzas suficientes.

—Quiero que sepas que he aprendido muchas cosas. Taylor Swift me ha enseñado que cada vez que uno de tus exnovios te haga daño, le escribas una canción con indirectas muy directas para intentar que se arrepienta. —Un momento, yo no sabía componer—. ¡Bueno! La cuestión es, Ethan Evans, que te voy a hacer la vida imposible. —Abrí la puerta, pero seguí hablándole—. Por cierto, ya no estás tan bueno como antes. ¡Has echado culo!

Cerré la puerta con la última estupidez que acababa de decir.

Caí al suelo, llevándome las manos al rostro.

¿Cómo podía ser tan imbécil? ¿Por qué pensé que él me había echado de menos?

—Cariño. —Miré a mi padre. Un gran error ya que sostenía un sujetador entre sus dedos—. N-no te esperaba tan pronto.

«¡Joder!»

¿Estaba con mi madre?

—¡Ya me iba! Solo he venido a buscar... —dije lo primero que me vino a la cabeza— condones.

No debí decir eso. Pero lo primero en lo que pensé fue en sexo.

—T-t-te veo m-m-mañana.

Salí de casa dando otro portazo.

Por suerte Ethan y Effie ya no estaban en el pasillo. El problema es que no tenía dónde pasar la noche.

Con el teléfono en la mano, marqué el único número que atendería mi llamada a las tres de la madrugada.

—¿Puedo quedarme contigo esta noche?

Rio al oír mi pregunta.

44

Tuve suerte de conseguir un lugar para dormir. Salvo que Ginger se pasó toda la noche hablando por teléfono, dejándome encogida en su cama y con los ojos bien abiertos. Era su habitación, su teléfono, y el que estaba al otro lado de la línea era Byron.

Di unas cuantas vueltas, quedándome enredada en las suaves sábanas. Ella se levantó y se dirigió a la ventana con una enorme sonrisa.

No podía quitarme de la cabeza la imagen de Ethan y Effie besándose. Era una estupidez y más cuando ni siquiera los vi tan juntos como mi cerebro intentaba proyectar. Él podría haberme dicho algo, pero prefirió callárselo y mantenerlo en secreto.

Las horas pasaban y estaba segura de que ni el mejor maquillaje del mundo ocultaría las bolsas que se habían formado debajo de mis ojos de lo cansada que estaba. La luz del día se filtró por la ventana y un pequeño golpe en la cabeza me invitó a levantarme de la cama ajena que había ocupado.

—¡Levanta! —canturreó como una cotorra—. Tenemos planes.

Miré el reloj digital del teléfono móvil.

Había estado hablando con Byron unas cuatro horas aproximadamente.

—Son las ocho y media de la mañana. —Bostecé—. Quiero dormir un rato antes de volver a casa. Me espera una mañana terrible e inquieta.

—Sí. —Aguantó las ganas de reír—. Tus padres y la fábrica de bebés. Toda la noche ahí dándole al tema...

—¡Cállate! —¿Qué clase de persona estaba interesada en la vida sexual de sus padres? ¡Nadie! Me alegraba saber que de alguna forma habían vuelto... pero lo demás sobraba—. No podré mirarlos a los ojos al menos en doscientos años.

Volvió a golpearme con uno de los cojines que había tirado por el suelo.

—De acuerdo. Dejamos el folleteo de tus padres a un lado y nos ocupamos de vestirnos e ir a la cafetería. —Estiró bruscamente de mi brazo, dejándome tirada en el suelo—. No hagas ruido. No quiero que mi hermano se despierte. Supuestamente me toca bajar al perro a la calle. —Arrugó la nariz—. La sensación de recoger sus «cositas» con una bolsa me da asco.

—¡Es tu perro!

—Es de los dos —corrigió entre risas.

Cerca de la casa de Ginger había una pequeña cafetería que servía un delicioso desayuno. Me senté en una de las mesas, esperando a que mi amiga se decidiera a entrar. Ella siguió en la puerta, con los brazos cruzados buscando desesperadamente a Byron.

Deslicé las páginas del menú, buscando algo rico que llevarme a la boca. Me decanté por una ensaimada con crema (algo típico de Mallorca).

—¿Qué va a querer? —preguntó el camarero.

—Un capuchino, y... —Miré al chico—. ¿Daniel?

Daniel, el stripper. El chico que supuestamente no era gay.

Era muy guapo: cejas bien depiladas, sonrisa preciosa con unos carnosos y rosados labios, mejillas acaloradas por el tono de su piel tan blanca y unos enormes ojos grisáceos que destacaban entre sus largas pestañas.

—Freya. —Se acomodó en el asiento de enfrente—. ¿Qué haces tú aquí?

¡Mec! Pregunta incorrecta.

Moví el dedo de un lado a otro.

—Mejor dicho: ¿qué haces tú aquí? Pensaba que era una cafetería familiar. —Dejé escapar un «¡oh!» exagerado—. Por favor, dime que no te vas a quitar la ropa mientras desayuno. Quiero comer tranquila. ¡La hoja de reclamaciones!

Enarcó una ceja elegantemente.

—No voy a desnudarme. Este es mi trabajo de día.

Era una cafetería.

—¿En serio?

—Sí. —Lo estaba sacando de quicio, al igual que hacía Ethan con él.

Los puños se acomodaron en la mesa. Lo entendí todo en un momento.

—No estarás enamorado de mí, ¿verdad? —Daniel era muy sospechoso—. Ahora entiendo por qué me besaste.

¡Pobre chico!

—Eres encantador... pero —¡ufff! Era mi primer rechazo— no eres mi tipo.

El stripper-camarero se llevó desesperadamente las manos a la cabeza. Hinchó el pecho, y con los ojos bien abiertos me respondió.

—¿Por qué tienes el ego tan grande como el de Ethan? Sois iguales. —Miró en dirección a la caja—. Solo quería ayudarte.

—Si me quieres ayudar dime una cosa.

—¿El qué?

Me acerqué un poco más.

—¿Por qué Effie vive con vosotros?

Se echó hacia atrás, acomodando la espalda en el respaldo de la silla. Cogió uno de los terroncitos de azúcar que había sobre la mesa y lo mordió dejando que el dulzor se consumiera en su boca.

—¿Qué Effie?

¡Maldito!

Encubría a Ethan.

—No te hagas el tonto. —Lo cogí por el cuello blanco de la camisa—. Prometo que como no me digas qué está pasando, le escribo una carta a Obama diciendo que os cierre Poom's.

Me pasó una servilleta y un lápiz.

—Adelante.

¿Por qué me desafiaban?

Yo era capaz de eso y mucho más.

Deslicé el lapicero por el arrugado «papel».

—Querido Obama. —Leí todo lo que estaba escribiendo—. Soy una compatriota que adora su país. El problema es que hay sitios malditos que deberían estar ¡cerrados! Me dirijo a usted, presidente, con el fin de clausurar un sitio llamado Poom's...

—¿Sabes cuántas mujeres te matarían por lo que estás haciendo?

Se me escurrió el medio de comunicación con el presidente de Estados Unidos.

—Tú ganas. Pero solo de momento. —Tiré bien lejos la servilleta—. Pienso sacarte la información a mi manera. ¿Qué tal si hablo con tu jefa?

—¿Qué tal si te callas y me escuchas?

Daniel maldijo.

—Soy toda oídos.

Me encantaba ganar.

—Effie y Ethan no están juntos...

—¡Mentira! —grité, pero volví a callarme ante su mirada.

—Ella se ha metido en problemas y Ethan la está ayudando.

—¿Qué problemas?

Alzó los hombros.

—No lo sé.

¿Y él vivía con Ethan?

—Necesito más información. ¿Se acuestan juntos? ¿Se han besado delante de ti? ¡Lo necesito!

—Chist. —Se escuchó de fondo por parte de una pareja de ancianos.

Eso me avergonzó. Estaba nerviosa, quería saber todo lo que estaba pasando dentro de su apartamento. Daniel no parecía un buen chivato; más bien un desastre como cotilla.

—Duermen separados. Ethan en el sofá y Effie en su cama.

Miré mis dedos, que empezaron a dibujar círculos imaginarios sobre la mesa.

—¿Estás diciendo... que ellos —cogí aire— no están juntos?

—No.

—Pero ayer dijiste «novias».

Eso me confundió más.

—Y ¿no es cierto que tú eres una de las tantas novias que ha tenido?

Hablaba de lista.

¿Cuántas había tenido?

¿En qué número estaba?

Quería más.

Necesitaba respuestas desesperadamente.

—Daniel...

—Tengo que trabajar. Habla con él.

Confirmado; en alguna de mis vidas anteriores había sido un mal bicho que lo estaba pagando todo en el cuerpo de Freya. Tenía que cambiarme a alguna religión donde todas las cosas salieran bien incluso si eras un poco mala y torpe.

Me levanté del asiento y salí de la cafetería sin desayunar. Fuera del local se encontraba Ginger abrazando a Byron mientras que él se sonrojaba. Su cabello rubio estaba algo más largo, el flequillo casi ocultaba sus ojos.

Estiré mis labios, sintiéndome feliz al verlo.

—Chica chicle.

—¡Byron!

Sonrojado, se apartó tímidamente de Ginger para darme un fuerte abrazo, pero pasó algo típico entre nosotros. Mi frente golpeó contra la suya, ya que ni siquiera habíamos aprendido a abrazarnos como las demás personas.

Reímos y, por fin, rodeé su cuello.

—Te he echado de menos —dijo, cogiendo la mano de su novia.

Le revolví el cabello.

—Y yo. Pero veo que has estado muy bien acompañado. —Esos dos hacían muy buena pareja—. ¿Ya ha conocido a tu familia?

—No. Mi madre no quiere conocer a ninguna de mis novias. —Ginger no pareció molesta—. Dice que la última fue un desastre y que con eso tiene suficiente.

La bruja seguía hablando de mí.

Intenté relajarme.

—Yo también la —bajé el tono— mataría.

—Últimamente está muy extraña. Ayer, por ejemplo —rodeó los

hombros de Ginger con su brazo—, llegó a casa medio borracha, buscando desesperadamente su sujetador.

Así que era cierto que definitivamente sus padres se habían separado.

Reí en voz alta.

—Tranquilo. Yo ayer pillé a mi padre con un... —¡mierda!— s-s-s-s-ssssujetador.

De golpe noté que todo me daba vueltas.

—¿Te pasa algo? —preguntó mi amiga.

Estaba mareada.

Casi con ganas de devolver bilis.

Un miedo se apoderó de mí.

«Respira, Freya, respira.»

El mundo no se acabaría si existía la posibilidad de que mi que padre se estuviera acostando con la bruja, ¿verdad?

Por todos los unicornios rosas del mundo... ¡quería morirme!

De un modo algo melodramático, salí corriendo bajo la atenta mirada de mis amigos. Corrí todo lo que mis piernas podían. Por el camino, memoricé unas cuantas frases para prohibirle a mi padre que se viera con esa mujer.

Intercambiaríamos roles; él sería el hijo, y yo la madre egoísta y sin corazón.

Ruck, el portero, me saludó amablemente como cada mañana. Ignoré al pobre señor y pasé de largo el ascensor. Prefería coger las escaleras y llegar lo antes posible a mi apartamento.

Subí las plantas casi sin aliento y, al visualizar el pasillo correspondiente, mi cuerpo se relajó contra la pared. Algo que me hizo perder tiempo. Aunque lo peor de todo fue ver salir a Ethan con un pequeño perro blanco.

—Freya.

«No.»

No tenía tiempo para hablar.

Intenté pasar por su lado, pero me detuvo.

—Tengo prisa, vecino.

Él me miró casi con tristeza.

—Dos minutos.

—No.

—Te doy una Snicker. —Chantaje.

El perrito ladró.

—Que sean dos.

Las barritas de chocolate eran mi recompensa por hablar con él y dejarse explicarse.

—No estoy con Effie. —Eso me lo podía haber contado horas antes—. Ella...

—¿Qué? Dime qué hace viviendo contigo.

—No puedo. —Se llevó la mano libre a su rebelde cabello. Parecía cansado, como si no hubiera pegado ojo en toda la noche—. Tienes que creerme. No me he acostado con nadie. Llevo cinco meses esperando a que vuelvas para decirte...

—Para decirme ¿qué?

Tenía que dejar hablar a la gente.

—Quiero ir en serio contigo, Freya.

El corazón me brincó dentro del pecho.

—Soy muy joven para casarme.

—Hay un paso antes que casarse. —Sonrió. Alzó mi barbilla con sus dedos—. Ser novios.

Reí como una loca suelta por la calle.

Novios.

Qué bien sonaba eso dicho por él.

Él seguía mirándome, esperando una respuesta o una grata alegría. Y no una risa desquiciada.

El perro empezó a gruñirme. Por eso no tenía animales; me odiaban.

—Eth..

—Quiero presentarte a alguien. Para mí es muy importante. —Tocó lentamente mi cabello, como cuando me dormía sobre su hombro—. Solo si quieres, Freya.

¿De quién hablaba?

Pero lo más importante: ¿quería volver con él?

¿Y por qué la cola del perro era rosa?

45

Ethan sonrió y yo le devolví una extraña mueca. No quería que me malinterpretara; seguía enamorada de él. El corazón se me aceleró ante la idea de ser la novia de mi vecino. Él me dio mi primer beso. Mi primer amor. Mi primera vez...

Pero mi familia me necesitaba en esos momentos. Había una maldita bruja acostándose con mi padre a espaldas de su hijo. Byron era un chico increíble, pero jamás en la vida querría tenerlo como hermanastro. No, porque eso significaba tener a su madre como madrastra-brujastra.

Observé los enormes ojos de él, que seguían fijos en los míos. Sonrió cuando me vio inquieta mirando la cola del perro.

—Es de Effie —confesó—. Lleva toda la mañana ladrando, así que imaginé que necesitaba salir un poco del apartamento. ¿Quieres venir y hablamos con más calma?

No tenía tiempo para reconciliaciones.

—Mi padre se está acostando con alguien que no es mi madre.

El rostro del stripper cambió. Su sonrisa se esfumó de inmediato, hasta parecía que le faltaba el aire.

Normal. Ethan lo sabía todo de mi padre. Ellos se hicieron muy amigos y los hombres siempre se apoyaban en todo, se cubrían las espaldas y se protegían.

—Tus padres están divorciados.

Él no vio lo mismo que yo vi cuando llegué a casa.

—Mis padres se siguen queriendo. —La forma en la que él miró a mi madre o la manera coqueta con la que ella sonrió cuando vio aparecer a mi padre... era amor—. Tú sabes quién es, ¿verdad?

—No.

—No mientas, Ethan. —Me crucé de brazos y esperé. Nada. Silencio por su parte—. Llevas estos meses a su lado. Seguro que habrás visto quién pasa esa puerta por las noches.

El perro pequeño meneó la rosada cola y empezó a saltar llamando nuestra atención.

—Trabajo de noche. Te recuerdo que sigo siendo parte de Poom's. Aunque no te lo creas, no hablamos de nuestras vidas privadas. ¿O qué crees? Si así fuera, entonces debería haberle dicho que desvirgué a su pequeña y única hija.

Lo mataría.

Desaparecería del mapa.

Pero seguía mintiendo.

Era muy fácil decirme que la persona que venía por las noches era la bruja. Esa mujer era peor que el hombre del saco. Con la diferencia de que ella atacaba a los hombres y asustaba a las niñas como yo. No me iba a dejar intimidar por ella.

—No tienes tiempo para mí, ¿verdad? —Levanté la barbilla y me encontré con su mirada.

¡Al infierno!

¿A quién quería engañar?

Por mucho que intenté olvidarlo en África, Ethan seguía en mi corazón, acelerándolo como el primer día que me di cuenta de que me había enamorado de él.

—Mi familia está por encima de todo —dije, avergonzada de mis palabras—. Ahora soy yo quien calla y tú miras apenado. Creo que si realmente nos queremos —Ethan entornó los ojos— habrá tiempo para intentarlo. Siempre y cuando no pienses que ya es demasiado tiempo.

—Nunca es demasiado tarde. —Se inclinó hacia delante, dándome un beso cerca de la comisura de mis labios.

Lo vi marcharse, moviendo desesperadamente el brazo porque el perro de la cola rosa se movía por el pasillo.

Al menos me quedé con sus palabras, que me dieron algo de esperanza. Él estaría allí... al menos de momento.

Giré sobre los talones, mirando la puerta de mi hogar. Mis pasos avanzaron un poco cuando, de repente, una voz femenina me detuvo.

—¡Freya! —Sin verla, me la imaginé dando pequeños saltitos con bolsas en las manos. Y, como pensé, acerté—. Qué bien que te encuentro. ¿Tienes dos minutos?

—No. —No se los había dado a Ethan, se los iba a dar a ella—. Tengo algo de prisa. Mi padre me está esperando.

—Solo serán dos minutos, por favor.

Se plantó delante de mí, soltando las bolsas de ropa. La larga melena rubia rosada quedó recogida por sus dedos. Abrió los ojos graciosos y me saludó con un abrazo.

—Tú dirás. —La aparté un poco.

—No quiero que pienses que entre Ethan y yo hay algo. Te considero mi amiga. —Prefería que se callara—. Una vez prometí que me vengaría del daño que supuestamente me hizo él... —dejó su mano descansando en mi brazo—, pero solo estaba bromeando —dijo, acompañando las palabras con una fina carcajada que casi la dejó sin aliento—. ¡Os debo tanto a los dos...!

Fruncí el ceño.

—¿Por qué vives con él?

Quería respuestas.

—Me he metido en problemas.

Apretó los dedos índices y jugueteó con ellos.

—¿Qué problemas?

«¿No podía ser ella algo más concreta?»

—Es que... —sus mejillas se sonrojaron— me da vergüenza.

¿Y luego pretendían que no pensara mal?

Estaba claro que ocultaban algo muy «gordo». ¿Qué problema era ese para que Ethan estuviera involucrado? ¿Y Daniel? Él mismo intentaba fingir que no pasaba nada, cuando estaba claro que lo sabía todo.

¿Qué pasaba? ¿Que habían secuestrado el perro de la cola rosa?

No; eso era demasiado friki hasta para mí.

El sonido de una puerta acabó con nuestra conversación no coherente. Sentí unos labios sobre mi cabeza y una caricia detrás de mi espalda.

—Tengo que irme, cariño —dijo mi padre—. Hay comida en el microondas. ¡Adiós, Effie!

La otra se despidió amablemente.

—¡Papá... —Lo paré—. Tenemos que hablar. Es muy importante.

—Llego tarde al trabajo. Hablamos más tarde.

Sonrió dulcemente mientras se metía en el ascensor.

¿Por qué huía tan pronto? Tenía turno de noche en el hospital.

Tecleé un mensaje al compañero de trabajo de mi padre. Esperaba que llegara pronto una respuesta.

—Si no tienes nada que hacer —alcé la mirada del teléfono móvil hacia Effie—, ¿quieres venir a casa de mi madre? Están celebrando el cumpleaños de mi abuelo.

Podía fingir ser íntima amiga de ella... y sacarle información.

—¿Puede venir Ginger? —pregunté con una enorme sonrisa.

Desde pequeña odié las casitas de la Barbie. Y, en ese momento, estaba delante de una. ¿Por qué les gustaba tanto el rosa? Estaba bien el color, pero sin llegar al exceso. Ginger se aferró a mi brazo, apuntando con una mano el enorme arbusto en forma de caballo que había cerca de la entrada.

Los familiares reían y bebían un ponche... rosado. Se notaba que su patrimonio era muy alto.

Effie salió corriendo para saludar a su madre y nosotras nos quedamos atrás medio asustadas.

—¿Crees que ella te dirá por qué vive con tu novio?

—No es mi novio. —Un camarero nos tendió unas copas de champán—. Si no me dice por qué vive con Ethan, tengo la esperanza de que me confirme que la bruja se reencuentra con mi padre por las noches.

Effie levantó la mano para llamarnos.

Delante de nosotras había un señor medio cansado, rascándose el pelo blanco. Era su abuelo.

—Felicidades, señor. —Sonreí educadamente—. Que cumpla muchos años más.

Me pareció raro que Ginger empezara a reír, a darme pequeños pellizcos en el brazo. Effie, con una sonrisa, me corrigió.

—Es mi abuela.

«¡Mierda! Pensaba que era un hombre por el bigote.»

—L-lo siento mucho. —Le di un codazo a Ginger porque no dejaba de molestarme.

El momento incómodo se rompió con una de las risas de su nieta. Seguimos unas cuantas horas más en la fiesta, observándola con la esperanza de averiguar qué ocultaba. Effie era feliz como siempre y no levantaba sospechas. ¿Y si de verdad ella solo necesitaba ayuda de Ethan? ¿Podía perderlo por no confiar en él?

Al llegar a casa, caminé perezosamente por el pasillo. El teléfono móvil sonó en el bolsillo de mi abrigo. Era un mensaje del compañero de urgencias de mi padre.

Hola, pequeña. La verdad es que tu padre no está en el hospital. Pidió vacaciones. Abrazos.
—S.

¿Vacaciones?

Él me había dicho que trabajaba.

Más mentiras.

Llamé de inmediato a Byron.

—Hola...

—¡Byron! —grité—. ¿Está tu madre en casa?

Lo pensó unos segundos.

—No. Salió esta misma mañana. ¿Por qué...

Colgué sin despedirme.

Las manos me temblaban y no podía respirar.

Primero intentó quitarme a Ethan... y ahora la loca me quitaba a mi padre.

—Freya.

—Ethan, ahora no. —No lo miré.

Hasta que una voz me detuvo.

—¿Qué pasa? —Miré la vocecilla. Era una pequeña niña; escondida detrás de las largas piernas de Ethan. Tiraba del blanco jersey que él llevaba—. Quiero cenar.

Si en ese instante me pinchaban, no me sacaban sangre.

Mi vecino la cogió en brazos.

—Marchando un bol de cereales para mi princesa. —La niña rio por el beso de esquimal que recibió.

—¿E-Ethan? —susurré.

Estaba confundida.

—Entra —me invitó— y te lo explico todo.

46

—¡No! —Sacudió la cabeza, moviendo las dos pequeñas coletas rubias que recogían su cabello—. Esos no me gustan. Mamá me pone de los otros.

Ethan siguió rebuscando en la despensa, en busca de los cereales de colores. Sacó una y otra caja, pero parecía que los Froot Loops no tenían intención de salir. Llenó el tazón rosa con leche y con una sonrisa graciosa le sacó la lengua burlándose de la pequeña.

—No hay. Los Crunch también están buenos.

La pequeña que estaba sentada en el taburete, a mi lado, apartó su supuesta cena con el rostro triste, casi intentando derramar alguna lágrima para dar algo de pena.

—Pero no son de colores.

Estaba muy nerviosa; esa conversación parecía que nunca acabaría. Ethan se agachó detrás de la barra americana en busca de los cereales perdidos y yo me tensé bajo la azulada mirada de la niña rubia. Incluso la forma en la que enarcaba la ceja llegaba a recordarme a él.

Misma mirada, gestos idénticos, mal genio... y a los dos les gustaba ese festival de cereales de colores.

—¿Tú quién eres? —preguntó, apuntándome con la cuchara.

La madre de Byron había dejado de darme miedo... para que ahora una niña de seis años me intimidara.

Tragué saliva antes de contestar.

—Freya.

Ella agrandó los ojos.

—¿Qué Freya? ¡Ethan! —Golpeó sus puñitos—. ¿Quién es Freya?

Ethan se levantó, agitando la caja de cereales que tanto quería la niña. Se inclinó hacia delante para depositar un beso en la coronilla de su cabeza y entreabrió los labios para responderle.

Pero fui más rápida.

—Soy la vecina. —Apunté la puerta de la entrada—. Vivo en el apartamento de enfrente. Soy una amiga de tu... de tu...

¿Qué era Ethan para ella?

—¿De mi hermano? —Sentí un gran alivio al saber que eran familia. De ahí que ambos tuvieran el mismo color de cabello, los ojos tan claros como el cielo, una sonrisa perfecta y que a los dos se les arrugara la nariz al reír—. ¿Y Effie?

—Effie está en casa de sus padres —dijo Ethan—. Quédate ahí. Tengo que hablar con Freya. Estamos junto a la ventana, no te preocupes.

Él pasó por mi lado y, rodeando con el brazo mi cintura, me levantó del taburete para alejarnos de la pequeña. Ni siquiera sabía su nombre. Salvo que era una Evans más.

Quedamos uno delante del otro, mirándonos casi sin pestañear. La atenta mirada de su hermana seguía cada paso tonto que dábamos. Sostenía la cuchara entre sus labios y giraba bruscamente el cuello sin darse cuenta de que podía hacerse daño.

—Soy consciente de que nuestra relación... —Se tomó un tiempo antes de seguir hablando—. Necesito que me ayudes, Freya.

Mis hombros se relajaron.

—¿Qué sucede?

—¿Recuerdas que te dije que económicamente mi familia no estaba en su mejor momento? —Asentí con la cabeza. Ethan era quien se pagaba sus estudios—. La suerte ha llamado a la puerta. Mi madre ha encontrado trabajo. El problema es que durante un mes tengo que cuidar a Marjorie. —La miramos—. No puedo quedarme con ella por las noches. Poom's.

Susurró esto último.

Daniel no podía ayudarlo.

—¿Y Effie? ¿No se puede quedar con ella?

—¿Effie? —Bajó la cabeza para mirar el perro de ella durmiendo sobre el sofá—. No cuida de su perro, va a cuidar a mi hermana... Es una locura.

—¿Por qué no le has dicho a tu madre...

Me detuvo.

—¿Cómo le digo a mi madre que parte del dinero que le doy lo gano bailando casi desnudo sobre un escenario? ¡Me odiaría de por vida! —Se avergonzó al haber gritado tanto—. No sé qué hacer. Pensé que tal vez tú...

«¿Yo?»

—¿Qué?

—Solo serán unas horas. Es una buena niña. —Marjorie me miraba con el ceño fruncido, como si no se fiara de mí—. Cuatro horas, Freya.

Él no lo entendía. Si pensaba que Effie era un desastre, yo era aún peor. Más bien, Ethan me llamaba «caos personal». Los problemas venían a mí como imanes. Y, a los dieciséis años, seguía teniendo una niñera que me quitaba la corteza del pan de molde. ¿Cómo cuidaría a una niña?

Pero noté la desesperación tanto en su mirada como en su voz. Si no lo hacía por él, lo ayudaría por su familia. En el fondo era un gran chico, imbécil, pero con gran corazón. Pocos jóvenes ayudaban a sus padres, y él le daba la mitad de sus ingresos a su madre.

—Está bien —dije, no muy convencida.

Las manos de Ethan quedaron sobre mis hombros. En un rápido movimiento, empujó mi cuerpo hasta acomodarlo contra su pecho. Esa calidez que me daban sus brazos era jodidamente increíble. Cerré los ojos, sintiendo el ritmo de los latidos de su corazón golpeando en mi oído; como una dulce canción de cuna.

—Gracias. Mil gracias. —Besó mi mejilla, acercándose lentamente hasta mis labios.

Había pasado tanto tiempo desde que la calidez de su boca jugaba con la mía que si su hermana no hubiera gritado, mis labios habrían luchado sobre los suyos.

Le quitó la caja de cereales y la volvió a guardar en un lugar más alto. Recogió rápidamente su abrigo y nos dio un beso a cada una antes de marcharse. Al cerrar la puerta, me quedé allí quieta, mirando por si volvía de nuevo.

Los lentos pasos de la pequeña me obligaron a mirar por encima del hombro. Marjorie golpeaba el suelo con sus zapatitos blancos; estaba cruzada de brazos esperando algo.

—¿Qué te apetece hacer? —Sonreí.

—No me gustas. —Movió el dedo de un lado a otro, diciendo que no—. ¿Vas a estar toda la noche ahí parada? ¿O vas a ponerme alguna película de dibujos?

¿Ethan había dicho que era una buena niña?

Porque a mí no me daba esa sensación.

Tenía unos aires angelicales que rápidamente se convertían en los de la mismísima hija del diablo.

Con los labios apretados, sin saber qué decir, me acerqué lentamente para arrodillarme delante de ella y mostrarle lo simpática que podía ser. Yo era torpe, pero también era alegre, divertida y graciosa.

Alguien tocó el timbre de mi puerta. Lo hizo tantas veces que podía escucharlo desde el apartamento de Ethan. Una voz conocida gritó una y otra vez mi nombre.

Aceleré mis pasos con el fin de silenciar sus gritos; los vecinos terminarían por echarnos.

—¿Byron? ¿Qué haces aquí?

Giró sobre los talones.

No era mi tímido Byron. Parecía realmente enfadado.

—Ginger me ha dicho lo que está pasando. ¡Tu padre se acuest...

Mi mano apretó con fuerza su boca, provocando que se tragara cada palabra que a punto estaba de decir sin pensar. Yo no soportaba a su madre... pero los dos pensábamos igual. Stop a la unión de nuestros padres.

Cerré la puerta con un movimiento de cadera. Lo invité a que se sentara y le di un vaso de agua fresca.

—¡Freya! —Marjorie elevó la voz—. Los dibujos animados.

La mirada de Byron se encontró con la mía.

—¿Quién es? —Era tan curioso como yo.

—La hermana pequeña de Ethan. Estará un mes con él. —Busqué algo en el televisor. A las nueve de la noche la animación infantil era pésima—. Tengo que cuidarla.

Él rio por lo bajini.

—Lo siento. Pero ya sabes —nos señaló a ambos con el dedo, tocando nuestro pecho— somos...

—¡El caos en persona! —dijimos a la vez.

Con Byron podía ser yo misma. Cuando pasaba tiempo con Ethan, siempre intentaba parecer perfecta (no conseguía resultados).

—En la habitación de mi hermano hay DVD de Bob Esponja.

Era una gran idea.

Los dejé a solas en el comedor.

Por la risa que se escuchaba desde la habitación, esos dos se estaban llevando bien. Jugueteaban con el perro de Effie, tirándoles de la rosada cola hasta hacerlo enrabiar y ladrar desesperadamente. Me senté en la cama y abrí cajón por cajón. Sobre la mesilla de noche estaba su teléfono móvil.

Lo cogí casi temblorosa.

«Me enviaste un mensaje, y yo lo borré.»

De fondo de pantalla salíamos los dos; sonrientes y abrazados con las mejillas pegadas. Rebusqué en los mensajes, y por suerte seguía ahí. Ethan no lo había borrado.

Soy el imbécil que tiene miedo a decirte te quiero cuando realmente debería gritártelo cada día.
Lo siento, Freya. Te quiero.

El teléfono móvil resbaló de entre mis dedos. No podía creerlo. Me dijo «te quiero» a través de un mensaje de texto. Eso... eso era...

«¿Qué era? —pensé—. ¿Cutre o romántico?»

Lo dejé en su sitio.

Me levanté con una estúpida sonrisa y busqué a Marjorie. Se encontraba tranquila en el sofá, con el perro sobre sus piernas mientras le acariciaba la cabeza.

Mi felicidad se esfumó ante la imagen del televisor. El corazón me latió a mil por hora y solté un grito a la vez que me tiraba para apagar el televisor.

—¡No! —protestó Marjorie.

Byron intentó encenderlo de nuevo, pero lo detuve.

—¿Qué pasa?

—¿Qué pasa? —Tiré de su jersey de rayas—. Eso digo yo, Byron. Le has puesto dibujos guarros.

—Pero si es Peppa Pig.

Marjorie quedó de pie sobre el sofá.

—Peppa... ¿qué? ¡Eran penes rosas! Una familia de penes correteando por el césped. —Me llevé las manos a la cabeza. ¿Se habían vuelto locos?—. Deberían censurarlos.

Esta vez fui yo quien cerró los ojos. Se suponía que tenía que cuidar a la hermana de Ethan y no dejar que viera una orgía en dibujos animados. Guardé el mando del televisor y la cogí para bajarla del sitio donde empezó a saltar.

—Quiero ver Peppa Pig.

Hasta el nombre empezaba por «p».

«P» de poll... —pensé—. ¡No! Freya. Quita esa idea de tu cabeza.

—Vamos a jugar los tres a algo.

Necesitaba que Byron me apoyara. Si Marjorie estaba entretenida, nosotros podríamos hablar de nuestros padres.

—Al escondite —propuso ella—. Con la luz apagada.

Sacudí la cabeza, negándome.

—La luz encendida.

—No.

—Sí.

¿Por qué los niños siempre ganaban?

Chasqueé los dedos ante la idea que se me pasó por la cabeza. Volví a la habitación de Ethan y rompí un envoltorio con los dientes. Estiré el elástico y lo presioné en la pequeña cabeza de la niña.

De esa forma no se perdería.

—¿Freya?

—¿Sí?

— Le has puesto un condón en la cabeza.

La miramos desde todos los ángulos posibles.

—No es un condón normal. —Sonreí—. Es fluorescente. Brilla en la oscuridad.

Byron dejó caer los brazos sorprendido.

—¿Como una espada láser?

Asentí con la cabeza, aguantando las ganas de reír por la ilusión que le hacía a él tener uno.

Las luces se apagaron, y la cabeza iluminada de Marjorie empezó a corretear por el comedor para esconderse. Byron y yo cerramos los ojos y contamos hasta veinte.

El problema fue que al llegar a diez... escuchamos cómo la puerta de la entrada se cerraba.

—¿Marjorie? —pregunté con un nudo en el estómago.

—Creo que se ha ido.

«¡MIERDAAAAAAAAAAAA!»

Miramos de inmediato el pasillo.

—Freya, no está.

Las manos me temblaban. No podía respirar. Todo a mi alrededor empezó a dar vueltas y mi frente se cubrió con pequeñas gotas de sudor.

Me mordí el interior de la mejilla.

—He perdido a la hermana de Ethan en menos de una hora. ¡Me va a matar!

47

—Marjorie... —susurré—. Por favor, deja de jugar y vuelve.

Byron se quedó detrás de mí y acomodó una mano sobre mi hombro para llamar mi atención. Estaba tan asustada que en cualquier momento empezaría a llorar; había una niña pequeña perdida quién sabe dónde. No conocía el barrio y mucho menos sabría volver al bloque de apartamentos.

Tenía que ir en su busca. No quería que le pasara nada malo; la gente mataba o secuestraba con el fin de hacer daño a los demás (el mundo se había vuelto loco). Aparté la mano de Byron y giré sobre los talones para buscar mi abrigo. Lo cogí de inmediato y cerré la puerta de un portazo.

Cualquier otra persona hubiera llamado a Ethan sin dudar, pero yo tenía la necesidad de encontrarla sana y salva. Corrí escaleras abajo sin darme cuenta de que alguien me estaba siguiendo. El tropiezo de unos pies llamó mi atención.

—¿Byron? —Se había caído y se había quedado sentado en los últimos escalones.

Era mi problema y no lo podía involucrar.

—Voy a ir contigo. —Intenté negarme, pero él no me dejó. Se levantó con fuerza y con una sonrisa empezó a acercarse hasta mí—. No pienso dejarte sola. La encontraremos.

¿Por qué su madre no era como él?

Si la bruja al menos tuviera una parte de sentimientos de los que tenía Byron... seguramente dejaría que comenzara un romance con mi padre. Pero ella no era así; algo buscaba.

Cogí la mano que él me tendió y salimos del edificio corriendo. Las calles estaban vacías; los pocos transeúntes que paseaban negaban haber visto a una niña de unos seis años. La desesperación empezaba a acabar con nosotros y sacábamos fuerzas de donde podíamos.

Los pasos aumentaban, el cansancio nos consumía.

—Será mejor que vayamos en coche —propuso Byron.

—No. —Negué con la cabeza—. Lo mejor es separarse. Tú búscala en coche y yo seguiré andando.

No estaba muy convencido.

—Pero puede ser peligros...

—Lo peligroso es que una niña pequeña esté sola en la calle. A mí no me pasará nada malo. —Lo abracé—. Confía en mí.

—No te separes del teléfono móvil. Si alguno de los dos la encontramos —miramos a la vez la batería del móvil—, llamada.

Asentí con la cabeza y nos separamos.

El frío helaba mis mejillas, dejándolas sonrojadas. Mis labios tiritaban y de vez en cuando me refugiaba hasta la nariz dentro del cuello del abrigo.

—¡Marjorie! ¡Marjorie!

«Ni con un condón brillante te encuentro. ¿Dónde estás?»

—¿Evans? Ven aquí. —Silbé, algo que no debí hacer, ya que ella no era un perro—. Te prometo que no estoy enfadada contigo. Solo volvamos a casa, antes de que me dé por suicidarme. ¡Por favor!

La idea de hacerme mayor empezaba a ser una mierda.

Vendito Peter Pan y el País de Nunca Jamás.

Si perdía a Marjorie, tal vez en un futuro pasaría igual con mis hijos. Nadie se casaría conmigo; acabaría rodeada de gatos (aunque seguramente me abandonarían).

Quería ser otra persona, pero por mucho que lo intentara y luchara día tras día, no podía.

Era terrible ver cómo los demás te miraban por encima del hombro por parecer una chica tonta cuando, en realidad, solo era algo torpe y tenía mala suerte. Cuando Ethan se fijó en mí, pensé que todo había cambiado, que los demás me mirarían diferente.

Me equivoqué.

Ethan se fijó en mí por cómo era y no por ser otra persona.

—¡Marjorie!

—Chist. —Escuché de fondo.

Cerca de un callejón, una sombra hacía un extraño sonido.

—¿Marjorie?

—Chist.

Si volvía a hacer «chist» quien acabaría muerto sería él antes que yo.

—¿Quién eres? —Se me hizo un nudo en la garganta. Estaba desesperada, hablaría con cualquier persona.

—Te la vendo.

Enarqué una ceja.

¿Qué me estaba vendiendo? ¿A la hermana de Ethan?

—¿Tienes a... —¡Menudo hijo de puta!

—Tengo de todo.

Pero ¿cuántos niños tenía?

—¡Será cabrón! Pienso llamar a la policía como no me entregues a la niña de inmediato.

Me moví para acercarme hasta el hombre y golpearlo con los puños cerrados, pero una mano me sujetó. Alguien me tomó por la cintura y me levantó del suelo.

—¡Suéltame! Tiene a Marjorie.

—Freya. —Era Byron.

De todos modos, no estábamos a salvo.

—Yo no vendo niños. Vendo anfetaminas, metadona y cannabis.

—¡Cógeme, que lo mato!

Pero Byron terminó por sacarnos a los dos de ahí.

—¿Dónde has dejado el coche?

—En la calle de atrás. Sabes que Poom's está cerca, ¿verdad?

Tenía razón.

A unos metros de nosotros, las enormes letras de Poom's brillaban hasta cegar. Al lado del nuevo «gorila» de la entrada, había un cartel que decía: NOCHE DE HOMBRES.

—¿A qué se refiere con noche de hombres?

Byron lo miró.

—Creo que los strippers de esta noche son mujeres.

—¿Mujeres?

—Sí.

Entonces los chicos no bailaban, y ellos... ¿qué diablos hacían ellos? ¿Mirarlas?

Quería acercarme y comprobar qué estaba pasando dentro. La imagen de Ethan recostado en la barra del bar mirando cómo las mujeres se desnudaban al ritmo de la movida música no me gustaba. A eso se le llamaban celos.

¿El muy maldito me había pedido que cuidara a su hermana para ver a las nuevas strippers de Poom's?

—Quieta. —Me detuvo Byron, tirando del cinturón del abrigo—. A mano derecha. Acaba de salir Ethan.

Nos escondimos en un callejón y, sin dudar, asomé la cabeza para observarlo. Vestía con una camisa blanca y pantalones negros a juego con la pajarita que llevaba alrededor del cuello.

Sacó el teléfono móvil e hizo una llamada.

Mi móvil vibró en el bolsillo.

—¿Sí? —pregunté.

—Freya, soy Ethan. —Lo vi sonreír—. Daniel me ha dejado su teléfono, el mío me lo dejé en casa.

Me quedé embobada mirándolo; estaba tan sexy...

—¿Querías algo?

Byron presionó el dedo índice en mis labios, obligándome a que bajara el tono de voz.

—Hablar con mi hermana. Quiero dar las buenas noches a la princesa.

—Está durmiendo.

—¿Tan pronto?

—S-sí. —¿Me había descubierto?

—Gracias por estar con ella.

Cuando se enterara de que la había perdido, me odiaría.

—Freya —levantó la cabeza, mirando el oscuro cielo—, quiero que sepas que desde que te marchaste —hizo una pausa— estuve muy perdido sin ti. A tu lado las cosas son mucho mejor. Te quiero.

Los dedos me temblaron.

¿Cómo podía decirle que yo también le quería si le ocultaba cosas?

—Será mejor que hablemos luego. —Rio—. Estoy deseando volver a casa.

Colgó la llamada, dándose cuenta de que mi voz se había apagado.

Byron me convenció de volver al apartamento y, desde ahí, llamar a la policía. Marjorie llevaba horas perdidas y el tiempo no estaba de nuestra parte.

—Ethan volverá en cualquier momento, hay que llamar.

Limpié mis lágrimas y no fui capaz de levantarme del sofá.

—No puedo. ¿Qué les diré? ¿Qué le diré a él?

Se dejó caer al otro lado del sofá.

—Tú no tienes la culpa.

—Claro que sí. —Su mirada no se desvió, seguía mirándome con esos ojos azules—. Nadie me aguanta, ni siquiera mi padre.

Sacudió la cabeza, negando una y otra vez.

—Lo que está pasando con nuestros padres... —le costó decir— es problema de ellos. Nosotros no podemos hacer nada.

Él cogió el muñeco de Marjorie.

—Serías un gran hermano, Byron.

Suspiró.

—Entonces tengo que aprender muchas cosas para ser un buen hermano mayor.

Mi cabeza cayó sobre su hombro, y sentí cómo la suya se acomodaba sobre la mía. Dejamos que pasaran un par de horas, ya que elegí la opción de no mentir y contarlo todo.

Cuando el sonido de las llaves sonó detrás de la puerta, me levanté esperando que el stripper estuviera de buen humor.

Se quedó plantado, sorprendido al ver a Byron allí.

—¡Ethan! —Corrí para abrazarlo.

Él envolvió mi cintura con su brazo, y miró por encima en busca de su hermana.

—¿Y Marjorie?

Tragué saliva.

—Ella... Ella —no podía decirlo.

—¿Qué está pasando, Freya?

Las piernas me temblaban y parecía que de un momento a otro me desmayaría.

—Ella...

—¡Hermanito! —Escuchamos detrás—. ¿Ya has vuelto?

Ethan me soltó para coger a su hermana. La rubia apareció rascándose un ojo con el puño, saliendo de la habitación de Daniel.

—¿Te has vuelto a quedar dormida debajo de la cama?

—Sí. —Sonrió, pasando sus cortos brazos alrededor del cuello de Ethan—. Quiero dormir un poco más.

—Vamos a la cama, princesa.

Los hermanos Evans abandonaron el comedor y allí me quedé yo, en shock. Byron se levantó del sofá y bajó su pálido rostro para no mirarme.

—Dime que miraste debajo de la cama.

—No.

—Pero ella abrió la puerta —recordé ese momento perfectamente.

—Sí. ¿Y si lo hizo para esconderse?

«¡Maldita niña del demonio!»

Golpeé la puerta de su habitación con los nudillos. La voz de Ethan me invitó a entrar y no lo dudé. Se encontraba tumbado en la cama, con su hermana abrazada al cuello. Tiró las sábanas a un lado, invitándome a que me acomodara junto a ellos. Marjorie dormía.

—Lo mejor será que me vaya.

—Tonterías —dijo, guiñándome un ojo—. Byron puede dormir en el sofá, y tú aquí, a mi lado.

Me tumbé al otro lado con cuidado. Al dejar la cabeza sobre la almohada, el brazo derecho de la pequeña descansó sobre mi pecho.

—Me ha confesado que eres mejor niñera que Effie.

—¿En serio?

Asintió con la cabeza y le dio un beso a la niña en la cabeza. Estábamos los tres tumbados en la cama... casi como una familia.

—Podría acostumbrarme a esto —soltó Ethan.

«¿A qué?»

No dije nada y dejé que el sueño me venciera.

Byron se revolvió su alborotado cabello.

—¡Qué asco de sofá! He dormido muy mal.

Marjorie apartó los labios de su tostada.

—Está prohibido decir esa palabra en casa.

—Perdona, señorita. —Bostezó Byron—. Le he tenido que hacer el desayuno. Mejor dicho, me ha obligado.

Ethan seguía durmiendo.

—Tenemos cosas que hacer. —Ambos habíamos llegado al acuerdo de seguir a nuestros padres—. Le diré a Ethan que nos vamos. Vuelvo enseguida.

Abrí la puerta y lo primero que busqué fue su cuerpo. No estaba tumbado en la cama, más bien estaba esperándome enfrente de la famosa ventana.

—Buenos día... —no terminé de saludarlo.

Mis zapatos dejaron de tocar el suelo, porque Ethan me obligó a rodear su cintura con mis piernas. Golpeó mi espalda contra la pared y me tragué un grito por el beso que me dio. Noté su lengua, luchando por acariciar la mía.

—Byron. Tu hermana...

Cerró la puerta de la habitación.

—Ya está. —Su lengua barrió la curva de mi cuello. Me miró con sus preciosos ojos y volvió a besarme—. Ahora nadie nos podrá escuchar. No aguanto un minuto más sin ti, Freya.

El karma estaba jugando de una forma que ni yo misma entendía.

«¿Papá o Ethan? —pensé—. ¿Qué hago?»

48

Ethan volvió a inclinarse para besarme. Su tibia lengua acarició la mía. Todas mis preocupaciones, los pensamientos fuera de lugar y las estupideces que rondaban por mi cabeza... se esfumaron. Envolví con mis brazos su cuello, estirando los dedos todo lo posible para tocar su corto cabello. Parecía que el beso nunca tendría fin.

Una de sus manos se apoderó de mi cadera. Jugueteó con la tela de la camiseta, levantándola con la única intención de colar sus cálidos dedos y tocar mi piel.

Ladeé la cabeza para tener un mejor acceso a su boca. Mis labios se estiraron, formando una sonrisa. Ethan quería avanzar por la habitación, pero unos golpes en la puerta nos detuvieron.

—¿Hermanito?

Volví a tocar sin ningún problema el suelo.

Ethan acomodó la barbilla sobre mi cabeza. Estaba nervioso, necesitaba calmarse y no parecer desesperado.

—¿Qué quieres, princesa?

—Entrar.

Nos miramos unos segundos.

—Es tu hermana. Deja que entre. —Le guiñé un ojo.

A Ethan no le gustó la idea.

—Quieres librarte de mí.

Sacudí la cabeza negándome por completo.

—Tengo cosas que hacer. —Crucé los brazos y le devolví la sonrisa con la que me recibió cuando entré en la habitación—. Si no hemos podido seguir... será por algo, ¿no?

—Freya... —Él y su tono de autoridad.

Pegué mis manos en su firme pecho y lo empujé bien lejos de mí para poder abrir la puerta. La pequeña Marjorie nos miró de arriba abajo. Dejó caer los brazos con los que sujetaba un muñeco rosa cuando Ethan se sentó en la cama.

Él la miró, y alzando el brazo, le quitó su peluche favorito.

—Quiero ir al parque. —Le golpeó en el brazo.

—Y yo quiero dormir. —Se apartó.

Intenté salir sin llamar su atención.

Pero los dos me siguieron.

—¿Freya?

«No. No. No.»

—¿Sí?

—¿Puedes llevarte a mi hermana?

¿Cómo le dices al chico que te gusta que matarías a su hermana sin dudar?

Daniel nos interrumpió.

Tragué saliva cuando lo vi alzando algo que me era muy familiar.

—¿Alguien me puede decir por qué hay un condón debajo de mi cama?

Marjorie alzó el brazo y, antes de que dijera algo, tapé sus pequeños labios con la palma de mi mano. De reojo, y con temor, me encontré con la azulada mirada de Ethan. Eran de él, así que sabía que alguno de nosotros lo habíamos puesto ahí debajo, bajo la cama de Daniel.

Byron aguantó las ganas de reír y avanzó casi corriendo hasta la puerta.

—¿Sabes qué? —Ethan no podía ni pestañear; estaba en shock—. Me llevo a tu hermana. Volveremos al mediodía.

La cogí del brazo, tirando de ella para salir corriendo.

—¡Freya! —Ethan quería detenerme.

—¡Luego hablamos! —grité más fuerte cuando salí por la puerta de su apartamento.

—Ahí está tu madre. —Apunté con el dedo.

Adiós educación.

Nos escondimos los tres detrás de un pequeño coche que había aparcado. Byron y yo miramos a través del cristal, mientras que Marjorie se entretenía comiendo las golosinas que le habíamos comprado.

Débora, la bruja, salió del hotel más caro arreglándose el cabello. Se despidió de uno de los empleados y con una amplia sonrisa se detuvo en medio de la calle para pintarse los labios. Parecía que estaba esperando a que un taxi la recogiera.

Me levanté de mi escondite, olvidándome de que ella podía verme. «Puta. Puta. Putaaa.»

—Espero que tu padre sea un caballero —dijo de repente.

Miré a Byron.

—Mi padre es un hombre de los pies a la cabeza. Todo esto es por culpa de tu madre —habíamos comenzado una discusión—. Ella se ha metido en medio de la reconciliación de mis padres.

—Eso no es cierto.

Abrí la mano, casi a punto de abofetear a Byron, el único amigo que tenía a mi lado para ayudarme a afrontar el gran problema que estaba viviendo. Ni siquiera Ethan fue capaz de confesarme la verdad. Y ahí estaba, haciendo de niñera de su hermana pequeña.

—Freya, esto es una locura.

—Sí, tienes razón. —Nosotros no teníamos la culpa de que ellos dos estuvieran juntos—. Pero tenemos que hacer algo.

—Aún no los hemos visto juntos.

Eso era cierto.

—¿Qué propones? —pregunté.

Marjorie cogió mi mano; el pequeño diablo había cambiado de actitud en menos de veinticuatro horas. La miré con una sonrisa y ella hizo lo mismo.

—Voy a entrar en el hotel. Seguramente tu padre está durmiendo y puede que lo pille. —Miró el reloj de su teléfono móvil—. Tú sigue a mi madre.

¿Mi padre durmiendo?

Imposible.

Incluso con una amante de por medio, él se levantaba a las seis de la mañana para correr por el parque.

No dije nada, porque el plan de Byron parecía demasiado bueno a diferencia del mío.

«Creo que atropellar a la bruja no es buena idea», pensé.

Cogí a Marjorie en brazos y, cuando las pequeñas piernas de la hermana de Ethan quedaron alrededor de mi cintura, me despedí de Byron. Su madre estaba a unos metros de nosotros. Al final no cogió un taxi. Crucé hasta la calle de enfrente y me moví al mismo ritmo que ella. El problema es que la pequeña empezaba a pesar y el camino era cada vez más dificultoso.

—¿Quieres bajar, Marjorie?

Sacudió la cabeza.

—Por favor... —supliqué—. Te compro un globo.

Es lo primero que dije cuando vi a un hombre paseando con el brazo bien alto tirando de una gran cantidad de globos.

—¡El de Peppa Pig! —gritó.

Ella lo vio flotando.

Sacudí la cabeza.

—Ese es feo. Otro.

—¡No! —No dejaba de gritar, de removerse entre mis brazos.

La trenza mal hecha con que la había peinado Ethan golpeó mi mejilla.

Al levantar la cabeza, la bruja ya no estaba cerca.

—¡Mierda! —exclamé.

—Esa palabra está prohibida. —Marjorie apretó mi nariz con sus dedos.

—¿Dónde está? —No la encontraba—. La he perdido.

Marjorie señaló a alguien.

Me moví casi asustada, esperándome lo peor. Y, por supuesto, que era horrible ver a quien tenía a mis espaldas. La madre de Byron se cruzó de brazos y, con una ceja bien alzada, se acercó hasta nosotras.

—Si eres tú... —dijo asqueada—. ¡Cuánto tiempo!

Apreté los labios.

—Cruella de Vil.

—¿Qué haces siguiéndome?

Se había dado cuenta.

—No te estoy siguiendo. Solo dábamos una vuelta.

La pequeña Evans asintió con la cabeza.

De repente los dedos de esa mujer tiraron de mi camiseta, acercándome a ella. Me estiró con tanta fuerza que estuve a punto de perder el equilibrio con la niña.

—Estoy cansada de ti, Feya.

—Es Freya —corregí.

—¡Qué más da, Fea o Freya! —Arrugó la frente—. ¿Crees que vas a arruinar mi vida? No. Voy a ser tu peor pesadilla.

Sí que estaba con mi padre.

Lo estaba confirmando.

Estaba tan enfadada que le di un consejo.

—Te falta bótox en la frente.

Ella me movió, y estiró el brazo para pegarme delante de la hermana de Ethan. Cerré los ojos y...

—¡Bruja fea! —Marjorie escondió su rostro en la curva de mi cuello—. Me da miedo, Freya. Quiero volver a casa.

Aguanté las ganas de reír.

—¡Yo no soy fea!

—Pero fea, fea. —Di unos pasos hacia atrás—. No voy a dejar que estés con mi padre. ¿Entendido?

Y la dejé allí, tocándose las mejillas y mirándose a través del espejo. Cuando Byron llegó, confirmó que no había visto a mi padre ni a ningún hombre. La búsqueda había sido un desastre y no la seguimos porque Marjorie estaba cansada.

Volvimos a casa. Ethan nos estaba esperando. Vio cómo su hermana se tumbaba en el sofá y se acercó hasta mí para alzar mi rostro y acariciarme las mejillas.

—Pareces preocupada.

—Lo estoy —dije.

—¿Qué pasa, Freya? ¿De nuevo tu padre?

¿Por qué él no me entendía?

—Ha estado mintiéndome todo este tiempo. Ni siquiera me dijo que se había cogido unos días libres en el hospital. —Bajé la cabeza—. Débora es una mala mujer. No puedo pensar en otra cosa, si sé que ella está con él.

Ethan me sacó de su apartamento y cerró la puerta.

—Tu padre no está con la madre de Byron.

—Deja de mentir, Ethan.

Sacudió la cabeza.

—No te he dicho nada —parecía decepcionado— porque no quería verte sufrir. Pero verte tan triste, con lágrimas en los ojos —suspiró—, me mata. La amante de tu padre está en estos momentos en tu casa.

¿Esa mujer estaba a unos metros de mí?

Me aparté de su lado y, con la mano temblorosa, metí la llave.

—Freya —lo miré—, perdóname.

Lo ignoré, y cuando abrí la puerta, mi mundo se vino abajo.

Mi cuerpo se movió, buscando un lugar para apoyarme. Me mareé porque estaba viendo a esa mujer besando a mi padre, como si no le importara lo que pudiera pensar.

Cogí aire y grité:

—¡Effie!

«Maldita zorra —pensé—. ¿Qué clase de amiga se tiraba a mi padre?»

49

«Mantuve la mirada a esos dos amantes que jugaron a verse a escondidas de los demás (aunque en realidad, la única que no se dio cuenta terminé siendo yo). Miré por encima del hombro. Ethan retrocedió unos pasos, encogiéndose de hombros y tocándose el puente de la nariz, como cuando estaba preocupado.

Effie, con esa amplia sonrisa que siempre lucía al verme, estiró el brazo para saludarme. Gruñí; esa chica era capaz de fingir ser mi amiga cuando a mis espaldas estaba con mi padre.

—¡Zorraaaaaa! —grité, sin importarme que mi padre estuviera delante.

—Freya, tienes que escucharme —dijo, atrapando uno de los rizos rosados que le caían sobre el hombro. Apartó cariñosamente al hombre de su lado e intentó coger mi mano—. Por favor...

No podía seguir por ese camino, no cuando mis pequeños dientes estaban dispuestos a atacar como un animal salvaje.

La paré a tiempo.

—¿Qué clase de amiga eres? —Aunque yo nunca la vi como una amiga—. ¿Es tu forma de vengarte?

—¿Vengarme?

Effie parecía confusa.

Solté un grito de guerra y corrí velozmente hasta tirarme sobre ella. Que fuera un par de centímetros más alta que yo (gracias a sus zapatos de tacón) no fue un impedimento para derrumbarla contra el suelo.

Ethan y papá intentaron separarme de la rubia que gritaba desesperadamente. Mis dedos quedaron cubiertos de sangre y alcé una vez más los brazos al tiempo que cantaba una canción de victoria.

Entre las palmas de mis manos, sus enormes pechos de plástico adornaron mi pálida piel.

Adiós, tetas de silicona.

Hola, maldita perra.

—Ja, ja, ja —me reí exageradamente, tirando esa asquerosidad que arranqué de un cuerpo plastificado de Barbie.

—Freya —escuché—. Cariño, ¿estás bien?

Sacudí la cabeza, dándome cuenta de que había soñado algo que deseaba con todas mis fuerzas. Mi padre alzó mi rostro; parecía preocupado, asustado.

Di unos pasos hacia atrás y me acomodé en el duro y confortable pecho de Ethan. Él acunó mis mejillas, acariciándolas para que dejara de temblar.

Estaba furiosa con todos ellos, pero él impidió que mis piernas me jugaran una mala pasada.

—N-no...

Era imposible.

¿Ellos dos juntos?

Moví la cabeza de un lado a otro, negándome rotundamente a que una chica de veinticuatro años estuviera con un hombre que dejó los cuarenta hace mucho.

Y luego estaba mi madre; ella seguía sintiendo algo por él... y todo eso para nada.

Tampoco era el momento de gritar y tirarme al suelo mientras me estiraba del cabello. Tenía que empezar a comportarme como una adulta (o al menos intentarlo). Clavé mi mirada en la de mi padre y, decepcionada, hablé.

—Seré breve, papá. —Pasé por su lado y Effie se apartó de inmediato—. Si escogí vivir contigo fue por pensar que tú me necesitabas más que mamá. —Ellos seguían juntos, delante de mis ojos—. Me equivoqué. Cometí un gran error.

—No lo entiendes... —comenzó.

—Lo entiendo todo. —Alcé los hombros—. Tú tienes a tu amante y yo no pienso estar aquí para encubrirte delante de mamá. Cogeré mis cosas y me marcharé en este mismo instante. Que no hayas confiado en mí —mi corazón estaba destrozado— me ha dolido, papá. Yo era tu hija...

Qué estupidez seguir.

Callé y me dirigí a mi habitación. Cogí la maleta con un par de cosas y pasé por delante de ellos de nuevo. Todos permanecieron atentos a mis movimientos, esperando que no fuera capaz de hacer lo que me había propuesto.

—¡Espera! —gritó.

—Soy mayor de edad. —Agradecí que Ethan me abriera la puerta—. Me has decepcionado, John.

Cerré la puerta, pasando por delante de Ethan y escapando también de él.

—¿Adónde vas?

Una lágrima paseó por mi mejilla.

Era doloroso ver que el chico del que estabas enamorada era capaz de ocultarte algo tan importante para ti.

—Quiero estar sola. —Tiré de la maleta, que me estaba dando algunos problemas—. Al parecer hay una única persona que no me mentiría.

Toqué el timbre repetidas veces.

El dorado cabello de Byron quedó sobre sus azulados ojos al abrir la puerta. Se lo revolvió desordenándolo y, al verme, abrió sus finos labios dejando a la luz esos llamativos metales que cubrían su sonrisa.

—Freya.

—¿Me das un abrazo?

Sonrió tiernamente.

Sus dedos quedaron aferrados al jersey que llevaba y tiró de él hasta pegarme sobre su delgado cuerpo.

—Voy a darte más que eso. —Alcé el rostro, encontrándome con una divertida sonrisa—. Voy a hacer que rías, chica chicle.

Parte del flequillo que ocultaba mi mejilla quedó detrás de mi oreja por los rápidos dedos de Byron.

Por suerte, como de costumbre, la bruja había salido, así que fue más fácil aceptar su invitación. Quedamos en el comedor, sentados en el enorme sofá blanco marfil que tenían. Le conté todo lo de Effie y mi padre, y vi alguna sonrisa asomando en su rostro.

El problema es que su madre seguía ocultando a su amante, y podía ser cualquier hombre.

—Effie está buena... ¡Ayyy! —Le golpeé con un cojín—. Aunque no lo justifica.

—Mi padre ha tocado fondo con ella. La idea de imaginarme a Effie como madrastra —temblé— me da miedo. No quiero vivir en un mundo rosa. ¡No pueden estar juntos!

—A lo mejor solo es sexo.

Enarqué una ceja.

—¿Te has dado cuenta de que hablas igual que Ginger?

—Ginger es más de folleteo —respondió mientras negaba con la cabeza.

Ahí tenía razón.

Crucé las piernas y le di un sorbo al refresco que nos habían traído.

—¿Cómo se lo voy a decir a mi madre?

—No se lo digas.

—Eso es cruel, Byron. —Me callé al escuchar el timbre de la entrada—. Tengo que llamarla y contárselo todo.

Él se levantó al darse cuenta de que Rosita, la empleada del hogar, lo llamaba.

—¿Quién es? —preguntó.

Dos mujeres, con largas faldas, se asomaron. Con una tímida sonrisa, le tendieron unos llamativos folletos. Me quedé arrodillada sobre el sofá, observándolo todo.

—Pertenecemos a la congregación de Las hijas de Abraham. Queremos hablarte de...

Byron y yo nos miramos.

¿De quién hablaban?

—¿Abraham? —repetí dudosa.

—Sí. Él lo sabe todo.

—¿Todo... todo? —Di un salto, levantándome. Estaban diciendo algo que nos podía interesar—. ¿Hasta lo que hace mi padre?

Asintieron con la cabeza.

—Nuestro Señor... —Las cortamos.

—¿Señor? ¿Es un tipo de la mafia?

La mirada de Byron brilló, al igual que la mía.

Al contrario de las mujeres, que tragaron saliva.

—¿M-m-m-m-mafia?

—Esos hombres que matan por dinero. —Era lógico—. La verdad es que nos gustaría que nos hiciera un graaaaaan favor. Verá...

—¡Nuestro Señor no es un asesino! Es justo. Perdona incluso a los pecadores.

¿Pecadores?

—Creo que forman parte de alguna religión —me susurró Byron en el oído.

Me mordí el interior de la mejilla, dándome cuenta de que había metido la pata.

—¡Maleducados! —nos gritaron.

No habíamos hecho nada malo.

—Como diría Ginger... —susurré.

Byron acabó la frase:

—Les hace falta echar un buen polvo.

Me crucé de brazos y di vueltas como un conejo mareado. No quería volver a casa de mi madre y mucho menos al apartamento de mi padre. Seguramente Effie ya estaría «viviendo» con él.

Golpeé el suelo.

—He tenido una idea —dijo Byron deteniéndome—. Cerca del centro, al lado de mi universidad, tengo un apartamento. Si quieres puedo dejarte las llaves para que pases unos días allí.

¿Yo sola?

La idea de independizarme unos días no me molestaba.

—Pensaba que a veces vivías allí.

—No, es pequeño. —Miró a su alrededor—. Aquí tengo unas comodidades que allí es imposible. No es gran cosa, pero —buscó las llaves y me las tendió— puedes estar todo el tiempo que quieras.

—¿Lo dices en serio?

—Sí.

Salté, dándole un fuerte abrazo.

De nuevo me había salvado.

—Gracias. Gracias. Gracias. —Besé su mejilla.

Byron rio entrecortadamente y me apartó de su lado al tiempo que presionaba un dedo sobre mi frente.

—Deberías avisar a Ethan.

«Stripper maldito.»

—Me ha fallado. —Aparté la mirada—. De nuevo.

—Freya —dijo—, seguramente no quería verte triste. Te conoce y sabe que sufrirías.

¿Lo estaba apoyando?

—No...

—Deja de huir de él.

—No pienso irme a África. —Ladeé la cabeza—. Pero creo que lo mejor es que nos demos un tiempo para pensar.

Aunque nunca habíamos sido oficialmente novios.

—Lo único que admiro de él —aguantó las ganas de reír— es que nunca se da por vencido cuando se trata de ti.

Asentí con la cabeza, esperando que las palabras de Byron no llegaran a mi corazón.

Una vez más, agradecí el gran detalle que tuvo conmigo y cogí un autobús en dirección al centro.

No esperaba gran cosa, y menos cuando él había afirmado que era un apartamento pequeño.

La puerta quedó abierta.

—¡Joder! —grité—. Esto es enorme. Es cuatro veces la casa de mi madre.

No había muebles, pero el comedor estaba bien iluminado gracias a los enormes ventanales que tenía. En una esquina, una barra de bar decoraba el apartamento del estudiante.

Había alcohol para rato.

Alcé unas cuantas botellas.

—Cosecha de 1875. —Saqué la lengua—. Caducado.

Las fechas siguieron siendo más antiguas. Abandoné las botellas de vino para sentarme un rato en el suelo.

Las horas pasaron y pasaron hasta que el cielo oscureció.

Estar sola no era de mi agrado. Temblé ante el sonido que sonó detrás de mí. Me levanté de inmediato, ahogando un grito.

—¿Hay alguien?

«¡Estúpida!»

«¿Por qué?»

«Porque si hay un violador no te va a avisar.»

Tragué saliva.

—¡Socorrooooooooo!

La maleta se quedó tirada en el suelo y corrí en dirección a la puerta. Al abrir, un hombre alto, con una gorra que ocultaba su cabeza me impedía el paso.

«Mierda.»

—¡No me violes!

Él se quitó la gorra beisbolera.

—¿Qué? —Intentó tranquilizarme—. Freya, ¿qué te pasa? Estás temblando.

—E-Ethan.

Pasé los brazos alrededor de su cuello y me colgué.

—Estás aquí. —No lo miré, pero seguí pegada a él—. Sigo enfadada contigo. No sé si golpearte, gritarte, tirarte del pelo o morderte la mejilla.

Alzó mi rostro, consiguiendo que me perdiera en su azulada mirada.

—Ódiame, no me hables —acercó su boca a la mía—, pero nunca más te vuelvas a ir de mi lado.

La presión de sus carnosos labios me hizo temblar.

Jadeé.

«Sexo aquí no —pensé—. Pero... a lo mejor es hora de aprovecharse del stripper.»

50

—Para estar enfadada conmigo vas muy rápido. —No dije nada, seguí tirando de la fina camiseta interior que llevaba. Una camiseta sin mangas que dejaba al descubierto sus fuertes brazos—. ¿Crees que me dejarás tener el control en algún momento?

Sacudí la cabeza de inmediato.

Una sonrisa iluminó mi rostro.

De una manera graciosa, tiré de las mangas de mi jersey y empecé a quitármelo sin su ayuda. Hasta que en un momento dado Ethan cogió mis muñecas y las dejó detrás de mi espalda.

—Si me detienes —lo amenacé—, me voy.

—Estás temblando, enana. —Atrapó con sus blancos dientes el lóbulo de mi oreja—. ¿Irte? Estás ardiendo tanto que me quemas.

Reí.

—Las manos, Ethan. —Moví acompasadamente las caderas consiguiendo que gimiera. Me mantuve sentada sobre él, con las piernas cruzadas detrás de su estrecha cintura—. Puede que mi piel queme... —le reté, y di un brinco sobre su cuerpo— pero tú estás más duro que una roca.

Las cejas del stripper se alzaron; estaba tan o más sorprendido que yo. Soltó mis manos con una sonrisa traviesa y observó todos los movimientos que hice. Nuestras prendas de ropa quedaron a un lado de nuestros cuerpos y en muy poco tiempo la ropa interior seguiría el mismo camino.

Mirándolo bien, tenía razón; mis dedos temblaban al pasear por su duro abdomen. Jugueteé con el elástico negro de su bóxer, agrandando las letras de Emporio Armani.

—No hay ningún día que no haya pensado en ti...

—¿Condón? —corté sus palabras.

Soltó una carcajada y señaló el pantalón de los vaqueros.

—¿Cómo...

—Tenía la esperanza de que nos reconciliaríamos. —Él apoyó la cabeza sobre mi pecho y cerré los ojos cuando su húmeda lengua acarició mi piel—. Solo un veinticinco por ciento.

—¿Y el setenta y cinco restante?

Pasé la mano por detrás de su nuca, atrayéndolo más a mí cuando casi era imposible.

—Estaba seguro de que me cerrarías la puerta.

—Y debería... —No acabé.

—Pero no has podido, Freya.

Esos ojos claros que me dejaban sin respiración se encontraron con los míos. Por mucho que intentara ser una mujer en el cuerpo de una chica de dieciocho años... mis intentos fallaban. Seguía asustada como la primera vez que me entregué a él. Solo que con menos miedo.

«No habrá "te quiero", Ethan.»

Sonreí temerosa por pensar que él podría haber escuchado mi pensamiento.

Pero, de repente, gemí al notar cómo las fuertes manos de Ethan me alzaban de su cuerpo y me tendían sobre el suelo. Antes de que mi piel tocara la helada superficie, dejó su camiseta debajo de mí (algo que llegué a agradecer). Me ayudó a pegar mis muslos contra su cuerpo, y reí.

Quise lamer mis dedos para que Ethan perdiera un poco más la cabeza, pero fue él quien me volvió loca en el momento en que jugó con mi ropa interior y acabó desnudando mi sexo.

—¿Esa es tu forma de desnudarme?

Ignoré las prisas de Ethan.

Sus dientes rompieron el envoltorio del preservativo.

—Si sigues hablando —bufó— harás que me corra antes de tiempo.

Tiré de su cabello, acercando su cabeza.

—¿Ahora te excito?

—Siempre me has excitado. —Su mano bajó por mis muslos.

Mis manos se acomodaron sobre sus hombros.

—No vas a ganarte mi corazón de esa manera, Ethan.

Se inclinó hacia delante con una sonrisa que no me gustó.

Levantó el sostén que llevaba y acurrucó uno de mis pechos en su enorme mano.

—Ahora puedo ganarme otras cosas —dijo, dirigiéndose velozmente hasta capturar uno de mis pezones.

«¿Me está vacilando?»

—¿Te estás riendo de mis tetas? —Lo aparté de mis pechos.

Sacudió la cabeza desesperadamente.

—Freya —me besó—, cariño, estoy intentando hacerte el amor. No es el momento para discutir.

¿El odio no combinaba con el sexo?

Entreabrió mis muslos, y dejé que su endurecido pene se enterrara en mi interior. Clavé con fuerza las uñas alrededor de su brazo y arqueé la espalda al notar su dureza entrando y saliendo de mí. Agradecí (incluso con lo furiosa que estaba con él) que siguiera excitándome de la forma en que lo hacía; humedeciéndome para facilitar la penetración.

Respiré con normalidad al adaptarme a sus movimientos. En todo momento pensé que él seguiría moviéndose salvajemente hasta buscar el clímax, pero al verme jadear, sudar y suplicar por más... se pegó junto a mí, bajando el ritmo. Alzó mi trasero con la mano y apartó el cabello de mi frente en el momento en que quedé sentada sobre él.

—No vuelvas a huir.

Jadeé.

Sus dedos se enredaron en mi cabello.

Puse mis manos sobre sus anchos hombros, facilitándome los empujones que di.

—Aunque escape, siempre acabo contigo, Ethan.

Mordí con fuerza su labio inferior.

Ethan gruñó e igualó sus embestidas con las mías. Al notar mi cuerpo vibrar, dejé mis labios pegados en la curva de su cuello. No tardó en correrse. Acabó rendido sobre mí y acomodó sus brazos bajo mi espalda mientras dibujaba corazones en mi piel.

Nos tumbó a los dos en el suelo y tocó mi corazón, sintiendo los acelerados latidos.

—Vayamos en serio.

Bostecé.

Me sentía cansada.

Tampoco era el momento de bromear.

—Ethan...

—Quiero ir en serio contigo, Freya.

Entrelazó sus dedos con los míos.

Un suspiro salió de mis labios.

Ninguno de los dos dijo nada más. En ningún momento se apartó de mi lado y colocó mi cabeza sobre su pecho. Me quedé dormida junto a Ethan, abrazados.

¡Clase! No llegues tarde. Te estoy esperando.

Respondí.

Allí estaré. Llevo meses sin ir al instituto.

Estiré las piernas al apagar el teléfono.

Ethan seguía durmiendo. Estaba desnudo y sonreía por algún extraño sueño que estaba viviendo. Mantenía la cabeza sobre su brazo y cubría su cintura con los pantalones que se había quitado.

Una vez vestida cogí la pequeña cartera de clase que había guardado en la maleta. La dejé allí tirada, y antes de irme, le di un beso en los labios a mi stripper.

—La venganza es dulce, cariño —solté, guardando toda su ropa entre mis libros—. Nos vemos pronto.

Salí del apartamento de Byron con el bóxer de Ethan asomándose por un hueco de la cartera.

«A ver cómo vuelves a casa ahora... —Saqué la lengua—. ¡Desnudo!»

51

—¡Ginger! —Alcé la voz al quedar más cerca de ella. Su mano se elevó y golpeó graciosa mi hombro. La cartera que llevaba (llena con la ropa de Ethan y un par de libros) se escurrió por el brazo hasta caer al suelo—. ¿He llegado pronto?

Soltó una risa.

Parecía todo un milagro.

—Más o menos —dijo, recolocándose las gafas rojas de pasta que llevaba—. Unos cinco o seis meses de retraso. Pero todo bien, zorrita.

Descaradamente le saqué la lengua.

Ginger rodeó mi brazo con el suyo y caminamos por el pasillo con una enorme sonrisa. No dejábamos de hablar, de ignorar a todo aquel que nos saludaba amablemente. Era extraño volver al instituto... ya que desde el año pasado no lo había pisado. Apunté con el dedo la clase de química avanzada y detuve los pasos de mi amiga.

Ella movió salvajemente las trenzas que recogían su rizada melena.

Buscamos una buena mesa, y sin dudarlo, la ocupamos nosotras dos. Ginger me tendió un chicle de fresa (algo que me hizo recordar a Byron), lo acepté y asentí con la cabeza a todo lo que ella soltaba.

La profesora Rachelle entró, provocando el silencio en el aula. Cerca de mí solo se podía escuchar la risita de la loca que tenía al lado.

—¿Qué pasa? —Enarqué una ceja.

No respondió.

Dibujó algo en mi cuaderno.

A Ginger no se le daba muy bien dibujar. Lo único que entendí en los garabatos era un cohete.

¿Por qué un cohete?

—En África... —susurró. No lo entendí—. Ya sabes. —Movió la mano como si fuera de lo más obvio—. Vamos. —Quería pincharme con el afilado lápiz. Me aparté de su lado—. ¡¿Cómo tienen el pene allí?!

Había gritado tan fuerte que la señorita Rachelle soltó un grito asustada. Golpeó una y otra vez la pizarra con la funda de sus gafas de leer y nos apuntó con una tiza para que nos calláramos.

—¿Estás loca? —Bajé el volumen—. No he ido a África a ver penes.

—¿No tienes curiosidad?

Ginger cada vez estaba peor.

—¿Por qué iba a sentir curiosidad? —Rayé el «cohete» que tenía pintado en la libreta.

Ella alzó los hombros.

—Solo te has acostado con Ethan.

¡Porque estaba enamorada de él!

—¿Y?

La ignoré, pero ella no callaba.

—Hay más chicos en el mundo.

Chicos que dejaron de existir en el momento en que mis ojos solo se centraban en el stripper y mi mente lo retrataba constantemente. Hasta mis labios tenían la necesidad de besarlo por muy enfadada que llegara a estar con él.

—¿Qué pasa contigo? —dije, masticando un poco más el chicle y saboreando la fresa ácida—. Tú también te has acostado con uno; Byron.

Soltó una carcajada.

La apunté con el dedo.

—¡Qué puta! —Por poco me puse de pie.

—¡Freya Harrison! —Era la voz de la profesora—. Unos meses fuera del instituto y vuelve mucho más problemática que nunca. Las cosas han cambiado en mi clase, ¿entendido?

Asentí con la cabeza, avergonzada.

—Lo siento. —Los dedos me temblaron. Concentré la mirada en mi amiga—. ¿Con quién?

—¿Con quién?

—Sí —afirmé.

—Con Alex.

Tragué saliva.

—¿Alex? —Ella era la primera que se metía con ese pobre chico—. ¿Alex? ¿El mismo que se comía los mocos el año pasado a escondidas?

—Ya no se los come —soltó, como si de alguna forma pensara que terminaría por creérmelo—. Pasó en el tiempo que tú te encerraste en casa. Con el tema del divorcio de tus padres... no eras muy social. Tenía que pasar las tardes con alguien.

Mis labios se abrieron exageradamente.

—Me parece muy fuerte. ¿Byron lo sabe?

—Yo soy la que tiene experiencia en la relación. —Sus mejillas se sonrojaron. ¿Ginger vergüenza? No; eran dos cosas que no combinaban—. Hace tres meses...

Estiré el brazo, callándola por completo.

—No. Ni se te ocurra. —Byron era mi dulce niño. No podía crear esa imagen siendo humillado por Ginger—. Espero que no le hayas hecho daño.

Sus dedos me pellizcaron.

—Fui cariñosa con él.

—Lo has cambiado. —Recordé palabras saliendo de sus labios que nunca habían existido en su diccionario personal.

—Es más... ¿pervertido?

—Morboso. —Guiñó un ojo.

Dejamos un rato el tema y la profesora nos mandó a callar a todos (o al menos a esos pocos que hablábamos en voz baja).

—Por parejas —mandó.

Ginger se levantó de inmediato.

—¿Adónde vas? —pregunté, reteniéndola a mi lado.

—A mí me toca con Emilie.

«¡Oh, oh!»

—¿Harrison?

Levanté la mano temerosa.

—¿Sí?

—Siéntese con Troy.

«Troy. Troy. Trooooooy.»

De repente escupí el chicle de la boca, con la mala suerte que se enredó en el cabello moreno de la chica de enfrente de mi silla. No dije nada y cogí mis cosas para huir antes de que se diera cuenta.

Busqué a Troy con la mirada y, al encontrármelo en primera fila, la garganta se me secó. Con todos los alumnos que había en clase... y me tocaba con él. ¡Con él!

En silencio retiré la silla de al lado.

—Hola, Freya —saludó amablemente.

Miré sus ojos color avellana; seguían destacando más incluso que todas esas pecas cubriendo sus mejillas. Llevaba el cabello más largo que la última vez. Sus cejas estaban cubiertas por el liso flequillo que llevaba negro.

—Troy. —Fui muy fría.

Me aparté un poco de su lado.

—¿Estás bien?

—Sí.

Mi compañero de grupo rio.

—¿Esta vez me acosarás?

«¡Maldito imbécil! —pensé—. Siempre me lo recuerda.»

—¡No! —grité.

—¿Segura?

Gruñí.

—De acuerdo. De acuerdo. —Dejó su libro en medio de las mesas—. Olvidaré la carta de amor que me escribiste el año pasado —seguía pinchándome—. «¡Oh, Troy! Estoy tan enamorada de ti...»

Le lancé una mirada.

—Cierto. —Sacudió la cabeza gracioso—. Era: «¡Troy! Te quiero. ¿Quieres venir conmigo a tomar un helado? ¡Casémonos!».

—Nunca puse «casémonos». —Cogí el lápiz y reprimí el deseo de no clavárselo en el ojo.

—Sí —insistió—. Debajo del corazón donde estaban nuestros nombres había una fecha.

Intenté hacer memoria; el año pasado el nombre de Troy decoraba hasta la mesa donde me sentaba en clase. Ginger me convenció de que lo mejor era escribirle una carta, así que lo hice. Yo lo había olvidado... pero él... él no.

Maldita carta de amor.

¡Menuda tortura!

—Tengo novio. —Más o menos.

—¿Esa es tu forma de llamar mi atención este año? —Arrugó la nariz—. Freya, la última vez me dijiste que tenías turgusticosis.

«Turgusticosis» era una enfermedad que me inventé.

—Lo dijiste solo para salir conmigo.

Resoplé.

—¡¿Señorita Rachelle?! ¿Puede cambiarme de mesa?

Quería desaparecer del lado de Troy.

—No. —Fue un no rotundo.

Volví a sentarme.

—¿Puedo preguntarte algo? —Jugó con un tubo de ensayo. Negué con la cabeza, pero él siguió—. ¿Tienes mi nombre tatuado?

Apreté los dientes.

—¿Quién te ha dicho eso?

¿Tatuaje? Si ni siquiera me dejaban ponerme un piercing en el ombligo.

—Ginger.

«¡Qué puta eres, G.!»

Su entrecortada risa volvió al ataque.

Estiró el brazo.

—¿Tregua?

Si quería aprobar química, sería lo mejor.

Intenté estrecharle la mano, pero Troy la apartó.

—Imbécil.

—Acosadora. —Presionó el dedo sobre mi frente.

Los nudillos de la profesora golpeando la mesa llamaron nuestra atención.

—Tenéis dos días para entregar el trabajo, ¿entendido? —El timbre sonó de fondo. ¿Ya había acabado la clase? Entre los silencios y la discusión... sí.

—¿D-dos?

¿Tan avanzados iban los demás?

—Exacto. —Puso los brazos bajo el pecho—. El jueves lo quiero sobre la mesa. O los dos suspenderéis el segundo trimestre.

Miré de reojo a Troy, esperando a que él al menos tuviera la mitad del trabajo hecho.

—No tengo nada hecho. —Alzó los hombros—. Yo también tenía la esperanza de que me sentara con la más lista de clase y no con una fan acosadora.

Necesitaba cortarle esa lengua que no dejaba de sacar para burlarse de mí.

—¿Qué vamos a hacer?

Él recogió sus cosas.

—Quedar.

—¿Q-Quedar?

—No te emociones, Freya. —Pasó por mi lado—. Solo para estudiar.

No se creía que tenía novio.

Callé, porque era lo mejor.

—¿Cuándo?

—Ya te llamaré. —Sacó su teléfono móvil y buscó entre sus contactos—. ¿Es este tu número de teléfono?

Leí lo que ponía.

—Acosadora número uno. —Me clavé las uñas en la palma de mi mano—. Sí.

—¡Perfecto! Ya te llamaré.

Salió de clase con las manos detrás de la nuca, silbando y golpeando todo lo que se cruzaba por delante de sus zapatillas de deporte.

Ginger me esperó en la salida al acabar las clases.

—¿Qué tal el día?

—Bien —dije.

—¿Y ayer?

No me gustó su sonrisita.

—¿Qué quieres decir?

—Byron me llamó y me dijo que había avisado a Ethan de que tú estabas en su apartamento. —Claro, por eso Ethan me encontró allí—. ¿Lo habéis solucionado?

—Más o menos. —Tuvimos sexo... pero no creo que el haberle robado la ropa lo arreglara todo—. Ethan sigue siendo tan cariñoso conmigo...

—¡Madre mía! —exclamó—. Tienes tanta suerte...

—¿Suerte? —pregunté confusa.

Ginger guio mi cabeza con sus manos y mi mirada se detuvo delante de un chico que bajaba de un coche viejo. Era él; había vuelto a por mí. Cerró la puerta de su vehículo y se quedó de brazos cruzados delante de las escaleras del instituto.

Bajé corriendo.

Al quedar delante de él, las palabras se esfumaron de mis labios.

—Ethan —susurré.

—¿Desde cuándo eres tan traviesa?

Lo miré bien.

No me lo podía creer.

¿No estaba enfadado?

—Pero... pero...

—¿Creías que robándome la ropa me detendrías?

Sus carnosos labios se estiraron, mostrando esos perfectos dientes blancos.

Pestañeé repetidas veces; una sudadera rosa le cubría parte del pecho y terminaba por encima de su ombligo. Las mangas parecían a punto de explotar. ¿Y qué decir del pantalón de chándal negro con rayas rosas a los laterales? Presionaban en sus rodillas y marcaban su masculinidad.

Quería asomarme y ver el buen culo que le harían.

—Llevas mi ropa.

Él asintió con la cabeza.

—Es lo único que me has dejado. —Me quitó la cartera—. Vayamos al coche, tengo que cambiarme. Está bien que me miren, pero no quiero que piensen que soy un loco en busca de adolescentes.

Antes de que diera media vuelta, lo retuve. Mis dedos se aferraron a mi sudadera (prenda de ropa que no volvería a ponerme, ya que tendría un par de tallas más).

—¿Qué dijiste ayer?

—Que no huyas.

—Lo otro.

Sonrió con picardía.

—De ir más lejos. Ser novios.

Pegué mi pecho contra el suyo y subí la mano por su espalda. El cosquilleo que me hizo su cabello entre los dedos solo me provocó ganas de besarlo.

—¿Lo dices en serio?

—Nunca había sido tan sincero como lo soy ahora, Freya.

—Ethan —dije su nombre, muy cerca de su boca—. ¿Novios?

Sentí un cosquilleo en la lengua al decirlo.

Pero si Ethan y yo éramos...

«¡Mi novio es stripper!»

—Freya —alguien nos interrumpió—. Nos vemos pronto.

Troy pasó a unos metros de distancia de donde estábamos. Bajó la cabeza al encontrarme tan cerca de Ethan y abrazada a un chico más mayor que yo. Sabía que llevaba esa sonrisa de siempre, incluso al darse cuenta de que no mentía.

De repente los músculos de Ethan se tensaron y sus dedos tiraron de mi chaqueta para acercarme más a él.

—¿Sucede algo? —pregunté, un poco preocupada.

Los azulados ojos de él dejaron de ser tan claros.

—«¿Nos vemos pronto?»

Ese era el momento adecuado para decirle que en breve me reuniría con otro chico que no era él (mi novio). Sonreí graciosa.

¿A Ethan le había puesto nervioso Troy?

¡Qué divertido!

52

Dentro de su coche no me atreví a decir nada.

—Te he traído la maleta —dijo, mirando a través del retrovisor los asientos traseros. Por suerte Ethan ya estaba vestido con su ropa; así era más fácil mantener una conversación con él (mi sudadera no ayudaba demasiado)—. ¿Te llevo a casa de tu madre?

Asentí con la cabeza.

Era increíble que Byron hubiera accedido sin dudar a dejarme su precioso y no amueblado apartamento. El problema era que vivir sola (y todas esas leyendas que había por el mundo) me asustaba demasiado. Ethan no podía pasar las noches a mi lado, sobre todo porque tenía una hermana pequeña a la que cuidar. La noche anterior, y no muy convencida, pasó las horas junto a Daniel, el mismo que no fue a trabajar a Poom's por ayudar a su compañero de piso.

Prefería mil veces volver con mi madre (una casita que había a las afueras del centro) que volver a estar con mi padre.

Temblé ante el pensamiento que tuve.

Cuando Ethan le pidió a Effie que abandonara su hogar, ella... ella seguramente cogió sus aterciopeladas maletas rosas y se marchó a vivir con mi padre.

¡Maldita sea!

Estaba segura de que no se habría quejado del perro que siempre estaba con ella.

Yo llevaba desde los cinco años llorando por tener un canario. Y adivinad quién no tuvo un canario. ¡Yo!

—¿En qué piensas?

—En el puto perro de la cola rosa —solté de repente.

Vi de reojo una sonrisa fugaz en los labios de él.

—¿Coco?

Enarqué una ceja.

—¿Coco? —repetí—. ¿No es una hembra?

Tampoco había que ser muy inteligente para darse cuenta de que el perro era hembra. ¡Vamos! Casi lo gritaba con esa cola tan llamativa.

—No.

La obsesión de Effie había llegado muy lejos.

Ojalá que le tocara el pelo a mi padre. Él se merecía un gran cambio de imagen.

—Ya hemos llegado. —Aparcó el coche delante de la casa—. ¿Te espero aquí?

Negué con la cabeza.

—Sube conmigo. Mi madre te conoce. —Cerré los ojos un momento—. Espera... ella no habrá ido a...

Solo esperaba que no.

La madre de Byron (estando casada) conocía Poom's.

—No, Freya, tu madre no ha pisado Poom's. —Respiré tranquila—. ¿Por qué?

Era libre, así que podía haberse divertido.

A veces era injusta con ellos. Tomaron la decisión de divorciarse, pero seguían actuando como un matrimonio recién casado cada vez que se veían.

—¿Tengo que contarle lo de Effie y mi padre?

—Enana, ese no es tu problema. —Acomodó sus manos sobre mis mejillas—. John sabrá qué hacer. Por cierto —intentó cambiar de tema—, el chico de antes. ¿Es amigo tuyo?

Chasqueé los dedos.

Troy era esa clase de chicos que con el tiempo terminabas por olvidarte de lo sexy y guapo que llegaba a ser.

«Controla tus pensamientos. Ahora tienes novio. —Reí—. Esto es nuevo para mí.»

—No. Nunca ha querido ser mi amigo.

—Parecía conocerte muy bien.

Y me conocía muy bien.

Un año, el día de San Valentín me escondí dentro de su taquilla solo para darle un corazón de chocolate que le hice. Él lo ignoró. El chocolate acabó en el estómago del gato de la vecina. Al gato le dio diarrea y terminó en el veterinario.

Lo mío no era la cocina.

—Freya...

—¡Te juro que el gato no está muerto!

Ethan cerró los ojos.

—¿Qué gato? —¡Ups!—. Hablamos del chico.

—Troy. Él es Troy.

—Sé que se llama Troy. ¿No vas a decirme de qué lo conoces? —Antes de responder, siguió—. Sí, de clase. ¿Qué más?

—Estaba locamente enamorada de él.

Fui breve.

O eso pensé.

—Freya —gruñó.

—Me gustaba.

El rostro de Ethan cambió de repente. Eran muy pocas las ocasiones en las que su frente se arrugaba y sus mejillas se enrojecían. Hasta la vena del cuello parecía que le iba a estallar.

Llamé a mi madre.

—¿Mamá? ¿Dónde estás?

Leí los labios de Ethan:

—Esto no quedará aquí.

—Cariño —rio—, siento no haberte llamado. Estoy algo ocupada. ¿Todo bien? Tengo varias llamadas de tu padre. —Y mi teléfono también recibió varias. Al parecer estaba preocupado—. Tu tía está enferma. Pasaré unos días con ella.

«Noooooo.»

No quería volver al apartamento vacío.

—P-p-pero...

«¿Dónde voy a quedarme ahora?»

—¿Qué quería tu padre, cielo?

Mi padre pensaba que estaba en casa de mi madre y ella creía que estaba con él.

—Nada. Solo llamar. —Reí nerviosa.

—¿Seguro?

Ethan me pellizcó la pierna.

—Sí —mentí.

Se despidió. Era la primera vez que me creía.

—¿Ahora dónde voy a dormir?

El stripper me miró.

—¡Ya estamos en casa!

Más bien «su» casa.

Yo era una intrusa que pasaría un tiempo ahí hasta que mi madre volviera.

Los saltos de la pequeña Marjorie nos hicieron sonreír. Pero eso duró poco. La hermana de Ethan salió de su habitación riendo y tirando de algo que se le había enganchado en el pelo.

«No.»

—Hermanito, ¿jugamos al escondite?

Apreté los dedos sobre mis labios.

«No te rías.»

—¿Freya?

—¿Sí?

Miramos a Marjorie.

—¿Por qué mi hermana tiene un condón en la cabeza?

Sí, había encontrado los condones en el segundo cajón de la mesilla de noche de Ethan. Fue una mala idea jugar con ella.

—¿Para que los rayos de sol no le penetren en la cabeza? —Me aparté de su lado antes de que gritara—. Protección, ante todo, Ethan.

Daniel salió de la habitación y se carcajeó ante la imagen que estaba viviendo. La pequeña Evans golpeó la mano de su hermano cuando intentó arrebatárselo de la cabeza y salió corriendo para esconderse y jugar. Ethan tropezó varias veces con los pequeños muebles que había por el comedor.

Me crucé de brazos, pensando que sería divertido convivir con ellos durante un tiempo.

—Una pregunta... —Daniel le dio un mordisco a una manzana—. ¿Qué le vas a decir a tu padre? Quiero decir... —apuntó a la puerta—, vive ahí enfrente. Te pillará.

Él tenía razón.

—Me las apañaré —intenté sonreír.

El teléfono móvil sonó.

—¿Troy? —pregunté.

—Te veo en una hora en la biblioteca.

Tragué saliva.

—Bueno... —Quería sacar toda mi ropa de la maleta y guardarla en el armario de Ethan.

El stripper llegó hasta mí no muy contento.

—¿Quién es?

Callé.

—Troy —respondió Daniel por mí—. ¿Y tú me llamas a mí gay por depilarme las cejas? Este sí que tiene un nombre gay.

Ethan lo apartó de su lado.

—Dame el teléfono.

No era una buena idea.

Pero Ethan tampoco me dio otra opción.

—Tú... —dijo. Lo raro fueron las palabras que vinieron a continuación.

53

—Tú... —Se detuvo un momento. De repente recordó el nombre del chico—. Troy, ¿verdad? ¿Por qué no vienes aquí a estudiar con Freya? —Silencio—. Perfecto. Te enviaré la dirección.

¿Ethan acababa de invitar a Troy a que viniera a su apartamento?

No fui la única que se quedó asombrada. Daniel estiró el brazo y empujó a su compañero de piso bien lejos de nosotros dos. Realmente apoyaba al metrosexual... Ethan se había vuelto loco.

—¿Q-qué acabas de hacer? —Al menos no grité.

—¿No has dicho antes que es tu compañero de química? —Afirmé con la cabeza—. Entonces que venga aquí. No tengo ningún problema.

La risa de Daniel llamó mi atención.

—¿Que no tienes ningún problema? —Otra risa—. Se te está hinchando la vena del cuell... ¡Ayy! —Se frotó el brazo—. De acuerdo. Mandas tú, tío. Pero solo voy a recordarte que en unas horas —bajó el tono de voz al darse cuenta de que la niña estaba cerca— nos tenemos que ir a trabajar.

Ethan seguía serio.

No me gustaba cuando apretaba los labios; era una forma de callar sus palabras.

—No iré.

«Esto no me gusta.»

—Tienes que ir —dijo Daniel, sacando una nota que guardaba en el bolsillo de sus vaqueros—. Ayer faltaste. Llevas días sin aparecer por Poom's.

Alzó los hombros, y al darse cuenta de que yo di unos pasoa para quedarme enfrente de él, desvió sus azulados ojos hasta su amigo. Esquivaba contarme la verdad. Ethan faltaba muy pocas veces al trabajo (y más cuando necesitaba el dinero).

—¿Qué está pasando? —Me crucé de brazos.

—Nada.

Su puño impactó en el abdomen de Daniel.

—Claro que sí —dijo a regañadientes—. Tu novio lleva días sin pasarse por el club. Eso significa —le sacó la lengua— que este mes ganará menos.

—Pero tu madre...

—Sé que mi madre necesita el dinero. —Miró disimuladamente a la pequeña Evans—. Me las apañaré. Siempre lo he hecho.

—¿Hay algún motivo, Ethan?

Tomó mis mejillas con sus manos y besó mis labios.

Esa era su forma de decirme que lo mejor era cambiar de tema y que en sus asuntos no podía meterme. Me molestó demasiado, ya que hasta la chica más tonta del planeta sabía que los problemas se compartían en pareja. Ethan y yo éramos novios... (o eso habíamos comenzado a ser).

Los ojos de Troy se agrandaron. Dejó de morder el bolígrafo rojo que llevaba encima y se apartó de mi lado algo incómodo. Intenté no soltar una risa.

Temblé al notar un airecillo cálido y mentolado barriendo la curva de mi cuello.

—¿Seguro que no molesto? —preguntó enarcando una ceja.

La presión de unos dedos sobre mi vientre me hizo bajar la cabeza. A lo mejor tenía razón.

—¿Por qué?

Cerró el libro de química y apuntó con su dedo a la persona que me sostenía. Los brazos de Ethan estaban alrededor de mi cintura, su barbilla descansaba sobre mi hombro y sus inquietos labios no dejaban de besarme. Estaba sentada sobre su regazo... porque él me había obligado.

Sí, era normal que Troy se sintiera incómodo.

—Ethan se irá enseguida. —Aparté su mano de mí.

—No iré. —Nos levantó a ambos de la silla—. Creo que he dejado las cosas claras...

Lo interrumpí.

—Yo cuidaré de Marjorie. —Sonreí—. Haré la cena. La obligaré a que se lave los dientes y la mandaré a dormir antes de las ocho. Confía en mí.

Y si no lo hacía, era comprensible.

Por esa parte se iría tranquilo, pero luego estaba el chico que había venido a su casa (el mismo que él había invitado para tenerlo controlado).

—Me iré en media hora —aclaró.

Tiré del brazo de Ethan.

Caminamos por el comedor en silencio y, al llegar a la puerta, le di su abrigo para que no cogiera frío en ese viejo coche que conducía.

—Controla sus manos. —Apuntó a Troy con el dedo.

Era gracioso, ya que Troy nunca me hubiera tocado.

—Sí, señor policía.

Daniel salió con un disfraz, así que imaginé que todos irían de policías esa noche en Poom's.

—A mí me gusta ser bombero. —Sonrió, era algo que había extrañado en esas horas de seriedad—. La manguera es más gorda que la porr...

—Ethan —lo detuve antes de que me llevara a la habitación para discutir uno de sus temas favoritos—, llegarás tarde.

Me besó.

Cerré la puerta y corrí hasta la mesa donde me esperaba una pila de deberes. Las fórmulas químicas me estaban volviendo loca, así que le di un trago a la limonada que nos hizo Daniel antes de irse.

Cuando su hermano se marchó, automáticamente Marjorie se levantó del sofá para sentarse sobre mis piernas. Seguramente Ethan le dijo algo, y ahí estaba, controlándome.

—¿Qué falta por acabar?

—Todo. —Troy no me miraba.

No habíamos hecho nada.

Nos quedaba media hora para terminar al menos una parte del trabajo que teníamos que presentar en clase.

—Pequeña —removí sus coletas—, en la habitación de Ethan hay caramelos. ¿Por qué no vas y te comes unos cuantos?

Cerró los ojos. Lo estaba pensando muy bien.

Se bajó con una amplia sonrisa.

—¡Vale!

—¡No abras el tercer cajón! —le advertí.

Troy dejó de pintar su cuaderno.

—¿Qué hay en el tercer cajón?

—Un consolador con el nombre de Effie. —Me dio repelús recordar cuándo lo descubrí. Estaba a punto de guardar mi ropa interior... y ¡bum! ¡Qué asco! Se lo había dejado—. Siento que te hayas sentido incómodo con Ethan.

Sus dedos se entretuvieron en jugar con su cabello.

—¿En serio estás con él?

¿Por qué todo el mundo dudaba de que estuviera con Ethan?

Apreté las uñas en la palma de la mano.

—No estás pensando que estoy haciendo esto para llamar tu atención, ¿verdad?

Rio.

—Has hecho cosas peores, Freya. —El bolígrafo mordisqueado descansó sobre mi frente—. Desmayarte, esconderte en mi taquilla, fingir un ataque epiléptico, decir que te seguían alienígenas y necesitabas refugiarte en mi habitación. Y puedo seguir...

Lo detuve.

—Ethan es mi novio.

—¿Desde cuándo?

«Mierda.»

Miré el reloj.

—Unas horitas —solté avergonzada—. ¡No te rías!

—Está bien. Por esta vez te creeré, acosadora. —Odiaba ese mote—. Respóndeme a algo. —No me dio tiempo a decir ni que sí ni que no—. ¿Irás al baile de fin de curso?

¿A qué venía eso?

Alcé los hombros.

—Quedan tres meses... no lo sé.

—Llevas años deseando ir a ese maldito baile. —Troy forzó una sonrisa—. Pidiéndomelo cada día. ¿Qué ha hecho que cambies de idea?

Un chico.

—Ethan.

—Él no puede entrar.

—Lo sé. Por eso no iré.

Eso no se lo esperaba.

Recogió sus cosas de la mesa y las guardó en la mochila roja que siempre lo acompañaba. Se alejó de mi lado, casi huyendo.

La puerta quedó abierta, y se detuvo un momento antes de salir.

—¿Quieres ir conmigo al baile?

«¡Un momento!»

—¿Qué?

—No lo repetiré.

—Pues si lo haces me harías un gran favor. —Solté una carcajada—. Creo que me he vuelto loca. Por unos momentos he escuchado que tú me has pedido que vaya al baile contigo...

—Y lo he hecho.

Tragué saliva.

—N-n-no es p-p-posible...

—Como compañeros de clase, Freya, no te emociones.

—¡Serás estúpido! —grité y de inmediato me tapé la boca.

Era la primera vez que había gritado al gran Troy (como le llamaban las chicas).

—Ya me dirás algo. —Me guiñó un ojo—. Tienes mi número de teléfono.

POV ETHAN

Me levanté del taburete que ocupé durante horas. Tenía que trabajar y no pensar en tonterías que llegaban a confundirme y volverme completamente loco.

Un par de mujeres llegaron a la barra, así que me puse a servir copas.

—¿Qué queréis tomar, preciosas?

Una mujer rubia se quitó el antifaz de plástico (esa noche Daniel se ocupó de dar uno a cualquier cliente que pisara Poom's).

—Hola, amor mío.

Llevaba tiempo sin venir.

—Hola, Débora. —Quería alejarme, pero ahora era mi trabajo. Atender amablemente y con una amplia sonrisa a los clientes—. ¿Qué te pongo?

—Me pones mucho.

—¿Y para beber? —corregí.

—¿Ahora eres camarero, Ethan? —Sus rojos labios se movieron ¿seductoramente?—. No lo harás por esa cría, ¿no?

—Esa cría se llama Freya. —Las amigas de la madre de Byron se marcharon—. Es raro verte por aquí. Pensaba que después de tu divorcio estarías ocupada.

—Y lo estoy —dijo, acomodando el brazo sobre la barra—. Pero hoy tenía ganas de verte, cachorrito. Me encanta la pajarita que llevas. —Quería tocarme—. Y ese torso desnudo...

—Débora, soy camarero. —Sonreí—. Ahora no puedes tocarme.

Palideció.

—Tu amigo me ha dicho que vas mal de dinero. —Daniel era un cabrón. No tenía que contarle mis problemas a nadie—. Tráeme un vodka y quédate con el cambio.

Dejó demasiado dinero sobre la mesa.

—Estaré por allí. —Apuntó con el dedo, justo donde sus amigas la esperaban—. Por cierto —sus dedos capturaron la pajarita que llevaba alrededor del cuello y tiró hasta dejarme bien cerca de sus labios—, necesito un chico de confianza. Desde que mi exmarido me ha dejado tantos negocios... no sé cómo administrarlos. ¿Te gustaría trabajar para mí?

No me aparté de su lado, y eso era una mala señal.

—Te pagaré muy bien, cariño.

54

—Has llegado antes de hora —sonreí—. Marjorie no ha sido capaz de soltarme.

Quería levantarme de la cama y alcanzar sus labios, pero Ethan fue quien se inclinó hacia delante y me dio un tierno beso. Anhelaba su boca y no quería que se detuviera; el problema es que no estábamos solos.

—Te dije que te adora —me recordó.

El pequeño demonio terminó convirtiéndose en una preciosa niña que no se separaba de mí. Las órdenes de Ethan no era la única excusa para seguirme... parecía que realmente estaba aprendiendo a quererme. Al fin y al cabo algún día seríamos familia.

Una risa tonta por mi parte casi despierta a Marjorie.

—¿De qué te ríes?

Sacudí la cabeza.

No quería decirle que había imaginado un futuro juntos (era demasiado empalagoso hasta para mí). Prefería vivir el presente con una enorme sonrisa, antes que preocuparme por un futuro en el que podía pasar cualquier desgracia.

—Te he echado de menos, stripper —susurré esto último.

—Ya estoy de vuelta.

Me moví junto a su hermana para hacerle un hueco en la cama.

Sus dedos juguetearon con el flequillo que me cayó sobre la frente. Sonrió con la misma dulzura de siempre e intentó acercarse un poco más hasta mí. Acomodó la barbilla sobre la pequeña cabeza de su hermana y, cuando me acerqué para besarlo yo en ese momento, algo lo detuvo.

—¿Pasa algo?

«Si me he lavado los dientes...»

—Débora vuelve a pasar las noches en Poom's.

Automáticamente mi cabeza me mostró lo que había pasado: Ethan terminó desnudándose delante de ella y la bruja lo toqueteó sin descaro alguno.

Gruñí enfurecida.

Una cosa era ser profesional... pero esa mujer... esa loca quería mucho más de Ethan.

—T-t-t-te... —no podía hablar.

—Me ha ofrecido un puesto de trabajo. Dice que podría ser su ayudante de confianza. —Sus azulados ojos se cerraron—. Ya sabes qué pasa cuando trabajas con ella: buen sueldo, fines de semana libres y se acabó trabajar por la noche. Estoy cansado de ganar un sueldo de mierda y no poder ayudar más a mi madre.

Entonces había aceptado.

Y yo no era nadie para impedírselo.

—Bueno...

—No he aceptado, Freya. —Dejó de tocar mis mejillas y atrapó entre sus dedos un fino mechón del cabello de la niña—. Esa mujer no quiere que sea únicamente su empleado. Quiere mucho más. ¿Qué se piensa la gente? ¿Que por bailar voy a venderme? No me he acostado con nadie por dinero y no lo voy a hace...

Lo callé.

—Gracias.

—¿Por qué?

—Por alejarte de ella.

Al menos Ethan era de los pocos que podían ver la maldad de esa mujer. Byron no merecía una madre como ella (lo alejó tantas veces de mi lado que no quería ni imaginar qué pasaría con Ginger).

—Dice Daniel que esa mujer ya te visitaba desde hace tiempo.

Si él no quería contármelo, lo respetaría.

—Así es, Freya. —Era una etapa de su vida que quería olvidar—. Débora pensó que me tendría. Sus visitas eran constantes, me hacía regalos caros y consiguió descubrir mi vida en unas horas. Antes de conocerte a ti, cuando estaba con Effie... —hizo una pausa— le planté cara. Podría haber perdido el trabajo, pero Débora pareció comprenderlo. Le dije que me dejara en paz. Y lo hizo, pero solo durante unos meses. Ella no está enamorada de mí. —Rio—. Está obsesionada conmigo.

—¿Ahora entiendes por qué no la quería cerca de mi padre?

Pero estaba Effie... ¿Quién era peor?

—¿Qué tal con Toy?

—Troy —corregí. Lo mejor no era decirle nada. Ethan había estado con la bruja y no quería contarle las estupideces que me pasaban a mí—. Nada. Sé fue temprano.

Ethan respiró con tranquilidad.

—Buenas noches, enana.

Nos besamos.

Si Ethan no hubiera estado en mi vida...

Ginger me sacó de mis pensamientos.

—Llevas tiempo esperando eso. —Cerró la taquilla—. Troy te ha pedido que vayas con él al baile. No me lo puedo creer. ¡Es genial!

Zarandeó mi cuerpo.

—No, G. —Aparté sus manos.

—¿No? Pero tú...

—Es cierto que el nombre de Troy adornó por mucho tiempo todas mis libretas. —Me acomodé en la pared—. Pero el pasado queda atrás. Yo ni siquiera tengo ojos para... —Me pellizcó.

—Ethan es un bombón. Un bombón que no podrá ir a la fiesta de fin de curso. Ni tampoco Byron. ¿Qué vamos a hacer? ¿Ir solas?

Había una mejor opción: no ir.

—¡Ni se te ocurra pensar que no iremos!

Me conocía tan bien.

«Dale a tu cuerpo alegría Macarena que tu cuerpo es pa' darle alegría y cosa buena. Dale a tu cuerpo alegría Macarena... eeeh Macarena... ¡aaaaaah!», pensé.

—Deja de cantar esa canción —me pidió entre dientes.

—Eres una bruja.

—Una bruja que te va a convencer de que vayas con Troy.

—Ethan te matará. —Sí o sí.

Alzó los hombros.

—Pues que quede con Byron.

No, ellos dos no eran muy amigos.

—No sé...

—¿Sabías que Ethan habló con Byron antes de que nos acostáramos?

—¡No!

¿Qué pasó durante los meses que yo no estuve?

¡Ethan y Byron amigos? ¡Era una locura!

—Freya. —Me sobresalté al escuchar la voz de Troy—. ¿Podemos hablar? A solas —lo dijo por Ginger.

Mi amiga me dio un codazo y se fue guiñándome el ojo.

—¿Qué quieres?

«El baile no, por favor.»

—Tenemos que acabar el trabajo. Hoy es el último día que tenemos.

Al ver que estaba en lo cierto, intenté invitarlo de nuevo a la casa de Ethan.

—¡No! —gritó—. Mejor vamos a mi casa. Tu amigo me ha dejado bien claro que no me quiere allí.

—Novio.

—Lo que sea. —Me tendió un papel.

—Sé dónde vives.

—Es verdad. —Ese mal humor se esfumó—. Me acompañabas a casa a escondidas.

—No es verdad. —Entrelacé los dedos y bajé la cabeza avergonzada—. Vivía cerca de tu casa.

—Ya... —Su sonrisa de superioridad me gustó tiempo atrás; ahora me entraban ganas de grapársela—. ¿Qué excusa vas a poner para explicar que me cortaste el pelo? Aprovechaste que me quedé dormido en literatura. Terminé por enterarme.

Ginger fue la de las tijeras.

Yo solo le tiré del pelo.

—Fue para hacerte brujería. Pero tranquilo —le di unas palmadas en el hombro—, no funcionó.

—¿Qué se supone que me tenía que pasar?

—Que te quedaras calvo cada vez que me decías que no.

Le di la espalda con una amplia sonrisa.

—¡A las cinco!

—Sí —dije, afirmando con la cabeza.

Daniel estaba sentado sobre la barra americana, a Ethan no le gustaba que hiciera eso.

—¿Qué llevas en la cabeza? —preguntó, tirando de la gorra.

—Es para que no me vea mi padre. —Tiré la cartera al suelo—. Si John se entera de que estoy viviendo con vosotros... —le apunté con el dedo— os la corta.

Daniel tragó saliva.

—De acuerdo —tiró la gorra—, pero sigue siendo horrible.

—¡Oye! No me des consejos de moda. Me da igual.

—Tienes razón. La camiseta que llevas es para cagarse encima y quemarla. —Le di un puñetazo en el pecho—. ¡Ayyy! Está bien. Al menos Effie sí me entiende.

—Traidor —gruñí—. ¿Con quién habla Ethan?

—Con su madre. Bianca se ha llevado a Marjorie. —Levantó los brazos y los agitó con entusiasmo—. El pequeño demonio que roba condones no volverá en una larga temporada. Mejor. Con ella es imposible practicar los bailes de la noche.

Pasé de él, dejando a un Daniel contento por tener el comedor para él solito. Me acerqué hasta Ethan, que parecía triste y que, sin duda, extrañaría a su hermana. Realmente Marjorie terminó siendo un amor que quería abrazar por las noches.

—Ethan...

Él sacudió la cabeza.

¿Cómo le decía que me tenía que ir a casa de Troy?

Se lo dije:

—Estaré en casa de Troy. Volveré a las nueve.

Sabía que no me había escuchado.

Tiré de la llamativa camiseta que llevaba Daniel y al conseguir su atención, se lo dije a él.

—Estaré en casa de Troy. Tenemos que hacer un trabajo para química. —Apunté la dirección—. Dile que volveré pronto.

—Tranquila. —Miró a Ethan—. Por nada del mundo me perdería la reacción que tendrá al saber que estás con tu amiguito.

—No es mi amiguito.

Me guiñó un ojo y se despidió entre carcajadas.

—La ecuación química que describe la reacción entre el magnesio y el oxígeno es...

Dejé de pintar estrellas en la libreta.

—¿$3Mg + O_2$ 2...?

—¡$2Mg + O_2$ 2 MgO reactantes!

—¡No me grites!

—Es que estoy nervioso. —Se alborotó el cabello—. Lo siento. Será mejor que descansemos. ¿Quieres una Cherry-Cola?

Llevábamos horas, así que era normal que estuviéramos de los nervios.

—Sí, gracias.

Giró la silla de su escritorio y, sacó dos Coca-Colas con sabor a cereza de la pequeña nevera que tenía al lado del armario. Era genial tener eso en tu habitación, ya que podías beber lo que quisieras sin tener que ir a la cocina.

Sonreí cuando me dio la lata, y la abrí tirando de la anilla.

La espuma del refresco empezó a salir descontroladamente, como si Troy hubiera movido la lata.

—¡Troy!

La camiseta que tanto odiaba Daniel estaba mojada. Hasta los pantalones.

—¡Lo siento!

—¿Lo siento? Lo has hecho intencionadamente.

—No. —Apretó los labios, aguantando las ganas de reír—. Anda, quítate la camiseta.

—¡Ja! —Aparté su mano—. Será mejor que me vaya.

—Hace frío, Freya. Ponte una de mis camisetas.

—¡No quiero oler a ti! Me voy con mi ropa... —Empezó a tirar de mi camiseta—. ¿Qué haces?

—Acepta mi ayuda, Freya. No seas cabezota. —Él no dejaba de tirar, y yo de apartarme de su lado—. Quítate la ropa...

Alguien repitió lo mismo.

—¿Quítate la ropa? —preguntó.

La vena del cuello estaba a punto de estallarle.

Dejé de mirar a Ethan unos segundos.

—Suéltame la camiseta lentamente —susurré—. Hazme caso o Ethan es capaz de tirarse encima de ti.

Los dedos de Troy temblaron, pero el imbécil siguió tirando.

Ethan se acercó corriendo.

55

De un empujón Ethan apartó a Troy de mi lado. Por unos instantes temí que ese chico terminara arrancándome la camiseta. Respiré con tranquilidad al notar que mi novio estaba calmado porque tenía a mi compañero de química bien lejos.

Me equivoqué.

Una de sus manos agarró el cuello del chico. Troy lo desafiaba con la mirada, así que todo era más complicado: una guerra que estallaría en cualquier momento.

—¿Cómo...

Golpeó su mejilla con la mano bien abierta.

—... que se quite...

Otra vez.

—... la camiseta?

Ethan siguió marcando la mejilla.

—¡Responde! —le ordenó mientras lo zarandeaba.

El otro entornó los ojos y, con una risa que me llegó a poner de los nervios, respondió:

—No iba a dejar que se marchara de mi habitación mojada.

Ethan apretó los dientes.

Estiró el brazo hacia atrás, con el puño cerrado... Y entonces:

—Veo que has encontrado a Troy. —Era su madre. Ethan soltó a su hijo y metió las manos en los bolsillos. Sonrió.

—Sí. Muchas gracias por su amabilidad —dijo disimuladamente dándole otro empujón a Troy, y se plantó delante de mí—. Nosotros ya nos vamos. Que pase una buena noche, señora.

La mujer soltó una risa. Nos vio bajar las escaleras de su casa, pero sus ojos no se desviaban de la fuerte espalda del chico que acababa de agredir a su hijo.

—Podía haberme defendido yo sola —aclaré.

Era inútil hablar con Ethan, y más cuando estaba tan nervioso. Apretó los dedos alrededor de mi mano, tirando de mi cuerpo y obligándome a que aceleráramos los pasos.

Suspiré.

No podía dejar de mirar nuestros dedos unidos.

—Es la primera vez que vamos cogidos de la mano —lo dije en tono bajo, pero él me escuchó—. A Troy no le gusto.

Se detuvo.

—Claro que sí. —Se rascó la nuca—. Pero tú estás ciega, Freya. He tenido su edad. —Rio nervioso—. Ese imbécil ha conseguido mojarte para desnudarte.

Nos detuvimos ante una estrecha calle y, antes de cruzarla, de repente la mano de Ethan soltó la mía, algo que me sorprendió. Alzó los brazos y sus dedos (esos mismos que habían estado apretando los míos durante un buen rato) tocaron su oscuro cabello. Parecía nervioso... pero no le di mucha importancia. Sabía que él, un chico más maduro que yo y los de mi entorno, entendería que lo que había pasado con Troy era una estupidez.

Solo con pensar en las sonrojadas mejillas de Troy... podía estar horas riéndome sin parar. A Ethan se le fue un poco la mano.

Miré esos enormes ojos claros que parecían más oscuros de lo normal.

—¿Sucede algo?

Relajó sus hombros y me echó un vistazo rápido.

Su sonrisa fingida me preocupó.

—Pensaba.

—¿En qué? —pregunté una vez más.

Ethan se colocó delante de mí. Descansó sus manos sobre mis hombros y se inclinó hacia delante para hablarme con más tranquilidad y seguridad. Mis dedos intentaron cubrir los suyos, pero él los movió inquieto, acercándose un poco más a mi cuello para huir del contacto directo de mis manos.

—¿Qué sería de ti con alguien de tu edad?

Enarqué una ceja.

No lo entendí.

—Ethan...

—Eso es en lo que estaba pensando. —El semáforo volvió a cambiar, dejándonos atrapados al otro lado de la calle donde vivíamos—. Me siento inútil, Freya. Es como si no pudiese darte nada más, salvo disgustos. Suena un poco ridículo, pero es la verdad.

Mi rostro lo decía todo; no lo estaba entendiendo.

—He llegado a un punto en el que la diversión ha dejado de ser interesante para mí. Ya no me gusta ocultar lo que hago a los demás; mentir a mi propia madre; enloquecerme por imaginar que tú estarías mejor con un chico más jo...

Eso era una excusa.

—¿Quieres dejar el trabajo?

Asintió con la cabeza.

—Entonces, hazlo —lo animé.

Sus ojos se cerraron un instante.

—No es fácil. No lo es.

Apretó sus dedos en mis hombros, pero no sentí ni una pizca de dolor.

—Pero...

—¡No! —Me sobresalté ante el grito—. Tú no me entiendes. Es fácil decirlo. Lo complicado es hacerlo.

Ethan bajó sus manos y cogió la mía para tirar de mí. Zanjó la conversación y me tuve que limitar a dejarlo con sus confusas ideas.

Siempre apoyaría sus decisiones... pero él siempre se iba a encargar de recordarme que nunca comprendería lo que significaba estar en su piel.

Al llegar a «casa» aproveché la mínima oportunidad y me colé en la habitación de Daniel. Se encontraba tumbado sobre su cama, roncando y aferrado a un vaso lleno de alguna de sus cremas caseras. Me senté en la cama y zarandeé su hombro.

—Daniel.

No dejaba de sonreír.

—Daniel.

Cogí la pequeña botellita que había al lado del teléfono móvil.

—¡Jode...! ¿Freya?

Miró el reloj.

—Tenemos que hablar.

Se sentó sobre la cama.

—Necesito dormir antes de ir al trabajo. ¡No puedo llegar con ojeras...!

—Quiero ser como Ethan.

—¿Qué?

—Muéstrame ese mundo, Daniel. —Apreté los labios—. Conviérteme en stripper.

Él puso los ojos en blanco ante la barbaridad que había soltado.

Iba a ser un gran reto...

56

—Dame unos segundos para asimilar lo que acabas de decir, Freya. —Se levantó elegantemente de la cama. Alborotó su cabello, y se quedó de brazos cruzados delante del pequeño armario que tenía cerca de la cama. Casi sin creerlo, repitió una y otra vez la palabra «stripper»—. Es una de tus bromas, ¿verdad?

Daniel ni siquiera se dignó a mirarme, así que no sirvió de mucho que yo negara con la cabeza. Me malinterpretó por completo. Que quisiera vivir la experiencia de Ethan no significaba que quisiera vivir de ello o dedicarme algún día a bailar sobre una tarima y ser observada por un público baboso que intentaría tocarme. Además, mi cuerpo no era del todo perfecto. Mis pechos eran pequeños, tenía una altura normal, era demasiado delgada... así que mis curvas no eran escandalosas ni sexis. ¡Era normal! Y lo tenía más que superado. Enamoré a Ethan... así que algo sexy había en mí.

Sonreí ante la imagen de bailar delante de mi chico. Ligera de ropa, pero intentando ser sensual.

Pero mientras yo tenía todos esos estúpidos pensamientos, Ethan sufría porque deseaba mucho más. Él dejó la universidad para ayudar a su madre, para pagar el apartamento. Y por si eso fuera poco... encima cuidaba de mí.

—Enséñame a bailar —fui clara.

Dan se carcajeó y se inclinó hacia delante. Del armario (de la parte donde guardaba todos esos disfraces que utilizaba en Poom's) sacó una bonita diadema. Al principio no sabía qué iba a hacer con ella, hasta que la presionó sobre mi cabello.

Sus dedos juguetearon con las orejitas de conejo.

—Ahí tienes mi respuesta.

Entonces claramente había aceptado.

—¿Sí? —pregunté entusiasmada.

—¡No! —Y se carcajeó de mí—. Te dejo estas preciosas orejas de conejita para que juegues a ser stripper.

Vio tristeza en mí.

—Freya, lo hago por tu bien. Esto no es un juego. Entiéndelo.

—Pero...

Sacudió la cabeza, y con una amplia sonrisa salió de su propia habitación. Y allí me quedé yo... sentada, mirando el regalo que me había hecho. Ni siquiera podía ser sexy con eso (porque daba la impresión de que habían mutilado un precioso peluche para hacer una diadema con orejas de conejo).

La puerta de la habitación se abrió de nuevo. Di un brinco sobre la cama y escondí el regalo. Era Ethan, el mismo que llegó a casa sin sonreír y que lució una amplia sonrisa al verme a mí.

—¿Has acabado el trabajo para clase?

—No.

Tantas horas con Troy y no habíamos avanzado.

¡Suspenso!

—Lo sabía. —Rio, y fue dulce escucharlo—. Mira esto.

Cogí el dosier blanco que me tendió.

Para mi sorpresa, se trataba de los ejercicios que la profesora de química nos había mandado a Troy y a mí. Estaban hechos, con una preciosa caligrafía que reconocí.

Ethan me había hecho los deberes.

—¿Cómo...

Me acercó un poco más a él. Atrapó uno de esos mechones rebeldes que me caían sobre la mejilla y lo dejó detrás de la oreja. Sus dedos acariciaron lentamente mis pómulos y me hizo reír.

—Te conozco, Freya —dijo, y me besó—. Lo dejas todo para última hora. No solo tú eres la culpable. Toy no debería de ser tu compañero.

—Es Troy.

—Sí, ese.

¿Tan distante había estado de él?

Porque en el momento en que mis brazos se cruzaron alrededor de su cuello y mi pecho se acomodó sobre el suyo... me sentí feliz. Estaba ansiosa por estar más cerca de Ethan y de que fuéramos esa pareja que siempre esperé.

—Te... —empecé.

Pero terminó él.

... quiero.

Nos besamos olvidando por completo que el tiempo no estaba de nuestro lado.

—Estás más seca que ayer. —Esa voz me sobresaltó.

Mi compañero de química llegaba tarde a clase. No comprendí por qué la profesora lo dejó entrar, cuando a mí miles de veces me había dejado fuera por llegar algo tarde.

Troy sonrió dulcemente, sacó los libros de su oscura cartera e invadió el trozo de mi mesa con su brazo. Le di un codazo buscando mi espacio. Lograba ponerme nerviosa. El bolígrafo que utilizaba llegó a clavarse en mi piel un par de veces.

—¿Qué quieres?

Sí, lo estaba ignorando.

Pero no aguanté mucho.

—Tenemos que entregar el trabajo. Cosa que no hicimos... —comencé.

Troy jugueteó con el recogido que llevaba.

—Por culpa de tu amigo.

—Novio —gruñí.

—Sabes qué significa eso, ¿verdad?

Alcé los hombros.

Lo que él no esperaba era que el trabajo estaba más que terminado.

—Sorpréndeme, Troy.

—Que tendremos que quedarnos después de clase durante un mes.

Los acelerados pasos de la profesora pusieron fin a nuestra conversación. Golpeó con los puños la mesa y nos lanzó una mirada que realmente daba miedo. Parecía Satán recién salido de la peluquería; con un moño bajo encrespado y un par de rizos que le cubrían el flequillo.

—Mis dos mejores alumnos. —Rio ante su comentario sarcástico—. A ver —estiró el brazo—, el trabajo para clase.

Mi compañero se puso a silbar, esperando a que lo ayudara.

Con una sonrisa triunfante le tendí el dosier que Ethan había preparado para mí. Troy ni siquiera se lo podía creer y la profesora pestañeó repetidas veces ante el milagro que se había obrado.

—¿Freya...?

—Sí. Es el trabajo.

Dio media vuelta.

Se notaba que estaba ansiosa por llegar a su escritorio y corregir.

A Ethan se le daba muy bien la química. O es lo que me dijo (en el instituto era su asignatura favorita).

No hablé más con Troy y, cuando las clases terminaron, salí corriendo (ocultándome hasta de mi amiga Ginger). Me colé en la sala de actos, y allí, junto a mi iPod, empecé a bailar.

¿Que si había olvidado la estupidez que se me ocurrió?

¡No!

Para comprender a Ethan... tenía que ponerme en su lugar.

Empecé a dar vueltas, a mover los brazos de una forma exagerada para que no se mantuvieran constantemente pegados a cada lado de mi cuerpo, a contonear la cintura, a dar saltitos y, lo peor de todo..., intenté mover el escote con el fin de sacudir mis pequeños pechos.

Freya Harrison acabó en el suelo.

—Pareces un pato mareado.

No me enfadé por el comentario.

Troy tenía razón.

—Ahora no, Troy.

Él siguió avanzando.

—Meses atrás hubieras matado por pedirme ayuda.

Cerré los ojos.

¿Matar? La última vez que maté una mosca estuve días llorando.

—No necesito ayuda de nad... —Las palmas de mi mano estaban rascadas por la caída—. Me gustaría aprender a bailar.

—Yo te puedo ayudar.

—¿Tú?

¿Desde cuándo Troy sabía bailar?

—Puedo ser tu Johnny de *Dirty Dancing*.

—Mi Johnny se llama Ethan Evans.

En un abrir y cerrar de ojos, el brazo de Troy envolvió mi cintura y me pegó a él. Nunca había estado tan cerca de su rostro. Sus labios parecían más carnosos y sus pestañas, más largas.

—Prometo mantener lejos mi mano de tu culo respingón.

—¿Crees que tengo el culo respingón?

¿Quién no se había mirado el trasero en un espejo? Pero ayudaba mucho más que alguien te lo viera desde otro ángulo.

Troy siguió riendo.

—¿Estás intentando ligar conmigo, Freya?

«¡Responde! —Seguí mirándolo—. Antes de que crea que sí.»

57

—Troy... —intenté decir.

Él, gracioso, sacudió la cabeza de un lado a otro. Apretó con fuerza mi mano y, con esa mueca divertida, empezó a dar vueltas sin parar. Podía sentir su camiseta pegándose a la mía. Su mejilla acariciaba lentamente mi nariz cada vez que intentaba arrimarse un poco más. Por mucho que tratara de apartarme de su lado, él llevaba el control de mi cuerpo.

Vueltas. Vueltas y más vueltas.

—¿Por qué te gustaba, Freya? —preguntó de repente.

Por fin se dio cuenta de que eso quedó atrás.

—B-bueno... —Cerré los ojos. Eso era peor que la montaña rusa. Reí al notar cómo una de sus piernas intentó colarse entre las mías, y en un tropiezo tonto... le di un cabezazo—. ¿Podemos dejar de dar vueltas unos segundos?

Esos grandes ojos se abrieron.

Troy me soltó y se tocó la frente; ambos la tendríamos enrojecida por el golpe.

—¿Responderás a la pregunta?

Me dejé caer sobre la tarima. Mis piernas, mis brazos... e incluso mi cabeza empezaron a moverse exageradamente. Parecía que estuviera haciendo un ángel sobre una gruesa capa de nieve, cuando en realidad buscaba algo de aire. El ardor de mis mejillas no era nada comparado con mi agotado cuerpo.

—¿Por qué debería responderte? Tú llevas tiempo pasando de mí. Y, de la noche a la mañana... ¡Hola! Freya, la chica que ignorabas empieza a existir. Realmente —suspiré— lo mejor es no aceptar tu ayuda.

Su risa me sorprendió.

—Que yo recuerde nunca te dije que no. —Se sentó bien cerca de mí. Esos carnosos labios siguieron estirados durante un buen rato más. Poco a poco, los acercó a los míos.

Aparté mi mano.

—¡No hablarme es un «no»!

—Eso no es cierto.

Me quedé de brazos cruzados.

¿De qué iba Troy?

¿O por qué quería estar cerca de mí?

—¿Qué te gustaba de mí? —preguntó una vez más—. Quiero decir... —Movió la mano de un lado a otro como si fuera de lo más obvio no acabar la frase. Al ver que no lo entendí, siguió—: ¿Por qué yo?

—Digamos que ser un capullo siempre estará de moda. Y siempre nos gustará esa faceta de chico malo. —No lo miré—. Era tu risa. La forma en la que te alejabas de los demás incluso cuando eras popular. Tus labios. Tu voz. O cómo tus mejillas se sonrojaban cada vez que la profesora te pedía que expusieras algún trabajo ante los demás.

Silencio.

—Me reté yo misma a conseguir ir al baile contigo. Pero tú no estabas dispuesto a...

Siguió él.

—No es...

Lo callé.

Odiaba que me interrumpieran.

Pero me encantaba joder los diálogos de los demás.

—Todo esto es pasado. Cuando decidí pasar el verano con mi padre, todo cambió.

Sonreí. No podía ocultarlo más.

—Por una vez en mi vida —toqué mi cabello— la acosada era yo. ¡Y no de una forma sexual! Ethan siempre estaba allí. Nunca sabía cuál sería su siguiente movimiento —oculté mi rostro entre las rodillas—, pero siempre terminaba haciéndome reír. Él nunca se daba por vencido. Y yo... yo tampoco hacía lo más mínimo para salir corriendo o evitarlo siempre.

—No te creo —siguió con ese tono burlón, así que no me lo tomé a mal.

Me sentía más tranquila.

El descanso me vino bien.

—Ni tú ni nadie lo hará. Pero es así. Yo soy la primera en seguir sin saber por qué Ethan se fijó en mí. —Estiré el brazo para coger el refresco que compré horas atrás—. Siempre me estoy comparando con su exnovia. ¡Es Miss Tetas Globales! Pero él me da confianza. Olvido lo que es el complejo. Su mirada me arropa y me siento deseada por él. Me quiere. Lo quiero. ¿Qué hay de malo en eso?

Troy aplaudió.

—Di que no quieres ir conmigo al baile y no tendrás que soltarme todo ese sermón.

Cerré los ojos.

—No quiero ir contigo al baile.

—Perfecto. —Se levantó del suelo y me miró de reojo. Estaba claro que me dejaría allí, sin clases (esas que tampoco necesitaba, ya que solo dábamos vueltas y más vueltas)—. ¿Para qué quieres aprender a bailar?

—Eso no es asunto tuyo.

—Como tu profesor de baile sí.

¿No tiraba la toalla?

—¡Simple! —Saqué músculo... pero mis brazos eran demasiado delgados para tener algo de forma muscular. Bajé la cabeza—. Quiero saber bailar sin tropezarme.

—Te ayudaré. Pero tendré que sacar algo a cambio.

Con él sí era un pato mareado.

—¿Qué?

—Vendrás conmigo al baile. Sí o sí.

«A Ethan no le gustará.»

Me levanté, ya con la cartera colgando del hombro.

«¿Qué hagoooooo?»

Subí los escalones del edificio con el mismo miedo de siempre. Llevaba días esquivando a mi padre. No quería que descubriera que estaba viviendo en el apartamento de al lado... y encima con dos chicos. Dos chicos ¡strippers!

Tiré de la capucha que llevaba y dejé caer la cartera delante de la puerta de Ethan. Rebusqué las llaves algo nerviosa, cuando de repente una voz femenina me detuvo.

—Hola, Freya. —A ella también la evitaba. Parecía tan alegre como siempre, pero la euforia no la acompañaba—. Me alegro de verte.

—Effie. —Hice un movimiento de cabeza estilo gánster.

Los dedos no encontraban la maldita llave.

—¿Podemos hablar un momento?

—¿De cómo te tiras a mi padre?

«No, gracias», pensé.

Joder.

Dije parte del pensamiento en voz alta; la otra parte quedó en mi cabeza.

Vi la humillación en su rostro. Pero también noté un gran cambio en ella. ¡Adiós californianas rosas! El cabello de Effie volvió a ser rubio natural. Era como si estando con mi padre hubiera madurado.

—Yo nunca quise hacer algo que estropeara nuestra amistad.

¡Que no éramos tan amigas!

—Effie...

—Espera, por favor. —Avanzó. Llevaba un par de bolsas del mercado más cercano al edificio—. Es cierto que una vez dije algo terrible. Pero entiéndeme —se limpió dramáticamente las lágrimas que brotaron de sus claros ojos— mi novio me dejó. Ethan siempre me ha ocultado cosas. Y cuando tú llegaste, él se abrió a ti emocionalmente como si te conociera de toda la vida. Me destrozó, Freya. Siempre pensé que él sería mi único amor.

Bajé la cabeza.

—Sí, todos los hombres me ven como una chica tonta con un cuerpo perfecto con el que jugar. ¡Estoy cansada! —Ese grito me sobresaltó—. Yo también quiero ser feliz. Como vosotros dos. ¿Qué tiene de malo eso?

Estaba viviendo uno de esos momentos en los que no sabía qué decir ni cómo actuar.

—Tu padre... —tragó saliva—, John, él es un gran hombre. Me siento protegida con él. Incluso feliz. Sé que lo nuestro no será para siempre —rio débilmente—, pero quiero disfrutar cada día que pueda. Perdóname, Freya, por ser tan egoísta con mi felicidad.

Por un lado Effie tenía razón.

Mis padres estaban divorciados. Algún día tendrían que hacer su vida por separado.

Pero luego estaba la idea de ellos dos juntos... y era algo difícil de superar.

—No tienes que darme explicaciones, Eff —acorté su nombre—. Yo no soy nadie para oponerme en tu camino.

Effie soltó un grito y se abalanzó sobre mí para abrazarme.

—¡Estoy tan feliz! —Volvió la chica de siempre—. ¡Muy feliz! ¿Me haces un último favor?

Solo esperaba que no estuviera embarazada.

—Depende...

—Tienes que hablar con tu padre. Desde que te fuiste, él está muy mal.

Evitar sus llamadas lo estaba... ¿destrozando?

—Lo llamaré.

—Mejor ven a comer este sábado. ¡Cocinaré yo! A las dos.

Agitó la mano despidiéndose de mí.

¡Genial! Comida «familiar».

—¡Ya estoy en casa! —grité. Por la hora que era, pensaba que Daniel y Ethan ya habían salido del apartamento. Pero no, la luz del comedor estaba encendida—. ¿Hola?

Ethan se levantó del sofá.

Con el ceño fruncido, las mejillas enrojecidas y los nudillos blancos se plantó delante de mí. Solo sonreí, y me colgué de su cuello para besarlo.

—Siento llegar tarde.

—No me has llamado —duró poco su enfado—. Estaba preocupado.

—Estaba... —«miente»— estaba... —«pero miente bien, Freya»— en casa de Ginger. Sí, en casa de ella. Le ha salido un enorme grano en la frente. —Temblé por la repugnancia—. La pobre necesitaba ayuda. Tenía una cita con Byron y la he maquillado bastante.

—¿Un grano?

—¡Enorme! Qué asco. —Saqué la lengua.

Miré por encima del hombro y me encontré a Daniel cantando una canción de Queen y siguiendo el ritmo mientras removía la salsa que estaba preparando.

—¿No vais a Poom's?

Ethan negó con la cabeza.

—Noche libre. Están reformando el escenario. Cambiando la decoración del... —no pudo terminar.

Ambos miramos al cocinero.

—¡Soy una reina! ¡Soooooy una reinaaaaaa!

Aguanté las ganas de reír.

—¿Seguro que no es gay?

Mi novio alzó gracioso los hombros.

—No tengo ni idea. —Se inclinó hacia delante para susurrarme algo en el oído—. Pero esta noche tiene una cita.

Me aparté un momento de su lado y él movió gracioso las cejas de arriba abajo.

—Tendremos que estar toda la noche encerrados en la habitación —añadió.

Sonreí.

—Me parece una gran idea.

Tiró de la camiseta que llevaba.

—Voy a jugar horas con tu cuerpo.

Le pegué en el brazo al notar que me estaba sonrojando.

—Ya veremos, Ethan.

La lengua de Ethan fue subiendo por mi desnudo vientre. Me mordí el interior de la mejilla evitando soltar una risa. No era el momento, no cuando estaba en ropa interior delante de mi novio. Sus dedos quedaron a cada lado de mi cintura y sentí cómo esa fina barba de unos días seguía tocando mi piel.

—Falta algo —susurró.

Clavé los codos en la cama para levantarme un poco.

—¿Quieres que me quite el sujetador?

Ethan se carcajeó.

—Eso lo haré yo, enana. —Me besó—. Me refiero a algo más...

—¡Sirope de chocolate! —Empujé los fuertes hombros de Ethan, dejándolo sentado sobre la cama—. Vuelvo enseguida.

Salí corriendo de la habitación con el conjunto de ropa interior que llevaba. El comedor estaba vacío desde hacía horas. Abrí la nevera y saqué algo delicioso de su interior.

Lo que no me esperaba es que alguien más iría a buscar el sirope de chocolate.

—¡Joder, un pene! —Es lo que vi—. Quiero decir... —Intenté levantar la cabeza, pero no podía—. Daniel. ¡Estás desnudo!

Se tapó con las manos su masculinidad (esa que me apuntó durante unos segundos).

—Y tú estás en ropa interior.

—¿Y? —Me aferré al chocolate—. Yo al menos estoy acompañada.

—¡Y yo!

Cierto; tenía una cita.

Solté una risita tonta.

—¿Eres pasivo o activo?

Daniel me miró mal.

—No soy gay.

—Pero...

Una voz femenina cortó nuestra charla.

—¿Cariño? ¿Por qué tardas? —preguntó, tirando de la sábana que la cubría.

«¡Nooooooooooooooooo!»

—T-t-t-tú.

La apunté con el dedo.

Ella no dejaba de sonreír.

—¡Ethan! —grité desesperada.

Por suerte vino corriendo, con ese blanco bóxer que empezaba a apretarle.

—¿Qué pasa? —Dejó de mirarme—. ¿Débora?

A él también se le entrecortó la voz.

La madre de Byron de vuelta.

58

Estaba demasiado lejos de las tijeras de cocina.

Busqué la mirada de Ethan, el cual pestañeó repetidas veces por no comprender por qué su amigo estaba con esa mujer. Daniel era quien vivió más de cerca el acoso que sufrió Ethan. Y allí estaban, los dos desnudos, sonriendo ante todas las cosas que habían hecho en la cama. Débora me miró; con esa amplia sonrisa que mostraba sus perfectos dientes blancos. El bote de sirope de chocolate se me resbaló de entre los dedos.

Gruñí, y lo único que conseguí fue que Ethan corriera hasta mi lado.

—Vuelve a la habitación —me pidió.

Forcé una sonrisa para que ninguno de ellos dos escuchara lo que estaba a punto de decirle a Ethan.

—Saca la trampa de ratas. Se nos ha colado una esta noche —dije, clavándome las uñas en la palma de la mano—. Dime que estoy en una de mis pesadillas. Que he dejado de ser la princesa más guapa del mundo y que la bruja ha vuelto para hacerme la vida imposible.

—Tú no sueñas con princesas, enana. —Ethan cada vez me alejaba más de la cocina—. Vamos a la habitación.

Quería quedarme allí y escuchar una explicación.

Débora habló de repente:

—¿Todo bien, cariño?

¿A quién llamaba «cariño»?

El ligue que consiguió, nuestro Daniel, ladeó la cabeza hasta mirarla a ella. Al parecer nuestro cocinillas quería dejarla un tiempo más escondida en su habitación, dejando claro que solo era... ¿sexo?

—Verás...

—Tú y yo tenemos que hablar. —Ese era el Ethan de siempre. Clavó sus claros ojos en su amigo, amenazándolo ante la estupidez que cometió.

—Os dejo a solas. —Apretó los brazos bajo el pecho—. Iré a fumar un cigarill...

No acabó.

—¡Aquí no se fuma! —Me sobresalté ante el grito que soltó.

Ethan estaba de los nervios, y lo entendía perfectamente. Durante tiempo había dejado a esa mujer lejos de su lado. Y en unas horas, ese tiempo en el que Daniel bajó la guardia, se coló en su apartamento; desnuda y con ganas de guerra.

—Cierto, cariño. —Movió sus labios como si estuviera lanzándole un beso—. A veces odio tu manía al tabaco.

«¡Se acabó mi tranquilidad!»

¿Qué diablos sabía ella?

Sí, Ethan no toleraba el olor a tabaco...

Tragué saliva.

Débora salió del comedor entre risas. Arrastrando la enorme sábana que la cubría. Dio un portazo al esconderse en la habitación de su amante y nos dejó allí, anonadados.

—¿Te has vuelto loco? ¡Es Débora! Esa mujer solo quiere entrometerse en nuestras vidas. ¿Por qué la has traído aquí?

Dan se sentó en el taburete, cruzando una de sus piernas para que no viéramos lo que le colgaba de ahí. Se rascó el cabello y evitó mirar a Ethan en todo momento. Se había metido en un lío muy grande... y ni siquiera había explicación alguna.

¿Desesperación?

¿Confusión sexual?

¿Borracho?

¿Drogado?

¡Qué más daba!

Quería coger una sartén y darle con ella hasta que despertara y se diera cuenta de que había firmado su sentencia de muerte.

—Hablaré contigo —de repente me miró—, pero a solas.

Estiré el brazo y le enseñé el dedo corazón.

Encima...

Y allí los dejé, solos.

Las doce de la noche y no podía dormir. ¿Débora en casa? Realmente era un empujón para que volviera a irme con mi padre.

Pensando en esa mujer, me acordé de Byron. Él merecía saber la verdad. Esa loca era capaz de engañar a su hijo, lo único bueno que podía tener. Así que le envié un mensaje:

»Freya: Tenemos que hablar.

Esperé unos minutos.

»Byron: Es tarde, Freya. Mañana te llamaré.

»Freya: Tu madre... ¡Conozco a su amante!

Él me ayudó mucho cuando descubrí que mi padre se veía con otra mujer. Encima los dos pasábamos por lo mismo. Nuestros padres habían llegado a una etapa de su vida donde creían que lo mejor era verse con «jovencitos».

»Byron: ¿Quién es?

Sacudí la cabeza.

No podía decírselo por mensaje.

»Freya: Te veré mañana antes de entrar en clase. ¿Recuerdas el callejón donde creímos que estaría Marjorie? Allí estaré. ¡Buenas noches!

«No sabes con quién te estás metiendo, Débora.»
Sonreí.

POV ETHAN EVANS

«No grites. Mantenle la mirada, pero ni se te ocurra gritar», me dije yo mismo.

Apreté los puños con fuerza y, al asegurarme de que Freya había cerrado la puerta de nuestra habitación, hablé con Daniel.

—¡Te mato! —Olvidé por completo lo que era hablar con normalidad. Podía sentir mis músculos tensarse, y los brazos alzándose de mi cuerpo para golpear al imbécil que tenía delante. Estaba claro que Daniel no era consciente de la estupidez que había cometido al meter a Débora en casa. Él la conocía mejor que nadie; una mujer insistente que buscaba llamar la atención de cualquier jovencito. Aunque en ese caso... me buscaba a mí—. Dime que la mascarilla de pelo que llevas te ha dañado el cerebro. ¡Porque no tiene sentido!

Él, tímidamente, llevó los dedos hasta su sedoso cabello. Su imagen le importaba mucho más que discutir sobre la mujer que ocupaba su cama. Con una amplia sonrisa, se levantó del suelo, recogió uno de los calcetines que había sin doblar sobre el sofá y se tapó con él.

—Es una mascarilla normal. Aloe vera. —Rio—. Eso no hace daño a nada. Deberías probarla. Tu pelo brillaría más. Ya sabes, por las luces de Poom's...

Antes de que siguiera con sus trucos de belleza que utilizaba para resaltar sus rasgos, lo empujé por la espalda hasta tirarlo sobre el sofá. Estaba seguro de que como se levantara de allí para esconderse en su habitación, Daniel no vería nunca más la luz del día.

—Si me violas gritaré.

¿Cómo podía tener tanta paciencia con él?

Respiré, quería tranquilizarme.

Moví la cabeza de un lado a otro y estiré los brazos como solía hacer en el gimnasio para no sufrir ninguna lesión. Saqué pecho y lo apunté con el dedo. Sus ojos estaban fijos en los míos. Y si lo miraba tan fijamente... solo era por ver alguno de los efectos del alcohol o de las drogas.

—Habla —lo amenacé.

Daniel quería llevarme la contraria.

—Oblígame, machote. —Me sacó la lengua de una forma que hizo hervir mi sangre—. Según tú... —movió la mano— eres el que más liga de los dos. ¡Pues hoy quien ha mojado soy yo! Le he metido toda mi porra...

Podía estar horas hablándome de todas las cosas que había hecho con Débora en esa cama. Así que opté por dar un salto y caer encima de él para aferrar mis dedos alrededor de su cuello. ¿Que él había tenido sexo! ¡Yo casi había estado a punto!

—¡Te mato! —grité una vez más.

Se movió desesperadamente bajo mi cuerpo.

—E-estoooy... —No podía hablar—. D-desnudooo...

De repente, sentí cómo sus dedos pellizcaron mi costado. Solté un grito de dolor y mi mundo se vino abajo con la siguiente imagen. Débora nos miraba cruzada de brazos, apoyada contra la pared y con una amplia sonrisa.

—¿Eso ha sido un orgasmo?

Mirándolo bien... parecíamos dos tíos jodiéndonos entre nosotros.

Al menos quien estaba arriba era yo.

Me levanté a regañadientes por no poder seguir golpeando al imbécil que tenía como amigo. Evité la maliciosa sonrisa de Débora y me incliné hacia delante para susurrarle algo a Daniel.

—La quiero fuera de mi casa.

—Solo ha sido sexo, Ethan. Te lo prometo.

Eso esperaba.

Pero algo muy dentro de mí me decía que no me libraría tan fácilmente de ella.

POV FREYA HARRISON

—Llegas tarde —dije mirando el reloj.

Byron sonrió al verme tan nerviosa. Me abrazó para tranquilizarme y rodeó mis hombros cariñosamente. No podía creer lo tranquilo que estaba él después de haber descubierto que la madre de mi amigo se acostaba con un stripper. Aunque ese detalle era el único que le faltaba por conocer. A veces lo envidiaba, ya que yo no podía estarme quieta y lo malinterpretaba todo.

Era ley de vida.

Cada uno era diferente.

—Tú dirás.

Bajé la cabeza.

No quería ver esos hermosos ojos a punto de cerrarse por las locuras que su madre cometía constantemente. Cogí sus manos con las mías y bajé la cabeza para susurrarle.

—Su amante es Daniel. El compañero de Ethan.

Tragó saliva.

—¿Otro stripper?

—Sí. Al parecer tiene un vicio... —Me callé. No era quién para decir eso. Aunque sí lo pensaba y ahí nadie me lo podía prohibir—. Puedo romper esa relación.

Byron movió la cabeza, dejando que su dorado cabello le cayera sobre las cejas. Murmuraba cosas sin sentido; miraba el viejo callejón que estaba a unos pasos de nosotros. Él, tanto como yo, seguía con la esperanza de que la familia siempre permanecería unida. ¡Gran mentira!

—¿Cuál es la idea? —dijo.

Recordé el día que perdí a Marjorie. Ese día conocí a un chico que intentó venderme ¿drogas? O eso intentó decirme.

—¡Drogas!

—¿Drogas? —preguntó.

Me encogí de hombros.

Qué inocente era mi Byron.

—Sí, eso que te deja un poco tonto. Puede ir en vena o por la nariz... Pero creo que en el sigo XXI hay más métodos para drogarse. Así que, sí, drogas.

—Sé qué son las drogas, Freya. ¿Para qué las quieres?

Fácil.

—Para metérselas a tu madre en el bolso.

Byron se apartó de mi lado.

—¿Te has vuelto loca? Mi madre es... —pensó el término indicado— una bruja. Pero sigue siendo mi madre. No quiero verla entre rejas. No nos sirve ese plan.

—Daniel es muy delicado. Muy fino para esas cosas. —Dan era una mujer atrapada en un cuerpo de hombre (por eso lo queríamos tanto... incluso cuando ocupaba horas el cuarto de baño. También era quien cocinaba en la casa)—. Él la dejará. Débora —«¿He dicho su nombre?»— tendrá que buscar a un hombre maduro. Alguien que la quiera por cómo es y no por su dinero.

—¿No habrá policía de por medio?

Sacudí la cabeza.

—¿A quién le compramos la droga?

No había ningún problema con eso.

Busqué desesperadamente por todos los rincones.

—¿Qué buscas?

Byron se quedó atrás, con las manos en los bolsillos.

—Algún cartel de VENDO DROGA BUENA Y BARATA. —Pero allí no había nada—. O VUELVO EN CINCO MINUTOS CON LA MEJOR DROGA DEL MERCADO.

Al rubio por poco se le cayó la mandíbula.

—¡Busco al chico! No soy tan tonta, Byron. Claro que sé que no ponen carteles. En las películas no hacen eso.

—Pues espero que aparezca pronto —suspiró—. No puedo faltar a la universidad. Y tú mucho menos al instituto. Ginger me ha dicho que tenéis un examen.

«Mierda —pensé—. Ya me inventaría algo.»

Pero en el fondo él tenía razón.

Había que cometer otra estupidez más grande.

Cogí aire y...

—¡Quiero droga....!

La mano de Byron me calló.

—¿Qué haces? Así no vendrá el vendedor.

Una sombra del callejón se acercó hasta nosotros.

—¿Por qué gritáis? —Era él—. ¡Oh! Sois vosotros.

Le di un codazo a Byron.

—¿Lo ves? —Le guiñé un ojo—. Danos de todo un poco.

Estiré el brazo.

El chico ladeó la cabeza.

—Te dije que no vendía niños.

—Lo sé. —Era tan emocionante... Sentía la adrenalina. Estaba siendo una malota hablando con un gamberro—. Quiero de todo un poco. Y rápido. Tenemos que ir a clase.

Nos miró a ambos. Fijándose en nuestra vestimenta.

—¿Cómo me pagaréis?

—Él te pagará.

Byron sacó su cartera.

—Cien.

¿Cien? Eso era mucho.

Aun así le dije a Byron:

—Paga.

—¿Aceptas tarjetas de crédito?

El desconocido de ojos negros se acercó muy serio. Daba miedo, y vi que del cuello de su chaqueta se asomaba un tatuaje horrible. Ese no era mi tipo de chico. ¡Puaj!

—¿A qué jugáis? —empezó a alzar la voz—. ¿Pensáis que voy a perder mi tiempo con vosotros? ¡Debería cortaros el cuell....!

No lo dejamos acabar. Ambos salimos corriendo y sin mirar atrás.

Menuda aventura.

—¡Imbécil! —grité sin aliento. Había estropeado mis planes—. ¡Gamberro!

—Pero ¡no lo insultes! —Byron siguió tirando de mi brazo.

—Tranquilo. Seguro que encontraré una solución.

Decidí no ir a clase.

—¿Dónde está la harina?

Lo que me mostró Google fue que la cocaína se parecía a la harina. Así que me puse manos a la obra.

—No hemos ido a comprar harina —me respondió alguien.

Qué mala suerte.

—¿Y azúcar glas?

—En el segundo armario.

—Gracias... —Me mordí la lengua—. Hola, Ethan.

«Estúpida.»

—¿Qué haces aquí?

«Di algo coherente.»

—Quería hacer un bizcocho. —Eso era más lógico—. De ahí la harina y el azúcar.

—¿Y el instituto?

Apoyé las manos en la barra.

—Pero qué buen día hace hoy...

—Freya.

—No quería ir. —Así de simple. Pasé por su lado, casi evitando esa mirada que conseguiría que confesara hasta uno de mis mayores secretos (con cuatro años metía los mocos que me sacaba en la boca de mi padre cuando él dormía)—. ¿Estás enfadado?

Colocó sus manos a cada lado de mi cintura y tiró de mi cuerpo. Descansó la barbilla sobre la coronilla de mi cabeza, y sentí cómo negó.

—Siento lo de anoche.

—Débora...

Esa mujer siempre estaba en medio de nosotros.

—Se ha ido.

Eso esperaba.

—¿Cuándo podremos estar solos de verdad? Sin Daniel ni...

—¿Confías en mí? —preguntó.

Moví la cabeza para mirar esos ojos.

Sonreí.

—Sabes que sí.

—Entonces déjame que te lleve a un sitio.

Pero mañana era la comida «familiar».

Ethan siguió hablando.

—No te arrepentirás, Freya.

Sus dedos se colaron en el interior de mi abrigo, y di un salto al sentirlos tan fríos en mi cálida piel. Besó mi mejilla, esperando una respuesta.

59

Antes de que saliéramos de casa lo detuve. Ethan alzó elegantemente una ceja y con una amplia sonrisa tiró de mi brazo hasta pegarme una vez más a él. Sus labios quedaron sobre mi coronilla. Fue inevitable no suspirar a la vez que acomodaba la mejilla sobre su duro pecho.

—¿A qué hora volveremos?

Soltó una carcajada.

—¿Cuál es el problema exactamente? Quiero decir... —sabía que esa amplia sonrisa me invitaría a acceder a cualquier cosa que él me pidiera— mañana no tienes nada que hacer. Nos merecemos como mínimo unas cuantas horas a solas.

Y sí, él tenía toda la razón.

Pero le había prometido algo a Effie.

No me preocupaba el lugar al que me llevaría, más bien esperaba que no estuviéramos todo el fin de semana perdidos (aunque en otras circunstancias me hubiera encantado estar bien lejos de los demás y escondernos un par de días para dar rienda suelta a nuestro amor).

—Ethan... —seguí, comportándome como una pequeña niña. Apreté los dedos en la fina prenda de ropa que llevaba y me alcé de puntillas para besar su mejilla.

Él ladeó la cabeza de un lado a otro y respondió:

—A las dos de la madrugada prometo poner el motor en marcha, Frenicienta.

Esa vez reí yo.

—Cenicienta salió a las doce... —La mirada que me lanzó me hizo callar—. A las dos, ¿eh? ¡Perfecto!

Se apartó de mi lado, pero no antes de darme una ¿orden? Sí. Me pidió cariñosamente que me cambiara de ropa. Por supuesto sin detalles del lugar que pisaríamos, así que estaba muy complicado acertar con la vestimenta perfecta. En la habitación rebusqué en nuestro armario (qué raro sonaba aún decir «nuestro») y de ahí saqué una falda que cubría hasta la mitad de los muslos, una camiseta negra de manga larga para combatir el frío nocturno y unas medias con unas preciosas líneas en zigzag que ayudaban a destacar las cortas botas que llevaba. Una vez lista, salí con mucho cuidado del edificio y bajé las escaleras a una velocidad que invitaba a caer al suelo en cualquier momento.

Una vez abajo, donde Ethan me esperaba con su viejo coche (ese que llamaba demasiado la atención), entreabrí los labios por la sorpresa.

—Pero...

—No digas nada —me advirtió.

Apunté la baca del coche con el dedo.

—Pero...

—No —dijo sonriendo.

¿En serio llevaba eso encima del coche?

¿Dónde iba a llevarme?

Me guardé todas esas preguntas para mí.

Presumí por delante de él de la falda que me había puesto y vi de reojo la sonrisa traviesa que alumbraba su bello rostro. Las puertas del coche quedaron cerradas y nuestra aventura comenzó. Hicimos el trayecto en silencio. Incluso la noche nos pisó los talones después de haber salido tan pronto de casa.

Mi teléfono móvil vibró, y al ver el nombre de la persona que llamaba, tragué saliva y volví a bloquear la pantalla.

—¿Quién es?

Sacudí la cabeza.

Bostecé.

—Nadie. —Ese nadie tenía nombre.

—No te duermas, Freya. Estamos a punto de llegar. —El camino se volvió algo complicado para seguir con el coche—. Toma un poco más de café. Prometo que no olvidarás este lugar.

Mirándolo bien, allí solo había árboles, y más árboles. ¡Estábamos en medio de un bosque! Con lo que me encantaban las picaduras de los mosquitos...

El teléfono volvió a alertarme de un nuevo mensaje.

Terminé por leerlo.

Mensaje de Troy:

Tu «megatrabajo» nos ha metido en un gran problema. Gracias por aparecer por clase, acosadora. Llámame cuando veas esto. T.

¿Ahí había una pizca de ironía?

Lo ignoré, incluso sabiendo todos los problemas que se acercaban. Era normal que la profesora no creyera que el trabajo lo habíamos hecho Troy y yo... Era demasiado perfecto para dos chicos que pasaban de química.

—¡Hemos llegado! —alzó la voz para que dejara de mirar el teléfono móvil.

No me di cuenta, pero mis dedos estaban aferrados con fuerza a ese aparato que intenté apartar al ver el nombre de Troy. Pero no lo hice.

Le sonreí.

—¿Adónde? Aquí no hay nada... salvo —miré el cielo— estrellas.

Y lo entendí todo.

Sobre la baca del coche había un colchón y en los asientos traseros una pila de mantas; y sobre nosotros... sobre nosotros había un bello manto de estrellas que nos iluminaría la noche.

—¿Te gusta?

—¡Me encanta! —Salí del coche, y en unos segundos tuve a Ethan a mi lado—. Es precioso.

—Tú sí que eres preciosa, enana.

Rozó con sus labios los míos, gesto que me derritió. Me ayudó a subirme sobre el colchón, y una vez arriba, tumbada y sin él, seguí mirando las estrellas. Nunca esperé ver el lado tierno de Ethan, porque él era demasiado apasionado. Y estaba encantada. Yo le daba amor y él me lo devolvía con doble dosis.

—¿Estás cómoda?

Asentí con la cabeza.

Solo podía suspirar al notar su mano subiendo por el interior de mis muslos. Su lengua, mientras tanto, recorrió la curva de mi cuello, haciendo que mis ojos se cerraran y dejara de ver el hermoso espectáculo que tenía delante.

Uno de los dedos se detuvo entre mis piernas, rozando la fina tela de las medias hasta presionar sobre la ropa interior. Gemí. Mis ojos se agrandaron.

—¿Quieres que me detenga?

Me levanté sobre los codos.

—¡No!

Rio contra mi cuello.

Durante unos segundos solo se limitó a presionar, a jugar con mis movimientos de cintura cuando busqué mucho más de ese dedo intruso que parecía que en cualquier momento penetraría en mi interior. Y él sería capaz. Solo tenía que romper las medias y dejar a un lado la ropa interior blanca que llevaba.

—Hace calor.

Estaba de acuerdo.

Hundió los puños sobre el colchón, y mis manos corrieron por su abdomen y alzaron la camiseta que tanto quería apartar de su duro, perfecto y moldeado cuerpo. Siempre que lo veía desnudo... lo miraba como la primera vez que estuvimos juntos. Sonreía y tocaba cada línea que se marcaba bajo su pecho.

—Creo que ya no necesitaré esto. —Apunté la camiseta. Ethan recogió mi cabello, y yo misma me ocupé de quitarme una de las prendas que me seguían abrigando. Cuando intenté desprenderme del sostén, él me detuvo—. ¿Qué?

Su cálido aliento tocó mis labios.

—Eso es trabajo mío.

Jadeé.

Su técnica de quitar sujetadores con una mano era increíble. Y eso me llevaba a pensar cuántos habría quitado con una sola mano.

Sacudí la cabeza queriendo borrar esa imagen.

—¿Pasa algo, Freya?

Ahora era su piel la que cubría la mía. Era Ethan quien me protegía del frío de la noche.

Envolví con mis brazos su cuello, e hice lo mismo con mis piernas, las cuales quedaron en su cintura. Besé casi desesperadamente sus labios y me moví en busca de la abultada zona que me hacía gemir. Su endurecido miembro se frotó contra mi sexo.

Apreté las uñas en los amplios hombros de él.

Ethan gimió mi nombre. Al parecer, que me moviera contra él provocaba que quisiera ir mucho más rápido de lo que había planeado. Bajó su cabeza por mi cuello y sacó la lengua para lamer uno de mis pechos. Eché hacia atrás la cabeza al sentir que era algo más que un rápido lametón. Mordió el endurecido pezón y, sin verlo, podía imaginar esa sonrisa traviesa.

Con él olvidaba uno de mis mayores complejos; tener los pechos pequeños.

Su otra mano se ocupó de arropar el otro; acariciándolo y meciéndolo delicadamente.

—¿Dijiste a las dos...? —grité por el aumento del calor que provocaba su entrepierna en mí—. L-lo retiro...

Estiró nuestros brazos a cada extremo de nuestro cuerpo y apretó mis dedos contra los suyos, aprisionándome con su agarre.

Mis músculos no eran los únicos que temblaban.

—Me da la sensación de que quieres algo —dijo con una amplia sonrisa.

Sacudí la cabeza.

No podía mover los brazos.

—Es la sensación de querer todo de ti.

Liberó nuestras manos y bajó una vez más hasta mis nerviosas piernas. Ethan subió sus dedos lentamente, hasta detenerse en un lugar en concreto. Apreté los dientes al descubrir sus intenciones; coló uno de sus dedos en mi interior para asegurarse de lo preparada que estaba para tomar su miembro dentro de mí. Y cuando mi cuerpo reaccionaba en busca de más, él siguió adentrando un segundo y tercer dedo.

—¡Más! —pedí.

Sabía que ya estaba protegido con el condón que sacó del bolsillo trasero de su pantalón.

Un pequeño grito se escapó de mis labios ante el abandono de la mano que aprisioné entre mis muslos. ¡Quería ser suya! Arqueé las caderas, y con su ayuda, llegó hasta mi entrada sin ningún problema. Apreté las manos en su brazo y esperé a que el ritmo se volviera más rápido que al principio. Nuestros alientos se mezclaron y jadeamos juntos. Siguió penetrándome; repartió besos desde mis mejillas hasta mis labios; clavó sus uñas a cada lado de mi cintura por ir más rápido y no querer salir de mi interior.

Las hermosas estrellas seguían ahí arriba, observando el pequeño placer del que disfrutaban las personas.

Quedé a horcajadas sobre él. Mi nariz quedó oculta en la curva de su cuello, como la primera vez que hicimos el amor (aunque en esta ocasión no fue tan torpe y dolorosa). Me arqueé para recibir más embestidas.

Los movimientos se hicieron más rápidos, mientras que los dos buscábamos acercarnos al final... en busca del clímax.

El placer envolvió mi cuerpo, dejando que una ola de sensaciones me dejara agotada y sin saber qué hacer. Sus brazos me sostuvieron, y noté los últimos movimientos de la pelvis de Ethan. Caímos contra el colchón, abrazados y recuperando algo de fuerza. Respiré contra su pecho y volví a mirar el cielo.

—Gracias.

Acarició mi frente, que estaba humedecida.

—¿Por qué?

Siempre estábamos igual.

— Por recordarme por qué te quiero.

—¿Soy un buen amante? —Golpeé sus costillas, y Ethan rio—. Te quiero, Freya. Tú eres esa persona que llena mi vida. Contigo no me siento vacío. Te...

Finalicé la frase por él antes de quedarme dormida.

... quiero.

60

Ignoré las voces que escuché a lo lejos. Únicamente reconocí una, la de Ethan. Soltó una risa. Segundos después otro chico lo acompañó. Pensé de inmediato en Daniel; el mismo que había tenido el apartamento para él solo. Solo esperaba que su amante no hubiera vuelto a pisar el mismo suelo que las suelas de mis zapatos (ya que unos viejos zapatos llenos de barro valían más que ella). Me removí en los asientos traseros y solté un bostezo.

—Subiré el colchón por el ascensor. Tú encárgate de Freya.

Abrieron la puerta del coche.

—Te la cuidaré. —Se inclinó hacia delante e intentó cogerme entre sus fuertes y depilados brazos. Siguió tirando hasta que golpeó mi cabeza al sacarme rompiendo así su promesa—. ¡Maldición! Lo siento.

Abrí los ojos.

—Me has hecho daño.

Me toqué la cabeza.

Había pasado una gran noche con Ethan, pero ahora me saldría un chichón enorme en la cabeza. ¿No podía ser normal durante unas horas? ¡No! Mi rostro enrojecido del dolor, los labios apretados para no gritar y ese chichón que saldría... me haría parecer un maldito alienígena caído de alguno de esos planetas sin descubrir. Era más que un bicho raro.

—Lo siento —repitió de nuevo.

—Ahora llévame como una princesa por las escaleras —le ordené. Daniel cerró los ojos—. ¿Qué?

—Un *déjà vu*.

—¿Perdón?

Alzó un poco más mi cuerpo.

Dan soltó una risita tonta.

—Recuerdos, Freya, recuerdos. Uno cuando va borracho hace muchas locuras. —Enarcó una de sus finas cejas—. ¡Qué cosas!

¿Por qué me daba la impresión de que Ethan estaría en ese recuerdo?

—Eres raro —le confesé.

Seguimos subiendo piso tras piso por las escaleras. Yo me encontraba cómoda en sus brazos... pero no eran los de Ethan. Estaba tan concentrada en la mirada de él, que me dio la impresión de ver que sus ojos bizqueaban un poco (y seguramente lo hacía para reírse de mí; solo le faltaba sacar la lengua).

—Los raros dominaremos el mundo.

Al menos éramos más originales.

Aunque Daniel tenía un montón de fotos enfrente de un espejo sacando morritos... algo que no podía ser nada bueno para la humanidad. ¿Y ese intento de hacerse youtuber? Había más de cien vídeos colgados en internet en los que salía él bailando con un tanga de leopardo.

—¿Estás enamorado?

—Sí.

La bruja lo enamoró.

—Débora... —comencé, pero él siguió.

—De mí. —Rio y me miró de reojo—. Por encima de cualquier mujer... siempre estaré yo. Una persona puede darse amor y placer...

—¡No! —grité, olvidando por completo que mi padre podía escucharme y más cuando estábamos tan cerca—. No digas eso.

—¿Masturbarse?

Salté de sus brazos.

—Eso son cosas íntimas. No deberías decirlas.

Él me siguió, burlándose de mi reacción.

—¿Tú...?

—¡No!

Al cerrar la puerta, Ethan se acercó a nosotros al oír nuestros gritos. Nos miró a ambos e hice lo que estaba deseando hacer. Correr hasta sus brazos y ocultarme del pervertido compañero de piso que teníamos.

—¿Qué pasa? —preguntó Ethan.

Daniel silbó.

—Nada.

Lo apunté con el dedo.

—¡Se toca la cola! Me lo ha dicho. —Me miraron raro—. ¿Pene? ¿Miembro? Eso que os cuelga flácidamente cuando no estáis erectos...

—¡Basta! Es hora de dormir.

Ethan siempre terminaba regañándonos como si fuéramos niños de cinco años. Tiró de mi brazo y por encima del hombro visualicé la burlona lengua de Dan.

Una vez en la habitación, él se tumbó en la cama mientras yo me quitaba las botas.

El teléfono móvil sonó.

Eran las tres de la madrugada.

—¿Quién es? Insiste demasiado.

Eran mensajes de texto.

—N-nadie.

Tiré de la sábana.

Volvió a vibrar sobre la mesilla de noche.

Si era Troy de nuevo... lo mataría.

Mi brazo quedó sobre su desnudo torso. Me acurruqué junto a él y Ethan se movió hasta alzarnos a los dos de la cama. Cogió el teléfono móvil, a punto de leer el mensaje.

—¡No!

Tarde.

Estaba en su poder.

—Estoy pensando en ti. Cada día te necesito más. Quiero desnudarte. Arrancarte la ropa con los dientes... —comenzó a leer el mensaje en voz alta.

Tragué saliva.

61

Inmediatamente, una vez que terminó de leer el mensaje de texto, bajé la cabeza avergonzada. La primera que no entendió nada fui yo. Y eso era algo que no podía demostrar, ya que el mensaje llegó a mi teléfono móvil. Había estado horas evitando leer cualquier estupidez que me hubiera enviado Troy, pero Ethan se cansó del sonido (solo el sonido que provocaba el aparato al vibrar). Tiré de la sábana, nerviosa. El silencio me incomodaba, y el chico que estaba delante de mí no era capaz de decir nada.

Busqué algo de valor.

—No es lo que parece... —comencé.

Ethan me interrumpió.

Empezó a reír descaradamente; a alborotarme el cabello de manera graciosa. Besó mi mejilla y volvió a tumbarme en la cama.

—¿Q-qué? —No entendía nada.

Miré esos claros ojos.

—Ginger se ha equivocado. Al final del mensaje pone —cerró los ojos, como recordando las últimas palabras—, «Te quiero, Byron.» Siempre tuya... la chica que te devoraría.

Mis hombros se relajaron.

Era como haberse quitado varios kilos de encima. Ese sentimiento de culpa al pensar que Troy estaba detrás de ese mensaje me volvió loca. ¿Por qué? Porque me veía con él después de clase sin decirle nada a Ethan.

Reí nerviosa.

Tenía que disimular un poco mejor.

—¿G-Ginger? —No quería tartamudear—. Ja-Ja. Siempre taaan graciosa. Vamos a dormir.

—¿En quién habías pensado?

Alcé el rostro del escondite (la curva de su cuello).

—En nadie.

—¿Segura?

Asentí con la cabeza.

—Tienes un mensaje más. Lo sabes, ¿cierto? —¿Otro? «Otro no, por favor»—. Si quieres...

—¡Ethan! —No quería alzar la voz. Pero lo hice—. Estoy cansada. Mañana tengo la comida «familiar» con Effie y mi padre. Y tú... tú estás ansioso por mirar mi teléfono móvil —le di la espalda. Cerré los ojos esperando que la psicología inversa funcionara—. Lee lo que tú quieras. Pero a mí —él se movió de la cama— déjame dormir.

Pasaron unos segundos.

Unos largos segundos que en cualquier momento se convertirían en minutos.

—Tienes razón, enana. —Besó mi mejilla. Rodeó mi cintura con su brazo y pegó su pecho a mi espalda—. Mañana te espera un gran día.

¿Gran día?

Sí, quería hacer las paces con Effie.

Pero no estaba tan loca.

¿Effie, mi madrastra?

¡Demonios! Eso era una Navidad rosa.

—Acompáñame.

—¿Qué? —Ahora quien estaba nervioso era él.

—Ven conmigo. Tú conoces mejor que yo a Effie. No sé por qué... pero he pensado que ella sería capaz de decirle a mi padre que quien está manoseando a su pequeña —aguanté las ganas de reír— eres tú.

Sus dedos temblaron sobre mi vientre.

Y es que Ethan, a pesar de todo, admiraba a mi padre. Lo quería tanto como yo. Así que lo mejor era ocultar que estábamos juntos. Pero cualquier día (y esperaba que uno cercano) mi novio tenía que ser capaz de decirle que estábamos juntos y enamorados.

—No puedo.

Mintió.

—Mañana no trabajas. Bueno... —sí, pero no por la mañana—. Daniel me ha dicho que mañana Poom's abrirá más tarde. No tienes nada que hacer.

—Inventario. Ayudaré.

¿Eso era una excusa?

—Ethan...

—Freya —nos miramos a los ojos—, ¿cómo miraré a tu padre? Le has dicho que estás con tu madre —se tocó la frente— y es mentira. Te estoy encubriendo.

Ni que hubiera matado a alguien.

—Porque me quieres.

Suspiró.

—Sí, te quiero. Pero no quiero seguir mintiendo.

¡Un momento!

—¿Quieres decirle...

—Quiero, pero aún no he encontrado el momento para decirle a John que quiero estar con su hija. —Acarició lentamente mi mejilla y, al verme sonreír, acercó sus labios hasta encajarlos perfectamente con los míos. Esos ardientes besos eran los que me quitaban el sueño. Los que me incitaban a tocarlo y a besarlo sin pensar en nada más... salvo en él—. Quedan dos meses para que acabe el instituto. Se lo diremos.

Aparté el oscuro cabello que le caía sobre las cejas.

—¿Antes de ir a la universidad?

Otra risa más por su parte y me tumbaría sobre su cuerpo para no soltarlo nunca.

—La universidad. —Tocó su nariz con la mía—. Voy a tener que estar con los ojos muy bien abiertos. No me fío de tus compañeros, Freya.

Me mordí el interior de la mejilla y apreté el dedo sobre su pecho.

—Aún no los conozco.

—Yo sí —dijo, con una amplia sonrisa—. ¡Y no me caen bien!

Empezamos a reír.

Nunca había estado tan protector conmigo (o quizá me di cuenta demasiado tarde). Por supuesto que Ethan me quería. Tanto como yo lo quería a él.

Respiramos hondo antes de llamar a la puerta.

—Recuérdame por qué acepté venir contigo.

Fácil.

—Era esto —alcé la cabeza para mirarlo— o ver *Frozen*. ¡Y tú odias *Frozen*!

Ethan negó con la cabeza algo asustado.

—No odio los dibujos. —Tragó saliva, aunque era por la idea de pensar que mi padre estaba al otro lado—. Más bien es cuando te pones a saltar sobre el sofá y cantas «Let it go... Let it go» mientras me lanzas cubitos de hielo.

Me crucé de brazos.

—Tu hermana me recomendó la película. Aunque la verdadera historia es más sádica y me gusta más. Yo no tengo la culpa —le di un codazo— de que mi novio no pueda ver películas de miedo.

—¡Sí que puedo! —Bajó la cabeza—. Es la sangre.

—¿Qué pasa con *Crepúsculo*? Vampiros sin sangre.

Me lanzó una de esas miradas que realmente daban bastante miedo.

—¡Yo soy un hombre...

De repente se calló.

—¡Hola! —gritó Effie al abrir la puerta. Seguramente nos escuchó discutir—. ¿Ethan? ¿Tú también te vas a quedar a comer? —Nos guiñó el ojo. «Oh, oh»—. ¡Adelante, adelante! Estoy terminando de bañar al pato.

¿Pato?

¿Había pato para comer?

Me entraron náuseas.

No podía quitarme de la cabeza la imagen de Effie bañando a un pato en mi propia bañera. ¿Y mi padre? ¿Él no le había dicho nada? ¿Tan enamorado estaba de ella?

Entramos en el comedor. Fui con la idea de ver cosas rosas, pero para mi sorpresa todo estaba igual. Al parecer Effie había vuelto con sus compañeras de piso. A mi padre le afectó verme marchar con «mi madre» así que cada uno tenía su espacio.

Al escucharme entrar en casa (o, mejor dicho, al oír los gritos emocionados de Effie), mi padre se levantó del sofá, tirando a un lado el periódico del día y empujando a Ethan para alejarlo de mi lado y darme un fuerte abrazo.

—Freya.

Yo también lo abracé.

—Papá.

—Estás más alta.

Bizqueé los ojos.

—Papá, yo ya no crezco.

Además, solo llevaba días sin verme.

—¿Tu madre y tú estáis bien?

Hora de las mentiras.

—Muy bien. Yo en el instituto —Ethan siguió apartándose de nosotros—, y mamá con... —sonreí— conociendo a un hombre.

Mi padre me apartó de su lado. Con las manos sobre mis hombros, agrandó los ojos ante la noticia que le había dado. No parecía muy entusiasmado... más bien molesto. ¿Señales? Sí. Seguía queriéndola.

—¿C-conociendo...

—Sí. La tía le ha dicho que es hora de que pase página.

Él no me creía.

Sonrió.

—Tu tía no diría eso.

—Cierto. —Me acerqué un poco más a Ethan—. Le dijo que era hora de tener sexo. Así que la apuntó a una página web para conocer solteros. Y, ¡tachán! Ahí conoció a su cita.

—¿Q-qué?

Effie interrumpió la conversación que ni siquiera escuchó. Tiró del brazo de John (el cual estaba sonrojado y no de vergüenza) y nos invitó a que nos sentáramos alrededor de la mesa. Ethan no era el único que

347

estaba nervioso. Mi padre era consciente de que estaba saliendo con la exnovia de nuestro vecino, así que bajó un par de veces la cabeza cuando Ethan le respondía. En ningún momento sospechó algo de nosotros. Él seguía pensando que vivía con mamá... cuando en el fondo estaba a unos metros de él.

—Espero que tengáis mucha hambre.

Miedo me daba.

—Por supuesto, cariño —le respondió mi padre.

«Qué asco.»

—Sé que es tu plato favorito, terroncito de azúcar.

«Más asco. ¿Qué te he hecho, karma?»

Aproveché que ellos no nos miraban.

—¿Por qué la llamabas «terroncito de azúcar»?

Sí, Ethan también la llamaba así.

—No quieres saberlo —me susurró.

—Sí, sí quiero.

Ladeó la cabeza no muy convencido.

—Para llevármela más rápido a la cama.

Tenía razón. Lo mejor era no saberlo. Ya que en un intento rápido, intenté coger un cuchillo y clavármelo en el cráneo para no pensar en que mi padre se la llevaba a la cama con palabras ñoñas y muy tontas. Ethan me paró a tiempo. Sonrió a la parejita y le tendió mi plato para que me sirviera un poco del primer plato.

Y es que el primer y el segundo plato era lo mismo.

¡Pato!

Con la misma energía de siempre, Effie levantó la tapa esperando que los demás nos asombráramos por el logro que había conseguido. Dentro de la cacerola solo había un bicho pálido flotando en agua.

—¿Por qué no está igual que en la foto? —preguntó, mostrando el libro de cocina.

Papá metió el cucharón para moverlo.

El animal dio un brinco y empezó a salpicarnos a todos. ¡Estaba vivo!

—¿No lo has matado? —Yo no iba a comerme eso vivo. Ni el sushi me gustaba—. ¡Ethan, cuidado! Que te va a atacar...

—¿Seguro que no os habéis quedado con hambre? —Effie estaba preocupada.

Ethan le respondió.

—No, tranquila. —Sonrió cariñosamente y no me molestó—. Las salchichas al microondas estaban muy ricas. Era lo que siempre cocinabas.

—Sí. —Rio—. ¿Te acuerdas de esa noche que...

—¡Basta! —Eso sí que me molestó. No hacía falta que recordaran viejos tiempos—. Tenemos que irnos. Papá, adiós.

—¡Espera, Freya! —Papá apareció con el pato entre sus manos—. Quiero decirte que te echo de menos. Cuando quieras... vuelve.

Respondí, pero mirando al suelo.

—Me lo tengo que pensar. —Aun así lo abracé—. Te quiero, papá.

—Y yo a ti, pequeña.

Nos despedimos de ellos, Ethan también tenía que irse. Bajó las escaleras, pero antes avisó a Daniel para que se arreglara. Él lo esperaría en el coche.

Abrí la puerta. No contaba con encontrarme a Débora sentada en el sofá. Se levantó y caminó hasta mí con esos andares tan llamativos (cruzando las piernas como si se tratara de una modelo).

—Hola —me saludó.

—Hola —dije sin más.

—¿Dónde está Ethan?

Gruñí.

—No es problema tuyo, Débora.

Arregló su cabello recién teñido de rubio.

—Y el tuyo tampoco.

—¿Qué?

—Ya sabes. —Se tocó el caro collar que llevaba y relucía en su cuello—. Al parecer Ethan no es muy importante para ti. Ni siquiera eres consciente de que ya no cobra su sueldo de stripper. —¿Qué estaba diciendo?—. ¡Oh! ¿No lo sabías? Ethan ahora sirve copas en Poom's. Al parecer desea ser muy fiel a la pequeña mocosa a la que quiere. —Eso era imposible—. Estás tan metida en su vida que no puede ayudar a sus queridas madre y hermana. ¡Pobrecitas!

—No sé qué estás diciendo...

—Tú eres la culpable de todo. —Por una vez, parecía que Débora estaba diciendo la verdad—. Yo le ofrecí un gran puesto; con un sueldo con el que podría sacar a su familia de esa pequeña casa destrozada que tienen a las afueras de la ciudad. ¿Que por qué no ha aceptado? Porque tú cierras sus puertas. Nunca terminará su carrera universitaria. Y siempre estará en Poom's mostrando esa belleza masculina a mujeres como yo. ¿Eso te gusta?

Sacudí la cabeza.

Era cierto que Ethan estaba algo cansado de Poom's... pero no me dijo que había dejado de bailar y que su sueldo era ahora más bajo. Llegué a entender que era su trabajo... así que, ¿qué estaba pasando?

La madre de Byron me tendió una tarjeta.

—Si lo quieres, deja que se marche de tu lado.

Daniel salió de su habitación.

Rodeó los hombros de Débora y me miró a mí.

—Freya —lo miré—, ¿estás bien?

Débilmente dije que sí.

—Estoy cansada. —Me atusé el pelo—. Me iré a dormir. Ethan te está esperando en el coche.

—¡Sí! —gritó—. Tenemos que bailar mucho esta noche.

Débora me miró, constatando que ambos me habían ocultado la verdad.

¿Ethan necesitaba dinero para dárselo a su madre y no me lo dijo?

Cuando ambos me dejaron sola en el apartamento, leí el mensaje que me envió Troy la noche anterior.

Nuevo mensaje de Troy: Llámame. Lo que tengo que decirte te encantará.

Y lo llamé.

Al menos Troy siempre fue sincero conmigo.

350

62

Conocía a Troy. Seguramente se encontraba delante de su enorme televisor jugando a uno de los videojuegos que tanto le gustaban, y más cuando era su abuelo quien se los regalaba. Estaba ignorando mi llamada. Imaginé durante unos segundos que el chico giraba el cuello y se encontraba con la pantalla de su teléfono móvil iluminando parte de la mesa de su escritorio; de sus labios aparecería una amplia sonrisa y después volvería a mirar esos juegos de guerra. Seguí insistiendo. Él me había mandado un mensaje, quería hablar conmigo.

Débora fue la última persona que vi en ese día tan perfecto. La única manera de olvidarme de su orgullosa sonrisa (con pequeñas arrugas que se marcaban) era hablar con alguien. Ethan no estaba, Daniel tampoco, Ginger estaba con Byron y Effie... ella estaría viendo una película con mi padre (¡sí!, eso quería pensar yo). Así que el único que me quedaba, el único que parecía que se acordaba de mí en los momentos que más necesitaba un hombre para llorar (de la forma más dramática) era Troy.

El mismo Troy que empezó a ignorarme de nuevo.

—¡Menudo imbécil! —grité al escuchar el contestador de voz.

—¿Freya?

No, no era el contestador.

—T-Troy...

—El mismo. —Rio—. ¿Qué quieres? Sábado por la noche. ¿No te has replanteado la idea de que esté ocupado...?

Le corté antes de que siguiera haciéndose el interesante:

—Me has llamado tú.

—Exacto.

Menuda conversación estábamos teniendo.

—¿Entonces?

—¿Qué? —preguntó, pasando el teléfono móvil de una oreja a otra. El sonido del piercing que llevaba se escuchaba por el duro roce.

—¡¿Qué quieres?!

Estallé.

—Nada.

Apreté la mandíbula.

Troy llevaba dos días enviándome mensajes de texto cargados de ironía. Entre líneas se podía leer que se quería poner en contacto conmigo. El año pasado (como adolescente que era) hubiera corrido hasta su casa con pijama incluido. Ahora, la nueva Freya (esa que estaba madurando poco a poco) estaba sentada en el sofá sin soltar un grito desesperado y lleno de excitación por hablar con ese chico tan guapo.

¿Guapo?

Tenía su puntito...

«¡Freyaaaaaa!»

«Que sí —me dije yo misma—. Ethan.»

«Exacto.»

—No es un buen momento. —Me toqué la frente y dejé descansar la cabeza—. ¡Así que, por favor, habla!

Calló.

Él nunca cambiaba.

O quizá es que nunca llegué a conocerlo bien.

—¿Cómo lleva tu novio que te veas conmigo? No me refiero a las clases de baile... más bien a que nos veamos como compañeros de química. —El sonido de fondo (esos disparos que eran aterradores) se silenció—. Tu gran trabajo ha terminado siendo un fastidio. Vamos, que tenemos que volver a repetir el proyecto.

Algo así me había dicho en los mensajes.

—¿Qué hay que hacer?

—Hacerlo de nuevo.

—Y ¿qué gano con eso?

A una parte de mí le daba igual la nota final de química. Otra, esa parte oscura que todos teníamos, brincaba por escuchar «¡la universidad!». Sí, porque como los demás, yo también quería ir a la universidad.

—Aprobar la asignatura. ¡Con un solo trabajo para clase!

Gritó tan fuerte que aparté el teléfono de mi oído.

—¿Para cuándo?

—La semana que viene tiene que estar en su mesa. He pensado...

Sus ideas me daban miedo.

Pero siguió hablando.

—... que después de tus clases de baile, podríamos ir a mi casa a estudiar.

La última vez su mano voló muy lejos. Recorrió desesperadamente mi cuerpo. Parecía un animal en celo (o estaba exagerando un poco, ya ni me acordaba). Por suerte Ethan llegó a tiempo. Aunque yo misma me habría podido defender perfectamente.

En mi cabeza había una larga lista de cosas por hacer antes de ir al baile.

Ethan tenía que conseguir un trabajo mejor.

Conocer a la madre de mi novio.

Aprender el nivel básico de ser una stripper.

No morir en el intento de subirme o dar vueltas alrededor de una barra.

Probar el nuevo crecetetas.

Aprobar mi último curso.

Y pasar la noche del baile junto a Ethan Evans.

Al menos esperaba tachar unas cuantas.

—En tu casa no. —Troy refunfuñó—. En la mía.

—Tu novio no parece...

—En la casa de mi padre. Ethan no tiene por qué saber que estoy estudiando contigo. —Me estiré en el sofá—. Se lo contaré cuando acabe todo. ¿De acuerdo?

—¿Cómo comprarás mi silencio?

¡Capullo!

—¡Con química!

—No —dijo entre risas—. Irás conmigo al baile, ¿recuerdas?

Por supuesto que no. El día del baile... el día del baile quería estar con Ethan.

—No acepto un «no». «Sí» y punto. Nos vemos el lunes en clase, diosa del amor.

Finalizó la llamada de esa manera que nunca esperaría por su parte. ¿Diosa del amor? Solo esperaba que lo dijera por la descripción de mi nombre.

Pero algo tenía que admitir. Cuando Troy colgó el teléfono... me sentí sola. Las palabras de Débora volvieron a mi cabeza. Ethan no podría haber dejado su trabajo por mi culpa. Cogí el abrigo que colgaba en una de las sillas del comedor y salí de casa sin mirar lo tarde que era. Una vez en el pasillo, me encontré a Effie, que salía de casa de mi padre con una amplia sonrisa.

«No preguntes.»

—Buenas noches, ¿qué tal?

«Mamá y sus manías de que fuera algo educada con los demás.»

—¡Freya! —Dio un brinco y pasó sus brazos alrededor de mi cuello. Sus labios estaban muy cerca de mi oído. Eso solo significaba algo: iba a quedarme sorda—. Estoy muy bien. Feliz. Contenta. ¡Orgullosa de todo! La comida ha salido genial. El patito sigue haciendo cuac, cuac. Tu padre...

Calló.

Agrandó sus ojos y me miró con un sonrojo en las mejillas.

—... está descansando. Llevaba días sin verlo tan feliz. —Se colgó el enorme bolso que siempre llevaba junto a ella—. Tú eres su felicidad —tocó graciosa mi nariz— y la de alguien más.

¿Hablaba de Ethan?

¡Ethan!

Quería ir a Poom's.

—Effie —ella era la única que me podía llevar—, ¿tienes algo que hacer?

Sacudió la cabeza.

—¿Recuerdas el día que te llevé a Poom's? Llévame allí, por favor.

No dijo nada más. Aferró sus dedos alrededor de mi muñeca y tiró de mí.

Agradecí que Effie se mantuviera en silencio. Podría haber preguntado por qué estábamos allí. Apretó los labios y, con una sonrisa, se acercó hasta el chico que cobraba la entrada de Poom's. Al parecer, esa chica que intenté odiar era una buena amiga que me estaba ayudando. Me llamó cuando la puerta quedó abierta y seguí sus pasos en busca de Ethan.

El local estaba tan lleno como siempre. Un numeroso grupo de mujeres gritaban cerca de la pista donde un chico de cabello rosado bailaba alrededor de una silla (la silla estaba ocupada por una mujer que llevaba una diadema con penes de peluche que se movían de un lado a otro). Los camareros paseaban por las mesas con un simple delantal, ya que estaban desnudos con el culo al aire y su perfecto pecho duro.

Donde había más mujeres —lo cual me sorprendió— era cerca de la barra. Eso era algo que no llegaba a comprender, ya que los camareros servían para que ellas no se levantaran de sus cómodos asientos.

Un chico moreno, de enormes ojos azules, paseó de pie por la larga barra. Movía entre sus fuertes manos dos botellas de vodka, y con una amplia sonrisa bajó su cuerpo, quedándose bien cerca de una mujer que no dejaba de gritar. Él, que solo llevaba desnudo su pecho, le guiñó un ojo y mojó los labios de la mujer con un poco de alcohol.

Débora tenía razón.

Ethan era el camarero.

La risa nerviosa de Effie hizo que girara la cabeza.

—Te quiere —dijo—. Tú tenías razón. Ethan mantenía una doble vida. ¿A quién se lo confesó? A ti. Estuvo años conmigo. Llegaba a clase cansado porque no dormía; se quedaba horas y horas descansando a mi lado porque no quería volver al lugar donde trabajaba. —Vi en sus ojos algo de dolor—. Está, y estará, locamente enamorado de ti.

Yo en ningún momento dije que no me sintiera querida por él.

Pero me dolía que Ethan tuviera que ocultarme algo como eso. Cambió por completo. Por mi culpa.

Se bajó de la barra después de servir a todas las mujeres. Les dio la espalda y se quedó de brazos cruzados. En sus labios no estaba esa sonrisa que siempre lo acompañaba cuando trabajaba en Poom's. No. Más bien parecía preocupado, incómodo.

—¿Podemos volver? —Effie asintió con la cabeza—. Gracias.

—Freya —me detuvo cerca de la puerta—, eres agraciada al conocer el verdadero amor.

No la entendí.

Ella, por una parte, también.

—Pero tú...

—Tu padre es un gran hombre. Pero no creo que yo sea la mujer que quiere en su vida. —Cerró los ojos. El dolor que sintió no fue por ver a Ethan de stripper. Ella lo quería, pero como un amigo. Más bien era por mi padre—. ¡Vámonos!

Le devolví la sonrisa.

Los «buenos días» de Daniel eran increíbles. Cada mañana, sobre todo los fines de semana, nos abría la puerta y se ponía a cantar mientras nos enseñaba lo que acababa de preparar para desayunar. Esa mañana, Ethan prefirió quedarse en la cama. Estaba cansado, así que decidió dormir unas cuantas horas más.

Me levanté y seguí los pasos de Daniel. Por suerte pasó la noche solo, cosa que facilitaba que habláramos como buenos amigos.

Se bebió una taza de café y golpeó la mesa al terminar. Al darse la vuelta aproveché para coger un folio y un bolígrafo para escribir algo. Tenía cosas que hacer.

Doblé el papel de tal manera que el nombre de Ethan era lo único que se podía ver.

para Ethan

El autobús me dejó a las afueras de la ciudad. Estaba en un barrio pequeño, humilde y acogedor. Las casas eran pequeñas; estaban pegadas unas a las otras. Los jardines daban a la puerta trasera. Localicé una en concreto. Delante del buzón, había un peluche muy llamativo: Peppa Pig.

Golpeé con los nudillos en la puerta y esperé a que alguien abriera. Una pequeña niña asomó la cabeza. Al verme allí, con un pastel entre las manos, saltó de alegría y se abalanzó para abrazarme.

—¡Freya!

—Hola, Marjorie.

Su dorado cabello estaba recogido en dos trenzas. Tiró de mi brazo, invitándome a que entrara en el interior de su casa. Lo hice, pero sentí vergüenza al no haber sido invitada por su madre. Aunque no tardó en aparecer. Salió de la cocina preguntando quién había llamado a la puerta.

—¿Quién es, cielo? ¿Es tu hermano?

—No, mamá. Es Freya.

La mujer se acercó.

Su cabello era tan rubio como el de su hija; sus ojos, tan claros como los de su hijo mayor.

—Buenos días —saludó, al darse cuenta de que no sabía quién era.

—Buenos días, señora. —Tenía que presentarme—. Mi nombre es Freya —«Estúpida, eso ya lo sabe»—. Soy amig...

No me dejó acabar.

—La novia de Ethan. —Marjorie cogió el pastel que llevaba—. Me alegro de conocerte. Él habla mucho de ti... pero aún no había encontrado el momento para presentarnos formalmente. Siéntate, por favor.

¿Él hablaba de mí?

Sentí que el corazón en cualquier momento me dejaría de latir. Estaba muy nerviosa. Golpeaba mis rodillas por el simple hecho de que no era capaz de mirarla a los ojos. Su madre estaba siendo muy agradable conmigo. Con una desconocida. La novia de su hijo.

—¿Has venido a jugar conmigo?

Sonreí.

—La verdad es que he venido a hablar con tu madre, Marjorie.

La pequeña se entristeció.

Se llevó un trozo de tarta a la boca y calló para vernos hablar.

—Tú dirás, querida.

Tenía que decírselo.

Pero educadamente.

—Sé que su situación económica no es muy buena. —Bajé la cabeza—. Ethan la ayuda. Y usted acepta trabajos que a veces son muy cansados y la apartan de su hija varios días. Quiero ayudarles de alguna forma.

Ella me escuchó atentamente.

—Hay una bru... —Me mordí la lengua. Cogí una tarjeta que llevaba junto a mí—. Una mujer está dispuesta a darle un buen trabajo a su hijo. Él no quiere. Pero sé... —Sacudí la cabeza—. Estoy segura de que si habla con Ethan, él aceptará el puesto de trabajo. Por favor. —Cerré sus dedos alrededor de la tarjeta de Débora—. Tiene que decirle que lo mejor es que acepte.

—Pero...

Era su madre. Comprendía perfectamente que si Ethan no trabajaba para esa mujer... tendría sus motivos. Antes de que dijera algo, me levanté del sofá, me despedí de ambas y salí del humilde y acogedor hogar donde Ethan se crio.

La bruja había ganado.

Pero Ethan también ganaría; ayudaría a su familia.

POV ETHAN

Cerca de mi taza de café había una nota. Era de Freya, así que la cogí sin dudar. Daniel me dio con un trapo en la nuca al ensuciar la encimera de la cocina con unas miguitas de pan. Se tomaba muy en serio la limpieza diaria del apartamento.

Esto es un poco ridículo... muuuy ridículo.

Sé que lo mejor era habértelo dicho antes de salir... pero no me he atrevido, Ethan. De ahí que esté escribiendo esto. ¡Te quiero! Y me quiero. Parece una despedida, ¿verdad? Pero no es así. Quiero terminar mis estudios. Deseo que tú estés mejor. Es por eso por lo que me iré unos días con mi padre. Todo cambiará un poco, pero no tenemos que asustarnos. Pronto recibirás una llamada. Por favor, Ethan, di que sí. TE LO SUPLICO.

Estás leyendo la carta más confusa del mundo; sin sentido; con falta de coherencia.

Lo entenderás pronto. Confía en mí.

Att.:

LA VECINA QUE TE AMA.

Arrugué la carta.
De repente, el teléfono sonó.
Era mi madre.
También había un mensaje de Débora.
¿Qué estaba pasando?

63

—Así que has roto con tu novio.

Gruñí al escuchar las palabras de Troy.

Solté sus manos, las cuales me sostenían con fuerza por la cintura. Días bailando, contándole mi vida... para luego acabar discutiendo como de costumbre. Acepté hacer el trabajo con él. Pasábamos horas y horas en la casa de mi padre intentando terminar el maldito trabajo que nos unió de nuevo. La química y el baile estaban de por medio.

—¡No! Seguimos juntos.

—Entonces... ¿por qué no viene a buscarte?

—Yo se lo pedí.

—¿Desde cuándo no lo ves?

—¿Por qué tantas preguntas?

—Responde.

Golpeé su bolsa de deporte y me dejé caer al suelo.

No bailaba como un pato mareado, pero sí que seguía en progreso de saber mover las caderas. Dejé que mi cabello cubriera mis mejillas y empecé a moverme por el suelo.

—Deja de hacer eso —pidió Troy.

—¿Por qué?

Lo miré como pude.

Él se dio la vuelta, y me di cuenta que de repente estaba boca abajo, moviendo mi trasero en un intento de ser sexy. ¡Lo conseguí!

—Eres tan inocente, Freya.

Me levanté del suelo y con una ceja enarcada me planté delante de él, muy cerca de esos ojos que me miraban con curiosidad.

—Tan inocente —dije con un tono burlón— que quiero aprender a bailar solo para desnudarme delante de mi novio. Quiero ser sexy. —Me bajé la camiseta, mostrando algo de escote—. Quiero gustarle. Provocarle. Ser la única que lo deje sin palabras.

Troy bajó la cabeza.

—Hablas como una stripper.

Sonreí.

—Entonces el siguiente paso es bailar alrededor de una barra de acero.

—Estás loca.

Me habían dicho cosas peores.

—Hoy es viernes, Troy. El trabajo está en las manos de la profesora. La nota seguirá siendo un misterio hasta dentro de unas horas. —Tiré de su gorra—. Vamos a pasarlo bien. Tú y yo. ¡Quiero ir a un bar!

El chico se rascó la nuca algo confuso.

—¿Quieres ir a beber?

Asentí con la cabeza.

Se encogió de hombros y saltó del escenario.

—Pasaré a buscarte en un par de horas.

Salió corriendo, dejándome allí con una sonrisa y mirando el teléfono móvil. Mi madre me esperaba en una cafetería. Había vuelto y quería contarme lo que había hecho esos días en los que había estado cuidando a su hermana.

—¿Y tu padre?

Dejé de comer las galletas que pedí.

Escuchar que tus padres divorciados seguían preguntando el uno por el otro... se me hacía raro. Papá no dejaba de hablar de ella, y mi madre hacía lo mismo.

Le sonreí dulcemente. Era consciente de que se veía con una mujer mucho más joven. Acabé diciéndoselo porque era lo mejor. Al principio no reaccionó, pero luego fingió estar bien y volvió a beber de su té de melocotón.

—Bien. Sus vacaciones han terminado.

—Estupendo. —Bajó la cabeza.

—¿Y tú?

Ladeó la cabeza.

—¿A qué te refieres?

—¿No tienes interés en conocer a alguien? Conozco padres separados que ambos han rehecho su vida. Pensaba —la miré con temor— que tú...

Ella rio. Y esa risa que tanto me gustaba me hizo feliz.

—Tu tía me ha creado un perfil en una de esas páginas para solteros. Freya —me cogió la mano—, prefiero estar más tiempo con mi hija que conocer a hombres casados que mienten sobre su soltería.

En realidad quería decir: «Hombres que solo buscaban pasar una noche loca».

Mi madre seguía creyendo en el amor e ignoraba el sexo fácil de una noche. (Era lo contrario de Carrie, la de *Sexo en Nueva York*).

—Tengo novio —confesé en un despiste.

—El chico que vive delante de ti.

Tragué saliva.

—¿Cómo lo sabes?

«¡Ay! Hasta ella se ha dado cuenta (todos menos mi padre).»

—Él te mira mucho, y tú también a él. —Acarició mi mano—. Me alegro, cielo. A ver cómo reacciona tu padre. Conociéndolo —soltó una carcajada— sacará el bisturí antes de hora.

Pobre Ethan.

De ahí que quisiera esperar a decírselo.

—¿Señorita Harrison?

Un hombre trajeado detuvo sus pasos delante de nuestra mesa. Inmediatamente reconocí a ese hombre elegante que no podía negar que pertenecía a la clase alta.

—Señor Ross, hola. —No esperaba ver al padre de Byron—. ¿Qué tal está? Su hijo me dijo que estaba viajando.

—Sí. Negocios.

Rio.

De repente miró a mi madre.

—Es mi madre. Mamá, te presento al señor Ross.

—Es un placer —dijo estrechándole la mano.

No dejaron de mirarse; tal vez detectaron que ambos estaban divorciados. Se mantuvieron en silencio unos segundos más y no parecían sentirse incómodos por mis movimientos de cabeza. Lo miraba a él y luego miraba a mi madre. Mamá bajaba la cabeza, removía la bolsita de té y volvía a mirarlo a él fijamente. El señor Ross, que movía de un lado a otro su cuerpo, metió las manos en los bolsillos de su traje negro y no borró esa perfecta sonrisa.

¡Estaban ligando!

Visualmente... pero ligando.

Mi teléfono móvil sonó. Troy me esperaba cerca del bar que escogió para tomar unas copas. No quería dejar a mi madre sola y menos cuando llevaba días sin verla, pero ideé un plan: ¡pasarlo bien!

—Tengo que irme, mamá.

Me levanté del asiento, que inmediatamente fue ocupado por el padre de Byron. Mi madre solo sonrió, me lanzó un beso y siguió hablando con ese hombre.

Me limité a sonreír. No quería salir de la cafetería carcajeándome después de ver esa extraña actitud de mi madre. Me lanzó un beso, la misma mujer que siempre aprovechaba cualquier oportunidad para estar pegada en mis rosadas mejillas.

Meneé la cabeza borrando la imagen de mi padre celoso. Él estaba con Effie, así que no le importaría que mi madre conociera al padre de un gran amigo (y encima rico).

A unos metros, se encontraba Troy con los brazos cruzados. Llevaba una chaqueta beisbolera y un pantalón de deporte.

—¿Arrepentida?

Le saqué la lengua.

—No. Más bien estoy preparada. —Abrió la puerta, dejándome pasar a mí primero—. Confieso que nunca he bebido.

—¿Entonces? No te entiendo, Freya.

Nos sentamos en los taburetes que había en el fondo. Al no ser aún las ocho de la noche, los pocos clientes que había estaban allí para ver el partido de fútbol que transmitían y no para beberse una cerveza bien fría. El camarero nos dejó dos jarras (una vez que le enseñamos el carnet de identidad) junto a un platito lleno de cacahuetes.

—Quiero hacer una locura. En las películas he visto que el alcohol te da un gran empujón. —Llevé los labios hasta la jarra. La espuma cubrió mi boca, y el sabor de la cerveza me produjo un escalofrío—. ¡Qué asco!

El hombre me miró mal.

Troy empezó a reír. Él se podía beber su bebida alcohólica más tranquilo.

—¿Qué locura?

—A ti no te importa.

Le di otro trago.

¿Realmente eso les gustaba a las personas?

El sabor era horrible... asqueroso.

—A la tercera empezará a entrar como si nada. —Pidió dos más. Realmente estaba segura de que no aguantaría mucho—. Por la amistad.

Brindó.

Relajé los hombros.

Troy y yo podíamos ser amigos.

—¡Por la amistad! —grité con todas mis fuerzas.

No sabía cuántas cervezas bebí para confesar un par de cosas que me hubiera gustado guardarme para mí sola.

—El otro día me compré un crecetetas.

Troy dejó de comer cacahuetes tostados.

—¿Qué tal? —Estiró el brazo, a punto de tocarme. Lo que pasaba es que al parecer me veía doble y su mano fue a parar a la calva del camarero, el mismo que se inclinaba en ese momento para quitarme el servilletero que a punto estaba de tirar al aire.

Me reí.

—¡Mal! Era un sacaleches materno. —Me palpé los pechos—. Me

duelen. Los tengo rojos y los pezones parece que están a punto de caerse. Esperaré un par de años para operarme.

—Buena idea.

—Mi padre me mataría. —Bebí un poco más—. Al único que le gustan mis tetas es a...

—Ethan —dijo él por mí.

—Sí. —Me dio vergüenza—. A él le gusto tal y como soy.

Mi compañero de química se inclinó hacia delante, pegó sus labios en mi oreja y me susurró algo.

—Acabo de recibir un email de la profesora. —Ya estaba nuestra nota—. ¡Hemos aprobado!

Tiré todo lo que sostenía y me abalancé sobre el cuerpo de Troy para abrazarlo. Era la primera vez que hacíamos algo juntos... y salía bien. Cuando paró de dar vueltas, pagó la cuenta y seguimos la fiesta en otro lugar.

—¿Poom's? —leyó.

—Sí. Poom's —confirmé yo, como si fuera de lo más normal.

—Está cerrado.

Había días que el local abría un poco más tarde. Los trabajadores merecían horas de descanso. Busqué una llave y se la mostré a él.

—¿De dónde la has sacado?

—Se la he cogido prestada a un graaan amigo. Daniel ni siquiera se dará cuenta de que no la tiene.

Nos adentramos en silencio.

Extrañé esas llamativas luces de colores que mostraban el escenario, la música retumbando en mis oídos, los chicos bailando o paseándose con anchas sonrisas... Cerré los ojos al pensar en Ethan.

¿Qué estaría haciendo?

—Las cámaras de seguridad —susurró.

Me encogí de hombros.

—¡Gallina! —grité y salí corriendo hasta el escenario. Como bien sabía, la barra de acero estaba allí como de costumbre. Estaba brillante (parecía que la acababan de limpiar). Paseé los dedos por la barra y aferré mi brazo a ella para girar—. Troy, ven, ayúdame a poner las piernas alrededor.

Las manos de Troy no tardaron en posarse alrededor de mi cintura para levantarme del suelo. Con la cabeza muy cerca de sus rodillas, apreté los muslos todo lo que pude a la fina barra. Por suerte él me sostenía, así que no caería.

—¿Te ves capaz de bailar?

Moví la cabeza en un intento de decir que no.

Como sentía que la sangre me bajaba, me quedé en silencio incapaz de pronunciar ni una palabra. Troy lo malinterpretó, así que me soltó y me dejó resbalando por la maldita barra.

Solté un grito de dolor.

Al llevar vaqueros, sentí cómo me quemaba lentamente.

Acabamos en urgencias (en el hospital donde trabajaba mi padre).

—Lo siento, papá —dije, cubriendo una vez más mis muslos desnudos. Por suerte los efectos del alcohol se esfumaron de repente. El dolor me despertó de la estupidez cometida.

Empezó a curar las heridas que me hice y miró por encima de su hombro.

—Dime que no te ha tocado.

Qué manía tenía.

Troy no me tocó.

Lo difícil era decirle cómo me hice una quemadura de segundo grado justo en el interior del muslo cuando estaba con un chico. Así que lo miré a los ojos y le dije que me caí al suelo.

—Papá...

Sin mirarle, o sin decir nada, tragué saliva temiendo lo peor.

... no es mi novio.

—Eso espero. —Me pasó los pantalones—. Dejaré que entre. Solo lo hago porque confío en ti, Freya.

Salió de su despacho y, con una mirada rabiosa (parecía que en cualquier momento atacaría al adolescente), pasó por su lado. Troy entró asustado. Sus dedos tiraban de la goma de la gorra.

—Estoy bien.

Agrandó sus ojos.

—Creo que no sobreviviré. —Apretó los labios—. Tu novio, tu padre... querrán matarme.

¿Era eso?

—Yo tengo la culpa de todo, Troy. No te preocupes.

Asintió con la cabeza y se acercó lentamente hasta mí. Lo ignoré un momento (más bien los segundos que tardé en subirme la cremallera de los vaqueros), al alzar de nuevo la cabeza, de repente los labios de él se posaron sobre los míos.

Silencio.

—¿Qué haces? —pregunté, anonadada.

—Nada.

—Me has besado.

Sacudió la cabeza.

—No.

—Sí —insistí.

Con esa pequeña discusión, volvió a besarme.

Pestañeé repetidas veces sin creérmelo.

—¡Lo has hecho otra vez!

—¡Qué va! —dijo tan tranquilo.

Cuando intentó acercarse para besarme una vez más, recordé lo poco que sabía de defensa personal. Golpeé su nariz con el puño cerrado y mi piel quedó cubierta con su propia sangre.

Troy gritó, y alguien entró en el despacho de mi padre.

—¿Te has vuelto loca?

Yo solo miraba al chico de ojos azules.

—¿Qué está pasando aquí? —preguntó Ethan.

No más mentiras.

—Me ha besado. —Apunté a Troy—. Pero ya lo he solucionado.

Asustado, temblando, miró por encima del hombro a Ethan, el cual estaba furioso al enterarse de que su boca había tocado la mía. Se quitó la cazadora y se acercó para finalizar lo que yo empecé. Pero a ver toda esa sangre brotando de su nariz, le dio la espalda. Apuntó la puerta con el dedo y le ordenó:

—Vete antes de que te mate.

—Pero...

—¡Vete!

Troy salió sin mirar atrás.

Nos quedamos a solas. Después de tantos días sin verlo, allí estaba, parado delante de mí y asustado por saber que me había pasado algo malo. No dijo nada. Alzó mi rostro; sus dedos acariciaron lentamente mis mejillas y su boca cubrió la mía para que olvidara los besos que me había dado ese imbécil que no tenía claros sus sentimientos.

—Estaba asustado, Freya.

Quería más besos de él.

—¿Effie?

—Sí, ella me ha llamado.

Jugueteé con su cabello.

—Te he echado de menos.

—Entonces ¿por qué has estado alejada de mí?

No lo miré.

—Pensé que era lo mejor.

—¡No! —gritó—. Cuando tú me faltas, todo cambia, Freya. Deja de pensar que no eres necesaria en mi vida, cuando casi lo eres todo en ella.

—Lo siento... —Suspiré.

Y esa disculpa murió en su boca al volver a besarme de nuevo. Estábamos tan ciegos el uno del otro que olvidamos que ese lugar no era el correcto para compartir besos.

—No puede ser... —nos cortó mi padre.

Me mordí el interior de la mejilla.

—Papá —hice una mueca graciosa—, Ethan es mi novio.

Nuestro vecino se apartó de mi lado y, con las manos en los bolsillos, le dijo algo a mi padre.

—Hola, John. —No lo miró a los ojos—. Si esperas que me disculpe, no lo haré. —Ante todo había respeto. Su tono de voz era bajo—. Estoy enamorado de tu hija y quiero estar con ella.

Nadie dijo nada más.

Salió del despacho, dejándonos solos.

Infarto en tres... dos... uno...

64

POV ETHAN

Cuando salí del hospital, las piernas me temblaban. Era la primera vez que sentí miedo de un hombre. Estaba acostumbrado a que los padres no me miraran con buenos ojos, pero John (al menos para mí) era diferente. Él fue como un padre para mí. Un gran amigo dispuesto a ayudarme con cualquier cosa.

Si no me golpeó delante de su hija era porque él estaba con mi exnovia. John se sentía humillado al saber que Effie compartió cama conmigo y ahora lo hacía con él.

Pero ese no era el problema.

Apreciaba demasiado a Effie, ante todo era una gran amiga. Alguien que me enseñó que un precioso envoltorio solo era el primer paso para ver un hermoso y gran corazón.

Si quería estar con Freya de una vez por todas, tenía que librarme de una persona en concreto.

Terminé de vestirme en el coche y me puse el mejor traje que tenía en el armario. Débora anotó mi nombre en su ocupada agenda. Tardó una semana en recibirme. Ella pensaba que si se hacía la interesante conmigo, conseguiría algo. Y ese era el día. Le daría todo lo que quisiera.

La corbata empezaba a molestarme.

Odiaba llevar traje.

Las mujeres que trabajaban en su oficina, al verme aparecer por el largo pasillo de la planta baja, giraron descaradamente para mirarme

369

el trasero. Un par de ellas se acumularon en el ascensor pensando que lo cogería.

No. Me gustaba hacer deporte. Así que subí por las escaleras las veinte plantas que me separaban de Débora.

—Vengo a ver a...

La secretaria me interrumpió.

—Hola —saludó, mordisqueando un bolígrafo—. Su apellido, por favor.

—Evans.

Lo tecleó rápidamente.

—La señora Peck está en una reunión importante. ¿Puede esperar unos minutos?

Estaba dispuesto a esperarla, pero la persona que se encontraba al otro lado del despacho... no. Salió corriendo, provocando un molesto ruido con sus tacones. La puerta quedó abierta. Sonrió inmediatamente al verme.

—Ethan —dijo.

—Pensaba que estabas ocupada —repetí lo que me dijo la secretaria—. Si quieres puedo volver en otro momento.

—No. Por favor. —Se quedó a un lado, invitándome a que entrara en el interior—. Pasa. Llevo un rato esperándote. —Siempre era amable conmigo—. ¡Contigo hablaré más tarde!

Al parecer era capaz de despedir a su personal por retenerme unos segundos.

Apoyé las manos en su escritorio de cristal, esperando a que Débora se acercara.

—Siéntate, Ethan.

Al pasar por mi lado, tiré de su muñeca para que no siguiera avanzando hasta el sillón. Tiré tan fuerte que su cuerpo se juntó con el mío.

—¿Quieres hablar de negocios? —Asintió con la cabeza. Reí mentalmente—. La verdad, Débora, es que no me veo trabajando en una empresa de cosméticos de belleza.

Ella tocó mi pecho lentamente.

—Nunca te dejaría que trabajaras con la clase media, cariño. ¡Tú serías el jefe!

Estaba dispuesta a darme su cargo.

Sacudió la cabeza.

—No quiero trabajar para ti...

—Ethan —gimió desesperada al pensar que me iría.

—... quiero follarte. Eso quieres, ¿verdad? Llevas años deseando que venga hasta aquí —toqué su camisa— para que te desnude y te folle delante de todos esos empleados. Si me equivoco, dímelo.

—No.

Pobre Daniel.

—Eres una mujer muy insistente. —Besé su cuello.

Débora soltó su cabello rubio.

—Tú eres mi hombre. Siempre lo he sabido.

La dejé sentada sobre el escritorio. Sus zapatos de tacones rojos resbalaron de sus pequeños pies. Apretó sus muslos en mi cadera y jadeó al notar que la camisa abandonó rápidamente su cuerpo.

—¿Harías cualquier cosa por tenerme?

—¡Sí!

Envolví su cuello con mi mano.

—¿Cualquiera?

—¡Si! —gritó una vez más.

—¿Como apartarme del lado de Freya?

Una de mis manos quedó por encima de su cabeza.

—Esa cría solo te trae desgracias, cielo. Te mereces mucho más. —Apretó sus uñas entre mis piernas—. Daniel solo era la llave. Tú eres mi gran regalo.

—Quiero jugar contigo.

Se movió desesperadamente.

—Dime.

—Grita lo puta que eres. —Besé el lóbulo de su oreja—. Eso llegaría a ponerme muy cachondo.

Ella agrandó los ojos.

Al darse cuenta de que no se trataba de una broma, empezó a gemir, gritando toda clase de insultos que le susurraba en el oído.

Débora empezó a bajarse las bragas y cuando creyó que tendríamos sexo en su oficina, unas risas salieron del teléfono. Ella se levantó asustada, desesperada. Sus empleados lo habían escuchado todo.

—¿Qué has hecho?

Volví a ponerme la corbata.

—Nada. —Sonreí—. Dejar claro quién eres realmente. ¡Por cierto! —La puerta de su despacho quedó abierta y un numeroso grupo de personas lo estaban viendo todo—. No te acerques a mi familia. No llames más a Daniel. Y como vuelvas a decirle algo a Freya —un hombre cortó mi paso, pero no me acalló— te hundiré.

El hombre me miró seriamente.

—¿Quién eres?

Me presenté.

—Soy Ethan Evans. —Miré por última vez a Débora—. Si quiere denunciarme, su hijo Byron sabe dónde vivo.

Y salí de aquel edificio, mientras la gente me aplaudía por haber humillado a la gran bruja que les había hecho la vida imposible durante años.

65

POV ETHAN

Esperé horas y horas en el parque. Parecía que la persona con la que me puse en contacto no aparecería. El café que compré se quedó frío, así que me levanté del banco para tirarlo a la papelera más cercana. A unos metros de donde me encontraba, vi la silueta del chico.

—Pensaba que no vendrías, Toy.

Su nariz ya no sangraba debido a los enormes tapones de papel que tenía en los orificios.

—Es Troy —me corrigió.

—Eso no importa. —Al acercarme, el compañero de Freya retrocedió asustado—. Quieres llevarla al baile, ¿verdad?

—Sí. Además —hablaba con tranquilidad, algo que agradecía—, ella merece ir. Todos sus amigos irán; todos menos ella. —Me miró de una forma acusadora—. ¿Y por qué? Porque tú se lo has prohibido.

Él estaba muy equivocado.

—Yo no le he dicho nada. Freya puede hacer lo que quiera. —Llevé mis manos a los bolsillos del traje—. Más bien, si te he llamado era para decirte que la lleves. El baile es lo que quiere cualquier chica de su edad. No voy a dejar que esté toda su vida lamentándose por no haber ido al baile esa noche. —El chico empezó a sonreír—. Pero ¡cuidado! Eso no significa que vaya a dejar que le pongas una mano encima. Como la beses —lo cogí por la camiseta— te convierto en comida para leones, ¿entendido?

—S-sí.

—Recógela a las nueve. —Le di un cachete en la mejilla—. No hace falta que le compres nada. Para eso estoy yo. La quiero a las doce en casa, Toy.

—Es Troy.

—¡Que sí!

POV FREYA

—¿Papá? —grité al llegar a casa—. Ya he vuelto de clase. ¿Dónde estás?

Como nadie me respondió, me tiré en el sofá para descansar un poco las piernas. Me entretuve un par de minutos con el teléfono móvil y, de repente, una risa de mujer me asustó. Provenía de la habitación de mi padre.

Me levanté sin hacer ruido y abrí la puerta.

Fui un poco estúpida al no reconocer la risa.

En la cama, completamente desnudos, estaban mis padres.

—¡Aaaaaah!

Ellos devolvieron el grito.

—F-Freya, ¿qué haces aquí?

¿Es que no me habían escuchado?

—Vivo aquí —le respondí.

—Hola, cariño —me saludó mi madre.

—Hola, mamá.

Estaban cubiertos por una fina sábana. Cerré los ojos, esperando a que ninguno de los dos cometiera la locura de levantarse para coger su ropa interior. De repente, pensé en lo que estaba pasando. ¿Mis padres juntos de nuevo?

—¿Habéis vuelto?

Lo pensaron muy bien.

—Lo estábamos hablando.

«¡Hablando NO!»

Y yo que pensé que mi madre estaba coqueteando con el padre de Byron... Y luego estaba papá, que parecía encantado con Effie. Aunque la pobre ya me advirtió que lo suyo no sería para siempre. ¿Acaso ella era consciente de que mis padres se seguían queriendo?

—Será mejor que me vaya a dar una vuelta. —Deshice mis pasos e intenté cerrar la puerta.

—¡Vuelve pronto, cariño! Cenaremos los tres juntos.

«Juntos.»

Mi palabra favorita.

Estaba tan feliz que era casi imposible que ocultara la enorme sonrisa que mostraba a los demás. Al salir de casa, una energía negativa me la borró. Aunque más bien fue ver a Effie triste, sentada delante de la puerta de Ethan esperando a que alguien la consolara. Mi padre le había roto el corazón.

Me arrodillé delante de ella y la abracé.

—Me alegro mucho de verte, Freya.

—¿Qué tal estás?

Había estado llorando.

—Acostumbrada. Al parecer nadie puede verme como una relación seria. —Effie ya no llevaba su cabello rosado. Su rubio parecía apagado, no brillaba con la misma fuerza de siempre. Hasta sus ojos, esos enormes ojos que te hacían reír cuando soltaba una estupidez, te rompían el corazón—. Gracias por el abrazo.

Le guiñé un ojo.

—Para eso estamos las amigas.

La actitud de Effie cambió de repente.

—¿En serio?

—Por supuesto... ¡aaaaaah!

Solté un grito cuando las dos acabamos en el suelo por uno de sus abrazos. La ayudé a levantarse y abrí el apartamento de Ethan con la llave que me dio. Ella no era la única que estaba triste. En el sofá, con un enorme bol de helado, se encontraba Daniel, mirando *Titanic* y llorando sin parar. También le habían roto el corazón.

De repente se me ocurrió algo.

—¡Daniel!

—Ahora no, Freya. Ni siquiera he podido hacerme una de mis mascarillas caseras para el cutis.

Effie llegó hasta él dando brinquitos.

—Si quieres yo te puedo ayudar —dijo amablemente—. Tampoco estoy pasando por un buen momento. Me han dejado.

Daniel se quedó sentado, con las piernas cruzadas.

—¿De verdad?

—Sí. Aún sigo buscando mi media naranja.

Ambos permanecieron sentados en el sofá, mirándose sin pestañear ni una sola vez. Era gracioso verlos juntos. Daniel y Effie eran iguales.

Tan iguales que...

Empezaron a besarse delante de mí.

—Cuando termine la película podemos hacernos un batido energético.

—¡Perfecto! —Dan la abrazó.

Y volvieron a besarse, olvidándose por completo de la película. Desaparecí antes de que la ropa abandonara sus cuerpos.

El día del baile llegó.

En unos días mi vida cambió por completo: mi padre de alguna forma (más bien mi madre se metió en medio) aceptaba que Ethan y yo estuviéramos juntos. Así que cuando él venía a cenar a casa, le ponía la misma cara de siempre. Hasta seguía llamándole «hijo» cuando el nivel de furia bajaba en el primer despiste de padre protector.

El apartamento de soltero de papá quedó vacío, y los tres volvimos a nuestra cálida casa.

Ginger no dejaba de cepillar mi cabello. Estaba ella más nerviosa que yo. Por suerte conseguiría colar a Byron en el baile. Miré al chico más torpe y adorable del mundo. Se encontraba tumbado en mi cama, jugueteando con uno de mis peluches.

—¿Seguro que no quieres venir? —le preguntó Ginger.

Acepté que me arreglara, pero no para ir al baile con ellos.

—Seguro.

Byron se levantó de la cama.

—Hay una limusina esperándonos. Detrás nos seguirán un par de coches que irán tirando pétalos de rosas. —Besó mi mejilla—. Tienes que divertirte, chica chicle.

—Me divertiré si vosotros lo hacéis.

Ambos me dieron un fuerte abrazo.

La idea era pasar más tiempo con Ethan, pero la vida de mi novio también cambió por completo. Dos días después de haber humillado a la bruja (cosa que me alegró) el padre de Byron lo contrató. Ethan dirigía uno de los negocios de los Ross: una cadena de gimnasios (Fitness Ross). Su sueño.

Así que solo nos podíamos ver los fines de semana.

Vi cómo la parejita salió de mi habitación cogida de la mano y bajé las escaleras para ver algo en la televisión. A los pocos minutos, el timbre de casa sonó.

—Troy —susurré.

—¿Estás lista?

Llevaba un precioso traje negro. Parecía que sus largas pestañas rozarían las mías por lo cerca que quedamos. Nunca ignoré a Troy... seguimos siendo amigos-compañeros.

—Ya te he dicho que no voy a ir al baile.

—No acepto un «no» por respuesta. Tienes que demostrarles lo bien que bailas. —Movió las caderas—. Vamos, Freya, no te puedes quedar aquí.

Pero era fallarle a Ethan.

Él trabajando en las oficinas de Fitness Ross, y yo pasándolo bien.

—No...

Tiró de mi brazo, sacándome de casa.

—Llevas el vestido, un precioso peinado y el maquillaje te hace parecer más mayor. —Delante de casa, se encontraba su padre esperándonos con el coche—. ¡Al baile!

Reí.

—Pero solo media hora.

Troy me guiñó un ojo.

—Con cinco minutos seré feliz, Freya.

66

El coche se detuvo delante del instituto. Los alumnos bajaban de los coches de sus padres. Todos iban cogidos de la mano; riendo, mirándose fijamente. Yo hice lo mismo. Froté mis manos en el precioso vestido que llevaba y miré de reojo a Troy. Él no estaba nervioso.

Me ayudó a bajar como un caballero salido de alguna historia del siglo XVI. Sostuve su mano y temblé por el frío que hacía esa noche.

—Cinco minutos —susurró.

Exacto. Era el tiempo que llevábamos juntos.

—Ahora a la pista de baile. —Reí.

Troy negó con la cabeza.

—Será mejor que te quedes aquí. —Besó mi mejilla, y yo no entendí nada—. Tu novio es un buen tío. Imbécil, pero buen tío.

Giró mi cuerpo para mostrarme a alguien.

El corazón por poco se me detiene y las lágrimas amenazaron por salir. Ethan estaba a unos metros de mí. Tan guapo como siempre, con ese traje que siempre deseaba quitarse cuando llegaba a su casa.

¿Así que ellos dos lo planearon todo?

Le di las gracias a Troy y salí corriendo sin mirar atrás. Me cogí el vestido y avancé con esos tacones que me dejó Ginger.

—¡Ethan!

—¿Pensabas que te iba a dejar sola? —Me besó.

Lloriqueé como una cría contra su cuello.

Acaricié su cabello negro y respiré ese aroma que alteraba mis hormonas.

—En realidad contaba las horas para verte. —Reí—. Sigo siendo un desastre en matemáticas. Conté diez, y aquí estás.

Alzó mi rostro en busca de mis labios.

—He salido antes de la oficina porque alguien me ha dicho que quieres demostrarme algo.

Solté un grito de vergüenza al darme cuenta de lo que hablaba.

—¿Q-q-qué?

—¿No has aprendido a bailar? Demuéstramelo.

Era una provocación.

Aceptaba el reto.

—Llévame a casa, no stripper.

Cogió mi mano y nos subimos en su coche nuevo. Ethan seguía viviendo con Daniel, el mismo que en unos meses se iría a vivir con Effie, ya que ella estaba a punto de terminar la universidad. Era gracioso; ella se iba, y yo entraba en ese nuevo mundo.

Mientras subía los escalones junto a él, me vinieron imágenes del primer día que llegué a ese edificio. Quién iba a decir que mirar por una ventana te podía dar al hombre de tus sueños.

Cerramos la puerta de su habitación, y empujé a Ethan sobre la cama.

La música sonó.

¡Era mi noche!

Me quité lentamente los tacones. Evité un par de veces las inquietas manos de Ethan que querían tocarme. Me bajé la cremallera despacio, a la vez que mi cuerpo se movía sensualmente hasta el suelo y se levantaba sin torpeza.

Le lancé un beso. Ethan se estaba despojando de la camisa. Sus ojos quedaron cubiertos por el vestido blanco que me quité.

Estaba en ropa interior, y me solté la melena de una forma que nunca imaginé. Gateé por el suelo hasta llegar a él.

—¿Qué tal lo hago?

—Muy bien. —Tragó saliva.

Mis manos se apoyaron en sus rodillas y subí contoneando mi cintura. Ethan me atrajo hasta él y besó mi ombligo.

—¡Espera! —Reí—. Aún no he terminado.

Era hora de quitarse el sujetador, cuando tropecé.

Por suerte, Ethan siempre estaba ahí.

—Te tengo.

—Qué vergüenza. —Me tapé los ojos con el antebrazo.

El numerito de stripper se estropeó.

—Me gusta tenerte entre mis brazos —dijo mientras nos tumbábamos en la cama—. Y —remarcó—, por el bien de los dos, espero que sigas bailando de esta forma.

—¿Te ha gustado?

—Me ha encantado.

Me besó lentamente. Sin prisa saboreó mi boca con su lengua.

—No más tiempo separados, por favor —supliqué.

Ethan rio.

—Si me quitas la alegría de mi vida —tocó mi corazón—, ya nada tendría sentido. Te quiero, enana.

Lo abracé.

—Te quiero, Ethan.

Y así nos quedamos.

Jugueteando bajo las sábanas mientras nos decíamos lo mucho que nos queríamos. Una noche más, disfruté de los besos de Ethan, de sus caricias, y me quedé dormida con mi historia favorita: cómo nos conocimos.

MÁS HISTORIAS ADICTIVAS

Mi vecino es stripper de Melissa Hall
se terminó de imprimir en junio de 2022
en los talleres de
Litográfica Ingramex, S.A. de C.V.,
Centeno 162-1, Col. Granjas Esmeralda, C.P. 09810,
Ciudad de México.